Und auf einmal ist es Liebe

••

Dieses Buch ist auch als eBook erhältlich.

Bitte besuchen Sie uns auf unserer Website:
www.krugschadenberg.de

Wenn Sie mögen, folgen Sie uns auf Facebook und Twitter.

Karin Kallmaker

Und auf einmal ist es Liebe

Roman

Aus dem amerikanischen Englisch
von Andrea Krug

Krug & Schadenberg

Prolog

Ein weiterer Zug voller kreischender Menschen donnerte über Laura Izmanis Kopf hinweg. Fast hätte sie sich unwillkürlich geduckt. Dann wurde das verklingende Kreischen von dem schrillen metallischen Quietschen des Zuges auf den Schienen übertönt. Er war schon in der nächsten Kurve, als der Luftstoß in seinem Gefolge kleine Papierfetzen über die Holzplanken des Einstiegsbereichs wirbelte.

Endlich schob sich die langgewundene Schlange ungeduldiger Teenager und Erwachsener aus dem drückend heißen Zugangstunnel hinaus. Laura hieß die frische Luft, die saubere Meeresbrise willkommen, aber der fehlende Schatten machte sich sofort bemerkbar. Sie fuhr sich mit der Fingerspitze über das Ohrläppchen – dort war die zarte Haut bereits kurz vor einem Sonnenbrand. Sie hatte sich das Santa-Cruz-Basecap so tief wie möglich über ihr kurzgeschorenes schwarzes Haar gezogen, aber ihre Ohren waren dennoch ungeschützt. Aufgeben wollte sie jetzt trotzdem nicht. Dreißig Minuten stand sie jetzt schon an der Achterbahn an.

An diesem Tag nicht mit dem *Giant Dipper* zu fahren stand nicht zur Debatte. Es war der Jahrestag ihrer Rückkehr aus New York. Sie hatte einen Neuanfang gemacht – hier in der Stadt, in der sie wenige Jahre zuvor ihren Highschool-Abschluss erworben hatte. Damals war sie oft Achterbahn gefahren. Die Erinnerung daran war schön, unverfälscht und unbelastet. Das war vor dem Großen Fehler gewesen. Jetzt war sie wieder auf dem richtigen Weg, und am folgenden Morgen würde sie ein Flugzeug nach New York besteigen. Am darauffolgenden Tag würde sie zusehen, dass sie ihre Kochausbildung wieder aufnahm.

Wieder stieg eine Gruppe Fahrgäste aus einem eingefahrenen Zug, und die Schlange bewegte sich voran. Laura trat in den

Weg einiger Teenager, die schon geraume Zeit versuchten, sich vorzudrängeln. Sorry, Leute, aber wenn man schon mal in New York U-Bahn gefahren war, wusste man, wie man Vordränglern ein Schnippchen schlug. Wofür gab es schließlich Ellenbogen.

Wenige Minuten später stand sie auf der obersten Treppe und hielt sich links, weil sie im ersten Wagen sitzen wollte. Das altmodische Bild an der Wand vor ihr, das eine Flutwelle zeigte, war genau so, wie sie es in Erinnerung hatte, ebenso wie der leuchtendrote Schriftzug, der verkündete: »*The Giant Dipper* – die phantastischste Holzachterbahn der Welt! Einzigartig – nur in Santa Cruz!«

Schließlich fuhr der letzte Zug vor ihrem los und verließ die Plattform nach links. Laura liebte das *Klack-klack-klack* der Kette, die den anfahrenden Zug im Kampf gegen die Schwerkraft die erste Steigung hinaufzog. Zu ihrer Rechten erschallten die Schreie der Fahrgäste in dem nächsten Zug, der direkt vor ihr eine Vollbremsung hinlegen würde. Es war erst wenige Jahre her, seit sie das letzte Mal mit dem *Giant Dipper* gefahren war, und seitdem hatte sie sich sehr verändert – größtenteils zum Guten, wie sie fand –, aber sie war fest entschlossen, die ganze Fahrt über voller Hochgefühl die Arme hochzurecken.

Der sich nähernde Zug rauschte ratternd und mit quietschenden Bremsen um die letzte Kurve, als der Einweiser sie fragte, ob sie allein sei. Als sie nickte, rief er den hinter ihr Anstehenden zu: »Irgendjemand allein hier? Hier ist noch ein Platz frei!«

Laura hatte ihr Basecap bereits auf den Sitz geworfen und setzte sich darauf, als eine Frau einstieg und neben ihr Platz nahm. Wortlos sortierten sie ihre Gurte und schnallten sich an. Gleich darauf klappten sie den Schoßbügel herunter und ließen ihn einrasten.

Nachdem der Einweiser den ganzen Zug abgelaufen war und hie und da Schoßbügel heruntergeklappt hatte, verkündete eine

Stimme über Lautsprecher knappe, unverständliche Sicherheitsregeln. Von früheren Durchsagen her reimte Laura sich zusammen, dass sie Hände und Füße während der ganzen Fahrt im Wagen lassen sollte.

Mit einem Ruck setzte sich der Zug in Bewegung und erklomm die erste Steigung, den Tunnel, der aus überkreuzten Holzbalken und enggesetzten Latten bestand. Jede Verbindung war mit riesigen Nieten zusammengefügt.

»Nicht gerade gut gepolstert diese Sitze«, bemerkte die Frau. Sie umklammerte den Schoßbügel so fest, dass ihre Knöchel weiß hervortraten.

»Die stammen vermutlich aus einer Zeit, als die Menschen noch härter im Nehmen waren.« Laura schenkte ihr ein abwesendes Lächeln. Sie tauchten aus dem Tunnel auf, und Laura merkte, wie sie bei dem atemberaubenden Blick auf den quirligen Santa Cruz Boardwalk und die weite Bucht dahinter anfing zu strahlen. Sie hörte, wie die Frau neben ihr ebenfalls die Luft anhielt.

»Los jetzt – Arme hoch!« Laura warf die Arme in die Luft, ihr Magen machte einen Satz in Erwartung des Scheitelpunkts, an dem die Schienenspur ins Nichts zu stürzen schien. Für einen Moment war allein der Himmel vor ihr – dann schoss der Zug so scharf nach rechts, dass die Räder auf den Schienen kreischten. Laura schrie vor Entzücken, als die Schwerkraft sie ergriff.

Wendungen, kurze Anstiege, ein enger Abwärtswirbel, dann eine lange steile Auffahrt über die ganze Länge der Achterbahn, ein zweiter Anstieg, ihr Schwung kurz von einer Zugkette gebremst, dann schossen sie plötzlich wieder abwärts, und die ganze Zeit über schrie Laura, die Arme hoch über dem Kopf.

Ein Jahr. *Ein ganzes Jahr sauber!* Ein Jahr harte Arbeit, gutes Essen, ohne jede Versuchung, und sie wusste, dass keine Droge der Welt je eine aufregendere Wirkung entfalten würde. Die

Fahrt war genau so phantastisch, so prickelnd, so atemberaubend, aufwühlend und wundervoll, wie sie sie in Erinnerung hatte. Und es war noch nicht vorbei – sie erklommen die dritte Steigung, ruckten scharf und wurden von der letzten Kette zurückgehalten, was ihre Fallgeschwindigkeit dann noch steigern würde. Sie stiegen gut halb so hoch wie bei ihrem ersten Anstieg. Laura holte tief Luft, gönnte ihren Stimmbändern eine kurze Pause. Vor ihnen lagen die steilste Abfahrt und die letzten scharfen Kehren, bevor sie wieder am Ausgangspunkt ankommen würden. *Klack-klack-*

Mit einem markerschütternden Ruck hielt der Zug wenige Meter vor dem höchsten Punkt.

Laura brauchte einen Moment, bevor sie ausatmete. »Was ist denn nun los?«

Sie merkte, dass die Frau neben ihr die Augen zusammengekniffen hatte und den Schoßbügel noch immer umklammerte, als hinge ihr Leben davon ab. Sie war ein wenig älter als Laura, aber nicht viel, und für eine weiße Frau war sie reichlich blass, doch jetzt war ihre Blässe so augenfällig, dass Laura zunächst fürchtete, sie sei ohnmächtig geworden.

Dann setzte die Frau an zu sprechen, ihre Stimme kaum mehr als ein Flüstern: »Bitte, lieber Gott, sag, dass wir nicht tot sind.«

»Geht gleich weiter«, sagte Laura. Sie hatte noch nie erlebt, dass eine Achterbahn mittendrin anhielt. Aber es würde bestimmt nicht lange dauern. Sie warf ihrer Nachbarin einen weiteren Blick zu. »Alles in Ordnung?«

»Nein.«

»Wenn du Angst hast, Achterbahn zu fahren, warum tust du es dann?« *Und warum, zum Teufel, steigst du dann auch noch in den ersten Wagen?*

Nach einem verkrampften Schlucken kam die Antwort: »Ich habe keine Angst vorm Achterbahnfahren. Ich habe Höhenangst.«

»Okay. Und warum musste es dann die größte Herausforderung des ganzen Parks sein?«

»Das ist mein Abschlusstest. Ich glaube, ich werde ihn nicht bestehen.«

Laura war froh zu sehen, dass ein wenig Farbe in die Lippen der Frau zurückkehrte, aber die Augen waren nach wie vor geschlossen. »Du bist nicht hysterisch und du kotzt nicht – wieso solltest du also durchfallen?«

»Gib mir noch eine Minute – und beides könnte passieren.« Ihre Lippen verzogen sich. »Sie hat gesagt, ich soll zur Strandpromenade gehen und ein paar Kirmeskarussells und so ausprobieren – es würde mir Spaß machen.«

»Klingt, als würdest du für diesen Rat am liebsten jemanden umbringen.«

»Meine Therapeutin. Sie wollte mich *desensibilisieren.«* Sie sprach den Fachbegriff aus wie beim Buchstabierwettbewerb.

Laura schaute über den Wagenrand hinunter. Sie standen jetzt schon mindestens drei Minuten. »Es hätte schlimmer kommen können. Nur ein paar Sekunden später und wir würden nicht an die Rücklehnen gepresst, sondern würden in den Gurten und im Schoßbügel hängen.«

Die Frau atmete zittrig ein. Dann sagte sie: »Das ist nicht sehr tröstlich.«

»Ich heiße übrigens Laura.«

»Helen. Helen Baynor.« Im Ton leicht geistesabwesender Routine fügte sie hinzu: »Merk dir den Namen! Eines Tages werde ich berühmt sein. Wenn ich das hier überlebe.«

»Irgendwo habe ich gelesen, dass es in Vergnügungsparks jedes Jahr drei Tote gibt.«

Helens Augen öffneten sich ein klein wenig, dann kniff sie sie wieder zusammen. »Oh, danke vielmals!«

»In demselben Artikel hieß es, dass jedes Jahr neunzig Millionen Menschen einen Vergnügungspark besuchen. Du hast eine größere Chance, den Jackpot in der Powerball Lottery zu gewinnen, als in einem Vergnügungspark zu sterben.«

»Sehr unwahrscheinlich.«

»Meine Rede.«

»Wir hängen am seidenen Faden hoch oben in der Luft – wie kommt es, dass du keine Angst hast?« Helen klang, als würde sie jeden Moment anfangen zu weinen.

»Es ist kein seidener Faden. Es ist Stahl auf Stahl.« *Warum muss ausgerechnet ich neben einer Irren sitzen, die unter Höhenangst leidet?* »Und die da unten können eine Menge unternehmen. Es gibt Bremsen an den Wagen, die sie daran hindern, zurückzurollen. Sie können sie lösen, und wir würden auf dem Weg zurückrollen, auf dem wir hochgefahren sind. Wir kommen dann ...« Laura beugte sich über den Rand des Wagens und spähte die Schienen entlang nach hinten. »Wir kommen dann bei einer Leiter an.«

»Erschieß mich auf der Stelle!«

»Vermutlich wirst du die Augen öffnen müssen.«

»Um erschossen zu werden?«

»Um die Leiter runterzuklettern.«

»Auf keinen Fall. Ich hatte die Augen offen, als wir das erste Mal nach oben gefahren sind. Das hat mir gereicht.«

Laura überlegte, welches Thema sie anschneiden könnte, das nichts mit Höhen, Tod oder Achterbahnen zu tun hatte. »Ich mache eine Ausbildung zur Köchin.«

»Ach ja? Du kochst gern?«

Laura warf Helen einen funkelnden Seitenblick zu. »Nein, aber die Glamourjobs in der Spülküche waren schon vergeben.«

Helens Lippen verzogen sich fast zu einem Lächeln. »Dumme Frage. Tut mir leid.«

Laura beschloss, es durchgehen zu lassen. »Ich habe meine Ausbildung in New York begonnen, bin aber letztes Jahr heimgekommen. Nun, soweit das hier mein Zuhause ist. Nach dem

Tod meiner Mutter habe ich ein paar Jahre hier bei entfernten Verwandten gelebt, um meinen Highschool-Abschluss zu machen.« Unnötig zu erwähnen, dass ihr Vater dieses Arrangement widerstrebend für sie getroffen hatte, nachdem er sich mit der unangenehmen Realität konfrontiert sah, dass eine Tochter von halb schwarzer, halb weißer Herkunft bei ihm auf der Matte stand. Laura hatte sich so schnell wie möglich auf eigene Füße gestellt. Sie war ihm peinlich gewesen? Tja, er war ihr noch weitaus peinlicher.

»Wo hast du davor gelebt?«

»In Jamaika. Meine Mutter hat in Florida studiert, als sie mit mir schwanger wurde. Ich bin in Florida geboren, und dort haben wir gelebt, bis ich acht war und ihr schließlich das Geld ausging. Dann sind wir nach Jamaika zurückgekehrt.« Die Menschen neigten dazu zu glauben, dass sie an einem exotischen Ort gelebt hatte, aber der einzige Unterschied zwischen den Behausungen am Rande von Kingston und einem Slum in Manhattan war das bessere Wetter.

»Ich wunderte mich schon über deinen Akzent – er ist schwach, aber an der Betonung höre ich es.«

»Tatsächlich? Ich hätte nicht gedacht, dass ich immer noch einen Akzent habe. Bist du ein weiblicher Professor Higgins?«

»Nein, aber ich habe Elizas Rolle mehrfach einstudiert.«

»Ah, dann bist du also Schauspielerin.« Helen war vermutlich sehr attraktiv, wenn sie nicht gerade aussah, als würde sie sich jeden Moment übergeben. Gutes Aussehen war zweifellos von Vorteil, und ein Gutteil ihrer Attraktivität verdankte sie ihrem schwarzbraunen Haar, das ihr bis über die Schultern ging. Es war zu einem Pferdeschwanz hochgebunden, aber einzelne Strähnen hatten sich während der Fahrt gelöst und ringelten sich jetzt um Hals und Schläfen. »Und du wirst eines Tages berühmt sein, also sollte ich mir deinen Namen besser merken – eine Schauspielerin mit Starpotential.«

Helen nickte.

»Wo hast du mitgespielt?«

»Ich war fast in *Rain Man.*«

»Oh, ein toller Film!«

»Und in *Stirb langsam* wäre ich beinahe als Geisel genommen worden.«

»Yippiee-yippiee-yay –«

»Nicht!«, sagte Helen. »Ich habe schon Freunde, die das ausgesprochen lustig finden und mich für die perfekte Geisel halten.«

»Und jetzt studierst du die Rolle der Eliza Doolittle aus *Pygmalion* ein?«

»Ich habe ein Angebot für eine Spielzeit in einem Off-Broadway-Theater. Aber dazu müsste ich L.A. verlassen. Ich würde mich von dem Gedanken verabschieden müssen, ein großer Filmstar zu werden.«

»Wäre das wirklich schlimm?«

»Mir gefällt die Bühne besser. Immer schon. Aber meine Agentin meint, wenn ich groß rauskommen will, geht das nur im Filmgeschäft.«

»Dann soll doch deine Agentin Filmstar werden.«

Der Anflug eines Lächelns glitt über Helens Lippen. »Mein Freund sagt, ihm ist es egal, wo wir leben.«

»Warum bleibst du dann hier? Zwingst du dich, Achterbahn zu fahren, um eine Rolle in einem Actionfilm zu bekommen?«

»Ja. Meine Agentin meint, ich brauche den großen Durchbruch.«

»Eine namenlose Geisel ist der große Durchbruch?«

»So funktioniert das Showbusiness nun mal.« Jetzt, wo sie einmal angefangen hatte zu reden, war Helen nicht mehr zu stoppen. Sie hatte wieder Farbe im Gesicht und schien nicht zu merken, wie die Zeit verstrich. Laura schätzte, dass es inzwischen acht oder neun Minuten sein mussten. Glücklicherweise hatten sie die Sonne im Rücken, sonst wären ihre Ohren mittlerweile zu Asche verglüht. Doch sie würde einen Sonnenbrand im Nacken bekommen.

»Aber du könntest tatsächlich auf der Bühne stehen, wenn du nach New York gehst – du könntest als Schauspielerin arbeiten?«

Helen nickte. »Ich müsste meine Agentin abservieren – sie kennt sich in der Theaterwelt nicht besonders gut aus.«

»Sie hat dich also hergeholt, um dir Zutritt zu der Welt zu verschaffen, die sie kennt. Du klingst nicht so glücklich darüber.«

»Zwei Jahre ohne Arbeit – bis auf eine Statistenrolle in einem Werbespot. Zum Glück hat mein Freund Geld. Seine Familie lebt oben im Norden. Rinderzüchter und Goldschürfer, sehr altes kalifornisches Geld.«

Wenn ich jemanden hätte, der mich finanziert, dachte Laura, würde ich mit beiden Händen nach meinem eigenen *Chez Panisse* greifen, ohne auch nur einen Moment zu zögern. Helen schien nicht mehr zu wissen, als dass sie Schauspielerin sein wollte, was etwa so war, als würde Laura sagen, sie wollte Chef de Cuisine werden. Welcher Art, wie, wo, für wen – das waren die wichtigen, die entscheidenden Fragen. Im vergangenen Jahr hatte sie sich jede einzelne davon gestellt.

»Wie auch immer – ich muss jedenfalls meine Höhenangst überwinden«, fuhr Helen fort. »Eine Balkonszene – ein Produzent hat mich direkt angerufen, um zu fragen, ob ich Interesse an einer Off-Broadway-Produktion von *Romeo und Julia* hätte, aber ich fand, ich müsste in L.A. bleiben und habe abgesagt.« Sie biss sich auf die Unterlippe. »Gott, war das ein Fehler? Ich wusste nicht, was ich tun sollte.«

»Also hast du beschlossen, zumindest mal Achterbahn zu fahren.« Laura ließ den Blick zu den palmengesäumten Straßen wandern.

Wieder verzog sich der ausdrucksvolle Mund zu einem raschen Lächeln. »Das ist nicht verrückt, oder?«

»Da fragst du die Falsche.«

»Ich konnte es nicht länger geheimhalten, und heutzutage gibt es immer mehr *Wire Work*, also kabelgesicherte Einsätze. Also habe ich eine Desensibilisierungstherapie gemacht, die auch erfolgreich war. Heute kann ich beispielsweise gläserne Fahrstühle benutzen, in denen ich früher kalte Schweißausbrüche gekriegt und gekotzt hätte. Aber die Angsttherapeutin hat gemeint, wenn ich mal in einem Vergnügungspark wäre, würde ich einen großen Sieg erringen, wenn es mir gelänge, Achterbahn zu fahren.« Ihre Augen öffneten sich einen Spalt breit.

»Und dein Freund ist wirklich bereit umzuziehen, wenn deine Arbeit es erfordert?« Normalerweise hätte Laura nicht nachgebohrt, aber sie wollte nicht, dass Helen sie nach ihrem Liebesleben fragte. Frauen, die in einer Beziehung lebten, fragten immer danach. Es war eine Frage von: »Ich zeig dir meins und du zeigst mir deins.«

»Er sagt, er würde mitkommen. Er möchte mich heiraten. Ich glaube, ich werde ja sagen.« Endlich lächelte sie – ein echtes Lächeln, und ihre Augen öffneten sich ganz. »Ich bin genauso verrückt nach ihm. Es hat mich einfach gepackt. Und er möchte, dass ich berühmt werde und so reich wie er, und er sagt, dass ihm nichts Besseres passieren könnte, als Mr. Helen Baynor zu werden. Also *muss* ich es schaffen. Ich will ganz nach oben.«

Die unverblümte Brando-Pose ließ Laura grinsen. »Ich werde eines Tages mein eigenes Restaurant besitzen. Ich habe das vergangene Jahr in verschiedenen Lokalen in San Francisco geschuftet. Schälen, hacken, anbraten. Ich habe ein bisschen Geld zurückgelegt und kann mir jetzt weitere Fortbildungen leisten.« Und ich werde sparsam leben, fügte sie innerlich hinzu. Und mit wenig Geld zum leben, bleibt mir keines für Dinge, die schlecht für mich sind.

Helen wandte den Kopf, und zum ersten Mal begegneten sich ihre Blicke.

Sie hatte erstaunliche Augen – das war das Erste, was Laura dachte, und einen Moment lang merkte sie nicht, dass sie Helen anstarrte. Helens Augen waren aber auch außergewöhnlich – sie waren groß und ausdrucksvoll und von der Farbe her zwischen blau und grau. Das Zusammenspiel ihrer Wimpern, ihrer Lippen und Augenbrauen unterstrich den raschen Wechsel von Angst zu Humor zu warmer Zuneigung und wieder zurück zur Angst. Dann blinzelte sie, und das brachte Laura mit einem Ruck wieder in ihre gemeinsame missliche Lage zurück, und sie vernahm Helens Stimme.

»Du klingst nicht so jung, wie du bist. Von deiner Stimme her dachte ich, du wärst in meinem Alter.«

»Ich werde nächsten Monat zweiundzwanzig.« Laura war nicht sicher, ob sie beleidigt sein sollte. Ihre Stimme klang also älter?

»Ich werde im Herbst siebenundzwanzig.«

»Wieso klinge ich so alt?«

»Oh, ich weiß nicht. Du bist so ruhig, während ich jedes Mal, wenn der Wind ein bisschen zunimmt, fürchte, wir werden von den Schienen gepustet.«

»Sie hatten hier schon stürmischen Wind, ohne dass was passiert wäre.«

»Die Leute fahren bei Sturm Achterbahn?«

»Nun, das nicht gerade …«

Helen hob eine Augenbraue. »Außerdem sagst du nicht in jedem zweiten Satz ›und so‹ und ›irgendwie‹.«

»Das ließe sich irgendwie ändern und so.«

Helen schenkte ihr ein Lächeln, das verflog, als jemand in einem Wagen hinter ihnen anfing zu schreien. Als ob jemand am Boden sie hören könnte. Laura beugte sich über die Seite und spähte nach unten, konnte aber keine neuen Aktivitäten ausmachen. Vielleicht zehn Minuten inzwischen? Oder vielleicht auch schon fünfzehn? Ihre Uhr war in ihrem Rucksack unten auf der Startplattform.

»Es kann nicht mehr lange dauern.«

Das Geschrei hinter ihnen hielt an. Laura wusste, wie die Bahn hinter ihnen aussah und versuchte nicht daran zu denken, wie sie von hier oben herunterkamen, falls die Fahrt nicht weiterging. Auf diesem Teil der Bahn gab es keine Leitern, keinen Notausgang. Also mussten die Betreiber in der Lage sein, den Zug zurückrollen zu lassen – bis zu einer Stelle, an der sie aussteigen konnten, oder? Sie mussten einen Plan haben, wie sie sie zu einer sicheren Stelle bringen konnten, von wo aus sie gefahrlos hinunterklettern könnten. Laura öffnete den Mund, um genau das zu sagen, aber dann begriff sie, dass sie Helen damit nur noch mehr ängstigen würde. Sie behielt ihre Überlegungen besser für sich. Vorerst zumindest.

»Wo in New York hast du gewohnt?«

»In Queens«, antwortete Laura. »Ich bin mit dem Bus zur Arbeit gefahren. Zu einem Bistro in der Nähe der Wall Street. Ich habe gut verdient und durfte mehr machen als Gemüse schnippeln.«

»Und dann?« Helen schloss die Augen wieder, aber das schien mehr der sengenden Sonne geschuldet als aufkeimender Panik. »Was ist dann schiefgelaufen?«

»Wie kommst du darauf, dass etwas schiefgelaufen ist?«

»Das höre ich dir an. Irgendwas ist schiefgelaufen.«

Wenn du deine Abhängigkeit leugnest, räumst du ihr Macht über dich ein, rief Laura sich in Erinnerung. Doch einer Fremden in der Achterbahn davon erzählen? War das wirklich nötig? Aber dies ist ein Jahrestag, sagte sie sich, ein Neuanfang, und du solltest den Rest deines Lebens so angehen, wie du es fortsetzen möchtest. *Es scheint sie wirklich zu interessieren, also erzähl ihr die Wahrheit.*

»Ich habe eine Dummheit gemacht. Ich war zu naiv, um mich zu wundern, warum dort so viel Geld im Umlauf war. Restaurants sind gewöhnlich knapp bei Kasse, und bei den Mieten in New York – das ist brutal. Aber dort gab es eine Menge Kohle. Manchmal wurde ich bar auf die Hand bezahlt. Ich hatte einen besseren Arbeitsplatz als meine Mutter in ihrem ganzen Leben, und ich war auf dem Weg, Küchenchefin zu werden. Dann habe ich herausgefunden, woher das viele Geld stammte, und ich hielt mich für unverwundbar und für eine der wenigen wirklich Coolen. In meiner Familie in Jamaika nehmen einige Drogen, aber ich hielt mich für schlauer als sie – ich dachte, ich wäre irgendwie gefeit gegen die Tatsache, dass eine Linie Koks zur nächsten führt und wieder zur nächsten. Ich nahm eine Gratis-Kostprobe, und schon war ich drauf.« Sie hielt inne, um Luft zu holen. Ihr war fast ein wenig schwindelig.

Helen hatte die Augen geöffnet. »Ich kenne Leute – talentierte, gefestigte Menschen –, die sich mit Kokain zugrunde gerichtet haben. Intelligente Menschen. Einige sind über Kokain bei Crack gelandet. Und du hast aufgehört?«

Laura schaffte es nicht, Helens Blick zu erwidern. »Nachdem ich alles verloren hatte, was ich besaß. Keine Schule mehr, und das Restaurant wurden natürlich irgendwann hochgenommen – die Besitzer haben direkt an der Bar gedealt. Ich war nicht dort, als die Razzia stattfand, und ich bin nicht in die Sache reingezogen worden, was mein Glück war. Ich hätte mir eine Vorstrafe einhandeln können.« Sie beschloss, nicht weiter darauf einzugehen, dass jemand mit ihrer Hautfarbe bei einer Anklage wegen Drogenmissbrauchs ganz schlechte Karten gehabt hätte. Während ihres Zwölf-Schritte-Programms hatte sie sich immer wieder in Erinnerung gerufen, dass sie es allein der Gnade Gottes zu verdanken hatte, keine Vorstrafe wegen eines Drogendelikts am Hals zu haben.

»Und dann musste ich raus aus New York ... wegen meines

Geruchsinns.« Sie musste kurz innehalten, um zu schlucken, denn beim Erzählen wurde die Erinnerung wieder wach – an den Duft von Öl, Knoblauch, gebräuntem Zucker und gegrilltem Kalbsfleisch, der sich mit dem Geruch der U-Bahn und – an vielen Abenden – dem feuchtschweren Geruch von Regen auf den dreckigen Gehwegen mischte. »Restaurantküchen in New York riechen auf ganz eigentümliche Weise.«

»Du meinst, anders als mit der Nase?«

»Schlaubergerin.«

»Ich kann's nicht lassen. Hat mir in der Schule einige Probleme beschert. Jedenfalls ...«

»Jedenfalls – vielleicht liegt es an ihrem Alter. Heute erinnert mich dieser Geruch daran, wie toll ich mich gefühlt habe, wenn ich auf Drogen war, nicht welch schrecklichen Weg mein Leben wegen der Drogen genommen hat. Ich war nicht anders als meine drogensüchtige Verwandtschaft. Aber hier geht es mir gut. Die Welt riecht anders hier. Mein Sponsor hat mir erzählt, dass es Untersuchungen über den Zusammenhang zwischen Geräuschen sowie Gerüchen und Triggern gibt, und von daher fand ich es eine gute Idee, all das hinter mir zu lassen. Ich werde leicht nervös, wenn ich daran denke, wieder zurückzugehen ...«

Helen löste widerstrebend eine Hand von dem Schoßbügel und legte sie leicht auf Lauras Arm. »Du bist stärker als die Drogen. Du hast es ein Jahr geschafft, und du flippst nicht aus in dieser verdammten Achterbahn.«

»Tatsächlich besteht der erste der zwölf Schritte darin anzuerkennen, dass man nicht stärker ist als seine Sucht. Das ist allein Gott.«

»Quatsch mit Soße.«

»Quatsch mit Soße?« Laura sah sie schockiert an. Zum einen weil Helen über einen der großen Schritte, ganz zu schweigen von der göttlichen Macht, zu spotten schien, und zum anderen weil sie »Quatsch mit Soße« gesagt hatte, und wer sagte das heutzutage schon noch?

»Sorry, ich meinte nicht Gott damit«, sagte Helen rasch. »Ich wollte sagen, wenn du stark genug bist, dich der Fürsorge Gottes anzuvertrauen, dann bist du bereits stärker als die Sucht. Es ist ein Zeichen von Stärke, nicht von Schwäche, wenn man sich eingesteht, Hilfe zu brauchen und darum bittet.«

»Stammt das aus einem Stück?«

»Vielleicht. Ich weiß nicht«, erwiderte Helen unerwarteterweise. Sie strich sich eine verirrte Haarsträhne hinters Ohr. »Aber ich glaube, es ist stimmt. Natürlich habe ich nie in deiner Haut gesteckt, also was weiß ich im Grunde schon?«

»Glaub mir, viele Menschen, die nie das geringste Suchtproblem hatten, wissen ganz genau, wie man von einer Sucht loskommt. Doch es gibt keine Heilung. Niemand ist je auf immer und ewig kuriert. Ich versuche, stark zu sein. Es ist eine Entscheidung, die ich jeden Tag neu treffe.«

Helen legte ihre Hand wieder auf den Schoßbügel und schloss die langen Finger fest darum. »Es klingt jedenfalls so, als hättest du die Sache gut im Griff. Warum bleibst du nicht hier in Kalifornien?«

Laura hatte viel darüber nachgedacht. »Weil ich Angst davor habe zurückzugehen – das zum einen. Es ist, wie wenn man Höhenangst hat und sich beweisen will, dass man sie überwunden hat, indem man Achterbahn fährt.«

Helen nickte ironisch. »Okay, Punkt für dich.«

»Ich habe Angst, dass ich, wenn ich nicht zurückgehe, ewig Angst haben werde, und das kulinarische Zentrum Amerikas ist nun mal New York, wenn man etwas lernen will, und das will ich wirklich. Und wenn ich merke, dass ich es nicht aushalte – wenn ich auch nur einen Funken Versuchung verspüre, bin ich wieder weg. Ich habe einen sehr guten Geruchssinn, und das ist ein weiterer Grund, die Finger von dem Zeug zu lassen. Ich hätte meinen Geschmackssinn verlieren können, und damit verdiene ich schließlich meinen Lebensunterhalt. Wie kann ich also Angst davor haben, dort zu lernen, dort in der Küche zu arbeiten? Wenn ich das nicht packe, wenn ich anfange zu denken, dass wir ein echt tolles Dinner hatten und ob das pudrige weiße Zeug nicht der beste Nachtisch wäre, dann komme ich hierher zurück. Ich könnte problemlos die rechte Hand von Alice Waters werden.«

Als Laura erklärte, wer Alice Waters und ihr *Chez Panisse* waren, merkte sie, dass sie von Dingen sprach, die sie nie außerhalb eines AA-Meetings erzählt hatte. Es tat wirklich gut, jemandem außer ihrem Sponsor von ihren Ängsten zu erzählen, und es war wunderbar, dass Helen weder geschockt noch angewidert wirkte. Ihre Reaktion war vermutlich untypisch – es gab sicher jede Menge Menschen, die nichts von ihr halten und ihr das auch sagen würden. Denen würde sie überall begegnen, auf Schritt und Tritt.

Sie hatte Fehler begangen. Sie hatte Wiedergutmachung geleistet, so gut es ging. Sie hatte die Lebensversicherung ihrer Mutter, ihren einzigen Notgroschen, vertickt, um sich Koks zu beschaffen. Die Ausbildung, die sie in drei Jahren hätte abschließen können, würde jetzt sechs bis sieben dauern, und Selbstmitleid, weil sie nun jeden Pfennig zweimal umdrehen musste, um für die Kochschule zu bezahlen, war nicht angesagt.

»Live aufzutreten ist etwas ganz Besonderes«, sagte Helen gerade. »Der Nervenkitzel ... Backstage hat diesen gewissen Rhythmus – einen kontrolliert furiosen Energieschub, der auf das Publikum übergreift. Ich liebe es, hinter dem Vorhang zu stehen, bevor er sich hebt. Er senkt sich immer ein klein wenig – zur Warnung. Dann hebt er sich, und ich habe das Gefühl zu fliegen.«

»Klingt wie eine Art Droge.« Laura beschirmte die Augen mit der Hand. Der Himmel war sengend blau, obwohl sie die Sonne im Rücken hatten.

»Das ist es wohl auch.« Helen lächelte halb. »Ich brauche das – ohne Frage. Ich denke ständig daran, wann ich es wieder erleben werde. Ich lege es drauf an und setze alle Hebel in Bewegung, um es mir so oft wie möglich zu verschaffen. Und zwischen zwei Rollen habe ich das Gefühl, als fehle ein Teil von mir.«

»Ja, das sind die klassischen Anzeichen – aber es gibt eines, was du nicht tust.«

»Und das wäre?«

»Du machst es nicht heimlich und verleugnest es nicht.« Sie hatte viele Lügen erzählt, aber wenig im Verborgenen getan. Dazu hatte kein Anlass bestanden – man tat es in aller Öffentlichkeit im Lager des Restaurants. Sie war so dumm gewesen – die Zeiten waren schwer und keine Änderung in Sicht. Dafür sorgte erst die Ära Reagan, dann die Ära Bush. Aber ihre Gäste hatten nur allzu gern horrende Summen für einfache Cocktails bezahlt, und sie hatte sich schlicht geweigert zu sehen, was sich unter den Cocktailservietten befand, und zu begreifen, was das Geld, das von einer Hand in die andere wechselte, zu bedeuten hatte.

»Stimmt. Ich habe mindestens hundert Zeuginnen und Zeugen, wann immer ich es tue.«

Laura war nicht sicher, warum ihre Stimme plötzlich zitterte. »Ich werde nicht dahin zurückkehren. Auf keinen Fall.«

»Gut!«, erwiderte Helen. Sie öffnete die Augen, und Laura hatte das Gefühl, in tröstlichen blaugrauen Samt eingehüllt zu werden. »Ich bin überzeugt, dass du das schaffst!«

Laura wusste nicht, warum es ihr so wichtig war, aber sie sagte: »Du solltest zum Broadway zurückkehren. Heirate den netten Mann und verfolge das, was dir am Herzen liegt.«

»Ich weiß nicht, ob ich mutig genug bin.«

»Immerhin hockst du in dieser verdammten Achterbahn.«

Helen schüttelte den Kopf.

»Du hast das Geld zu leben, wo immer du willst. Was ist also der wahre Grund, es nicht zu tun?«

Helen holte tief Luft. »Ich habe Angst, dass ich nirgendwo berühmt werde. Wenn ich zurückgehe und hier in Vergessenheit gerate ... dann habe ich überhaupt nichts mehr.«

»Außer dem netten Mann und einem Haufen Geld. Wenn du nicht gehst, dann hast du einen netten Mann, einen Haufen Geld und bereust es dein Leben lang.«

»Stammt das aus einem Stück?« Helen runzelte die Stirn.

»Nicht dass ich wüsste – Mist!«

Helen fluchte im selben Moment, weil sich ihr Zug ruckartig in Bewegung gesetzt hatte. Sie glitten rückwärts, und sie schrien beide, genau wie die Menschen hinter ihnen. Wieder kam der Zug kreischend zum Stehen.

Helens Atem ging kurz und abgehackt. »Ich muss mich übergeben.« Sie warf Laura einen panischen Blick zu.

»Nein, musst du nicht!«, sagte Laura entschieden. »Erzähl mir von Julia. Von Eliza Doolittle.« Helen sah sie verständnislos an. »Erzähl mir von dem ersten Stück, in dem du aufgetreten bist.«

Helen gab sich alle Mühe, das sah Laura. Ihr Atem nahm einen erzwungen gleichförmigen Rhythmus an, und ihre Lippen bewegten sich, als rezitiere sie ein inneres Mantra. »Als Amateurin? Oder als Profi?«

»Als du das erste Mal dafür bezahlt wurdest.«

»*Camelot.* Als junge Komparsin. Eine Gesangsrolle, noch bevor ich irgendein Stimmtraining absolviert hatte.«

»Stimmtraining – hat das was gebracht?«

»Hat es. Aber damals ... ›Wenn ein Amboss singen könnte, dann würde er klingen wie Helen Baynor.‹«

»Aua!«

»Aus einer Kritik in der Lokalzeitung.«

»Wie gemein.«

»Es war die Wahrheit, und es tat weh.« Helen schluckte hart. »Meine Freundinnen haben mir nicht die Wahrheit gesagt, und ich bin froh, dass jemand anders es tat. Ich habe sechs Jahre lang Stimmtraining gemacht. Meine Stimme wurde besser. Ich bin keine Glanznummer, die Sonderapplaus bekommt, aber im Ensemble erfülle ich meinen Part. Und mit Kritiken kann ich inzwischen auch besser umgehen. Manchmal treffen sie voll ins Schwarze. Manchmal sind sie völlig daneben. Manchmal schicke ich einen Kritiker zum Teufel.«

Laura nickte. »Ich weiß, was du meinst. Ich kann einen sogenannten Kritiker mit dem Hackebeil zerstückeln und im Knast landen oder ich lächele und lasse ihn an meinem Erfolg ersticken. Manchmal male ich mir aus, wie ich Leute Jahre später, wenn niemand mich mehr verdächtigt, vergifte. Netter Zeitvertreib.«

»Wenn ich jemals jemanden vergiften möchte, werde ich mich an dich wenden.«

Laura freute sich, dass Helens Gesichtsfarbe zurückkehrte. Sie weiter zum Reden zu bringen war also das Beste. »Und was hältst du von *Cats?*«

Helen gab einen erstickten Laut von sich, der einem Lachen vermutlich so nah kam, wie es ihr in der Situation möglich war. »Gutes Theater. Ich bin kein Snob – unterhält das Massenpublikum. Aber ich möchte nicht, dass der Broadway mit *Cats* gleichgesetzt wird. Es muss auch so was wie *Tod eines Handlungsreisenden* oder *Engel in Amerika* geben – das war phantastisch! Ich habe es gesehen, als sie es in L.A. einstudierten. Es wird an den Broadway kommen, ins Westend – es ist toll! Solches Theater brauchen wir. Plus *Cats*. Die Welt wäre ziemlich grau ohne das eine oder das andere.« Helen holte tiefer, gleichmäßiger Luft. »Ich habe wegen Drogen einige Menschen verloren, aber mehr noch wegen Aids. Nachdem ich hierhergezogen war, habe ich viele Leute angerufen, mit denen ich mal gearbeitet hatte, und sie haben mir lange Listen von Männern vorgelesen, die vor kurzem gestorben waren. All diese Beerdigungen. Und es geht immer noch weiter.«

»Niemand unternimmt wirklich etwas dagegen – zumindest nicht soweit ich weiß.« Laura überlegte, ob sie Helen auch ihr zweites Geheimnis anvertrauen konnte. Die Ironie, die darin lag, dass sie Helen ihre Drogengeschichte erzählen konnte, aber daran zweifelte, ob sie ihr erzählen konnte, dass sie lesbisch war, bewog sie zu einem schiefen Lächeln. Würde sich das je ändern?

Helen nahm den Faden wieder auf. »*Engel in Amerika* – das ist auch so ein Stück. Was, wenn ich der Engel wäre? Der wird verdrahtet, und wenn man Höhenangst hat, kann man die Rolle vergessen.«

»Du schlägst dich tapfer«, sagte Laura. »Das hier ist ein Riesenfortschritt. Sag deiner Agentin, dass du eine Nahtoderfahrung gemacht hast und dass du nach New York zurückgehst. Dein Herz sagt dir, was es möchte, und du wärst dumm, nicht darauf zu hören. Ich bin nie viel im Theater gewesen, aber ich habe *Cats* gesehen und *Das Geheimnis um Edwin Drood.*«

»*Edwin Drood* war großartig – Was war das jetzt?«

»Eine Lautsprecherdurchsage.« Laura beugte sich aus dem Wagen und lauschte angestrengt. »Ich glaube ...« Die Durchsage wurde wiederholt. »Sie wollen die Fahrt fortsetzen.« Sie setzte sich auf ihren Platz zurück. »Sie wollen, dass wir Köpfe und Hände wieder reinholen.«

»Du meinst, wir fahren jetzt weiter?« Helen wurde wieder bleich. »Ich hatte mich gerade daran gewöhnt, hier oben zu stehen.«

»Keine Sorge.« Laura löste Helens Hand von dem Schoßbügel. »Halt meine Hand. Alles wird gut. Und das hier ist eine Achterbahn – da hat man eben Angst und schreit.«

Das *Klack-klack-klack,* mit dem sie hochgezogen wurden, klang unheilvoll.

Helen umklammerte ihre Hand so fest, dass Laura wusste, dass sie ihr später weh tun würde. Es war ihr egal.

»Wenn ich eine reiche, berühmte Theaterschauspielerin bin«, sagte Helen, »dann besuche ich mit meinen reichen, berühmten Freunden dein Restaurant, denn ich weiß, dass du eine reiche, berühmte Gastronomin werden wirst.«

»Ich werde euch ein phantastisches Mahl zubereiten«, versprach Laura.

Klack-klack-klack.

»Ich bin überzeugt, dass du das schaffen wirst.« Helen drückte Lauras Hand noch fester.

Laura war gerührt von Helens blindem Glauben. Sie war nicht sicher, wer hier wessen Rettungsleine war. Sie erwiderte den Händedruck. »Wir schaffen es beide.«

Die Kette löste sich, und der Zug schoss vorwärts. Laura schrie ebenfalls, damit Helen sich nicht so allein fühlte. Die Schwerkraft packte sie, und keine von beiden ließ die Hand der anderen los.

1

Dreiundzwanzig Jahre später

Bleib ruhig, bleib cool, bleib gelassen. Das Letzte, was Laura Izmani wollte, war, dass die Frau auf der anderen Seite des großen Mahagoni-Schreibtischs ihre Aufregung mitbekam.

Ihr Gegenüber überflog ihre Unterlagen noch einmal. »In Ihrem Lebenslauf finde ich es nicht – ich meine, dass Sie schon einmal als Privatköchin gearbeitet haben.«

»Faktisch habe ich das auch nicht.« Sie bemühte sich, ihre Stimme fest klingen zu lassen und normal zu sprechen, aber ihre potentielle Arbeitgeberin wählte just den Moment, um erneut Blickkontakt aufzunehmen.

Laura war nicht der Typ, der angesichts von schönen Augen errötete und anfing zu stammeln, aber dies waren keine gewöhnlichen Augen. Diese Augen hatten Laura in den zehn Jahren, in denen sie in Manhattan gearbeitet hatte, von Dutzenden Theaterplakaten angeblickt, und seit sie dem Big Apple vor mehr als einem Jahrzehnt den Rücken gekehrt hatte, von zahlreichen Internetseiten. In dem natürlichen Licht, das durch die zarten Gardinen des Arbeitszimmers hereinfiel, sah sie, dass die dichten dunklen Wimpern echt waren und dass das ständig wechselnde Farbspiel der Augen von himmelblau bis hin zu grau nicht getönten Kontaktlinsen geschuldet war. Diese großen, ausdrucksstarken Augen konnten Gefühle vermitteln und sie mit einem Wimpernschlag wieder ausschalten. Diese Augen hatten sich in den letzten dreiundzwanzig Jahren nicht verändert.

Jetzt blinzelte Helen Baynor, und ohne Blickkontakt überlief Laura absurderweise ein kühler Schauder. Atemlos wartete sie auf den nächsten Blick. *Liebe Güte! Bring deine Antwort zu Ende, du Idiotin!*

Sie verhaspelte sich, fing sich wieder, und dann strömten die Worte nur noch so aus ihr heraus. »Ich habe zehn Jahre in verschiedenen Sternerestaurants in New York gearbeitet und dann mehr als weitere zehn Jahre in den Resorts der Cunard Line.« Zum Glück war sie nun wieder ruhiger und konnte normal weitersprechen. »In der Zeit war ich für private Festessen zuständig und habe für hochkarätige Gäste speziell auf deren individuelle Wünsche abgestimmte Mahlzeiten zubereitet. Daneben habe ich hin und wieder auch Catering angeboten, aber Catering und Mahlzeiten für eine Familie zu kochen sind natürlich zwei völlig unterschiedliche Dinge, selbst wenn in vieler Hinsicht dieselben Fähigkeiten verlangt werden.«

Laura schickte ihren Worten noch ein spätes Lächeln hinterher, das gefror, als Helen Baynor ihr wieder in die Augen sah.

»Warum wollen Sie sich beruflich verändern? Das hier kommt mir – nun, mir scheint, dass die Arbeit als Privatköchin für eine Frau, die Küchenchefin in hochklassigen Restaurants gewesen ist, doch eine eher …« Die vollen, feingezeichneten Lippen verzogen sich zu einem erwartungsvollen Lächeln.

»… niedere Tätigkeit ist?« Auch auf diese Frage war Laura vorbereitet. Industriekapitäne konnten sich vielleicht nicht vorstellen, warum jemand arbeitsmäßig ein paar Stufen runterklettern wollte, aber Helen Baynor vermutlich schon. Laura ließ den Blick zu der bildschönen Bonsaipflanze auf der einen Ecke des fast leeren Schreibtisches schweifen. Der zweite Gegenstand, der ihre Aufmerksamkeit auf sich zog, war eine seltsam bemalte Skulptur aus ungebranntem Ton, die einen Menschen oder einen Gorilla darstellen mochte. Das Werk eines Kindes, vermutete Laura, vermutlich von einem der beiden Zwillinge, als sie noch jünger waren. »Es gibt einen Zeitpunkt im Leben vieler Küchenchefs, an dem sie das Geld, das sie so hart erarbeitet haben, in die Eröffnung ihres eigenen Restaurants stecken. Das könnte ich auch tun. Aber es ist sehr wahrscheinlich, dass ich dann alles verliere – so geht's den meisten Gastronomen im ersten Jahr, selbst wenn die Wirtschaft boomt. So wie die Dinge momentan liegen, kann ich mir etwas Riskanteres kaum vorstellen.«

Helen Baynor nickte, und ihr Gesicht blieb aufmerksam. Das könnte gespielt sein, dachte Laura. Sie fuhr fort: »Oder aber ich arbeite am Ende noch härter als ohnehin schon mein Leben lang, um meine Ersparnisse nicht zu verlieren, und dann bin ich plötzlich fünfzig und frage mich, wo mein Leben geblieben ist.«

Endlich hatte sie eine Reaktion hervorgelockt: ein winziges Zucken um Helens Augen. Laura rechnete rasch – wenn sie fünfundvierzig war, dann würde Helen nächsten Monat fünfzig werden. Dümmer geht's nicht, dachte sie, die potentielle Arbeitgeberin an ihr Alter zu erinnern. Doch in ihren Augen sah Helen fast noch genau so aus wie zwei Jahrzehnte zuvor. Makellos elegant, von natürlicher Schönheit, Jahr um Jahr. Die einzige augenfällige Veränderung war ihre Frisur – statt schulterlang trug sie ihr Haar nun viel kürzer, so dass es in leichten Wellen ihr Gesicht umschmiegte – besser für Theaterperücken geeignet, vermutete Laura.

»Ich habe beträchtliche Ersparnisse, und ich lebe ziemlich bescheiden – keine Zeit für ein ausschweifendes Leben«, fuhr sie fort. »Ich fühle mich schon seit einiger Zeit rastlos. Mein Repertoire ist zu nichts als langweiligen Tellergerichten geschrumpft, auch wenn ich sie aus hochwertigen Zutaten zubereite. Originelle Gerichte mit Flair, die aus dem zubereitet werden, was an dem Tag frisch im Angebot ist, stehen nicht auf der Wunschliste des Managements, und ein Wechsel in der Führungsspitze im letzten Resort hat mir den Impuls gegeben, den ich gebraucht habe. Ich wäre gern Teil einer Gemeinschaft von talentierten Kochprofis und möchte nicht jeden Abend mit den Menschen konkurrieren, mit denen ich gern befreundet wäre. Ich habe eine Handvoll Referenzen, und eine hat mich hierhergeführt, in diesen Teil Kaliforniens. Vor vielen Jahren habe ich in Santa Cruz gelebt, und von daher ist diese Gegend hier auch so etwas wie mein Zuhause.«

Helen warf einen flüchtigen Blick auf die zweite Seite der Bewerbung. »Ihre Referenzen sind beeindruckend. Ich kenne die Merchants, und David Connelly ist ein großer Freund des Theaters.«

Laura nickte. »Ich habe sie in Bali kennengelernt. Für Davids Familie habe ich das Basismenü entwickelt, damit sie alle das gleiche essen konnten und die Allergien seiner Tochter dennoch Berücksichtigung fanden. Es war ihm wichtig, dass sie sich bei den gemeinsamen Mahlzeiten nicht ausgeschlossen fühlt, die anderen aber wiederum nicht das Gefühl haben, sie bekämen nur noch Reis und Soja zu essen. Wenn sie auswärts speisen, können alle Milch- und Weizenprodukte essen, soviel sie wollen. Zu Hause jedoch gibt es weder Milchprodukte noch Gluten.«

»Ist das der Grund, warum David vor einigen Jahren so abgenommen hat?« Diesmal war das Lächeln echt, und plötzlich war Helen Baynor keine berühmte Theaterschauspielerin mehr, sondern die Art von Frau, mit der man im Coffeeshop ins Gespräch kam oder an der Supermarktkasse oder in der Schlange, die Tickets zum halben Preis kaufen wollte. Mit der man die Art von Gespräch führte, die dem restlichen Tag Glanz verlieh – die Art von Gespräch, die man nie vergaß. Tja, Helen schien es offensichtlich vergessen zu haben.

Laura nickte, verhalten hoffnungsvoll. »Eine Diätassistentin hat die Grundnahrungsmittel zusammengestellt, und ich habe daraus einen Grundstock an Rezepten entwickelt, den ihre Köchin verwenden und variieren kann. Bisher finden sie ihren Speiseplan noch nicht langweilig. Aber die Art zu kochen erfordert Zeit und Aufmerksamkeit. Ihre Tochter hat vor allem ein Problem mit Konservierungsmitteln und Farbstoffen, stimmt's?«

Falls Helen überrascht war, dass Laura über diese vertraulichen Informationen verfügte, ließ sie es sich nicht anmerken.

Laura hatte sich daran erinnert, dass es Ende der neunziger Jahre in einem Interview im *Parade Magazine* erwähnt worden war.

»Zusatzstoffe und Konservierungsmittel sind ein echtes Problem. Sie lösen Schuppenflechte und manchmal auch Migräne aus. Meine Tochter hat monatelang kein Problem, und dann rutscht plötzlich doch was durch. In letzter Zeit war es ziemlich übel. Die letzte Köchin war nicht so sorgsam, wie sie versprochen hat. Wir brauchen einen gemeinschaftlichen Bioanbau.«

»Das wäre großartig – aber dafür benötigen Sie Land.«

»Land abzugeben – dazu sind hier in der Gegend nur wenige bereit.« Helen lächelte und fügte hinzu: »Auch wenn sie alle Bio einkaufen.«

Laura grinste. »Jede Gemeinde, die es seit Jahren schafft, Steve Jobs daran zu hindern, sein Haus abzureißen und auf seinem eigenen Grund und Boden ein neues zu bauen, hat einen tiefverwurzelten Sinn für ... Stadtästhetik.«

»Sehr diplomatisch ausgedrückt«, sagte Helen trocken.

»Stimmt es, dass es im Internet keine anständige Karte von Woodside gibt, weil ein Google-Milliardär in der Gegend die Satellitenaufnahmen manipuliert?«

Helen lachte. »Wenn das jemand könnte, dann der, denke ich. Wir hier schätzen unsere Privatsphäre.«

»Es ist bestimmt nicht so einfach«, erwiderte Laura und wählte ihre Worte sorgfältig, »im Licht der Öffentlichkeit zu stehen und dennoch die Familie weitgehend davor zu bewahren.«

»Stimmt. Deshalb würde ich dieses Haus niemals aufgeben. Psychologisch könnte es nicht weiter vom Broadway entfernt sein. Als meine Kinder alt genug waren, um zu begreifen, dass ich berühmt bin, habe ich beschlossen, aus Manhattan wegzuziehen. Ich habe einen irrwitzigen Terminkalender, wenn ich dort bin, aber das hier ist unser Zuhause. Auch wenn ich nicht ständig hier bin – für die Kinder ist es sieben Tage in der Woche ihr Heim. Und aus dem Grund brauche ich eine Köchin – vier

Abende in der Woche – eine Frau, die jeden Aspekt der Küche genauestens im Blick hat und die Vorräte auffüllt, so dass wir für uns kochen können, wenn ich daheim bin. Ich muss wissen, dass ich in die Speisekammer, die Gefriertruhe, den Kühlschrank greifen kann, ohne auf der Hut sein zu müssen. Meine Zeit ist kostbar, und ich möchte sie mit meinen Kindern verbringen und kochen können, ohne Nahrungsmittelbestandteillisten studieren zu müssen. Julies Attacken sind einfach schrecklich.«

»Ich möchte bestimmt nicht die Köchin sein, die ihr etwas Unbekömmliches vorsetzt.« Laura erwog, was Helen gesagt hatte. Es genügte, den Eingangsbereich und dieses Arbeitszimmer zu sehen, um zu wissen, dass Helen Baynors Haus ein echtes Anwesen aus den zwanziger Jahren war. Als es gebaut wurde, war Woodside ein abgeschiedener kleiner Ort, der ein ganzes Stück von dem verschlafenen kleinen San José entfernt war. Es hieß, Woodside sei einst das heimliche Liebesnest von Jo DiMaggio und Marilyn Monroe gewesen. San José und die Ausläufer von Silicon Valley gingen nun fast ineinander über, aber Woodside war noch immer abgeschieden.

Laura hatte den Glamourstar einer äußerst erfolgreichen Polizeiserie auf dem Wochenmarkt einkaufen sehen, die berühmte blonde Lockenpracht unter einem abgetragenen Panamahut verborgen. Sie hatte mit ihrem Mann, einem ebenso berühmten Filmstar, die Vorzüge von nordamerikanischem Maismehl versus italienischer Polenta erörtert. Hätte es sich nicht um zwei Berühmtheiten gehandelt, hätte Laura wahrscheinlich ihren Senf zu dem Thema beigesteuert: Maismehl ist fast überall auf der Welt das gleiche, während es sich bei Polenta um einen aus Maisgrieß gekochten festen Brei handelt, der traditioneller Bestandteil beispielsweise der italienischen Küche ist. Aber die beiden genossen ihre Debatte, und niemand sonst schenkte ihnen die geringste Aufmerksamkeit, also überließ Laura die beiden sich selbst.

Sie hätte die Begegnung beinahe erwähnt, doch dann befürchtete sie, es klänge vielleicht, als hätte sie Stars begafft. Die Begegnung machte Laura einmal mehr deutlich, was die alte, hermetisch abgeschlossene Enklave von Woodside ihren Bewohnerinnen und Bewohnern bot. Ein Star wie Helen Baynor konnte in Manhattan keine zwei Schritte tun, ohne von Kameras und Autogrammwünschen bedrängt zu werden. Laura begriff allmählich, dass die Menschen in Nordkalifornien, völlig anders als im südlichen Teil des Landes, stolz darauf waren, sich nicht einmal von einer Lady Gaga gaga machen zu lassen. Es ging das Gerücht, dass Paris Hilton San Francisco besucht habe und umgehend wieder abgereist sei, weil ihr niemand Beachtung geschenkt hatte.

Laura kehrte abrupt in die Gegenwart zurück. Das hier war kein nettes Plauderstündchen, das sich ergab, weil sie zwanzig Meter hoch über dem Boden in der Luft feststeckten. Sie musste diesen Job erst noch bekommen, und der Job war der einzige Grund, warum sie sich für die Stadt interessierte. Sie war nur zufällig auf Helen Baynors Namen gestoßen – David Connelly hatte ihn ihr zusammen mit mehreren anderen genannt. Es war ihr nicht wie ein Wink des Schicksals vorgekommen ...

»Ich koche, damit sich die Menschen wohlfühlen, nicht krank«, sagte Laura dann. »Wenn ich meistens nur für Ihre Kinder und die Haushälterin kochen würde und außer auf mich auf niemanden sonst aufpassen müsste, dann würde ich die Küche sozusagen als mein Reich betrachten. Und da redet mir niemand rein.«

Helen Baynor nickte, und diesmal verspürte Laura eine leichte Ungeduld, das Gespräch zu beenden. »Meine Hauswirtschafterin ist auch noch nicht lange bei mir – etwa neun Monate. Sie würde sich an die Regeln halten, denn sie hat gesehen, was passiert, wenn Julie eine Attacke erleidet. Justin hat keine Allergien, aber er hat keinen blassen Schimmer, was gesundes Essen ist.

Er liebt Kohlenhydrate und Butter und Pancakes mit Sirup und kann eimerweise Popcorn verdrücken. Aber sein Vater starb an einem Herzinfarkt, und bei der Autopsie haben sie eine Herzschwäche festgestellt. Bei einer möglichen genetischen Zeitbombe kann gesunde Ernährung jedenfalls nicht schaden.«

Hauswirtschafterin, nicht Haushälterin, dachte Laura. »Ich achte beim Kochen ohnehin auf Herzgesundheit. Ich gehe also davon aus, dass ich auf eine ausgewogene Ernährung achten soll.«

»Meine Hauswirtschafterin wird das auch im Blick haben, aber diejenige, die für die Küche zuständig ist, muss einen Ernährungsplan für ihn erstellen, sonst tut er, was Teenager eben tun. Und da ist noch eine weitere Sache.«

Helen sah erneut auf – diesmal mit einem so durchdringenden Blick, dass es Laura den Atem verschlug. »Das hier ist wie gesagt meine Privatsphäre. Meine Familie ist Privatsache. Sollte auch nur der Verdacht entstehen, dass Sie als eine der Familie nahestehende Person irgendwelche Informationen an wen auch immer weitergegeben haben, dann war's das für Sie, und ich kann dafür sorgen, dass das für ganz Kalifornien und New York gilt. Ich dulde keinen Klatsch, keine Fotos in der Presse – nicht das Geringste über mich, dieses Haus, meine Kinder, nicht einmal welche Sorte Zucker wir bevorzugen. Wenn Sie mich als Referenz angeben wollen, müssen Sie mir das in jedem Einzelfall begründen. Ich bin kein Stoff für den *National Enquirer*. Unter keinen Umständen.«

Ohne zu zögern sagte Laura: »Das respektiere ich – voll und ganz. Jede Referenz, die ich angegeben habe, kann Ihnen das auf Nachfrage bestätigen.«

»Gut.« Helen erschien plötzlich nervös. Sie erhob sich und schob die wenigen Unterlagen auf dem Schreibtisch zusammen. »Ich muss einige Telefonate führen. Das wird eine Weile dauern. Können Sie um fünf wiederkommen? Ich muss morgen zurück nach New York.«

»Natürlich«, erwiderte Laura. »Möchten Sie, dass ich die Hauswirtschafterin kennenlerne?«

»Normalerweise wäre sie diejenige gewesen, die das Gespräch mit Ihnen geführt hätte, aber ihre Mutter ist gestern schwer gestürzt, und Grace ist nach Auburn gefahren und über Nacht dortgeblieben. Sie wird aber bis fünf Uhr zurück sein. Ich habe wirklich keine Erfahrung in solchen Dingen.«

»Sie haben Ihre Sache gut gemacht – finde ich jedenfalls.«

»Wirklich? Gibt es irgendwas, das ich Sie hätte fragen sollen und nicht gefragt habe?«

»Sie haben nicht gesagt, für welchen Zeitraum ich Ihnen zur Verfügung stehen soll – für welche Dauer.«

»Bis meine Kinder aufs College gehen.« Es gelang Helen nicht zu verbergen, wie erschrocken sie einen Moment lang war. »Das sind noch knapp zwei Jahre.«

»Darauf kann ich mich einlassen«, sagte Laura. Sie wusste von Helen Baynors medienwirksamer Unterstützung von *The Trevor Project,* der landesweiten Krisenhotline für LGBT-Jugendliche, und von *Equity Fights Aids,* einer Theatergemeinschaft, die sich dem Kampf gegen HIV widmete, und fuhr fort: »Sie haben mich nicht gefragt, ob ich lesbisch bin.«

Als Laura nicht weitersprach, hob Helen eine Augenbraue.

Mit einem Lächeln erwiderte Laura: »Bin ich.«

»Gut zu wissen. Wie es immer so schön heißt: Einige meiner besten Freundinnen ...« Helen verlieh ihrem Ton eine leichte Yankee-Färbung, und Laura begriff, dass sie Helen in den letzten Minuten in einer ganzen Reihe von Rollen erlebt hatte – von der selbstbewussten wohlhabenden Dame über die besorgte Mutter bis zum gelangweilten Mitglied der Schickeria. Sie fragte sich, ob eine davon der echten Helen nahekam. Seit Jahren las sie alles über Helen, was ihr in die Finger kam, aber sie hatte keine Ahnung, ob Helen Baynor, Königin des Broadway, überhaupt selbst wusste, wer die wahre Helen war.

Laura stand auf und strich ihren Blazer von Dolce & Gabbana glatt. Wie nahezu alle Menschen in Kalifornien trug sie Jeans. Ihre blütenweiße Baumwollwickelbluse sollte durchaus an das frische Weiß einer Chefköchin erinnern, aber das Jackett erfüllte die doppelte Aufgabe, ihre wohlproportionierte Figur zu betonen und sie unter Menschen bestehen zu lassen, die ihre Garderobe auf der Fashion Week in New York erwarben. Zahlreiche Stylisten hatten ihr versichert, was für ein Glück sie mit ihrer schönen Kopfform habe, die ihr raspelkurz geschnittenes Haar sehr elegant und modisch erscheinen ließ. Niemand würde sie je zur reichen Elite zählen, aber sie sah auf jeden Fall wie eine beruflich erfolgreiche Frau mit einem Gespür für Mode aus.

Nicht dass Helen Baynor auch nur einen Hauch Snobismus an den Tag gelegt hätte. Ihr eleganter rauchgrauer Hosenanzug war zweifellos ein Designerstück und brachte ihre schlanke Gestalt vorzüglich zur Geltung, doch im Augenblick herrschte zwischen ihnen nicht die Distanz zwischen Arbeitgeberin und Arbeitnehmerin, die Laura auf der ganzen Welt begegnet war, insbesondere an Orten, wo ihre Hautfarbe sie in den Augen vieler Menschen automatisch als minderwertig brandmarkte. Sie war sich jedoch ziemlich sicher, dass Helen sie, sollte sie deren Grenzen überschreiten, an ihre Stellung als Angestellte erinnern würde. Wenn sie diesen Job bekam, würde sie nicht zur Familie gezählt werden. Doch sie bezweifelte, dass man sie für selbstverständlich nehmen oder wie ein Möbelstück behandeln würde.

Wenn sie über ihre eigene Küche herrschen konnte, wäre sie zufrieden. Manchmal würde sie es vermissen, eine Jungköchin zu haben, der sie die Zwiebeln überlassen könnte, aber nachdem sie es in den vergangenen Jahren mit Firmenbossen, die das Geschmacksempfinden von Zweijährigen besaßen, zu tun gehabt hatte, würde sie es genießen, eine Zeitlang ihre eigene Chefin zu sein.

An der Tür reichte Helen ihr die Hand. »Es war mir ein Vergnügen, Sie kennenzulernen, Laura. Ich freue mich, dass wir uns heute Nachmittag wiedersehen.«

»Es war mir eine Ehre und ein Vergnügen«, erwiderte Laura.

Die Berührung ihrer Finger war so flüchtig, dass Laura nicht hätte sagen können, wie es sich angefühlt hatte, außer dass sie eine angenehme Benommenheit verspürte. Plötzlich erinnerte sie sich wieder an ihre verschränkten Hände, als sie in der Achterbahn nach unten gerauscht waren. Sie versuchte Helens selbstsicheren, aber unpersönlichen Händedruck damit überein zu bringen, und mit diesem Gedanken schritt sie würdevoll zur Tür hinaus und ging den von akkurat geschnittenen Buchsbäumchen gesäumten Weg vom Haus zum großen gekiesten Parkplatz hinüber. Ihr behäbiger, aber enorm praktischer Volvo Station Wagon, neuestes Modell, der eine Menge Stauraum bot, glänzte im diesigen Sonnenlicht.

Laura hatte schon den Gurt angelegt, ehe sie einen Blick zurück zur Tür riskierte. Ihre künftige Arbeitgeberin war nicht mehr zu sehen. Sie stieß einen Seufzer der Erleichterung aus.

Es war klar, dass Helen Baynor sich nicht an sie erinnerte. Und dabei würde sie es belassen.

2

Wenn Laura nicht noch in Woodside hätte bleiben müssen, wäre sie versucht gewesen, den zweispurigen Highway in Richtung Westen zu nehmen, der sich gemächlich zum Pazifik wand. Der Nebel hing dicht vor der Küste, und der Strand läge unter einem Dunstschleier. Doch stattdessen wandte sie sich nach Osten und passierte hohe Hecken und unbeschilderte Wege, die zu großflächigen abgeschiedenen Anwesen wie Helen Baynors führten. Nach dem zweiten Gespräch um fünf Uhr würde sie nur eine kurze Fahrt nach Atherton haben und dann weiter in Richtung

Süden nach Menlo Park am Rande von Silicon Valley, wo ihr Apartment-Hotel lag. Am besten suchte sie sich eine Snackbar oder ein stilles Lokal, wo sie in Ruhe eine Tasse Kaffee trinken konnte, bis es Zeit war, zu Helen Baynor zurückzukehren.

Es gab viele tolle Aussichten, aber wenig Stellen, an denen man anhalten und sie genießen konnte. Woodside war von sanft ansteigenden Hügeln umgeben, die in steileren, unwirtlichen Felskämmen endeten. Die Hügel waren mit Reihen von Weinreben überzogen, während die schiefergrauen Zähne der Felskämme hinter dichten alten Kiefern hervorstachen, die von duftenden Eukalyptusbäumen gesäumt waren. Die Landschaft schien zufrieden im zaghaften Sonnenschein dazuliegen, überschattet von Nebelfetzen, die sich vom dichten Küstennebel losgerissen hatten.

Als sie sich Woodsides kleinem Einkaufsviertel näherte, kam sie an unauffälligen öffentlichen Gebäuden, einschließlich einer Bibliothek vorbei, und an einigen angrenzenden Blocks, die die einzigen erkennbaren Wohnunterkünfte der ganzen Gegend enthielten. Laura war schon einmal dort vorbeigefahren und wusste bereits, dass nichts zur Vermietung stand – zumindest wurde nichts öffentlich bekanntgemacht. Falls sie die Stelle bekam, würde sie sich an eine Maklerin wenden müssen, um eine Wohnung zu finden. Bei ihrer Ankunft hatte sie entschieden, dass Enklave das beste Wort war, um Woodside zu beschreiben. Es zeigte sich Fremden gegenüber zwar nicht feindselig, aber es gab einfach keinen Ort, an dem man hätte Wurzeln schlagen können – nicht einmal ein diskretes Bed & Breakfast. Ihre vorübergehende Unterkunft war teuer, und sie hätte gern einen Ort gehabt, den sie ihr eigen hätte nennen können, nachdem sie jahrelang in winzigen Personalunterkünften in ummauerten Resorts gelebt hatte.

Doch das waren ungelegte Eier, bremste sie sich. Sie musste den Job erst einmal bekommen, bevor sie irgendwelche Pläne schmiedete.

Woodsides kurze Einkaufsstraße besaß keinen Safeway und keinen Jamba Juice, ja nicht einmal ein Starbucks hatte es geschafft, sich hier festzusetzen. Der Coffeshop hier hieß *Makes Life Worth Living*. Dort gab es eine Auswahl handgemachter Trüffel, delikate Petit Fours und frisches Apfelbrot mit himmlisch gutem Kaffee – Laura hatte all diese Dinge in den wenigen Tagen, die sie bereits da war, probiert. Sie hatte sich bei einer Scheibe Apfelbrot mit Zimtbutter und einem schaumigen Mokka entspannt, ihre E-Mails gelesen und sich mit ihren Facebook-Freundinnen ausgetauscht. Alles sehr kultiviert.

Als sie einen Parkplatz vor dem kleinen offenen Wochenmarkt erwischte, lag der Herbstduft schwer in der Luft. Der Wind roch nach Meer und Pinienharz, und ein pflaumig-üppiger Duft wies auf die anstehende Weinlese der ortsansässigen Weingüter hin. Zwei von ihnen hatte Laura bereits besichtigt, und sie fand, dass beide mit den Weinen aus Napa Valley, rund sechzig Meilen weiter nördlich gelegen, durchaus mithalten konnten, wenn sie sie nicht gar übertrafen. Von hier bis Santa Barbara gab es Dutzende von Weingütern, und man konnte Wochen damit zubringen, ihr Angebot zu kosten.

Laura vergaß den Kaffee und beschloss zu schauen, was der Markt an diesem Tag zu bieten hatte. Schließlich musste sie sich später ihr Abendessen zubereiten.

Die feuchte Erdigkeit von Wurzelgemüse gewann ihre Aufmerksamkeit, als sie über die Schwelle der Markthalle trat. Ihr Magen verlangte nach Kürbis-Curry-Suppe und einer knusprigen Scheibe Roggenbrot. Es war jedoch noch ein wenig früh im Jahr für Kürbis. Sei's drum. Zwar verfügte ihr Hotel-Apartment über eine kleine Küche, doch der Großteil ihrer Küchenutensilien war eingelagert. Natürlich war sie in der Lage, mit einem Kochmesser, einem Schneidebrett, einer Pfanne und einer Kochplatte die köstlichsten Mahlzeiten zuzubreiten. Eine reizvolle Vorstellung: eine gehaltvolle Kürbissuppe mit kräftigem Brot, gefolgt von einem Dessert aus Äpfeln mit Pekannüssen, geschmort in Weißwein und braunem Zucker, das Ganze vor einem knisternden Kaminfeuer, während der Herbstmond durch das Fenster hereinschien.

Sie musste über sich selbst lachen, als sie die Artischocken befühlte. Diese Art Leben hatte sie nie gehabt, und sie würde es auch in Zukunft kaum haben. Seit sie ihren Job in Florida gekündigt hatte, war sie durch die Lande gefahren, hatte einige köstliche und einige abscheuliche Dinge gegessen und derweil keinen festen Job in Aussicht gehabt. Wenn sie diese Stelle nicht bekam, würde sie entweder weiter nach Norden nach Marin County fahren müssen oder weiter nach Süden, nach Paso Robles oder Santa Barbara, wo sie ebenfalls Kontakte hatte. Sie würde weiterhin Kalifornien erkunden, Telefonate führen und Menschen treffen und darauf vertrauen, dass sich schon irgendwas ergeben würde. Es mochte noch eine Weile dauern, ehe sie ihre eigenen Kürbisse zu Suppe verarbeitete.

»Izmanini, stimmt's?« Eine durchdringende Stimme riss sie aus ihren Artischockenträumen.

»Izmani«, korrigierte Laura. Sie lächelte der Frau zu, die neben ihr erschienen war. »Aber ich höre auch auf Laura.«

»Komm her, Izmani.« Die Frau, die Laura gerade mal bis zur Brust reichte, wuselte zu einem Tisch in den Tiefen des Marktes. Sie war schnell, doch Laura hatte kein Problem, dem grauen Schopf zu folgen.

»Sieh, was ich für dich habe!« Die Frau wies auf vier aufeinandergestapelte Stiegen. »Du bist die Erste. Der letzte regionale Mais, den du dieses Jahr siehst, okay? Okay.«

Die Schnittstellen der Maiskolben waren noch feucht – er war am selben Morgen oder am Vorabend geerntet worden – da wäre Laura jede Wette eingegangen. Die Kolben waren nicht so groß wie gewöhnlich im Supermarkt, und in der Mitte waren sie ziemlich dick. Manche mochten sie unvollkommen nennen, aber Laura nahm es als ein Zeichen, dass der Mais nicht genmanipuliert war. »Darf ich einen schälen?«

»Klaro.« Die winzige Marktfrau gestikulierte eifrig.

»Sie kennen meinen Namen, aber ich weiß Ihren nicht.«

»Alle nennen mich Teeny, die Kurze. Also nennst du mich auch Teeny, okay? Okay.« Ihr Akzent war bezaubernd rätselhaft – nicht wirklich italienisch, nicht wirklich spanisch, nicht wirklich karibisch.

Laura wählte einen Kolben aus der obersten Stiege aus und schälte die grünen Blätter mitsamt Bart geschickt herunter. Der Mais hatte eine Menge Seide, und die perlmuttartigen Körner waren in symmetrischen Reihen angeordnet. Er roch intensiv nach Zucker. Lauras Nase schickte ein direktes Signal an ihren Magen – liebend gern hätte sie Muscheln und in Limettensaft marinierten rohen Fisch mit karamellisiertem Mais gegessen. Das war in der Tat ein Gericht, das sie in der rudimentär ausgestatteten Küche ihres Apartments zubereiten konnte. »Frisch, bio und regional. Riecht gut.«

»Ist auch gut. Die erste Ernte ist sogar noch besser. Wollen alle haben. Du kommst oft, und ich sag dir, wenn sie da ist, okay? Okay.« Teeny wischte sich die Hände an der Schürze ab, die irgendwann einmal die Farbe reifer Auberginen gehabt hatte, nun aber mit bleichen Stellen gesprenkelt war – dort, wo alle möglichen Flecken entfernt worden waren.

»Wie lange hast du diesen Stand schon?« Bei ihrem ersten Besuch war Laura mit Fragen gelöchert worden, ohne die geringste Chance, eine Gegenfrage zu stellen. Sie hatte der Frau ihren Namen genannt und dass sie in Florida geboren war, dass ihr Vater ein anonymer amerikanischer Geschäftsmann war und ihre verstorbene Mutter eine Jamaikanerin, die als Studentin in seinem Hotel in Florida gearbeitet hatte. Laura hatte frisches Grünzeug für ihr Abendessen ausgewählt und von den verschiedenen Teilen Manhattans erzählt, in denen sie gelebt hatte.

Teeny hatte überall dort Verwandte, wie es schien, und hatte sich nach jeder und jedem von ihnen erkundigt, als müsse Laura ihnen allen irgendwann einmal begegnet sein.

»Ist nicht meiner«, erwiderte Teeny. Mit einem schnellen Blick an Laura vorbei erfasste sie das Marktgeschehen und wandte sich dann wieder Laura zu. »Er gehörte meinem Mann – ein wunderbarer italienischer Mann, möge er in Frieden ruhen. Als er starb, gehörte er meinem Sohn. Aber der wollte Wein anbauen, und nun gehört er meiner Tochter und ihrem Mann. Sie ist die Italienerin der Familie. Mein Sohn hat alles von meiner Seite der Familie, und er macht guten Wein. Du probierst den Weißwein auf seinem Weingut, okay? Okay.«

»Wie heißt sein Weingut?«

»*Gleich rechts, wenn man aus der Stadt kommt.*« Sie zuckte die Achseln, als Laura fragend den Kopf neigte. »Er findet das lustig. Ich hab gesagt, niemand weiß, von welcher Stadt er redet, aber er meinte, das wär egal.«

»Kann man sich gut merken«, erwiderte Laura. »Besser als ›Hirschsprung‹ oder ›Springender Hirsch‹ oder ›Heimstatt des springenden Hirschen‹.«

Teeny lachte. »Du kommst wieder, okay? Okay.« Sie flitzte zu einer Kundin hinüber, die sich an den alten Tomatensorten zu schaffen machte.

Es war zwar nicht New York, aber Teeny war auf alle Fälle angenehm exzentrisch. Lächelnd betrachtete Laura den Kolben Mais, den sie noch in der Hand hielt – und dann hatte sie eine brillante Idee. Unschlagbar brillant. Sie schaute auf die Uhr. Überschlug die Zeit und holte ihr Handy hervor. Wenn Kollege Emery mitspielte, konnte sie es in den zwei Stunden, die ihr bis zu ihrer Rückkehr zu Helen Baynor blieben, schaffen.

Emery klang mürrisch, als er sich meldete, aber so klang er immer. Im Hintergrund war das stete Hacken von mehr als einem Messer auf dem Schneidebrett zu vernehmen.

»Ich kann nicht zufällig für ungefähr vierzig Minuten eine Ecke in deiner Küche belegen?«

»Was kriege ich dafür?«

»Vorab fünfzehn Minuten Zuarbeit. Du hast mich zuarbeiten sehen. Du weißt –«

»Abgemacht.«

Sie kaufte sechs Kolben Mais, eine Vidalia-Zwiebel und zwei Limetten. Sie war sicher, dass Emery ihr ein paar Esslöffel von seinem naturbelassenen Olivenöl und eine Prise Salz nicht verweigern würde. Und sie würde ihm zehn Minuten auf dem Gemüsegrill abschwatzen. Ihre Gemüseeinkäufe in einem Arm, kaufte sie noch ein dickes, knackiges Baguette in dem Brot- und Käseladen gleich nebenan und steuerte mit ihrem Volvo dann das *Emery's* an, das Restaurant im Woodside Country Club. Vor langer Zeit hatte Emery in einem Cunard-Resort auf den Cayman Inseln für sie gearbeitet, und nach ihrer Ankunft hier hatte sie ihn gleich kontaktiert, um Zugang zu einer anständigen professionellen Küche zu haben, sollte sich der Bedarf ergeben.

Er begrüßte sie von seinen stattlichen eins sechsundachtzig herab mit: »Ich brauche Zwiebeln, fein gewürfelt.«

»Du Schuft!«, antwortete sie und gab sich nicht die Mühe, es scherzhaft klingen zu lassen.

»Ich finde einfach niemanden, der weiß, was FEIN GEWÜRFELT ist!« Seine Worte hallten in der ganzen Küche wider, und die vier jungen Leute, die über ihre Schneidebretter gebeugt waren, zogen die Köpfe ein und hackten weiter. Emery wies auf den Sack Zwiebeln, und Laura krempelte die Ärmel hoch.

Eine Stimme in ihr fragte, was das eigentlich für ein neuer Lebensplan war, dass sie sich damit begnügen musste, Zwiebeln feinzuhacken. Sie hatte ihre eigene Küche geleitet und für Leute wie die Rockefellers gekocht. Doch sie mochte es, wie sich die glatte Rundung einer geschälten Zwiebel anfühlte. Wie immer staunte sie über die Ringstruktur, die die Zwiebel als eine der wenigen Pflanzen, die ständig auf der ganzen Welt gegessen wurden, besaß. Jede Köchin, jeder Koch, Profi oder Amateur, kannte Zwiebeln.

Schälen, halbieren, längs einschneiden bis zum Wurzelansatz, dann quer schneiden, um Würfel zu bekommen. Wurzelansatz in den Kompostbehälter. Nächste Zwiebel.

Zehn Zwiebeln später wollte Emery, dass sie als Nächstes Lauch schnitt. Er war bereits gewaschen, was hilfreich war, und strapazierte ihre Tränendrüsen weit weniger. In fünfzehn Minuten war sie mit beiden Aufgaben fertig.

Emery begutachtete ihr Werk. »Wenn du weiterhin die verrückte Idee verfolgst, Privatköchin zu werden, heuere ich dich jederzeit mit Kusshand zum Zuarbeiten an.«

»Nenn mich verrückt –«

»Nett, dich kennenzulernen, Verrückt.«

»Ich habe ein zweites Vorstellungsgespräch bei einer sehr berühmten Theaterschauspielerin, und darum brauche ich deine Küche. Ich dachte, ich bringe als Kostprobe einen kleinen Snack mit.« Sie wies auf ihre Zutaten.

»Es wird zweifellos köstlich werden. Aber meinst du es ernst?« Er fixierte sie mit seinem mürrischen Teddybär-Blick. »Lieber das, als die Speisekarte für deinen eigenen Laden entwerfen?«

Laura nickte. »Für mich stimmt das so. Es ist genau das, was ich möchte. Im Moment jedenfalls. In zwei Jahren mag das anders aussehen.« Sie fing an, den Mais zu schälen. »Ich musste einfach aus der kommerziellen Kocherei aussteigen.«

»Nach dem, was du von dem Arschloch in dem letzten Laden erzählt hast –« Er wirbelte herum. »Nein, nein! Du dünstest den Speck. Du kochst ihn! Er soll gebraten werden!« Damit überließ er sie sich selbst.

Sie wählte die Ecke, die von den eingeschüchterten Hilfsköchen am weitesten entfernt war. Emery brüllte. Es war sein einziges Manko als Chef, vermutete sie. Er besaß die Gabe, Menüs zu kreieren, und an seiner aufbrausenden Natur schienen andere Diven Gefallen zu finden, und Diven gab es in Country Clubs reichlich. Er war glücklich. Sie hoffte, auch wieder glücklich zu werden.

Rasch sprühte sie die Arbeitsfläche und die Schneidebretter ein und wischte sie ab; dann setzte sie einen großen Topf Wasser auf. Sechs Minuten später waren die Maiskolben geschält, die Seide sorgsam entfernt. Sie blanchierte sie in dem kochenden Wasser, um das Gelb so kräftig wie möglich zu machen, dann schreckte sie sie in Eiswasser ab. Jetzt leuchteten sie noch viel mehr als vorher und verströmten einen fast karamellartigen Duft.

Laura schaute auf die Uhr. Dann würfelte sie ihre Gemüsezwiebel, rollte die Limetten über die Arbeitsfläche, schnitt sie auf und presste sie über der Zwiebel aus. Emerys Gemüsegrill war makellos sauber und schnell knisternd heiß, und so vertraute sie darauf, dass ihr Gericht nicht mit unerwünschten Stoffen in Kontakt kommen würde. Sie rollte die Kolben langsam auf dem Grill hin und her, bis die Körner eine verlockende toffeebraune Farbe annahmen. Einige Körner barsten, und ihr Zucker überzog den Kolben mit glitzerndem Saft.

Trotz des Zeitdrucks wollte Laura sie ein wenig abkühlen lassen, um anschließend lange Streifen von Körnern abschälen zu können, ohne dass sie zerfielen. Falls es nicht gelang, hatte sie einen Plan B, aber Streifen waren optisch eindrucksvoller. Sie legte die Maiskolben auf ein Küchenhandtuch und kostete die Zwiebel. Sie war erst knapp reif, und Laura wünschte, sie wäre süßer. Sie brauchte ein bisschen schlichten Sirup.

Emery sagte nichts, als sie ein wenig von seinem Rohrzucker nahm und dann in seiner Vorratskammer nach dem klar gekennzeichneten *extra vergine* Olivenöl aus biologischem Anbau stöberte. Dreißig Jahre zuvor hatte Olivenöl nur in kleinen Familienpizzerias zur Grundausstattung gehört. Heute gab es kein

Haute-Cuisine-Restaurant, das nicht Olivenöl *extra vergine* im Zehnliterkanister kaufte, und selbst Bio-Qualität war leicht zu finden.

Laura verrührte eine Vierteltasse Zucker mit ebenso viel Wasser und stellte den winzigen Topf auf die Flamme. Der Mais war immer noch zu warm, um ihn weiterzuverarbeiten, also schnitt sie das Baguette in Scheiben. Eine Seite bestrich sie mit Olivenöl und besprenkelte sie mit Salz, dann schob sie das sorgsam arrangierte Blech mit den fünfzehn Scheiben unter den Grill.

Zeit, den Zucker umzurühren.

Was macht der Mais?

Koste die Zwiebel noch einmal.

Als der Toast fertig war, nahm sie sich die inzwischen abgekühlten Maiskolben vor. Es war ein Arbeitsgang, der keine Hektik vertrug, und ihre Geduld wurde belohnt, als schöne Streifen Mais vor ihr lagen, die genau die richtige Größe für das geröstete Brot hatten. Sie tröpfelte den Zuckersirup über die Zwiebelmischung und strich diese dann dünn auf die Maisstreifen. Jede Toastscheibe ergab drei oder vier Bissen, und zwei davon machten etwa eine Portion Mais aus. Es war kein grünes Gemüse, aber Mais enthielt Ballaststoffe und besaß das, was die Lebensmittelwissenschaft einen hohen Sättigungsfaktor nannte – nach einer Portion Mais fühlte sich der Magen beispielsweise voller an als nach einer Portion Eisbergsalat. Es gab weit schlimmere Snacks auf der Welt. Und es war die Art von Gericht, die sie gern zubereitete, um Gemüseessen zu einem Vergnügen zu machen.

Es war bereits halb fünf. Wenn sie Glück hatte, hatte Helen Baynor keine Zeit für eine Zwischenmahlzeit gehabt und *le maïs sucré sur bâtard* – süßer Mais auf Toast – erwies sich als Volltreffer. Wenn Helen ihn nicht mochte, konnte Laura den Job wahrscheinlich vergessen.

3

Es war nicht so einfach, auf der Landstraße, von der Helen Baynors sichtgeschützte Zufahrt abzweigte, eine breitere Stelle zu finden, aber schließlich entdeckte Laura eine und stellte für ein paar Minuten den Motor aus. Ihr klopfte das Herz laut in der Brust, und in ihrer Kehle bitzelte ein leichtes nervöses Flattern. Obwohl sie sich alle Mühe gab, nicht daran zu denken, ähnelten ihre Gefühle jenen bei ihrer allerersten Begegnung mit Helen Baynor. In all den Jahren dazwischen hatte sie es nicht fertiggebracht, sich vom Bühneneingang aus einen Weg zu ihr zu bahnen, um zu sagen: »Erinnern Sie sich an mich?«

Ihre Schüchternheit rührte vor allem daher, dass sie fürchtete, Helen würde sich nicht an sie erinnern. Die wenigen Minuten, die sie miteinander verbracht hatten, hatten Lauras Leben verändert. Sie war nach New York zurückgekehrt in dem Gefühl, dass jemand sie trotz ihrer Vorgeschichte akzeptierte und kostbares Vertrauen in sie setzte und dass sie das um nichts in der Welt verspielen wollte. Diese Minuten waren ein Geheimnis. Mehr noch, sie waren ein Schatz. Es war unwahrscheinlich, dass sie für Helen eine ähnliche Bedeutung hatten, selbst wenn die Träume, von denen Helen gesprochen hatte, alle in Erfüllung gegangen waren.

Dann wiederum fürchtete sie, dass Helen sich doch an sie erinnerte und dass ihre freundlichen Worte vor über zwanzig Jahren leicht dahingesagt worden waren und einer Frau gegolten hatten, die sie nie wiedersehen würde. Es war leicht, Verständnis zu äußern, doch das bedeutete nicht, dass die Menschen dich bei sich zu Hause willkommen heißen oder ihre Kinder in deine Nähe lassen würden, dass sie nicht jedes Mal das Wort SÜCHTIG auf deiner Stirn lasen, wenn du zur Tür hereinkamst. Die wenigen Male, die sie Kolleginnen oder Arbeitgebern von ihrem Drogenmissbrauch in jungen Jahren erzählt hatte –

von den zwei Malen, die sie rückfällig geworden war, ganz zu schweigen –, waren nicht gut verlaufen.

Eine nach Eukalyptus duftende Brise wehte durch das offene Wagenfenster herein, und das Eis unter ihrem Snackteller knisterte. Komisch, wie das Leben so spielte. Jahrelang hatte sie sich gefragt, ob Helen sich an sie erinnern würde, aber jetzt, bei ihrer neuerlichen Begegnung, war sie froh, dass Helen keine Ahnung hatte, wer sie war. Sie wollte nicht über Fehler aus der Vergangenheit reden. Dennoch – keine Erinnerung hinterlassen zu haben schmerzte. Ein wenig.

Genug, dachte sie dann und warf einen Blick auf die Uhr. Showtime! Sie lenkte den Wagen auf die Straße zurück, bog in die Zufahrt ein und parkte wieder auf dem kiesbestreuten Rondell. Sie trug den abgedeckten Teller sicher in der Armbeuge – ein Trick, den sie erfahrenen Kellnerinnen abgeguckt hatte, die sich geschickt durch volle Räume bewegten.

Die Hauswirtschafterin war eine große, asketisch aussehende Frau in makellosen Khakihosen und gestärkter weißer Bluse. Ihr volles schwarzes Haar war zu einem strengen Pferdeschwanz gebunden, der sie jedoch keineswegs jünger machte. Sie mochte ebenso gut fünfunddreißig wie fünfzig sein – es war schwer zu sagen. Sie sprach mit leiser Stimme, und Laura hatte Mühe, sie zu verstehen. Sie stellte sich als Grace Olmstead vor.

Der Eingangsbereich hatte sich im Laufe des Tages erwärmt, und die Wärme des satt glänzenden Parketts färbte auf die elfenbeinfarbenen Wände ab. Links und rechts säumten zwei großformatige englische Landschaften das geräumige Foyer. Wieder wurde Lauras Blick von dem imposanten Treppenaufgang und dem zweigeschossigen Atrium angezogen. Es war wie gemacht für den eindrucksvollen Auftritt einer gefeierten Schauspielerin. Zu ihrer Rechten befand sich ein großzügiger Raum mit hohen Decken, der vorwiegend in Weiß und Cremetönen gehalten war. Er kam ihr ein wenig steril vor, trotz der Pflanzen und der lebhaft-abstrakten Bilder an den Wänden, aber wenn ein Feuer in dem großen Kamin an der Stirnseite brannte, mochte der Raum heimelig werden.

Der Rest des Hauses war zu dieser Tageszeit jedenfalls lebendiger. Irgendwo oben in den hinteren Räumen knallte eine Tür zu. Die Stimme eines Mädchens erklang durch das Atrium bis nach unten: »Bleib ja aus meinem Zimmer weg, du Blödi!«

»Nimm du nicht immer meine T-Shirts!«

»Ich hab's nicht genommen. Es lag in meinem Korb!«

Helen Baynors unverwechselbare Stimme, leise, aber vermutlich in jedem Winkel des Hauses zu vernehmen wie im Theater von der ersten Reihe im Parkett bis zur letzten im obersten Rang, erklang von irgendwoher im Erdgeschoss. »Hört auf damit! Wir bekommen gleich –«

Sie erschien in der breiten Türöffnung gleich am Fuße der geschwungenen Treppe. Leicht verlegen bemerkte sie Laura und fuhr ohne sichtliche Anstrengung mit ihrer weithin tragenden Stimme fort: »Ich habe jetzt Besuch. Verstanden?«

Stille. Helen durchquerte das Foyer und kam mit liebenswürdigem Lächeln auf Laura zu. »Das wird uns fünf Minuten Ruhe verschaffen«, sagte sie, an Laura und Grace gewandt. »Sie beide haben sich bereits bekanntgemacht?«

»Ja, und vielen Dank für dieses zweite Gespräch«, erwiderte Laura.

Helens Blick fiel auf den abgedeckten Teller, und ihre Augen begannen zu funkelten. »Ist das was zu essen?«

Laura grinste. »Ja. Eine kleine Kostprobe. Okay, ich gebe zu, ich habe vielleicht ein bisschen mehr Aufwand betrieben als für einen gewöhnlichen Nachmittagssnack, aber das hier besteht nur aus Zutaten vom regionalen Gemüsemarkt – ein toller Markt übrigens – und einigen Grundnahrungsmitteln aus einer vertrauenswürdigen Küche.«

»Lassen Sie uns essen und reden. Grace, wie wäre es mit Eistee für uns alle?«

»Das wollte ich gerade vorschlagen«, erwiderte Grace, den Blick zu Boden gerichtet. Sie glitt durch die Eingangshalle und verschwand durch die nächste Tür, was bedeutete, dass die Küche in der linken Hälfte des Hauses lag – vielleicht mit Blick nach hinten hinaus, möglicherweise auf einen Garten.

Helen führte Laura durch die Doppeltür, durch die sie erschienen war, in ein formelles Speisezimmer, das anscheinend nur vom Eingangsbereich aus zu betreten war. Eine riesige Eichenanrichte bot Platz für Speisen für mindestens zehn Personen. Der Raum war dämmrig, ohne Tageslicht, aber indirekte Beleuchtung ließ die Eichenvertäfelung golden schimmern. Die lange Tafel, an der bequem ein Dutzend Menschen Platz fanden, und die mit malvenfarbenem Samt bezogenen Polsterstühle stammten aus viktorianischer Zeit. Die Armlehnen der Stühle waren mit wunderschön geschnitzten Weinreben verziert und endeten in fein ziselierten Ananas. Scheußlich überladen, schrecklich zu entstauben und zu polieren, und dennoch ganz nett, dachte Laura. Auf dem einen Ende des Tisches lagen einige Papiere, was darauf schließen ließ, dass Helen bis zu dem zweiten Gesprächstermin gearbeitet hatte.

»Ich fühle mich geehrt, dass Sie etwas für mich zubereitet haben.«

»Sie lernen den Text für eine Rolle, die Sie haben möchten. Ich koche.«

»Darf ich daraus schließen, dass Sie die Stelle haben möchten?«

Laura lächelte, doch ihr Ton war ernst. »Ja, das möchte ich. Ich glaube, die zwei Jahre, die Sie abdecken möchten, würden es mir ermöglichen, in diesem Teil des Landes wieder heimisch zu werden. Es wäre eine schöne Herausforderung, und die drei Tage pro Woche, an denen Sie mich nicht brauchen, ließen mir die Zeit, die hiesige kulinarische Szene zu erkunden, Erzeuger kennenzulernen, ein bisschen herumzufahren – es gibt viele Vorteile und keine Nachteile, soweit ich sehe.«

Lauras Worte waren ehrlich, aber sie verspürte ein leichtes Schuldgefühl, weil sie Helen nicht an ihre Begegnung vor langer Zeit erinnert hatte. Doch sie war nicht unehrlich, beruhigte sie sich, denn sie kannte ihre Fehler und würde sie nicht noch einmal begehen.

»Die zwei Jahre werden wie im Flug vergehen«, sagte Helen, und ihre Stimme hatte etwas von ihrer Festigkeit verloren.

Die echte Helen, stellte Laura allmählich fest, war diejenige, die zum Vorschein kam, wenn sie von ihren Kindern sprach. Die Klatschmäuler des Broadways hatten sie noch nie mit irgendwelchen Liebesaffären in Verbindung gebracht, seit sie während ihrer Schwangerschaft zur Witwe geworden war. Das musste eine schwere Zeit gewesen sein, dachte Laura. Die Bühne war Helens Lebenselixier, und stillende Schauspielerinnen waren nicht gerade gefragt. Aber sie hatte das Vermögen ihres Mannes geerbt und dieses großartige Haus, und diese Hinterlassenschaft hatte es ihr ermöglicht, sich ihren Kindern und ihrer Karriere zu widmen. Als sie auf die Bühne zurückkehrte, hatte sie für ihre Rolle in einer Wiederaufführung von *Agnes – Engel im Feuer* ihren ersten Tony-Award bekommen. Das Stück war kein großer Erfolg gewesen, aber Helens Gastauftritt bildete das Sprungbrett zu den ersten Hauptrollen.

Das Klirren von Eiswürfeln gegen Glas kündete von Graces Rückkehr. Das von oben herabfallende Licht fing sich im Kristallkrug und schickte einige flüchtige bunte Prismen über Helens Gesicht. Sie sah nicht aus wie knapp fünfzig, dachte Laura. Dank Botox? Eine ausgewogene Ernährung mit Sicherheit, jede Wette. Die schlanken, fein ausgebildeten Muskeln von Armen, Schultern und Nacken ließen außerdem auf ein Fitnessprogramm schließen.

Laura lehnte den Zucker ab und dankte Grace, die ein hohes Glas für sie füllte. Sie wies auf den Teller in ihrer Armbeuge und sagte: »Es ist reichlich da – falls Sie die Kinder rufen möchten.«

»Wenn es wirklich lecker ist, dann nicht«, sagte Helen und lachte. »Im Futterfassen sind sie ziemlich gut, vor allem Justin.«

»Er isst unentwegt«, sagte Grace leise. Ihre Missbilligung war nicht zu überhören.

»Ich würde mir Sorgen machen«, sagte Helen an Laura gewandt, »wenn er nicht fast eins neunzig wäre und fünfundsechzig Kilo wöge.«

»Klingt, als wäre er die reinste Kalorienverbrennungsanlage.« Laura stellte den abgedeckten Teller auf die gewebte Bambusmatte, die Grace aus dem Sideboard geholt hatte. »Treibt er Sport?«

»Seine Füße sind praktisch mit dem Skateboard verwachsen.« Helens Blick war auf den Teller geheftet.

Jetzt gilt's, dachte Laura. Ihr Magen machte einen kleinen Satz. Sie hob den Deckel und hoffte, dass der Toast nicht durchweicht war. »Es ist was ganz Einfaches.«

»Es duftet köstlich – lässt mich an Sommer denken.« Helen vergeudete keine Zeit. Sie nahm sich einen Toast und setzte ihn auf eine der Leinenservietten, die Grace ausgelegt hatte. »Es sieht sehr appetitlich aus.«

»Es entspricht hundertprozentig dem, was Ihre Tochter essen kann, und enthält nur sehr wenig Fett –«

»Das klingt ja wie ärztlich verordnet«, sagte Helen und nahm einen großen Bissen.

Merke, dachte Laura, erzähl Helen nicht, wie gut ein Gericht für sie ist, bevor sie es nicht genossen hat.

Grace verschwendete auch keine Zeit, sondern kostete. Sie nickte, doch ihr Gesicht blieb ausdruckslos. Laura wünschte, sie könnte Blickkontakt herstellen.

Helen stöhnte genüsslich auf. »So einfach und so lecker!

Das könnte ich mir jeden Tag als Appetizer vorstellen. Julie liebt Snacks zwischendurch. Sie steht auf Finger Food.«

Im Kopf vernahm Laura das Echo von Helen Stimme: »Wenn ich reich und berühmt bin, dann besuche ich mit meinen reichen, berühmten Freunden dein Restaurant.« Es war entscheidend, dass Helen den Snack mochte, und noch entscheidender war, dass Helen zu der Ansicht gelangte, Laura ihre Kinder anvertrauen zu können. Die Schmetterlinge in ihrem Bauch flatterten wir verrückt, und ihr Herz pochte vernehmlich gegen ihre Rippen. *Ta-dam, ta-dam, ta-dam.*

Helen war inzwischen reich und berühmt. Laura hatte ihre eigenen Erfolge gefeiert, aber auch Niederlagen erlitten, die, das schwor sie, keine Rolle spielten, wenn es darum ging, eine berühmte Schauspielerin und ihre Kinder zu bekochen. *Ta-dam, ta-dam, ta-dam.* Für Helen würde sie gar nicht so viel kochen, rief sie sich in Erinnerung. Hauptsächlich für die Kinder. Es war nur ein Job – *ta-dam, ta-dam, ta-dam* –, und es gab auch noch andere. Aber dieser hier war ihr wichtig, selbst wenn sie im Augenblick – oben auf dem Scheitelpunkt der Kurve des *Giant Dipper* verharrend, zwischen hinauf und wieder hinunter – nicht hätte sagen können warum.

Ta-dam, ta-dam, ta-dam. Sie hielt die Luft an, wusste nicht, ob sie fliegen oder fallen würde.

»Nun«, sagte Helen und warf Grace einen flüchtigen Blick zu. »Ich habe heute Nachmittag einige Anrufe getätigt, und Ihre Referenzen könnten besser nicht sein. Warum starten wir nicht einen Versuch und setzen uns in – sagen wir einem Monat zusammen und sehen, wie es läuft?«

Vor Freude hätte Laura am liebsten einen Luftsprung gemacht, aber es gelang ihr, ihre Jubelstimmung in den Griff zu bekommen, indem sie rasch ein paar Schlucke Eistee trank. »Das klingt prima«, erwiderte sie und grinste breit.

Helen lächelte zurück. Ihr Blick war beinahe forschend, doch dann wandte sie sich Grace zu. »Wenn Laura einverstanden ist, könnte sie doch gleich morgen anfangen?«

»Kein Problem«, sagte Laura und sah ebenfalls Grace an.

Graces Miene verriet nichts. Sie schaute auf einen Punkt zwischen ihnen beiden. »Das würde uns erlauben, zu unserer üblichen Routine zurückzukehren.«

»Bestens. Ich nehme heute den Nachtflug«, fuhr Helen fort, »und bin gegen fünf im Theater. Ich trete immer bei den Vorstellungen von Mittwoch bis Samstag auf, und samstags nehme ich den Nachtflug nach Hause.«

»Das ist strapaziös«, merkte Laura an.

»Ich habe gelernt, im Flieger zu schlafen, was in der ersten Klasse leichter ist. Oft kennen die Flugbegleiterinnen mich, und das hilft. Sie wecken mich nicht vor lauter Dienstbeflissenheit und wissen, dass sie mir eine Stunde vor der Landung den ersten Kaffee bringen sollen. Und es bedeutet, dass ich am Sonntagmorgen da bin, wenn die Kinder aufstehen. So habe ich den ganzen Sonntag, Montag und Dienstag mit ihnen. Dank Grace weiß ich über ihre Hausaufgaben Bescheid, auch wenn wir uns in ihrem Alter hauptsächlich Gedanken um Colleges und Abschlüsse und das andere Geschlecht machen. Und in den Theaterpausen bin ich natürlich die ganze Zeit über hier. Ich liebe New York, aber das hier ist mein Zuhause.«

Laura versuchte sich alle Fakten einzuprägen. »Dann würde ich also mittwochs bis samstags hier sein und kochen. Möchten Sie, dass ich einen Sonntagsbrunch für Sie vorbereite?«

»Ja, gern. Dann können wir uns bedienen, wann wir wollen und uns auf den neuesten Stand bringen. Obwohl wir manchmal auch zu unserem Lieblings-Bio-Burger-Restaurant gehen.« Laura sah sie erstaunt an. »Ich weiß. Klingt verrückt, aber Julie kann dort essen. Die Süßkartoffel-Pommes sind der Hammer.«

Da Laura klar war, dass sie eine Menge Zeit mit Grace verbringen würde, versuchte sie, die Frau aufzutauen. »Ich würde morgen gern eine Bestandsaufnahme der Vorräte machen, damit ich anschließend einkaufen kann. Morgen würde ich etwas Einfaches zubereiten und mit den Kindern über ihre Vorlieben und Abneigungen sprechen – und über Ihre natürlich auch.«

»Dann werden wir auch das Budget durchgehen und die Zeitpläne der Kinder«, erwiderte Grace ausdruckslos, und als hinten im Haus das Telefon klingelte, entschuldigte sie sich und verschwand. Das ist eine harte Nuss, dachte Laura.

Eine große Gestalt erschien im Türrahmen. »Mom, entschuldige bitte. Ich wollte bloß wissen, wie's mit dem Abendessen aussieht.«

Helen lachte und winkte den Jungen herein. »Dein Radar ist unfehlbar. Justin, das hier ist Laura Izmani, unsere neue Köchin.«

Laura stand auf. Helen hatte nicht übertrieben, was die Größe ihres Sohnes anging. Er überragte sie um einen Kopf, aber sie hatte eindeutig die breiteren Schultern. Langes braunes Haar hing ihm in die Stirn und die Augen, und er warf es zurück, um Lauras Blick zu erwidern, als er ihr die Hand schüttelte. Dann – ganz die Mutter – wanderten seine ausdrucksvollen grauen Augen direkt zu dem Teller.

»Bedien dich«, sagte Laura. Sie konnte beinahe hören, wie ihm der Magen knurrte – der Hungertod stand kurz bevor. »Ich verspreche, dass es nicht immer so gesund sein wird.«

Nachdem Justin mit einem Bissen einen halben Toast verschlungen hatte, meinte er: »Schmeckt gut. Danke.«

»Würdest du bitte deine Schwester holen?« Als Justin den Mund öffnete, fügte Helen hastig hinzu: »Nein, ruf sie nicht! Rufen kann ich selbst. Bitte geh nach oben und klopf bei ihr. Und ich meine klopfen – nicht an die Tür hämmern.«

Laura sah den Protest in seinen Augen aufscheinen, aber als seine Mutter nachdrücklich mit dem Kopf in Richtung Tür wies, fügte er sich.

»Noch einen für unterwegs«, sagte Laura und schob ihm den Teller hin.

»Danke.« Er machte sich auf den Weg zur Tür – in einem Tempo, das man beim besten Willen nicht schnell nennen konnte.

»Bitte heute noch, Justin.«

»Ich geh ja schon, Mom. Du willst doch wohl nicht, dass ich den Teppich verkleckere, oder?« Damit schob er sich den Rest des Toasts in den Mund und verschwand. Das dumpfe Auftreffen seiner Füße auf der Treppe ließ vermuten, dass er immer zwei Stufen auf einmal nahm.

»Er kann wirklich charmant sein, wenn er will.«

»Das glaube ich gern«, antwortete Laura. »Ich habe schon mit vielen Teenagern zu tun gehabt. Gratuliere – Sie haben es geschafft, dass seine Jeans bis zu seiner Taille reicht.«

Helen verdrehte die Augen. »Vor zwei Jahren war ich glücklich, dass er überhaupt mal was anderes als Shorts trug. Es war ihm alles zu heiß – Mr. Drama.« Sie lachte. »Okay, sagen Sie es nicht.«

»Was soll ich nicht sagen?« Laura machte große Augen. »Von wegen Äpfel, die vom Stamm fallen, und die geringe Entfernung dazwischen?«

Was immer Helen hatte erwidern wollen, wurde durch die Ankunft von Julie verhindert. Sie war schlank, wie ihre Mutter, und hatte das gleiche schmale Kinn, den gleichen ausdrucksstarken Mund. Laura wurde klar, dass sie den verstorbenen Mr. Browning – die beiden Kinder trugen seinen Nachnamen und den Namen ihrer Mutter als Mittelnamen – nicht einmal von einem Foto kannte. Julie war etwa so groß wie Laura, knapp eins siebzig, und vermutlich schon ausgewachsen. Sie besaß volles, glänzend schwarzes Haar, um das jede Goth sie beneiden würde. Ihre Augen waren braun und lagen tiefer in den Höhlen als bei ihrem Bruder und ihrer Mutter und stammten vermutlich aus dem väterlichen Gen-Pool. Auch wenn die Augen bei allen dreien die größte Ausdruckskraft besaßen, gab sich Julie eher zurückhaltend, und Laura hätte nicht sagen können, ob ihr Gesicht immer leicht mürrisch wirkte oder ob es daran lag, dass ihr Bruder sie ins Esszimmer hinuntergeschickt hatte, oder an beidem.

Nachdem sie einander vorgestellt worden waren, besah sich Julie den angebotenen Snack – voller Misstrauen. »Kann ich das essen?«

Sie war diejenige in der Familie, die Details wissen wollte, erkannte Laura. Sie konnte es Julie nicht verdenken. »Ja. Der Mais ist ganz frisch, und der Bäcker versichert, dass es sich bei dem Brot um echtes französisches Baguette handelt: Mehl, Wasser, Hefe, Salz. Mehr nicht. Alles andere stammt aus einer Küche meines Vertrauens. Keine Farbstoffe. Keine Konservierungsstoffe.«

»Cool.« Julie biss in einen Toast, aber nicht mit der gleichen Gier wie ihr Bruder sie an den Tag gelegt hatte. »Danke.«

»Gern geschehen. Ich komme morgen wieder, um eine Bestandsaufnahme zu machen und das Abendessen zuzubereiten. Ich dachte, beim Abendessen können du und dein Bruder mir erzählen, was ihr am liebsten esst.«

Julie nickte und musste sich offensichtlich bremsen, nicht gleichgültig die Achseln zu zucken. Sie bat nicht um einen weiteren Toast, und nachdem sie ihre Mutter gefragt hatte, ob sie nach dem Abendessen zu einer Freundin gehen könne, verließ sie das Zimmer.

Laura sah die Besorgnis in Helens Augen.

»Sie müssen nachsichtig mit ihr sein«, sagte Helen hastig. »Die letzte Köchin – ich weiß nicht, was da los war. Wir hatten uns gerade an jemand Neues in der Küche gewöhnt, da bekam Julie Attacken. Kann sein, dass sie Ihnen nicht auf Anhieb vertraut.«

»Ich hoffe, mir ihr Vertrauen zu verdienen«, erwiderte Laura. Und Ihres, fügte sie im Stillen hinzu. Und im selben Moment erkannte sie, in welchen Schlamassel sie sich manövriert hatte. *Prima Start, ihr nicht zu erzählen, dass ihr euch schon einmal begegnet seid.*

Sie öffnete den Mund, um herauszuplatzen: *Sind Sie jemals wieder Achterbahn gefahren?*

Doch Helen kam ihr zuvor: »Können wir uns im ersten Monat dienstags um fünf treffen, so wie heute? Für eine Viertelstunde oder so? Dann können wir alle Probleme oder Fragen, die Sie eventuell haben, besprechen. Und ich kann Ihnen Rückmeldung geben, falls die Kinder Ihnen vielleicht etwas nicht gesagt haben.«

Was blieb ihr da noch anderes übrig, als zuzustimmen und sich zu verabschieden? Sie kam sich vor, als hätte die Achterbahn sich ohne sie in Bewegung gesetzt und sie müsse nun hinterherflitzen. Was hatte sie sich bloß dabei gedacht? Indem sie nichts gesagt hatte, hatte sie aus einer Mücke einen Riesenelefanten gemacht. Der Gedanke, eine Rolle in Helen Baynors Leben zu spielen, die Faszination, einem Star nahe zu sein hatte sie so entzückt, dass sie eine Grundregel ihrer Drogenfreiheit gebrochen hatte: *Wenn du deine Sucht verleugnest, räumst du ihr Macht über dich ein.*

Sie hatte nicht gelogen, jedenfalls nicht direkt. Moralisch war sie nicht verpflichtet, einer Arbeitgeberin davon zu erzählen. Es lag nicht in ihrer Absicht, Helen Baynor auf irgendeine Weise zu schaden oder sie zu hintergehen, indem sie ihre damalige Begegnung nicht erwähnte. Das Wichtigste war, alles zu unterlassen, was dazu führen konnte, dass sie sich selbst etwas vormachte oder gar der Versuchung nachgab. Sie würde sauber bleiben, und sie glaubte nicht, dass irgendetwas von dem, was sie gesagt hatte, oder auch die Tatsache, dass sie diesen Job annahm, daran etwas änderte. Sie hatte über die Fahrt mit der

Achterbahn geschwiegen, weil sie nicht mehr die junge Frau von damals war und Helen Baynor nicht mehr die unbekannte Schauspielerin, die nicht wusste, für welches Leben sie sich entscheiden sollte.

Laura legte den Weg zu ihrem Apartment wie benebelt zurück. Ein Teil ihrer Gedanken war eifrig damit beschäftigt, eine Einkaufsliste zu erstellen. Ein zweiter Teil befasste sich mit den verschiedenen Persönlichkeiten des Baynor-Haushalts. Und ein weiterer Teil drehte sich um das entscheidende erste Essen, das sie zusammen einnehmen würden. Und über allem lagen der Lärm der in die Tiefe rasenden Achterbahn und ihr eigenes hysterisches Schreien, als der Zug eine Richtung einschlug, die Laura nicht vorhergesehen hatte.

4

»Ich bin deinetwegen eine Stunde früher aufgestanden. Ich hoffe also, du hast gute Neuigkeiten für mich.« Helen Baynor ließ noch ein Tütchen Süßstoff in ihren Kaffee rieseln und sah zu, wie Cassidy Winters, ihre langjährige Agentin, ihr gegenüber Platz nahm.

»Süüü-ße«, erwiderte Cass und tat beleidigt, dass jemand ein Treffen mit ihr als Zeitverschwendung betrachten könnte. »Natürlich sind es gute Neuigkeiten. Hätte ich dich sonst hierhergebeten?« Cass ließ den Blick über den Coffeeshop an der Forty-Seventh, Ecke Broadway schweifen.

»Also, worum geht's?« Das Bistro, kaum größer als ein Schuhkarton, war eindeutig schmuddelig und bot kaum Privatsphäre, war aber dennoch ein guter Treffpunkt, weil es in der Nähe von Helens Eigentumswohnung, Cass' Büro und dem Theater, Helens nächstem Ziel, lag. Es war voller Leute, die auf ihrer nachmittäglichen Einkaufstour eine Pause einlegten, und sie hatten nur mit Mühe einen Tisch ergattert, auch wenn Helen es vorgezogen hätte, lieber nicht wie auf dem Präsentierteller direkt am Fenster zu sitzen.

Cass beugte sich vor, ihr Pullover verrutschte und entblößte eine magere Schulter – eines von Cass' modischen Stilmitteln, und Helen hielt Cass für eine der stilvoll-elegantesten Frauen der Stadt. »Es kursiert das Gerücht, dass eine Produktionsgesellschaft die Mittel aufgetrieben und einen Vertrag mit dem Lunt und Fontaine Theater für eine Neuaufführung von *Picknick* abgeschlossen hat. Die männliche Hauptrolle könnte möglicherweise Mr. Harry Potter höchstpersönlich spielen.«

Helen hob die Augenbrauen bis zum Haaransatz. »Als der Typ von der falschen Seite der Gleise, der in der gnadenlosen Kleinstadt keinen Fuß auf den Boden kriegt? Das Casting ... ist eine Herausforderung. War es natürlich auch für William Holden bei der Verfilmung. Er war ja schon in den Vierzigern und musste einen Zwanzigjährigen spielen.«

Ein schlimmer Gedanke kam ihr in den Sinn. Sie warf Cass einen bösen Blick zu. »Wage es nicht, mir vorzuschlagen, dass ich mich um die Rolle der hysterischen alten Jungfer bemühe, die jeden Mann anhimmelt, um doch noch einen zum Altar zu schleppen.«

»Das ist eine Rolle, mit der man den Tony gewinnen könnte«, protestierte Cass. Sie rührte ihren Kaffee um, trank anmutig in kleinen Schlucken und hinterließ pinkfarbenen Lippenstift am Rand der weißen Tasse.

»Kein Interesse. Nicht das geringste. Eher spiele ich die Mutter in *Hamlet* – nein, warte, dafür bin ich schon zu alt. Mutterrollen bekommen Dreißigjährige, die Fünfzigjährige spielen.«

»*Der Löwe im Winter* steht momentan nirgends auf dem Programm, Süße. Ich versuche doch bloß, dich in Lohn und Brot zu halten.«

»Das weiß ich zu schätzen, wirklich.« Bei Cass gab es keine

Spiegelfechterei. Eine erfolgreiche Schauspielerin war in ihren Augen eine Schauspielerin, die unter Vertrag war, egal in welcher Rolle. Die Aussicht auf nette Zugaben wie Preise brachte sie nur ins Spiel, wenn sie wollte, dass Helen eine Rolle annahm, von der sie vermutete, dass Helen sie nicht wollte. »Was ist mit der Bühnenversion dieses Sandra-Bullock-Films – *Selbst ist die Braut.* Das würde mir gefallen.«

»Ich habe gehört, dass sie dafür schon jemanden im Auge haben.«

»Zweifellos irgendeine Zwanzigjährige, die eine Fünfundvierzigjährige spielt.«

Cass' schmale Augenbrauen hoben sich. »Hast du heute Morgen ein graues Haar gefunden oder was?«

»So fühle ich mich. Im Flieger hatte ich eine Hitzewelle«, gab Helen zu. Sie war schweißgebadet in ihrem Sitz aufgewacht. Eine mitfühlende Flugbegleiterin hatte ihr ein kühles Erfrischungstuch gebracht.

»Ich bin so froh, dass ich den ganzen Quatsch ausgelassen habe. Lass dir den ganzen Kram rausholen – spart dir eine Menge Nerverei.«

Trotz ihres abgeklärten Tons sah Helen kurz Angst in Cass' Augen aufflackern. Bei der OP hatte sich herausgestellt, dass es sich um Gebärmutterhalskrebs im Frühstadium gehandelt hatte. Cass sah immer noch aus wie ein Modell auf Crack und nahm nur langsam wieder Formen an. Nase und Wangenknochen stachen scharf aus ihrem einst elfenhaften Gesicht hervor, und Cass bestritt nicht, dass ihre von Natur aus beachtliche Oberweite im Moment unvorteilhaft proportioniert wirkte. Ihr aktueller Haarschnitt – sehr blond, sehr spiky – zeigte noch nicht die Fülle wie die Perücke, die sie während der Chemo getragen hatte, aber Helen sah, dass es ihr von Woche zu Woche besser ging. Cass riss ihre Witze darüber, aber Helen glaubte nicht, dass irgendeiner Frau nach Scherzen zumute war, wenn es um das K-Wort ging.

»Rosalind Russell hat mir immer gefallen«, gab Helen zu. »Ich würde alle ihre Rollen ernsthaft in Erwägung ziehen, bis auf diese Karikatur von Weiblichkeit in *Picknick.*«

»Tony-verdächtig«, wiederholte Cass. »Es ist schon eine Weile her.«

»Eher spiele ich eine Leiche in *Law and Order.*«

»Film ist nichts für dich, wie du weißt. Deshalb hast du Hollywood sausen lassen – Pech für die Traumfabrik.«

»Das ist über zwanzig Jahre her. Vielleicht haben die Dinge sich geändert. Aber ins Fernsehen wollte ich noch nie. Ein Kassenschlager fürs Kino mit Tantiemen, die Mutter eines Superhelden – so was könnte ich machen. Eine Lehrerin in einer Zauberschule? Ach nein – das ist vorbei.« Helen rührte ihren Kaffee um und wünschte, sie säßen nicht am Fenster. Ein paar Jugendliche hatten sie entdeckt und tuschelten nur wenige Schritte entfernt auf der anderen Seite der Fensterscheibe.

Cass zuckte die Schultern. »Du musst es ins Universum schicken, wenn du hoffst, es zurückzubekommen.«

»Ich weiß, dass der Kram bei dir so funktioniert«, setzte Helen an, aber Cass unterbrach sie, indem sie mit ihrem Rührstäbchen auf sie wies.

»Es ist kein Kram. Es funktioniert. Seit ich mit meinem Wunschmandala angefangen habe und über meine Wünsche meditiere, hat sich mein Leben verändert. Und es hat mir durch die Chemo geholfen.«

»Ich habe es versucht – ich habe Bilder aus Zeitschriften ausgeschnitten und über mir an die Decke geklebt«, log Helen. »Doch der kosmischen Uhr nach bin ich immer noch fünfzig.«

Cass schenkte ihr einen müden Blick. »Vielleicht würdest du dich nicht wie fünfzig fühlen, wenn sich in deinem Bett was abspielen würde.«

»Diese Teile sind verkümmert.« Helen zuckte die Achseln. »Du kennst meine Haltung. Ich habe keine Zeit für einen weiteren Menschen in meinem Leben. Ich kann keine Komplikationen gebrauchen. Ich bin eigentlich wirklich glücklich ...«

»Ich weiß, dass du glücklich bist. Du bist außerdem der einsamste Mensch, den ich kenne.« Cass musterte sie voller Ernst. »Wann warst du das letzte Mal ekstatisch? Völlig verzückt?«

»Letzte Woche«, antwortete Helen ehrlich. »Beim letzten Vorhang. Warum ist es so schwer zu glauben, dass ich es heute noch genau so aufregend und fesselnd finde wie damals, als ich zum allerersten Mal vor Publikum auf der Bühne stand? Und ich habe zwei Kinder, die ich liebe, und ein Zuhause, in dem ich mich wohlfühle. Dies sind die letzten beiden Jahre, in denen Julie und Justin zu Hause sind, und deshalb koste ich die Zeit mit ihnen voll aus.«

Cass seufzte. »Wie geht es Julie? Ich bin froh, dass du diese Köchin los bist.«

»Sie ist inzwischen allem Essen gegenüber total misstrauisch. Ich möchte nicht, dass sie eine Eßstörung entwickelt, von daher mache ich mir Sorgen. Aber die gute Nachricht ist: Ich habe soeben eine neue Köchin eingestellt – erstklassige Referenzen und eigentlich überqualifiziert für eine Köchin in einem Privathaushalt. Sie fängt heute an.«

Cass nickte. »Du bist sicher, dass sie Julie stabilisieren wird?«

»Ich hoffe es. Sie kennt ihr Metier. Scheint Wert auf Biokost und reine Zutaten zu legen. David Connelly hat sie in den höchsten Tönen gelobt. Meinte, sie sei top darin, die Kundschaft zufriedenzustellen.«

»Wenn das keine Empfehlung ist ...«, meinte Cass. »Ich wäre froh, wenn du dir nicht immer so viele Sorgen um Julie machen müsstest.«

»Ich weiß. Wenn ihr Zustand sich nicht stabilisiert, wird sie irgendwelche chronischen Begleitsymptome entwickeln. Ich habe den Eindruck, dass es jedes Mal länger dauert, bis der Hautausschlag wieder weg ist, wenn er erst mal ausgebrochen ist. Eines Tages geht er vielleicht nicht mehr weg, und das beunruhigt mich sehr.«

»Weder in deiner noch in der Familie ihres Vaters ist so etwas bisher vorgekommen. Wie hättest du das also wissen können?« Cass trank einen Schluck Kaffee und verzog das Gesicht. »Ich hoffe, dass sich das neue Mädchen bewährt.«

»Laura«, erwiderte Helen. »Und sie ist kaum als Mädchen zu bezeichnen. Sie scheint außerdem wirklich nett zu sein.« Sie hob ihre Tasse und bemerkte den Teenager – etwa in Julies Alter –, der sich schräg hinter ihr herumdrückte.

»Natürlich«, antwortete sie auf die schüchterne Bitte um ein Autogramm. Sie fragte sich, warum das Mädchen nicht in der Schule war, nahm aber das Buch, das sie ihr hinhielt, und schrieb zu ihrem eigenen Vergnügen hinein: *Das Leben wird immer besser!* und setzte dann schwungvoll ihre Unterschrift darunter. »Gern geschehen, Schätzchen!«, sagte sie, als das Mädchen ihr unbeholfen dankte.

»Wo waren wir?« Sie wandte sich wieder Cass zu. »Laura kam mir von Anfang an vor wie jemand, mit der du nur ein paar Worte wechselst und schon hast du das Gefühl, sie bereits ewig zu kennen. Sie scheint mit beiden Beinen fest auf der Erde zu stehen.«

Cass winkte dem Mädchen zu, die noch immer um sie herumlungerte. »Herzchen, ich bin ein Niemand. Ehrlich.« Sie verdrehte die Augen, als sie die Enttäuschung des Mädchens sah. »Ich bin nur die beste Freundin – auf immer und ewig.«

»Allerdings«, sagte Helen. Was beste Freundinnen anging, so war jede, die sie so lange kannte wie Cass, aus dem Stoff, aus dem ›beste Freundinnen – auf immer und ewig‹ sind. Eine Praktikantin von Cass' Presseagentin hingegen war ›beste Freundin – auf immer und ewig‹ für Tausende von Followern auf Twitter.

Das Mädchen hielt Cass beharrlich ihr Buch hin. Cass nahm es schließlich, schrieb etwas hinein und gab es zurück. An Helen gewandt, sagte sie: »Sollen wir ein Taxi nehmen? Ich kann dich am Theater absetzen.«

»Ich muss ein paar Schritte laufen«, antwortete Helen. »Den Kopf klarkriegen, meine Lungen mit der Luft New Yorks füllen. Ein Flughafen-Croissant von meinem Hintern abarbeiten.« Sie waren bereits auf dem Gehweg und Richtung Downtown unterwegs, als sie Cass fragte: »Wer warst du heute in dem Buch des Mädchens?«

»Bebe Neuwirth«, antwortete Cass. »Ich glaube, sie hat's mir abgekauft.«

Helen lachte. »Ich verpetz dich, wenn ich Bebe das nächste Mal sehe. Warum kriege *ich* nicht die Hauptrolle in einer Sitcom? Warum nicht, o große Agentin? Sie kassiert immer noch Tantiemen aus den Wiederholungen von *Cheers* und *Frasier.*«

»Tatsächlich? Willst du, dass ich dich zu ihnen schicke?«

Helen dachte darüber nach. Fünf Jahre zuvor hätte sie das nicht in Erwägung gezogen. Doch die Fünfzig ragten zu bedrohlich vor ihr auf – also ehrlich, sie sollte das nicht so wichtig nehmen. Am liebsten wäre es ihr, wenn ihr Leben genau so bliebe, wie es war. Ihr Herz wusste, was es wollte, und sie hörte darauf. »Nein, natürlich nicht.«

Sie signierte noch etliche Autogrammbücher und alle möglichen Zettel und Papiere, während sie durch die Shubert Alley und die Forty-Fourth Street zum Bühneneingang des Olympic ging. *Look the Other Way,* ihr aktuelles Stück, war eine spritzige Komödie, die in groben Zügen auf *Eine Frau steht ihren Mann* basierte. Es war kein Stück, dem die seriöse Theaterkritik große Beachtung schenkte, aber es hatte sich als echter Publikumsrenner entpuppt, und Helen hatte schon immer ein Faible für Komödien gehabt. Die Aufführungstermine reichten bis über den Herbst und die Weihnachtsfeiertage hinaus, und wenn Cass keine neue Produktion für sie an Land zog, würde sie für die nächste Spielzeit ebenfalls unterschreiben. Man legte ihr keine

Steine in den Weg, weil sie sich jede Woche in den beiden Aufführungen am Sonntag und der am Dienstagabend vertreten ließ. Der Rest der Truppe war stark, und ihre Zweitbesetzung heimste fortwährend Lob ein, so dass für die drei Aufführungen kaum weniger Karten verkauft wurden.

Ihre Figur, Moxie Taylor, war eine reife Frau unbestimmten Alters. Das Ensemble bestand aus zehn Personen, zuzüglich Zweitbesetzungen, und einigen Statisten in der Schlußszene, und Helen genoss es, Mitglied einer kleinen Truppe zu sein und mit beiden Füßen fest auf dem Boden zu stehen. Sie hatte ihre Höhenangst immerhin so weit im Griff, dass sie eine Balkonszene spielen konnte, aber sie würde niemals an einem Drahtseil über die Bühne fliegen können.

Jimmy, Wächter des Bühneneingangs, begrüßte sie: »Schön, dass Sie wieder da sind, Mrs. Baynor!«

»Danke, Jimmy. Alles in Ordnung?«

»Alles in Ordnung. Heute Abend gibt's ein Catering – gesponsert von einer Bank, glaube ich. Sehr gute Krabbenpuffer.«

»Großartige Unterstützungsaktion. Krabbenpuffer statt Kohle.«

»Meine Rede.« Er lächelte ihr hinterher, zufrieden mit sich und der Welt, dachte sie. Vor langer Zeit war er selbst Schauspieler gewesen, hatte jedoch eine schlimme Hüfte, die seine Mobilität einschränkte. Den Bühneneingang bewachte er mit grimmiger Entschlossenheit, und man konnte sich darauf verlassen, dass er einem jeden Tratsch erzählte, insbesondere die Art Tratsch, die eine Schauspielerin wissen wollte, bevor sich ihr Weg mit dem des Regisseurs, der Intendantin oder von Sponsoren kreuzte.

Helen steuerte auf ihre kleine, aber ausreichende Garderobe zu. Der Backstage-Bereich war beengt, aber hell erleuchtet und sauber, und sie hatte lernen müssen, dass beides keine Selbstverständlichkeit war. Als sie an der Maske vorbeikam, hielt sie kurz inne, steckte den Kopf hinein und sagte: »Bin da, wenn ihr soweit seid« zu den beiden Maskenbildnerinnen, die bereits mit den Kleindarstellern beschäftigt waren. Der Vorhang hob sich in drei Stunden. Selbst nach zwei Monaten wurde immer noch alles erst in letzter Sekunde fertig. Aber so war das nun mal. Es wäre nicht das Theater, wenn hinter der Bühne nicht fieberhafte Betriebsamkeit herrschte.

Rudy, der Garderobier, kam hereingewieselt und erklärte, er habe die Schuhe ausgetauscht, in denen sie sich Blasen gelaufen hatte. Er schob ihre Füße in die neuen Schuhe, ließ sie zwei Schritte gehen und zog sie ihr eilig wieder aus.

»Ich kann die Sohlen abwetzen«, sagte Helen.

»Kann auch ein Äffchen machen«, erwiderte er. Bevor sich die Tür hinter ihm schloss, fügte er hinzu: »Sorry, ich wollte sagen, die Zweitbesetzung.«

Kaum war er fort, klopfte Nancy, die Intendantin, an und trat hastig ein. »Die Bank, die uns sponsert, hat den ganzen Rang gekauft – Incentive-Event zur Mitarbeitermotivation oder so. Ich habe dir letzte Woche davon erzählt. Wie dem auch sei – bist du so gut, gegen Viertel nach sechs rauszukommen und ein paar Worte zu sagen?«

»Gern«, erwiderte Helen. »Wenn ich vorher ein paar Krabbenpuffer bekomme.«

Nancy sah aus, als würde ihr jeden Moment der Kopf platzen vor lauter Dingen, um die sie sich zu kümmern hatte, aber sie ging, ohne zu protestieren, und wenige Minuten später klopfte es erneut. Eine schüchterne Praktikantin – es hatte keinen Sinn, sich ihre Namen zu merken, sie blieben nie lange – brachte einen Teller mit vier köstlich aussehenden Krabbenpuffern. Perfekt.

Danach blieb die Garderobentür nie für länger als zwei Minuten geschlossen, bis Helen um sechs Uhr das »Bitte nicht stören«-Schild raushängte. In den darauffolgenden zehn Minuten sammelte sie sich mit Hilfe einer einfachen Visualisierung: ein menschenleerer Strand, still bis auf das Rauschen der Brandung. Manche hätten es vielleicht Meditation genannt, aber für Helen war es schlicht ein Besinnungsritual. Um zehn nach sechs klopfte der Garderobier und half ihr in das wundervoll geschnittene ›Berufstätige Frau in den dreißiger Jahren‹-Kostüm und verschwand wieder. Sie warf einen letzten Blick in den Spiegel.

Einen Moment lang war sie Helen, verborgen von aufwändigem Augen-Make-up und schwarzer Lockenperücke. Sie blinzelte, und dann war sie Moxie Taylor, die entschlossene Reporterin, die in weniger als zwei Stunden eine Story und einen Mann ergattern musste, mit einer fünfzehnminütigen Pause dazwischen. Sie griff nach ihrem Handy und schrieb ihren Kindern wie immer eine SMS: »Showtime. Hab euch lieb.« Dann steckte sie das Handy in ihre Handtasche, und mit ihm verschwand auch der Teil von Helen, der Mutter war.

Die Bankleute waren begeistert, und das hatte noch keinem Ego geschadet. Helen erwehrte sich der Umarmungen und Küsse, indem sie auf ihr Kostüm und ihr Make-up wies und ihnen allen schlimmste Vergeltung androhte, sollte das eine oder andere Schaden nehmen. Kein Essen, kein Getränk und viel Geplänkel mit ihrem Bühnenpartner, dem schneidigen Neil Fortney. Ihr Blick flog immer wieder zur Uhr, während sie auf das Klingelzeichen wartete. Um Viertel vor sieben scheuchten die Platzanweiserinnen alle Bankleute auf ihre Plätze im Rang. Um zehn vor flackerte das Licht einmal kurz. Helen überprüfte ihr Kostüm und ging auf und ab, um sich zu überzeugen, dass die neuen Schuhe nicht zu glatt waren. Um fünf vor sieben flackerte das Licht zweimal kurz.

Um Punkt sieben nahmen sie ihre Plätze ein. Im Zuschauerraum wurde es still. Die Inspizientin ging dicht hinter dem Vorhang vorbei und sagte mit leiser Stimme: »Vorhang bei drei. Keine Ankündigungen. Vorhang bei drei …«

Auf der Bühne herrschte Stille. Neil legte Wert darauf, so wie sie. In die Stille drang das leise Gemurmel des Publikums und das Summen der Scheinwerfer.

Dieses Summen lief ihren Nacken hinunter und über Schultern und Arme. In ihren Ohren erklang ein tiefes Dröhnen, wie sie es bei keiner anderen Gelegenheit hörte. Helen liebte ihr Leben, sie liebte ihre Kinder, sie wusste, dass sie viele Privilegien genoss. Zwischen zwei Herzschlägen rief sie sich in Erinnerung, wie gut sie es hatte. Aber das hier …

Als der Vorhang zur Warnung kurz nach unten zuckte, wusste sie, dass alles andere in ihrem Leben nur auf diesen Moment hinauslief. Der Vorhang hob sich. Licht überflutete sie.

Sie lebte.

5

Backstage erwartete sie ein Meer von Küssen. Während sie einen weiteren Luftkuss auf eine Wange hauchte, dachte Helen – nicht zum ersten Mal –, dass es kein Wunder war, wenn sich Grippe und Erkältungen innerhalb der Theatercommunity noch schneller verbreiteten als Gerüchte.

»Hast du den Beifall gehört?« Neil Fortney fuhr sich um den Kragen und schüttelte dann eine weitere Sponsorenhand. Die Bankleute umringten sie wieder. Krabbenpuffer und Sekt wurden herumgereicht.

»Ein dankbares Publikum – ohne Zweifel«, erwiderte Helen. Sie fand, dass das Tempo kurz nach der Pause nicht ganz gestimmt hatte. Neil und sie hatten sich zweimal bei ihrem Text verstolpert, aber gleich wieder gefangen. Als die hysterische Ex-Freundin des Mafioso dann auf den Schreibtisch geklettert war, um sie lauthals anzuflehen, sie zu verstecken, war alles wieder gut gewesen. Die Leute des Bühnenmeisters hatten die große Tür des Safes wieder gangbar gemacht. Sie öffnete sich problemlos, wenn sie es sollte, und blieb den Rest der Zeit über geschlossen.

»Helen, ich glaube, du hattest noch keine Gelegenheit, den Sponsor des heutigen Abends zu begrüßen.« Tiffany, die PR-Frau, berührte Helen leicht am Arm. »Das ist Eugene Masterson von der First Union Mortgage Bank.«

»Freut mich«, sagte Helen. Irgendwie kam ihr der Name ebenso bekannt vor wie das attraktive Gesicht mit dem sandfarbenen Haar. In Anbetracht des Zustands der Finanzwelt war der Name vielleicht im Zusammenhang mit einer Anklage oder einer Anhörung vor dem Kongress gefallen.

»Das Vergnügen ist ganz meinerseits«, antwortete er.

Er machte aus seiner Bewunderung keinen Hehl, und gegen ihren Willen fühlte Helen sich geschmeichelt. Dann wurde sie eben nächsten Monat fünfzig – na und? Man drehte sich immer noch nach ihr um. Ihr Lächeln war vielleicht wärmer, als es hätte sein sollen, als sie fragte: »Hat Ihnen das Stück gefallen?«

»Sehr! Der Plot ist gut aufgebaut und die Inszenierung eher traditionell.« Als sie die Augenbrauen hob, erklärte er: »Keine großen Soloeinlagen für die Hauptdarsteller, die damit das ganze Stück aufhalten, niemand, der an einem Drahtseil über die Bühne fliegt. Einfach nur eine großartige Inszenierung eines hervorragenden Stückes mit einem einfallsreichen Bühnenbild und fabelhaften Kostümen.«

»Sie sind ja ein richtiger Kritiker«, stellte Helen lächelnd fest.

»Ich habe schon viele Theateraufführungen gesehen. Sie habe ich bereits in *Pygmalion* bewundert.«

»Off-Broadway? Meine Güte, das ist ja eine Ewigkeit her.« Gleich nach ihrer Rückkehr nach New York, dachte sie, nach dem katastrophalen Zwischenspiel in Hollywood. Nun, ganz so katastrophal war das eigentlich nicht gewesen – sie hatte Justin senior kennengelernt. Und dank ihm besaß sie eine Familie, die sie liebte, und ein schönes Zuhause.

»Damals war meine Frau dabei«, fuhr er fort. »Und Ihr Auftritt ist mir unvergesslich.«

Während sie ihm dankte, registrierte sie, dass er einen Ehering trug und in ihren Augen ein wenig zu nah bei ihr stand. »Ein Theaterbesuch macht mehr Spaß, wenn man zu mehreren geht. Sich hinterher darüber auszutauschen gehört für mich dazu.« Eugene Masterson ... Sie kam zu dem Schluss, dass er der CEO der Bank war, und ihr lückenhaftes Gedächtnis förderte zu Tage, dass er in der Tat vorgeladen gewesen war, um über die Gepflogenheiten in Sachen Kreditvergaben Rede und Antwort zu stehen. Er war die Sorte Mann – hochgewachsen, attraktiv, erfolgreich –, die es gewohnt war, sich durchzusetzen.

»Ich muss gestehen, dass ich seitdem zu Ihren Bewunderern zähle. Werden Sie zu unserer After-Show-Party kommen? Wir haben das *Birdland* angemietet.«

»Das ist ein toller Club und der Jazz immer ausgezeichnet. Doch ich bedaure – ich kann leider nicht. Ich bin heute Morgen erst von der Westküste zurückgekommen und brauche meinen Schlaf, um den Rest der Woche durchzustehen.« Sie wusste sofort, dass er insistieren würde, und so fügte sie rasch hinzu: »Ich möchte gern rechtzeitig zu Hause sein, um mich noch bei meinen Kindern melden zu können.«

Sie hatte die Erfahrung gemacht, dass Kinder die sprichwörtliche kalte Dusche darstellten.

Doch nicht für Mr. Masterson, wie es schien. »Nicht einmal auf einen Cocktail? Ich habe mich so lange auf diesen Abend und die Begegnung mit Ihnen gefreut. Ich setze Sie in ein Taxi, sobald der letzte Tropfen getrunken ist.«

»Es tut mir wirklich leid, aber es geht einfach nicht.« Helen spürte, wie sie innerlich die Fersen in den Boden grub. Hatte er tatsächlich ein Vermögen für Theaterkarten ausgegeben, nur um eine Gelegenheit zu schaffen, ihre Bekanntschaft zu machen? Sie fühlte sich nicht geschmeichelt. Es war schließlich nicht sein

Geld, und sie lebte schon zu lange in dieser Stadt, um ihn nicht für einen Trophäenjäger zu halten. Alles, was er erworben und bezahlt hatte, war ein Gegenstand, kein Mensch, und gehörte auf immer ihm.

»Vielleicht ein andermal«, sagte er, und die Enttäuschung stand ihm ins Gesicht geschrieben.

»Vielleicht«, erwiderte sie. Aber nicht sehr wahrscheinlich, fügte sie innerlich hinzu, auch wenn ein winziger Teil in ihr sich doch geschmeichelt fühlte.

Kurz darauf zog Helen sich in ihre Garderobe zurück, und kaum eine Minute später erschien Rudy und holte ihr Kostüm und ihre Perücke ab. Im Unterkleid rieb sie sich ein wenig Auffrischungsgel ins Haar, das ihr gleich an der Kopfhaut klebte; dann reinigte sie ihr Gesicht von Theaterschminke und Fettcreme, die vom Haaransatz bis zum Schlüsselbein aufgetragen worden waren. Als sie sich vorbeugte, um zu prüfen, ob sie eine Stelle übersehen hatte, sah sie, wie ihr Gesicht hochrot wurde. Dann erschienen Schweißperlen auf ihrer Stirn, und sie spürte, wie ihr der Schweiß den Rücken hinabrann. Ihr Bauch wurde so flammendheiß, dass sie an sich hinunterblickte, um zu sehen, ob er womöglich glühte.

Sie war klatschnass von Kopf bis Fuß. Das Gel, das sie eben aufgetragen hatte, verflüssigte sich auf ihrem Haar wie bei der bösen Hexe im *Zauberer von Oz,* die einen Eimer Wasser übergeschüttet bekommen hatte.

Gott sei Dank war ihr das nicht auf der Bühne passiert! Oder draußen bei dem Empfang. Sie tränkte einen Waschlappen in dem Krug Eiswasser, der auf ihrem Schminktisch stand, und wischte sich übers Gesicht. Anschließend fuhr sie auch über den Rest ihres Körpers. Sie hätte ohnehin eine Dusche gebraucht – die Scheinwerfer auf der Bühne machten das unerlässlich –, aber über eine Dusche verfügte ihre Garderobe nicht. Das Olympic Theatre war zu alt und schlicht.

Helen behalf sich, so gut es ging. Das schwache innere Strahlen, das der bewundernde Blick eines Mannes ausgelöst hatte, war längst verschwunden. Fliegende Hitze! Sie war alt, alt, alt – verdammt. Das fehlte ihr noch – eine Hitzewallung während der Vorstellung. Irgendwo lag immer ein Blogger auf der Lauer nach Insidertratsch. *Helen Baynor ist heiß! Heiß wie fliegende Hitze ...*

Zumindest war sie mittlerweile nicht mehr himbeerrot im Gesicht. Sie fasste ihr Haar zusammen und setzte das Yankee-Basecap auf, das für den Notfall bereitlag. An diesem Abend würde sie sich unbemerkt davonschleichen. So ist es recht – sich in der Dunkelheit davonmachen wie ein ausrangiertes altes Weib, dachte sie.

Bevor sie ging, kramte sie ihr Handy hervor und stellte es an. Als sie die Textnachrichten von ihren beiden Kindern sah, fühlte sie sich auf Anhieb besser. Justin hatte beim Chemie-Test hervorragend abgeschnitten. Julie hatte das Abendessen geschmeckt; Laura sei schon überall auf der Welt gewesen und hätte viel zu erzählen. Das waren willkommene Neuigkeiten.

Ihre Kinder wurden älter und sie ebenso. Sie konnte die Zeit nicht anhalten. Sie hatte Helen Hayes und Angela Lansbury als Vorbilder, und zum Glück beruhte ihre Karriere nicht allein auf ihrem guten Aussehen. Falten hin, Falten her – sie würde immer ihr Talent haben und immer eine attraktive Frau sein. Und das war viel wert.

Sie zog das Basecap tiefer ins Gesicht und hüllte sich in ihren Trenchcoat. Dann ging sie zum Hauptportal hinaus und tauchte in der Menge unter.

6

Zehn Uhr morgens schien eine annehmbare Zeit zu sein, um bei den Baynors zu erscheinen und die Küche mitsamt den Vorräten zu inspizieren. Laura hatte Grace nicht zu früh stören mögen, aber sie wollte gern beweisen, dass sie in der Lage war, die Küche kompetent zu managen – an den vier Tagen, an denen sie dort war, sowie an den drei Tagen, an denen sie nicht dort war. Sie hatte keine Sorge, dass man ihr auf die Finger sah – sie wollte nur keine Einmischung. Ein Revierkampf war sinnlos, also würde sie ihr Bestes tun, Grace zu ihrer Verbündeten zu machen und das Vertrauen aller zu gewinnen.

Reichlich spät hatte sie sich auch gefragt, ob die Küche *ihr* genügen würde. Vermutlich hätte sie darum bitten sollen, dass man sie ihr zeigte, bevor sie den Job annahm, aber es war ihr gar nicht in den Sinn gekommen, dass die Küchenausstattung ihren Ansprüchen nicht genügen könnte. Sie würde für vier bis fünf Personen kochen müssen, und sie war überzeugt, dass es in Helen Baynors Heim einen guten Herd, qualitativ hochwertiges Kochgeschirr, eine verlässliche Kühlung und genügend Arbeitsfläche gab. Und mehr brauchte sie im Grunde nicht.

Grace schien nicht gerade genervt, als sie die Tür öffnete, hieß Laura aber auch nicht wirklich willkommen. »Sie können Ihren Wagen um die Ecke parken. Da sind mehrere Parkbuchten, und eine davon ist immer frei«, erklärte sie. »Von dort aus lassen sich auch die Lebensmittel am besten hereinschaffen. Zur Küche geht es hier entlang.«

Laura folgte ihr durch den Eingangsbereich nach links, durch ein hübsches, aber eisiges Wohnzimmer. In früheren Zeiten der vordere Salon, überlegte sie, in dem ein formeller und hoffentlich kurzer Besuch eines unwillkommenen Gastes unter schrecklich korrekten – und ungeheizten – Umständen abgehandelt wurde. Die Kälte würde jeden dazu bewegen, sich bald wieder zu verabschieden. Dieses Zimmer mündete in einen kleinen Vorraum mit einer Tür zum Garten und zu den Garagen und – endlich – zur Küche.

Und was für einer Küche!

Sie war erst kürzlich renoviert worden, wie Laura sofort sah, und die Küchenausstattung war auf antik gemacht, mit Stahlfüßen und blitzsauberen weißen Keramikflächen. Was zunächst aussah wie ein altmodischer kleiner Aufbackofen aus den vierziger Jahren, entpuppte sich als Mikrowelle. Hinter schönen alten Eichenpaneelen verbargen sich die beiden Kühlschränke.

Und der Herd – das reinste Prachtstück. Das Kochfeld war von Imperial, in Kupfer eingefasst, ein Gasherd mit acht Flammen, von ganz klein für ein Saucenpfännchen bis zu sehr groß für einen Suppentopf. Darüber befanden sich ein Grill und ein Abzug, ebenfalls aus Kupfer. Links darunter ein großer Backofen. Unten rechts waren noch zwei breite, aber weniger tiefe Öfchen, der obere perfekt für kleine Backwaren wie ein Pie oder ein halbes Blech Plätzchen, der untere, um etwas aufzutauen oder aufzuwärmen, mit einem Temperaturregler der bis 40 Grad herunterging.

Laura widerstand dem Drang, das alles zu umarmen. Sie zwang sich, ihren entzückten Blick von der »Zu jedem Gelage bereit«-Kochstelle zu lösen und war fast ebenso entzückt, als sie feststellte, dass die lange Kücheninsel an einem Ende über eine Spüle, einen Messerblock und eine Reihe von Schneidebrettern verfügte. Um das andere Ende standen bequeme Barhocker. Darüber hingen zahlreiche Töpfe, Stielkasserollen und Pfannen, die allesamt gut benutzt wirkten. Als sie sich die Töpfe ansah, war sie sicher, dass die Rührschüsseln und sonstigen Küchenutensilien in den vielen Schränken und Schubladen von ebenso solider Qualität waren.

Der Boden bestand aus hellgrauen Steinfliesen, die eingebauten Küchenmöbel waren unten weiß lackiert, oben aus alter

Eiche. Die Arbeitsflächen aus graugrünem Granit vervollständigten die dezente Farbpalette, und Lauras Blick wurde schließlich von hie und da ausgelegten Teppichen in leuchtendem Gelb eingefangen, das sich im sonnenwarmen Gelb des Deckenanstrichs und der Lampen wiederholte. Sie folgte den kleinen Teppichen zu dem tiefen Erkerfenster am Ende der Küche, das einen ungehinderten Blick auf den Garten bot.

Der Garten hätte zu einer florentinischen oder mailändischen Villa gehören können: gepflegter Rasen, ein Weg, der sich um einen Brunnen schlängelte, auf dem eine an die Venus von Milo erinnernde Figur Wasser aus einer römischen Amphore goss. Neben dem Brunnen befanden sich zwei Tische mit Sonnenschirmen und Stühlen. Ein großer Heizpilz stand zum Anzünden bereit. Hinter der Hecke am Ende des Gartens erstreckte sich eine weitere Grünfläche, groß wie ein Footballfeld.

Im Erkerfenster stand ein gutgeschrubbter rustikaler Eichentisch, an dem acht Menschen Platz fanden. Nun wusste sie, wo die Familie gewöhnlich ihre Mahlzeiten einnahm. Und das war, was sie anging, der Mittelpunkt des Hauses.

Laura liebte diesen Raum auf Anhieb. Es war ein Raum, in dem sich eine Familie versammelte, um zusammen zu essen.

Vielleicht deutete Grace ihr Schweigen als Missbilligung, denn es klang sehr bestimmt, als sie sagte: »Ich fürchte, wenn Ihnen etwas fehlt, müssen Sie sich damit abfinden. Das hier ist genau so, wie Mrs. Baynor es haben möchte.«

»Ich würde nicht das Geringste ändern wollen«, antwortete Laura. »Die Küche ist fabelhaft.«

Sie schob ihre Faszination beiseite und stellte Handtasche und Notebook ab. »Ich parke eben meinen Wagen um die Ecke, und dann beginne ich mit der Bestandsaufnahme.«

Grace wich Lauras Blick aus und wies auf die Vorratskammer. »Sie werden sehen – alle Grundnahrungsmittel sind vorhanden. Einkaufen und die Regale zu füllen schien die größte Gabe der letzten Köchin zu sein.« Damit verschwand Grace in Richtung des kleinen Salons.

Laura hatte nicht vor, sich die Freude an ihrem neuen Spielplatz von der spröden Art der Frau vermiesen zu lassen. Wer weiß, vielleicht hatte Grace nie zuvor so eng mit einer schwarzen Frau zusammengearbeitet und war unsicher, wie sie sich verhalten sollte. Laura verschaffte sich einen raschen Überblick und fand zu ihrer Freude hinter einer Art Schranktür eine Durchreiche zwischen Küche und Esszimmer, die auf der anderen Seite geschickt hinter einem Paneel verborgen war. Sie lugte durch einen Spalt und blickte in den Raum, in dem sie Helen die erste Kostprobe serviert hatte. Wie schön!

Die Vorratskammer war begehbar, und die Regale waren gefüllt mit Mehl, Zucker, Frühstücksflocken, Reis, Kartoffeln, Zwiebeln und weiteren Grundnahrungsmitteln. Neben der Vorratskammer befand sich ein schmaler ausziehbarer Küchenschrank, nicht breiter als zwei Einmachgläser, mit vier jeweils achtfach unterteilten Innenschüben, in denen sich Gewürze befanden, Konserven, Pasta, noch mehr Mehl und Zucker. Das alles war sehr schlecht sortiert, fand Laura. Nur kurz haltbare Produkte standen beispielsweise hinter lange haltbaren Lebensmitteln. Keine Profi-Köchin würde so ein Durcheinander anrichten. Gekaufte Pasta? Bei der Zeit, die sie hatte, um eine Mahlzeit pro Tag zuzubereiten, gab es keinen Grund, Pasta nicht frisch zuzubereiten und einen Teil davon für Helen bereitzustellen, falls sie Appetit auf Pasta haben sollte.

Laura hatte eine Herausforderung vor sich. Um eine Bestandsaufnahme zu machen, musste sie erst einmal alles finden und sortieren.

Doch eines nach dem anderen. Sie parkte ihren Wagen auf dem Stellplatz, der dem Seiteneingang am nächsten lag, wobei sie darauf achtete, keine der drei Garagen zu verstellen, die auf dieselbe Ausfahrt hinausgingen. Es hatte den Anschein, als sei der hintere Teil des Garagengebäudes ein separater Wohnbereich – vermutlich wohnte Grace dort. Es sah ziemlich geräumig aus, und es gab sogar einen mit einem Zaun abgetrennten Bereich, der einen privaten kleinen Garten bildete.

Sie hielt kurz inne, um einige Blättchen von dem Rosmarin zu zerreiben, der halbwild am anderen Ende der Zufahrt wuchs, und erschnupperte den Duft von ihren Fingern. Jetzt hätte sie Appetit auf getoastetes Ciabatta mit geröstetem Knoblauch und Rosmarinbutter. Bald, gelobte sie sich. Sie trat zur Seitentür ein, im Arm eine kleine Tüte mit den Zutaten für ihren eigenen Lunch. Falls Grace erschien, würde sie ihr Mittagessen gern mit ihr teilen. Sie hatte unterwegs auch frisches Brot eingekauft und echten Monterey-Jack-Käse – mit den beiden Zutaten konnte sie alles Mögliche zum Abendessen zubereiten: Spaghetti, Omelettes ...

Sie wappnete sich innerlich für ihre Aufgabe und stellte den Wasserkocher an, um sich einen Tee zu kochen. Was sie vor sich hatte, erforderte anständigen Treibstoff. Dann krempelte sie die Ärmel hoch und begann sich Notizen über den Inhalt der Speisekammer zu machen. Für eine vierköpfige Familie enthielt sie dermaßen viel, dass Laura sich keine Illusionen über die Frische machte. Einige der Konserven ganz hinten auf einem Regal waren Produkte, die Farbstoffe enthielten. Eine Küchenchefin, die ihre Vorräte dermaßen schlampig organisierte, mochte im Notfall auf eine Konserve zurückgreifen und der Meinung sein, dass das ab und an nicht schadete. Laura würde sich einen Karton besorgen, um die Konserven zusammen mit den Lebensmitteln, deren Haltbarkeit so gut wie abgelaufen war (von denen es sicher einige gab), bei der örtlichen Tafel vorbeizubringen.

Ihr Magen knurrte irgendwann, als sie bereits tief in die Speisekammer eingetaucht war. Es dauerte seine Zeit – sie musste alles in die Hand nehmen, um zu sehen, was es damit auf sich hatte. Sie hatte bereits eine seit sechs Jahren abgelaufene Packung Bohnen gefunden und zahlreiche Packungen Reis, eine älter als die andere. Helen Baynor besaß Geld wie Heu, aber Laura hatte mehr als genug Armut gesehen – in Jamaika und vor den Toren der abgeschotteten Ferienenklaven auf der ganzen Welt, einschließlich der Vereinigten Staaten. Essen zu vergeuden war eine Sünde. Wenn fünf Pfund Reis im Regal standen, würde sie dafür sorgen, dass er zu sehen war, so dass niemand noch mehr Reis kaufte.

Laura sortierte sämtliche Konserven und haltbaren Lebensmittel und beschloss dann, Mittag zu essen. Sie machte sich mit dem Grill vertraut, indem sie zwei kleine Lachsfilets darauf zubereitete, und fand die nötigen Zutaten, um etwas Olivenöl mit Blutorangenaroma und Reisweinessig als Sauce für den Fisch und ein wenig bunten Salat zu mischen. Sie überlegte, ob sie Grace suchen gehen sollte und wollte eben alles für sich allein anrichten, als Grace in die Küche zurückkehrte.

»Kann ich Ihnen einen kleinen Lachssalat anbieten?« Laura hoffte, dass es den Eindruck machte, als finde sie sich in der Küche bereits bestens zurecht, als sie den richtigen Schrank für die Teller öffnete.

»Gern, aber Sie müssen nicht jeden Tag für mich mitkochen. Sie müssen sicher nicht immer so früh da sein.« Es klang fast wie ein Wunsch.

»Heute ist eine besondere Gelegenheit.« Da sie eine Wochenpauschale erhielt, sah sie keinen Grund, warum sie ihr Kommen und Gehen nicht selbst bestimmen sollte, solange Zwischen- und Hauptmahlzeiten pünktlich zubereitet waren. Laura stellte die beiden angerichteten Teller auf das Ende der Kücheninsel, an dem die Barhocker standen. »Es ist nur ein einfaches kleines Gericht. Vielleicht können wir anschließend auch das Budget und den Zeitplan besprechen.«

»Dann lassen Sie mich mein Notebook holen.« Grace sah aus, als seufze sie innerlich.

Wann hatte Grace ihr all diese Informationen geben wollen, wenn nicht im Laufe dieses Tages?, fragte Laura sich. Vielleicht missverstand sie die Frau, aber das war kein Wunder, wenn diese ihrem Blick beharrlich auswich.

Grace kehrte gerade zurück, als es an der Seitentür klopfte. Sie öffnete und ließ zwei junge Latinas herein, die zu ihren schwarzen Baumwollhosen die Polohemden einer örtlichen Reinigungsfirma trugen. Grace erteilte ihnen in rasend schnellem Spanisch einige Anweisungen und gesellte sich anschließend wieder zu Laura. »Die Mädchen kommen dienstags, mittwochs und donnerstags für jeweils drei Stunden und nehmen sich verschiedene Bereiche des Hauses vor. Dienstags wird die Küche gründlich geputzt.«

Laura wartete darauf, dass Grace anfing zu essen – eine Gepflogenheit, die sie von ihrer Mutter übernommen hatte, die fand, dass sich das für eine Köchin so gehörte –, aber als Grace keine Anstalten machte, nach ihrer Gabel zu greifen, fing sie einfach an zu essen. »Deshalb war sie heute Morgen so makellos sauber. Wer spült jeden Tag das Geschirr? Einen Teil des Abwaschs mache ich natürlich selbst, aber ich lasse immer einige Dinge zum Einweichen stehen. Ich bin eine saubere Köchin. Meine Mutter hatte einen hohen Anspruch.« Das sonnige Lächeln, mit dem sie Grace bedachte, wurde nicht erwidert.

»Den Abwasch machen die Kinder, einschließlich der Töpfe und so. Mrs. Baynor findet, dass das ihre Alltagsfähigkeiten fördert.«

Das musste Laura kurz verdauen. »Ich habe in vielen hochklassigen Resorts gearbeitet, wo die Kinder verwöhnt und undankbar waren. Justin und Julie sind Teenager, aber beide haben sie sich gestern für den Snack bedankt. Ich war beeindruckt.«

»Sie sind sehr höflich.«

Schweigen breitete sich aus. Laura hatte den Eindruck, dass Grace die Menschen, für die sie arbeitete, nicht sonderlich mochte. Vielleicht war ihre Gemütslage aber auch einfach schwer einzuschätzen.

Endlich begann Grace ihren Salat zu essen. »Schmeckt sehr gut.«

»Danke. Gibt es irgendetwas, das Sie sehr mögen oder aber gar nicht, das ich bei den Abendessenvorbereitungen berücksichtigen könnte?«

»Ich esse gern sehr leicht«, antwortete Grace. »Ich bevorzuge fettarme Kost.«

»Tun wir das nicht alle? Für mich selbst koche ich ohnehin so. Wie ist es mit scharfen Gewürzen? Gibt es irgendein Gemüse, das Sie nicht mögen?«

Sie musste ihr jede Information aus der Nase ziehen, aber schließlich hatte sie einiges von Grace erfahren. Sie aßen ihren Salat auf, und dann erbot sich Grace, ihr den Zeitplan zu zeigen. Zu Lauras Überraschung gingen sie in den kleinen Vorraum. Laura hatte die Tafel gegenüber der Tür bis dahin nicht beachtet. Jedes Mitglied des Haushalts hatte eine Zeile auf dem großen magnetischen Whiteboard mit Kalendereinteilung, einschließlich der Beschäftigten wie der Truppe, die für die Pflege der Außenanlage zuständig war, der Putzkolonne und der Wartungsleute. Am folgenden Tag um elf Uhr würde jemand von einem Teppichreparaturservice kommen. Graces freie Tage waren Sonntag und Montag, und ganz oben befanden sich die Telefonnummern eines örtlichen Wachschutzes, eines Arztes und einige weitere Nummern, neben denen nur Namen standen.

»Wie effizient«, sagte Laura. Sie nahm Tafelwischer und Stift zur Hand und ersetzte »Köchin« durch »Laura«. Sie registrierte, dass Julie am Freitag nach der Schule eine Verabredung hatte und Justin in der drauffolgenden Woche einen Arzttermin. »So weiß ich genau, wer jeden Tag zum Abendessen zu Hause sein wird.«

»Die Tafel ist entscheidend für einen erfolgreichen Ablauf.«

Graces Gesicht schien sich ein klein wenig aufzuhellen. »Das war meine Idee.«

»Ausgezeichnet. Enorm informativ.« Laura wusste, dass sie ein bisschen dick auftrug, aber schließlich entdeckte sie das erste Mal eine Gefühlsregung bei Grace. »Nun, kommen wir also zu meinem Budget ...«

Sie spülten das Geschirr vor, während Grace darlegte, wie hoch das monatliche Budget der Familie für Lebensmittel war und in welchen Geschäften es ein Kundenkonto mit Monatsabrechnung gab. »Bitte nutzen Sie das nach Möglichkeit – es vereinfacht die Haushaltsabrechnung.«

Laura hatte kein Problem damit. Das Brot- und Käsegeschäft beispielsweise stand auf der Liste. Das Budget war großzügig bemessen und würde mehr als ausreichen, selbst wenn sie teurere Dinge einkaufte, von denen sie wusste, dass sie nur die Zutaten enthielten, die aufgelistet waren. Als Grace sie schließlich verließ und sich in ihren Bereich des Hauses zurückzog, war Laura erleichtert. Es war ein netter Austausch gewesen. Sie würden schon miteinander klarkommen.

Als Grace zur Seitentür hinausging, um die Zwillinge von ihrer Privatschule in Menlo Park abzuholen, hatte Laura die Vorratskammer sowie den Auszugschrank sortiert und sich einen Überblick über die meisten Schrankfächer in der großen Küche verschafft. Es gab etliche spezielle Gerätschaften, die sie in den Tiefen der unteren Schränke entdeckte: einen Eierschäler, einen Tomatenschneider, mehrere Knoblauchpressen, eine Elektro-Sauciere, sogar ein Gerät, das wie ein Haartrockner aussah, aber zum Räuchern gedacht war. Laura wählte das am schlechtesten zugängliche Schrankfach aus und entsorgte all diese Dinge darin – sollten sie dort verstauben.

Laura vernahm ihre Stimmen, ehe die Zwillinge durch den Seiteneingang in den Vorraum traten. Die Küche sah weitgehend ordentlich aus, und so setzte sie ein strahlendes Lächeln auf und bot ihnen halbierte Englische Muffins mit gegrilltem Monterey Jack an, dazu üppige kernlose Trauben und mit Wasabi verfeinerte geröstete Mandeln.

»Hey, das sieht lecker aus«, sagte Justin spontan. Er trug lässige verknitterte Cargo-Hosen und ein abgeliebtes Flanellhemd über einem schwarzen T-Shirt und verschlang ein halbes Muffin mit drei Bissen. Mit vollem Mund nuschelte er: »Danke!« und machte sich auf den Weg in sein Zimmer, seinen Teller mit dem Snack in der einen Hand, den Rucksack in der anderen, eine lange Spur Mandeln hinter sich lassend.

Julie zögerte, bevor sie ihren Teller entgegennahm.

Laura ahnte, dass das Mädchen vermutlich Fragen hatte, rief aber dennoch erst Justin hinterher: »Hey, du verlierst Essen!«

Er blieb stehen, sah sich um und schien vollkommen überrascht beim Anblick der Mandeln auf dem Boden. »Fünf-Sekunden-Regel.«

»Eklig!«, sagte Julie. Sie hielt anscheinend wenig von der Regel, die besagt, dass etwas Essbares, wenn es auf den Boden fällt und dort nicht länger als fünf Sekunden liegt, immer noch genießbar ist, weil in der Zeitspanne nur eine geringe Anzahl Bakterien daran haften bleibt. »Ich mag mir gar nicht vorstellen, wo du überall rumgelatscht bist«, fuhr sie fort.

»Ich bin über Weiden voller Kuhsch... Kuhmist gewandelt. Morgen um Morgen voller Kuhmist«, sagte Justin und versuchte, Rucksack und Teller zu jonglieren, während er die Mandeln aufsammelte. »Mmhh, ich liebe mistgewürzte Mandeln.«

»Du bist echt krank.« Julie warf den Kopf zurück – auf eine Art, die Laura lebhaft an Helen erinnerte. Spitz fügte sie hinzu: »Laura wird einen falschen Eindruck von dir gewinnen. Nein, warte – vermutlich gewinnt sie gleich den richtigen Eindruck von dir.«

»Solange du sie alle aufliest«, sagte Laura. Sie warf einen raschen Blick zu Julie hinüber, die kurz aus der Küche gegangen war und ihren Pullover auf einen Haken neben der Tür gehängt hatte. Im Vergleich zu ihrem Bruder war sie sehr zurückhaltend. Sie trug ordentliche Jeans und ein enganliegendes T-Shirt unter einer hübschen kurzen Weste. Laura fragte sich, ob sich die beiden so unterschiedlich kleideten, um sich unbewusst voneinander abzugrenzen, auch wenn die meisten Menschen wohl nicht sofort auf die Idee kamen, dass sie Zwillinge waren. Vom Aussehen her hatten sie nur das schmale Kinn gemein, das sie ihrer Mutter verdankten.

Als Julie unschlüssig ihren Teller mit dem Snack betrachtete, sagte Laura: »Der Käse stammt aus Monterey und enthält keinerlei Farbstoffe – deshalb ist er so hell. Die Englischen Muffins sind aus dem Laden in der Main Street, wo ihr immer euer Brot kauft.«

»Ich mache mir nichts aus Weintrauben, aber ich weiß schon – sie sind gesund.« Julie nahm den Teller mit zu dem Tisch im Erkerfenster und öffnete ihren schweren Rucksack. Rasch hatte sie mehrere Bücher und einen kleinen Laptop ausgepackt. Sie beugte sich über ihre Unterlagen und las mit gerunzelter Stirn, während sie abwesend ihre Zwischenmahlzeit vertilgte.

Laura räumte weiter die Küche auf und war froh, sich bereits so weit auszukennen, dass sie die Dinge an ihren angestammten Platz in den Schränken und der Vorratskammer zurückstellen konnte. Als Julie innehielt und sich streckte, sprach Laura sie an.

»Also, was steht noch auf der Liste der Dinge, die du nicht magst – außer Weintrauben?«

Ohne zu zögern, antwortete Julie: »Was ich wirklich nicht ausstehen kann, ist Bulgur. Bitte machen Sie kein Taboulé. Und Minze finde ich auch nicht so toll. Ich habe sie probiert, aber ich mag sie einfach nicht.«

»Kein Bulgur – damit habe ich kein Problem«, erwiderte

Laura. »Und das mit der Minze behalte ich im Kopf. Was ist mit Quinoa?«

Julie runzelte die Stirn auf eine Weise, die eindeutig an ihre Mutter erinnerte. »Ich glaube, Quinoa habe ich noch nie probiert.«

»In der Vorratskammer ist eine große Packung, die geradezu darauf wartet, geöffnet zu werden. Ich werde zum Abendessen ein bisschen davon machen, und du kannst es probieren. Es ist ein getreideähnliches Samenkorn, das von der Textur her aber mit Couscous vergleichbar ist. Es schmeckt leicht nussig, enthält wenig Fett und eine Menge Eiweiß. Es ist enorm gesund, schmeckt aber, im Gegensatz zu vielen anderen Dingen, die gesund sind, sehr gut.« Sie grinste. Es gefiel ihr, wie aufmerksam Julie ihr immer noch zuhörte. »Insbesondere mit Butter.«

Julie nickte mit einem Anflug von Enthusiasmus.

»Huhn? Fisch? Shrimps?« Dreimaliges Nicken. Aber dann: »Rindfleisch?« Kopfschütteln. »Warum kein Rindfleisch? Politische Gründe? Oder der Geschmack?«

»Manchmal schmeckt es so metallisch, finde ich. Burger sind ganz okay, aber Steaks ...« Julie stützte das Kinn in die Hände. »Komisch, nicht? Und ja, der durch Raubbau gebeutelte Planet und so ...«

»Wie steht's mit Hackbällchen? In Spaghettisauce?«

»Ich mag Hackbällchen aus Pute und so. Oder auch Sojabällchen. Die mag Justin aber nicht. Und Mom kann sie nicht ausstehen. Sie sagt, sie schmecken wie hawaiianisches Poi, aber das habe ich noch nie probiert.«

»Ich schon«, sagte Laura. »Mit Poi muss man einiges anstellen, damit es nach mehr als Tapetenkleister schmeckt. Stell dir Süßkartoffelpüree ohne die Süße und ohne Kartoffelgeschmack vor.« Also keine Sojabällchen, wenn Helen möglicherweise mit den Kindern zusammen aß. »Aber vielleicht kann ich ab und zu Sojabällchen für dich machen, wenn dein Bruder nicht da ist. Ich bin sicher, dass sie gut für dich sind.«

»Okay.« Julies Miene hellte sich ein wenig auf.

Justin kehrte in die Küche zurück. Er sah so heißhungrig wie hoffnungsvoll aus und trug seinen Teller vor sich her wie ein hochaufgeschossener Oliver Twist.

»Was haltet ihr von Spaghetti mit Fleischbällchen zum Abendessen? Ein bisschen Broccoli. Eisbergsalat. Und eine kleine Kostprobe Quinoa, damit ich weiß, ob ich es künftig für euch verwenden kann?«

»Könnte ich mich absolut drauf einlassen.« Justin sah immer noch hoffnungsfroh drein. »Ist das schon fertig oder wie lange dauert's noch?«

»Ungefähr eine Stunde. Wir haben aber ein paar schöne Äpfel und frische Möhrensticks – das könnt ihr beides sofort haben.«

»Sie haben auf Mom gehört.« Sein Kopf steckte tief im Kühlschrank, als er hinzufügte: »Ich könnte Popcorn machen.«

»Du verdirbst dir den Appetit aufs Abendessen.« Sie stand auf und füllte einen großen Topf mit Wasser. »Und ja, eure Mutter hat mich gebeten, dafür zu sorgen, dass euch jegliche Genussfreude bei der Nahrungsaufnahme vergeht.«

»Sie macht Sojabällchen«, sagte Julie.

»Quatsch.« Justin biss gierig in den Apfel, den er aus dem Gemüsefach gekramt hatte.

»Doch! Sie sind echt lecker.«

Justin warf Laura einen panischen Blick zu. »Echt?«

Sie schüttelte nur leicht den Kopf. »Wir haben tiefgefrorenes Puten- und Schweinehack, Panko-Paniermehl, und ich bin ziemlich sicher, auch Buttermilch gesehen zu haben. Sie werden also sojafrei sein.«

Justin gab seiner Schwester einen Klaps auf den Hinterkopf. »Lügnerin!«

»So musstest du zumindest nachfragen.« Wäre Julie einige Jahre jünger gewesen, hätte sie ihm bestimmt die Zunge rausgestreckt, dachte Laura.

Als Justin sich erneut anschickte, Julie einen Klaps zu geben, ging Laura dazwischen: »Wenn du Energie genug hast, jemanden zu schlagen – ich könnte jemanden gebrauchen, der Gemüse putzt und kleinschneidet. Ich bin immer auf der Suche nach einem Hilfskoch. Küchen sind zum Arbeiten und zum Essen da, einschließlich reden. Nicht um jemanden zu schlagen. Brichst du die Regeln, gibt's K.D.« Als sie die verdutzten Gesichter sah, fügte sie hinzu: »Küchendienst.«

»Ich hab zu tun.«

»Verstehe«, sagte Laura. »Eine Verabredung mit dem Skateboard-Rail vielleicht, das ich neben dem Carport gesehen habe?«

»Nee, das mach ich nur am Wochenende. Nein, Hausaufgaben. Chemie und Mathe, ein bisschen Geschichte.« Damit nahm er sich einen weiteren Apfel und verschwand erneut. Laura bezweifelte, dass er erst in einer Stunde wieder auftauchen würde.

Julie ergriff das Wort. »Mary – das war die vorherige Köchin – sie mochte es nicht, wenn wir hier in der Küche herumhingen, während sie kochte.«

Laura blinzelte überrascht, sagte aber nur: »Du wirst feststellen, dass ich keinerlei Gemeinsamkeiten mit der lieben von uns gegangenen Mary habe.«

»Gut. Ich glaube, sie hat mich absichtlich krank gemacht. Ich beklage mich oft übers Essen. Es ist nicht persönlich gemeint.« Es kam wie aus der Pistole geschossen, und Laura fragte sich, ob Julie ihrer Mutter von ihrem Verdacht erzählt hatte.

»Verstehe. Ich werde dich höchstens darum bitten, etwas wenigstens ein einziges Mal zu kosten – und es wird in jedem Fall etwas sein, das du gefahrlos essen kannst.« Sie holte sich ein Glas und füllte es mit Wasser, dann blieb sie neben dem Tisch, an dem Julie arbeitete, stehen. »Ich habe in vielen verschiedenen Zusammenhängen gearbeitet, und ich glaube, ich kann unterscheiden, ob jemand ein Problem mit Zutaten hat, auf das er oder sie keinen Einfluss hat, oder ob jemand einfach nörgelig ist. Eine Menge Menschen haben Probleme mit bestimmten Lebensmitteln. Ich gehöre zu den seltenen Köchinnen, die keine Walnüsse essen. Ich picke sie immer raus.«

Julie lehnte sich auf ihrem Stuhl zurück, und Laura nahm das als Einladung, sich auf einen kurzen Schwatz niederzulassen. »Ich mag Walnüsse.«

»Ich verwende sie beim Kochen, aber ich esse das Gericht dann nicht. Ich kriege von ihnen ein komisches Gefühl im Mund, das ich nicht weiter erklären kann, aber das ich einfach nicht mag. Aber versuch mal, Feinschmeckern zu erzählen, dass du etwas nicht isst, und zwar nicht, weil du allergisch darauf reagierst, sondern wegen eines komischen Gefühls ...« Sie fuhr sich mit der Zunge über den Gaumen. »Und mein Gaumen wird dann irgendwie pelzig ... Ich glaube, das soll mir sagen, dass mir Walnüsse einfach nicht guttun. Und du hast noch viel mehr Grund als ich, dir Sorgen zu machen, wenn dir irgendwas komisch vorkommt.«

Sie sah Julie an und stellte erstaunt fest, dass das Mädchen den Tränen nahe war. Sie wollte sich schon entschuldigen, aber Julie fiel ihr ins Wort: »Ich bin keine Nörglerin. Aber ich glaube, Mary sah das anders.«

»Mary ist weg. Und jetzt hast du mich, Mädchen.« Rasch fügte sie hinzu: »Ich habe mit meiner Mutter viele Jahre in Jamaika gelebt, und dort ist *Mädchen* der Ausdruck für *Freundin* oder für eine Frau, die jünger ist als man selbst und mit der man gern zusammen ist. Tut mir leid – ich wollte damit nicht sagen, dass ich dich für ein Kind halte.«

»Ich ziehe meinen Namen vor.«

Diese Ernsthaftigkeit musste sie von ihrem Vater haben, dachte Laura.

»Aber ich habe auch nichts gegen *Mädchen*. Wie lange sind Sie schon wieder in den Staaten?«

»Ach, ich habe Jamaika schon vor ewigen Zeiten verlassen, aber vor vier oder fünf Jahren habe ich dort noch mal ein halbes Jahr in einem Urlaubsresort gearbeitet. Bis vor einigen Monaten war ich dann in einem stinkvornehmen Hotel in den Florida Keys.«

»Und was ist dann passiert?«

»Ich habe gekündigt. Kulinarische Differenzen, sozusagen, und ich hatte keine Lust mehr auf die Art von Küche.«

Wieder erhellte ein flüchtiges Lächeln Julies Gesicht. »Und die Art von Küche hier gefällt Ihnen?«

»Das hier ist eine phantastische Küche. Außerdem werde ich erkunden, ob ich mit anderen Köchinnen und Köchen hier in der Gegend zusammenarbeiten kann. Es war einfach an der Zeit für einen Neustart.«

Das Klappern des Deckels auf dem kochenden Wasser rief Laura zurück an den Herd. Sie machte sich daran, die Tomaten zu blanchieren, während Julie sich wieder ihren Hausaufgaben widmete. Justin schoss noch einmal herein und mit einem weiteren Apfel wieder hinaus. Es hatte den Anschein, als seien sie es gewohnt, neue Menschen kennenzulernen, und Menschen, die nicht zur Familie gehörten, im Haus zu haben. Das war vollkommen anders als Lauras Erfahrungen. Ihre Mutter hatte auch einen straffen Zeitplan mit Studium und zwei Jobs gehabt. Aber da hatte es weder ein Kindermädchen noch eine Köchin gegeben. Laura hatte die meisten Nachmittage und Abende allein vor dem Fernseher und mit ihren Büchern verbracht. Mit sechs Jahren hatte sie gelernt, Eier aufzuschlagen und zu braten. Keiner der beiden Zwillinge betrachtete sie als Bedienstete oder als gesellschaftlich unter ihnen stehend. Auch das war ein Segen.

Alles war heiter und gelassen in diesem wunderschönen Heim. Hier würde sie sich wohlfühlen.

7

Die Freitagsvorstellungen waren immer eine besondere Herausforderung. Zum einen war es Partyabend in New York, und der Energiepegel des Publikums war deutlich höher als sonst. Helen war noch nie einer Schauspielerin oder einem Schauspieler begegnet, die diese größere Intensität des Applauses nicht beflügelte. Egal, wie frisch sie am Broadway waren, sie alle lernten auch schnell, dass das Freitagspublikum grantig werden konnte, wenn die Show nicht seiner Stimmung entsprach. Und das bedeutete, dass hinter den Kulissen die Nerven blank lagen.

Nebenan erzählte Neil jemandem einen Witz, der mit einem laut geschmetterten Lied endete, und Neils eindrucksvolle Stimme war schwer zu ignorieren. Die Wände waren dünn, und daran konnte auch ein »Bitte nicht stören!«-Schild an der Tür nichts ändern. Zumindest gab es an diesem Abend keine VIPs im Backstage-Bereich. Helen holte ihr Handy hervor, um die Kinder anzurufen, weil sie später nicht mehr dazu kommen würde, und fand zu ihrer Überraschung eine SMS von Cass.

Geschäftliches am Freitagabend? Die Formulierung: ›Einmalige Chance – muss sofort antworten‹ war selbst für Cass, die einen Hang zum Dramatisieren hatte, ungewöhnlich, also griff Helen nach ihren Ohrhörern und rief sie an.

»Kannst du dich in zwei Wochen für einige Tage beurlauben lassen?«

»Warum sollte ich? Vermutlich nicht.«

»Ich meine es ernst.« Es hörte sich an, als sei Cass in einer vollen Bar auf dem Weg zur Damentoilette. »Es gibt acht Riesen für zwei Tage Arbeit. Auf einer einwöchigen Kreuzfahrt. Und ein Job dieser Art führt zu mehr Jobs dieser Art. Leichtverdientes Geld, Schätzchen. Nur Voice-Over ist besser.«

»Ich würde hier aber keine Gage bekommen. Wie stehe ich dann da?«

»Immer noch besser.«

»Ich möchte nicht, dass Nancy sauer ist. Sie war sehr großzügig, was meinen Terminplan angeht. Das ist in dieser Branche ziemlich wichtig. Für sie würde ich ohne zu zögern immer wieder arbeiten, und ich möchte, dass ihr das auch so geht.«

»Frag sie. Mehr kannst du nicht tun. Sie haben im Rahmen einer Benefizaktion ein zwanzigjähriges Ding für diese ›Stars des Broadways‹-Kreuzfahrt engagiert, und die hat sich – *hüstel, hüstel* – leider – *hüstel, hüstel* – den Knöchel verstaucht, aber wenn du dir die Klatschspalten ansiehst, dann stellst du fest, dass sie mit ihrem neuen Boyfriend zur – *hüstel, hüstel* – Genesung – *hüstel, hüstel* – in Cannes ist. Ich weiß, es ist nicht sehr verlockend, die zweite Wahl zu sein –«

»Die zweite oder die fünfte? Sei ehrlich!«

»Die zweite. Ehrlich.« Cass klang glaubwürdig, aber vermutlich log sie dennoch und betrachtete das als Teil ihres Jobs. »Es geht um Schwangerschaftsscreening, Gesundheitsvorsorge und Bildung für bedürftige Frauen, insbesondere für Frauen mit Aids. Wie kannst du da nein sagen?«

Helen stieß einen tiefen Seufzer aus, während sie sich fragte, wie weit unten auf der Liste irgendeiner Wohltätigkeitsorganisatorin ihr Name gestanden hatte. In letzter Zeit gaben so viele Filmstars Gastspiele auf dem Broadway, dass in den aktuellen Aufführungen ständig große Namen auftauchten. »Ich spreche nach der Aufführung mit ihr. Vorher wäre der helle Wahnsinn. Aber ich selbst bin auch nicht gerade begeistert.«

»Sieben Tage, ab Miami, heute in zwei Wochen, Kurs auf Cancun? Sieben Tage nichts als Sonnenschein und zwei Stunden oder so an zwei oder drei Tagen, in denen du mit reichen Theaterenthusiasten über dein Metier plauderst, plus ein paar Cocktail- und Dinnerauftritte, bei denen du nett lächelst. Überwiegend Frauen. Das könntest du dreimal im Jahr machen.«

»Hm-hm. Überwiegend Frauen? Ich werde Nancy fragen.«

Sie beendete das Gespräch und dachte noch darüber nach, während sie Justins Nummer eingab. Hatte sie Lust dazu? Eigentlich nicht.

Justin war anderer Meinung. Sie erzählte es ihm ganz nebenbei, aber er sprang sofort darauf an.

»Warum nicht? Mom, das klingt super! Wann hast du das letzte Mal ganz allein Urlaub gemacht?« Sie hörte ihn tippen, während er sprach.

»Ich bin die halbe Woche allein hier. Sind das Hausaufgaben, an denen du so eifrig sitzt?«

»Klar, Mom. Ja, Hausaufgaben.« Das Geklacker verstummte. Sie schien seine volle Aufmerksamkeit zu haben. »Die paar Tage kommen wir schon allein klar. Du sagst doch immer, dein Herz sagt dir schon, was es will, und es wäre dumm, nicht darauf zu hören, richtig? Also, was möchtest du?«

»Kinder, die mir nicht meine eigenen Worte um die Ohren hauen.«

»Träum weiter.«

»Was hältst du von der neuen Köchin? Mal im Ernst. Sie ist nicht da, oder?«

»Nee, sie ist unten in der Küche, mit Julie, glaube ich. Sie ist absolut klasse, Mom. Echt. Sie ist wie eine Zen-Meisterin. Sie ist total entspannt, aber super streng, was Essen angeht, echt, ich meine, kann ich vor dem Abendbrot kein Popcorn essen? Sie sagt nein.«

»Justin, du solltest sie nicht mal fragen. Du weißt es doch besser. Ich weiß, dass du das alles wieder abtrainierst, aber du hast ein paar lausige Gene von Seiten deines Vaters und du weigerst dich, Popcorn ohne Butter zu essen, also hast du keine Wahl.«

»Ich weiß, Mom.«

»Du brauchst nicht so sehr auf die Kalorien zu achten als vielmehr auf das, was nicht gut für dein Herz ist, und zwar dein

Leben lang, wenn du länger leben willst als er.« Sie hatten dieses Gespräch schon oft geführt. »Außerdem wissen wir beide, dass du dir Popcorn machst, wenn sie weg ist und Grace zu Bett gegangen ist.«

Sein Ton wurde störrisch. »Du bist viel strenger mit mir als mit Julie, wenn's ums Essen geht.«

»Ihr seid eben unterschiedlich, mein lieber Sohn. Aber ihr beide müsst das, was ihr esst, sorgsam im Auge behalten, wie viele andere Menschen auf der Welt auch. Julie muss auf jeden Bissen achten. Also spiel hier nicht die Mitleidskarte aus.«

»Sch... Schon gut.«

Sie lachte. »Du findest also, ich sollte einen kleinen Urlaub in den Tropen einschieben?«

»Sie bezahlen dich dafür, oder? Netter Job, finde ich. Und du bist doch immer diejenige, die sagt, dass man ein Jobangebot nicht einfach ablehnt.«

»Schon gut, schon gut. Sag deiner Schwester, dass ihr Handy gleich klingelt.«

Während sie Julies Nummer eingab, hatte sie vor Augen, wie Justin lauthals nach seiner Schwester rief. Er genoss es zu schreien. Zwei vollkommen unterschiedliche Charaktere, aber durch ein starkes Band miteinander verbunden – stärker, als Helen es je für möglich gehalten hätte, und sie hoffte, dass es niemals reißen würde.

Als Julie sich meldete, sagte sie sofort: »Du solltest fahren.«

»Justin hat es dir erzählt?«

»Nur dass du sogar noch Geld verdienst, wenn du eine Reise durch die Karibik machst, die dich keinen Cent kostet. Du solltest fahren. Wir kommen schon klar. Hey, Mom, können wir auf einem Teil der Wiese hinterm Haus einen Kräutergarten anlegen?«

Helen hörte eine Stimme im Hintergrund, ruhig und leise – das musste Laura sein. Julie war anscheinend in der Küche – ein gutes Zeichen. Welch ein Alptraum diese Mary gewesen war. »Was ist los?«

»Ach, ich hätte nicht davon anfangen sollen. Laura hat gesagt, sie würde mit dir darüber sprechen. Einen Kräutergarten, alles bio und mit Fruchtwechsel und so. Also, mach diese Reise!«

Helen empfand einen flüchtigen Stich Eifersucht – die perfekte Laura hatte ihre Kinder in wenigen Tagen vollkommen bezaubert, aber schnell machte sie sich klar, dass der Weg ins Herz von Jugendlichen über den Magen führte, und das schloss auch Julies sehr sensiblen ein. Das ist die Wahl, die du getroffen hast, rief sie sich in Erinnerung, damit du in fünfundzwanzig Minuten raus auf diese Bühne am Broadway treten kannst.

»Okay, ich denke darüber nach. Wie geht es dir?«

»Heute Nachmittag hatte ich richtig fiese Kopfschmerzen und bösen Juckreiz«, erzählte Julie, »aber das war ganz allein meine Schuld. Ich habe in der Schule diesen Vanille-Milchshake probiert und eigentlich erst ganz gut vertragen.«

»Und was lernst du daraus?«

»Dass selbst Weiß vermutlich ein Farbstoff ist. Und dass ich, wenn ich nicht weiß, wo etwas herkommt …«

»Es tut mir leid, Liebling. Aber das sind nun mal die Karten, die du bekommen hast.« Helen versuchte, sachlich zu klingen, musste aber schlucken. Sie machte sich Sorgen um ihre Tochter, die ihr Leben lang um ihre Gesundheit würde bangen müssen. »Ich muss jetzt Schluss machen.«

»Hals- und Beinbruch, Mom.«

Helen drehte sich auf ihrem Stuhl herum und blickte sich im Spiegel an. Moxie Taylor erwiderte ihren Blick, bereit zu glänzen. Aber in Gedanken war sie noch immer Helen, war sie bei ihren Kindern und ihren Sorgen und, ja, auch bei ihrer Reise in die Sonne, nach Cancun und Cozumel und anderen Orten mit ähnlich wohltemperiert klingenden Namen. Wollte sie die Reise tatsächlich machen?

Moxie sah ihr direkt in die Augen und sagte: »Sei nicht dumm!«

Helen lachte ihrem Spiegelbild zu. Okay. Sie würde ein bisschen Moxie-Mut zeigen und Nancy nach der Vorstellung fragen.

»Sechs Vorstellungen? Ich kann dich so kurzfristig nicht für sechs Vorstellungen beurlauben!«

Nancy strich sich ihr glattes braunes Haar hinter die Ohren und blickte sie finster an, aber Helen hatte mit anfänglichem Widerstand gerechnet. Sie hatte gewartet, bis ihre stets am Rande eines Nervenzusammenbruchs balancierende Intendantin sich nach der ersten Welle von Luftküssen und Glückwünschen hinter der Bühne in ihr winziges Büro zurückgezogen hatte. »Weißt du, ich höre schon oft genug das ›Aber Helen und Neil haben auch freie Tage‹-Gejammer, und es gibt Menschen, denen ist es egal, dass du dieses Arrangement verdient hast und wir uns bei Vertragsabschluss darauf verständigt haben. Ich soll dir freigeben, ohne dass du dir die Lunge aus dem Leib hustest?«

»Ich könnte so tun, als ob.« Sie produzierte ein anhaltendes, lungenzerreißend klingendes Husten, das Greta Garbo nicht besser hingekriegt hätte. »Aber das möchte ich nicht. Ich möchte nicht lügen und vorgeben, krank zu sein, wenn du und alle anderen wissen, dass es nicht stimmt. Und anschließend hier mit Kreuzfahrtbräune auftauchen. Ich arbeite gern mit dir. Ich weiß, dass ich Geld in die Kasse bringe, aber ich bin auch realistisch.«

»Würdest du eine andere Rolle übernehmen, um dir meinen guten Willen zu erkaufen? Nächsten Sommer, zwei Wochen, sechs Auftritte insgesamt – off-off-Broadway?«

Helen hob eine Augenbraue. »Versuchst du, hinter dem Rücken meiner Agentin mit mir zu verhandeln?«

Nancy grinste. »Ja.«

»Was ist das für eine Rolle?«

»Das Stück ist *Alles über Eva*. Es ist eine Art Dinnertheater. In Jersey ...«

Helens Augenbraue blieb oben.

»Ein Freund von mir möchte ein Experiment starten. Er will sehen, ob das ein Markt ist – Leute, die sich einen netten Abend machen und ein garantiert gutes, niveauvolles Stück sehen möchten, mit Schauspielern, die sie in einem so kleinen intimen Theater sonst nie sehen würden, und die bereit wären, ordentlich dafür zu bezahlen. Ticketverkauf per Auktion auf ebay.«

»Klingt nicht so, als ob sich das rechnen würde.« Helen gab ihren skeptischen, desinteressierten Gesichtsausdruck auf. »Interessante Idee, aber auf Dauer nicht durchführbar.«

»Vermutlich nicht. Aber ich bin meinem Freund einen Gefallen schuldig ...« Nancy schaute hoffnungsvoll drein.

»Ich könnte vermutlich sagen, dass es sich um einen Gefallen für eine Freundin handelt«, gab Helen nach. »Aber wenn was Besseres auftaucht ...«

»Ich weiß, ich weiß.« Nancy winkte beschwichtigend ab. »Wir werden sehen, wie sich alles entwickelt. Kann gut sein, dass sich seine knappe Finanzierung bis dahin in Luft aufgelöst hat.«

»Also kann ich die Reise zusagen?«

Nancy seufzte. »Ja, kannst du. Aber ich wäre dir sehr verbunden, wenn du den Leuten erzählst, dass ich dir grauenhafte Konditionen aufgezwungen habe – wirklich schreckliche, karrieregefährdende Konditionen. Und nun raus mit dir ...« Nancy beendete das Gespräch ohne Umschweife.

Als sie wieder in ihrer Garderobe war, rief Helen Cass an, die erstaunlich gelassen reagierte. Was daran liegen mochte, dass sie bei ihrer dritten Margarita war.

»Ein Experiment? Na schön.« Der hämmernde Techno-Beat drohte Cass' Stimme vollends zu übertönen.

»Wo steckst du? Klingt, als amüsiertest du dich.«

»Ja. Irgendein Club im Village. Eine Freundin hat mich mitgenommen. Ich kann dir gar nicht sagen, wie froh ich bin, wieder trinken zu können.«

»Übertreib's nicht gleich.«

»Mit dem Trinken wahrscheinlich nicht. Was den Rest angeht – wer weiß?«

»Wie süß ist sie?«

»Sehr süß.«

Helen freute sich, dass ihre langjährige Freundin anscheinend wieder im Rennen war, nachdem die Krebsdiagnose und die anschließende Chemotherapie Cass fast aufgezehrt hatten. Helen beschloss, ihr keinen Kater zu prognostizieren und sagte nur: »Dann viel Spaß noch.«

»Wenn sie mitmacht ...«

Nachdem sie das Gespräch beendet hatte, wurde Helen bewusst, wie still es ringsum war. Der Lärm nach dem Ende der Aufführung war verklungen – waren alle zu irgendwelchen Partys aufgebrochen, ohne ihr Bescheid zu sagen? Freitags abends ging sie immer aus. Samstags morgens tat sie dann im Fitneßstudio Buße und samstags nachmittags regenerierte sie sich im Spa. Donnerstags und samstags besuchte sie Chanteuse an der Lexington Ecke Third Avenue. Chanteuse wirkte wahre Wunder an ihrem Gesicht und konnte sie um mindestens zehn Jahre jünger aussehen lassen.

Mal früh ins Bett zu gehen konnte nicht schaden, sagte Helen sich. Sie drehte sich um und schaute in den Spiegel. Moxies Perücke war ihr plötzlich viel zu warm, und ihr Make-up lag wie eine dicke Schicht auf ihrer Haut. Sie hoffte, dass sie keine Hitzewallungen bekam. Ihre Augen sahen ... ja, alt aus. *Ach, sind wir wieder bei dem Thema?*

Sie versuchte es mit Moxies Aplomb. »Vielleicht bist du gar nicht alt, Schätzchen. Vielleicht bist du einfach einsam. Cass ist da viel cleverer. Du solltest mehr ausgehen und dich auf Verabredungen einlassen. Auf den kleinsten Fingerzeig hin könntest du in diesem Augenblick mit einem stinkreichen Banker die Nacht durchtanzen.«

Sie riss sich die Perücke vom Kopf und fuhr sich mit den Fingern durch das feuchte Haar. »Einem stinkreichen *verheirateten* Banker.« So etwas hatte sie nie interessiert. Außerdem glaubte sie nicht, dass ein stinkreicher Banker damit zufrieden wäre, nicht an erster Stelle zu stehen und auch das nur von sonntags bis mittwochs. Eigentlich hatte sie nur zwei Abende in der Woche, an denen sie sich verabreden konnte. Sie schob den Gedanken an eine Affäre mit einem verheirateten Mann beiseite – mit jedem Mann im Grunde. Es kostete einfach zu viel Mühe.

Helen wischte sich Make-up und Fettcreme vom Gesicht und rief sich in Erinnerung, dass sie glücklich war. Seit sechzehn Jahren brachte sie Karriere und Kinder erfolgreich unter einen Hut und führte genau das Leben, das sie führen wollte. Helens Gesicht tauchte unter den Schichten auf, und sie beschloss, dass ein Abend allein zu Hause die beste Medizin gegen Verdruss war.

Ein Klopfen an der Tür riss sie aus ihren trübsinnigen Gedanken. Sie rechnete mit ihrem Garderobier und rief: »Herein!« Doch stattdessen erschien ein Praktikant mit einem Riesenstrauß roter Rosen.

Helen errötete vor Freude. Der Vater ihrer Kinder hatte sie oft wegen ihrer Liebe zu Blumen geneckt und sie jeden Sonntag mit einem besonderen Bouquet überrascht. Auch die beiliegende Karte schmälerte ihre Freude an den Blumen nicht – verheirateter Banker hin oder her. Auf der Karte stand: »Jeder Abend ist besser als der vorherige!«, und er hatte seine Telefonnummer dazugeschrieben. Helen würde ihn nicht anrufen. Ein höfliches Dankesschreiben an seine Büroadresse – das reichte. Die Karte wanderte in den Papierkorb.

Nachdem sie die Einladungen der wenigen Leute, die noch da waren, ausgeschlagen hatte, verließ sie, die Blumen im Arm, schließlich das immer stiller werdende Theater. In zwei Wochen würde sie wahrscheinlich in aller Öffentlichkeit einen Badeanzug tragen – das erste Mal seit Jahrzehnten. Alkohol und Süßspeisen waren das Letzte, was ihre Hüften brauchten.

Der Bühnenausgang war noch immer belagert. Neil verabschiedete sich gerade von den Fans, und sofort wurde an seiner Stelle Helen belagert, was ihr fragiles Ego stärkte. Sie hatte schon ein Dutzend Autogrammbücher signiert, ehe sie merkte, dass Eugene Masterson ebenfalls am Bühnenausgang wartete.

Natürlich wartete er, dachte sie. »Danke für die Blumen. Sie sind wunderschön!«

»Nicht schöner als Sie selbstredend.«

Schmierig, dachte sie. Genau das war er – schmierig. Und sich seiner Anziehungskraft bewusst. Er erinnerte sie daran, warum sie Männer nicht vermisste und dass der Vater ihrer Kinder eine ganz andere Art von Mann gewesen war. Ein Mann, der sich zurückhaltend gab, viel Humor besaß und keinerlei Ehrgeiz außer dem Wunsch, die Menschen in seiner Umgebung glücklich zu machen. Sie vermisste ihn und fragte sich im selben Augenblick, wann genau sie angefangen hatte, an ihn als den »Vater ihrer Kinder« zu denken, anstatt als an ihren verstorbenen Mann.

Mist, sie hatte verpasst, was Masterson gesagt hatte. »Entschuldigung – wie bitte?«

»Ich hatte gehofft, ich dürfte Sie dafür entschädigen, dass Sie das *Birdland* neulich verpasst haben«, sagte er.

»Ich liebe das *Birdland*. Einmal, das ist nun schon einige Jahre her, durfte ich Bobby McFerrin und Chick Corea erleben, die einfach Spaß am Klavier hatten – sie sangen und improvisierten bestimmt eine Stunde lang über ›Mary Had a Little Lamb‹.« Helen legte all ihren Charme in ihr Lächeln. »Aber ich fürchte, heute Abend geht es nicht. Ich habe Kopfschmerzen ... Und morgen in aller Frühe einen Termin.«

»Sie müssen mich wirklich wissen lassen, wann Sie mal Zeit haben.« Er versuchte vergeblich, gleichmütig zu erscheinen.

»Ich habe Ihre Nummer«, erwiderte sie. Ein Fan drängte ihr

sein Autogrammbuch auf, und sie lächelte den jungen Mann freundlich an. Nachdem sie ihm ein Autogramm gegeben hatte, sagte sie zu Masterson: »Nochmals vielen Dank für die Blumen.«

»Lassen Sie mich wenigstens ein Taxi für Sie rufen.«

»Ich gehe lieber zu Fuß.«

Er lächelte. »Dann werde ich Ihr Ritter sein und Sie sicher durch die Straßen geleiten.«

»Ms. Baynor!«

Sie wandte sich um und erblickte Jimmy, der den Kopf zum Bühnenausgang hinausstreckte. »Ja?«

»Telefon für Sie.«

Sie war irritiert, ergriff die Gelegenheit jedoch dankbar beim Schopf. »Vielleicht ein andermal«, sagte sie zu Masterson. Sie eilte zur Tür und hoffte, die Pheromone einer besorgten Mutter zu verströmen.

Kaum war sie drinnen, lächelte Jimmy sie verschwörerisch an. »Er hat sie bedrängt – der Kerl, der die Blumen geschickt hat, nehme ich an.«

»Bekomme ich so selten Blumen, dass Ihnen das auffällt?«

»Nein, aber er hat mir 'nen Zwanziger gegeben, damit ich ihm eine SMS schicke, wenn Sie gehen.«

»Das ist ein Scherz, oder?« Sie fühlte sich nicht im Mindesten geschmeichelt.

Jimmy ließ sich wieder auf seinem hohen Hocker nieder und stützte sich auf den Tisch. »Ich hab ihm das Geld natürlich zurückgegeben. Aber den Hunderter, den er mir schließlich geboten hat, habe ich behalten. Und mir gedacht, dass man dem Kerl mal eine Lektion erteilen müsste.«

Sie lachte. »Danke, Jimmy. Sie sind ein Schatz.« Sie gab ihm einen herzhaften Schmatz auf die Wange und beschloss, schnell durch den Haupteingang im unablässigen Strom der Fußgänger, der bis tief in die Nacht durch die Shubert Alley zog, zu verschwinden.

Ein feiner Nebel bewog sie, den Kragen hochzuschlagen, und so tauchte sie schildkrötengleich in der Menge unter.

Der Heimweg zog sich immer länger, je näher sie ihrer Wohnung kam. Es waren zwanzig kurze Blocks und einige längere bis zur Fifty-Sixth, gleich hinter der Lexington, aber die anderthalb Meilen waren genau das, was sie brauchte. Das kühle Echo ihrer Schritte, als sie die Eingangshalle in Richtung Fahrstühle durchquerte, zählte zu ihren Lieblingsgeräuschen in New York. Ein Marmorboden klang einmalig. Der Doorman, gleichzeitig Sicherheitsbediensteter, murmelte: »Guten Abend, Ms. Baynor«, als sie an ihm vorüberging. Sie grüßte ebenso freundlich zurück und ließ zu, dass ihre Müdigkeit mit jedem Stockwerk zunahm. Im achten Stock folgte sie dem langen Flur bis zu ihrer Tür, eine von vieren, und einen Augenblick später war sie eingetreten.

Die heiße Dusche war himmlisch.

An einem Freitagabend noch vor Mitternacht in Bademantel und Pantoffeln zu sein war eine Premiere für Helen. Ihre Wohnung kam ihr kalt und leer vor. Dunkel wie eine unbeleuchtete Bühne rief sie einen von Zeit zu Zeit wiederkehrenden Alptraum wach: Sie stand auf der Bühne und wusste ihren Text nicht, wusste nicht einmal, welches Stück sie spielten. Sie arrangierte die Rosen in einer Vase und stellte sie auf ihren Frisiertisch. Das half.

Helen kochte sich einen Kakao und fügte einen guten Schluck Irish Cream hinzu. Für einen kurzen Moment wünschte sie, sie besäße einen Fernseher. Sie könnte ein bisschen im Internet surfen, überlegte sie, aber das würde bedeuten, den Laptop rauszuholen, und dann würde sie doch bis tief in die Nacht auf sein und irgendeinen alten Film gucken, den sie schon x-mal gesehen hatte, statt sich mal richtig auszuschlafen.

Sie fühlte sich dermaßen wach, dass sie beschloss, mal zu horchen, was ihre Kinder trieben. Zu ihrer Überraschung ging keines von ihnen an ihr Handy. Dann wählte sie die Nummer des Festnetzanschlusses und hoffte, es würde sich jemand melden – sonst würde sie die ganze Nacht wachliegen und sich Sorgen machen.

Eine warme, wenngleich geschäftsmäßige Stimme meldete sich: »Hier bei Baynor-Browning.«

»Hier spricht Helen. Sind Sie das, Laura?« Die neue Köchin war aber lange da.

»Ja. Wie geht's Ihnen?«

»Gut. Hier ist alles gut. Ich hatte gehofft, eines der Kinder sprechen zu können.«

»Sie sind hier. Sie bringen mir gerade die Feinheiten von *Texas Hold 'Em* bei.« Sie fügte rasch hinzu: »Wir spielen um Brezeln.«

»Die Kids schummeln«, warnte Helen sie.

Lauras »Tatsächlich?« ließ vermuten, dass sie das bereits geahnt hatte. »Und ich dachte, es wäre pures Zwillingsglück. Aber sie haben mir erzählt, dass das einfach jeder hier spielt und ich es unbedingt lernen müsste.«

»Warum gehen sie nicht an ihre Handys?«

»Also ... Ich habe mein Handy benutzt, um die Regeln und die Wahrscheinlichkeiten der Kombinationen nachzulesen, und sie meinten, das würde das Spiel aufhalten, woraufhin ich gesagt habe, dass ich mein Handy ausschalte, wenn sie ihre ausschalten. Ich glaube nämlich, dass sie sich gesimst haben ...«

Protestrufe im Hintergrund.

»Und stellen Sie sich vor – seit die Handys ausgeschaltet sind, spiele ich viel besser«, fuhr Laura unbekümmert fort.

Wieder verspürte Helen einen Stich Eifersucht, der sich jedoch schnell in Heimweh verwandelte. Was war los mir ihr? Die Hormone – es mussten die Hormone sein.

»Hier ist der lange Lulatsch«, sagte Laura dann.

»Was gibt's, Mom?«

»Ach, nichts. Ich wollte euch nur sagen, dass ich die Kreuzfahrt machen werde.«

»Hey, super! Hammer, Mann! Was muss ich tun, um eine Kreuzfahrt zu machen, bei der ich alles bezahlt kriege?«

»Dreißig Jahre deines Lebens einer Berufung widmen, bis du gut darin bist?«

»Kleinigkeit.« Er schnaubte, und sie fragte sich, ob er wusste, dass er wie Clark Gable klang. »Hier ist Julie.«

»Mom!« Die Stimme ihrer Tochter sprudelte aus dem Telefon. »Ich bin ja so aufgeregt! Du machst es wirklich? Echt toll! Du brauchst einen Badeanzug.«

»Der Horror. Wir gehen Sonntagnachmittag shoppen. Und es bedeutet, dass ich über eine Woche fort sein werde. Ihr werdet mich von Dienstagabend bis zum Freitag in der Woche darauf nicht sehen.«

»Wir werden's überleben, Mom.«

Genau das machte Helen zu schaffen. Sie würden sie nicht vermissen. »Was habt ihr zwischendurch gegessen?«

»Irgend so einen nussigen Hartkäse mit Sellerie und Apfelscheiben.«

Helen schnitt ihrem Kakao eine Grimasse. Käse mit Sellerie und Apfelscheiben klang wirklich gut. »Haltet Laura nicht den ganzen Abend auf. Sie hat auch noch ihr eigenes Leben.«

»Alles klar, Mom. Justin hat sowieso alle seine Brezeln gegessen, und damit ist das Spiel wohl vorbei.«

»Ich vermisse euch, Schätzchen. Bis Sonntagmorgen …«

Anschließend saß sie eine Weile da und klopfte sich mit dem Handy aufs Knie.

Verdruss. Hormone. Das unaufhaltsame Ticken der Uhr, das verkündete, dass ihre Kinder bald aufs College gehen würden. Obwohl das aktuelle Stück gut lief, drängte es sie schon, sich um das nächste Engagement zu kümmern, und das machte sie stets nervös. Seltsam, dass sie an Justin senior als »den Vater der Kinder« dachte, wo sie sich an diesem Abend zum ersten Mal seit langem wieder wie eine Witwe fühlte. Sie vermisste ihn. Die ersten Jahre ohne ihn und mit zwei kleinen Kindern waren sehr hart gewesen. Als sie versuchte, sich sein Gesicht vorzustellen, sah sie nur seine wunderschönen Augen. Vielleicht lag das daran, dass auch Julie diese Augen besaß.

Es ist alles in Ordnung, sagte sie sich. So ist das Leben.

Und wenn das ihre Art war, einen Freitagabend allein zu Hause zu verbringen, dann hatte sie nicht die Absicht, das zu wiederholen – das stand fest.

8

Einen Badeanzug zu kaufen war so deprimierend, wie Helen befürchtet hatte. Jeder einzelne, den sie anprobierte, schien einzig dazu gemacht, all die Stellen zu unterstreichen, die sie niemals wieder dem Tageslicht hatte aussetzen wollen. Sie alle riefen: »Fast fünfzig!« Schließlich entschied sie sich für einen seegrünen und eine hauchdünne weiße Strandhose, die sie gut darüber tragen konnte. Trotz allem hatte der Tag mit Julie in der Stanford Mall – Mädchen unter sich – großen Spaß gemacht. Justin hatte den ganzen Sonntag ebenso froh und glücklich auf der Skateanlage in Menlo Park verbracht.

Der Montag war nicht halb so entspannt: ein Kontrolltermin beim Zahnarzt mitsamt strenger Ermahnungen, was ihren Gebrauch von Zahnseide anging, gefolgt von der Lektüre der Informationen zu dem ›Studierfähigkeitstest‹, dem sich die Zwillinge im folgenden Frühjahr würden unterziehen müssen. Erst am Montagabend beschloss Helen, statt sich rasch einen Snack aus dem Kühlschrank zu holen, einen Blick in die Vorratskammer zu werfen, und erst da bemerkte sie, dass die Speisekammer und der Auszugschrank völlig neu organisiert waren.

»Wow, ich hatte noch gar nicht mitgekriegt, wie gründlich Laura alles neu geordnet hat.«

»Sie hat eine große Kiste Lebensmittel mit zur Tafel genommen.« Julie sah von ihren Hausaufgaben auf. »Sie hat Sachen gefunden, die ich nicht essen darf. Muss diese blöde Mary gekauft haben.«

»Wie gut, dass wir sie los sind.« Auf den Regalen in der Vorratskammer war nun Platz.

»Weißt du, was Stereoisomere sind?« Julie schaute mit gerunzelter Stirn auf ihr Lehrbuch.

»Klingt, als hätte es was mit Chemie zu tun.« Die Gewürze waren alphabetisch geordnet.

»Ja, schon klar. Aber ich kann es nicht leiden, wenn sie einen neuen Begriff einführen und nicht schon beim ersten Auftauchen definieren.«

»Hey, ich bin's – deine Mutter. Ich habe keine Ahnung von Naturwissenschaften.«

Julie rümpfte die Nase und vertiefte sich wieder in ihre Hausaufgaben. In Mathematik und den Naturwissenschaften war sie immer schon gut gewesen, und nach der neunten Klasse hätte Helen ihr auch gar nicht mehr helfen können.

Laura war mehr als gründlich, dachte Helen. Es sah aus, als seien die Regale geschrubbt worden, und die vielen Packungen Reis waren ebenso verschwunden wie der leichte, aber penetrante Geruch von irgendetwas Ranzigem. Sie überlegte, ein leichtes Pastagericht zu machen, mit Olivenöl und dem Sojaschinken, den Julie essen konnte, mit Kapern und geriebenem Parmesan, dazu einen Salat. Nach einem Essen wie diesem konnte sie zum Nachtisch vielleicht ein paar Plätzchen backen.

»Wir lesen *Romeo und Julia* im Englisch Leistungskurs. Ich muss ein Essay schreiben. Meinst du, ich kriege ein ›Ungenügend‹, wenn ich sage, dass Romeo ein Blödmann ist?«

»Nicht, wenn du es begründen kannst. Also, warum bist du der Ansicht?«

Julie schlug ihre Bücher zu und verstaute sie in ihrem Rucksack. »Julia ist auch nicht besser. Sie lassen alles mit sich machen, übernehmen keinerlei Verantwortung. Sie schwingen bloß große Reden und tun nichts.«

»Sie schmieden einen Fluchtplan.« Helen öffnete den Auszugschrank und stellte voller Bewunderung fest, wie sorgsam alles angeordnet war – von den Zimtstangen bis hin zu den aromatisierten Olivenölen – oh, da war Olivenöl mit Zitronenaroma. Das würde sie fürs Abendessen nehmen.

»Und sie haben Menschen vertraut, denen sie besser nicht vertraut hätten. Und, hallo – sie ist tot, und dann bringt er sich auch um? Denkt nicht mal daran, Rache zu nehmen. Oder auf die Beerdigung zu gehen. Hätte er das getan, hätten sie zusammensein können.«

»Hätten sie wirklich je zusammenkommen können? Nehmen wir an, sie wäre aufgewacht, bevor er sich umgebracht hat. Der Pater führt die Trauung durch. Wie lange hätte Romeo dann noch zu leben? ›Durch alten Groll zu neuem Kampf bereit‹ …«

»Der ist so ein Loser – vermutlich nicht sehr lange.« Julie pochte mit ihrem Radiergummi auf den Tisch. »Die Sache mit Romeo und Julia ist die: ein Blick und sie sind verliebt und dann sind sie völlig elektrisiert von der Liebe an sich. Sie erzählen voneinander, aber in Wirklichkeit sind sie mehr in die Liebe verliebt als ineinander. Sie sind beide in dieser komplett brutalen Welt aufgewachsen, und ich finde, dass sie die totalen Goths sind und es einfach super cool finden, dem Untergang geweiht zu sein.«

»Sind das die Grundzüge deines Essays?«

»Ich denke schon. Sie wären nicht glücklich geworden, wenn sie weitergelebt hätten. Sie haben die Liebe dazu benutzt, um nicht wegen irgendeinem Blödsinn zu sterben. Warum mussten Mercutio und Tybalt sterben? Wegen der Ehre eines alten Mannes. Wegen einer Fehde, die sie nicht begonnen haben. Sie gehörten nicht unmittelbar zur Familie, sie waren Soldaten. Romeo und Julia hatten zumindest ihre eigenen Gründe zu sterben. Oh …« Sie runzelte die Stirn. »Ich schätze, sie haben ihr Schicksal vielleicht doch selbst in die Hand genommen. Es ging gar nicht um Liebe – sie wollten nicht Opfer der Familienfehde werden. Und das ist ihnen gelungen.«

»So habe ich das noch nie betrachtet«, sagte Helen. »Ich möchte dein Essay lesen, wenn es fertig ist.« Sie war für einen Moment abgelenkt, als sie in das Fach sah, in dem sonst immer die Pasta gewesen war, und keine der üblichen Packungen entdeckte. Sie ging die einzelnen Fächer systematisch durch und fand es prima, dass alles so wohldurchdacht organisiert war, aber wo verflixt noch mal waren die Spaghetti und die Engelshaarpasta? Erst ganz oben entdeckte sie schließlich die Nachricht, die auf Augenhöhe geklebt war:

Frische Fettuccine in der abgedeckten gelben Schüssel im Kühlschrank. Entsorgen, falls bis Dienstag nicht verbraucht. Frische Kräuter im Gemüsefach. Erst nachgucken, dann ggf. getrocknete nehmen. Marinara-Sauce im Steingutkrug im linken unteren Reste-Gefrierfach. Hausgemachte Mayonnaise im Steinguttopf rechte Seite. Gekaufte kann Stabilisatoren enthalten. Nicht gut für J.

Helen war zutiefst beeindruckt. Sie folgte den Anweisungen und fand die Pasta. Sie roch verlockend und sah ebenso verlockend aus. Obenauf lagen eine Kochanweisung und die wiederholte Aufforderung, die Pasta bis Dienstag zu essen oder andernfalls zu entsorgen. Helen beschloss, die Marinara nicht zu verwenden, da sie ein Rest war, was bedeutete, dass die Kinder sie kürzlich gegessen hatten. Ein näheres Inspizieren des Gemüsefachs brachte eine bereits gewürfelte Zwiebel und eine Knoblauchzehe zu Tage sowie Basilikum, Oregano und Thymian – alles frisch.

Zehn Minuten später erfüllte ein köstlicher Duft die Küche. Das waren die Kräuter, dachte Helen. Selbst der Sojaschinken roch verlockend, als sie ihn zu den fast glasigen Zwiebeln in die Pfanne bröselte.

»Riecht, als wäre Laura hier«, sagte Justin, als er die Küche betrat.

»Soll das heißen, dass deine Mutter nicht kochen kann?« Also wirklich, dachte Helen. Sie wusste nicht, ob sie Laura wegen ihrer Tüchtigkeit lieben oder wegen ihrer Perfektion hassen sollte. Irgendeinen Fehler musste die Frau doch haben? Vielleicht lachte sie wie ein betrunkener Esel oder so.

Die frische Pasta war im Nu gar, und Helen gab sie zu dem Schinken und den Kräutern, noch ehe sie den Salat überhaupt angefangen hatte. »Kommt, gebt euch schon mal Pasta auf. Ich mache noch einen Salat.«

»Soll ich den Salat waschen?« Justin griff schon in den Kühlschrank.

»Gern.« Wo war ihr Sohn geblieben? Der Sohn, der dachte, dass Essen sich wie von Zauberhand auf Tellern materialisierte?

»Ich glaube, ich möchte Koch werden.« Er schwang das Gemüsemesser.

»Coole Sache.« Helen war es gewohnt, dass er alle paar Monate eine neue Leidenschaft entdeckte. Am längsten hatte sich das Skateboardfahren gehalten.

»Laura bringt mir das Kochen bei.«

Julie hustete. »Du meinst, du hast mich geschlagen und sie hat dir K.D. aufgebrummt.«

»Quatsch. Und ich weiß, was *Chiffonade* ist. Also …«

»Du sollst deine Schwester nicht schlagen.« Helen sah zu, wie er Blätter von einem Kopf Römersalat zupfte und in den Durchschlag gab.

»Ich habe sie nicht geschlagen. Es war nur Spaß.«

»Es hat weh getan!«

»Weichei!«

Helen blendete das Gekabbel aus. Justin schnitt den gewaschenen Salat klein – beeindruckend. Sie hatte die beiden in der Küche leider nie gefordert. Sie konnten ruhig etwas tun für ihr Essen. Vermutlich waren sie inzwischen sogar alt genug, sich selbst ein Abendessen zuzubereiten. Viele Kids mussten das. Sie hingegen wollte, dass ihre Kinder sich nachmittags auf ihre Hausaufgaben konzentrierten, und wenn sie Dinge wie frische Kräuter und selbstgemachte Pasta im Kühlschrank vorfand, bedeutete das, dass sie Zeit zum Reden hatten, weil sie nicht einkaufen fahren mussten.

Eines war klar: Laura war gewitzt. Justin sah tatsächlich aus, als mache ihm die Arbeit Spaß. Helen hatte versucht, ihm beizubringen, dass es zum jetzigen Zeitpunkt der Weltgeschichte nicht angesagt war, den jungen weißen Müßiggänger zu geben, aber er besaß nicht den geringsten Ehrgeiz – genau wie sein Vater. Und, um der Wahrheit die Ehre zu geben – er würde sich nie Sorgen machen müssen, nicht genug Geld zum Leben zu haben. Aber es wäre gut, wenn er sich für irgendetwas begeistern könnte. Er musste doch sicher ein Quäntchen von ihrer Energie geerbt haben?

Julie putzte ihren Teller in einer Geschwindigkeit leer, die Helen erleichtert zur Kenntnis nahm, auch wenn ihr weh ums Herz war. Sie hatte ihre Kinder im Laufe der Jahre vielen fremden Menschen anvertraut und es war ein Alptraum, dass einer von ihnen sich als so ungeeignet entpuppt hatte, dass ihre Tochter Schaden genommen hatte. Doch Laura schien ein Geschenk des Himmels zu sein. Helen war neugierig, was Grace sagen würde, wenn sie am nächsten Morgen mit ihr sprach. Und sie war froh, dass sie Laura gebeten hatte, am Nachmittag ebenfalls vorbeizukommen.

»Grace holt euch morgen von der Schule ab«, sagte sie zu Justin. »Ich treffe dich beim Arzt. Ich weiß immer noch nicht, wie es dir gelungen ist, dich vor der DTP-Impfung zu drücken. Wir waren doch gleich nach deiner Abschlussprüfung im Juni dort.«

Er zuckte die Achseln. »Alle haben gesagt, ich würde eine Spritze kriegen, aber dann hab ich doch keine gekriegt, und ich hab mich auch nicht gerade darum gerissen.«

»Deshalb musst du jetzt noch einmal zum Arzt, statt mit deinen Freunden Skateboard zu fahren. Nicht gerade das Ergebnis, das du dir erhofft hattest, oder?«

Er verdrehte die Augen. Vermutlich weil er das alles schon zu hören bekommen hatte, als die Postkarte von seiner Schule eintraf, auf der nach der Impfung gefragt wurde. Helen hatte die Absicht, es am folgenden Tag in der Arztpraxis ein weiteres Mal zu wiederholen. Der Weg zum Herzen eines Teenagers mochte über den Magen gehen, aber damit er etwas in seinen Schädel kriegte, brauchte es meistens den Wiederholungseffekt.

»Mit dir fährt Grace dann zum Friseur weiter«, sagte sie zu Julie. Ihr Magen war sehr angetan von dem Abendessen, und so trug sie die Salatschüssel zufrieden zur Spüle. »Du weißt, was du der Stylistin sagen willst?«

Julie reichte Helen ihren Teller zum Vorspülen. »Ich glaube schon – ich hätte es gern kürzer. Alle haben lange Haare, und ich bin es irgendwie leid. Erinnerst du dich an das Bild von dir aus *Annie Get Your Gun*? Vielleicht so kurz.«

Helen ergriff eine Strähne von Julies seidigem Haar und maß eine Handbreit ab. »Ungefähr so ein Stück kürzer? Das könnte gut aussehen.«

»Ich möchte, dass es so aussieht, als hätte ich eine Frisur. Nicht so wie manche, die aussehen, als kämen sie gerade aus dem Bett.«

Justin ignorierte die auf ihn gemünzte Anspielung. So viel sie sich auch kabbelten, es war längst nicht mehr so schlimm wie früher. Wurden sie allmählich zu alt dafür? Wurden sie etwa erwachsen? Wieder wurde Helen bewusst, dass die beiden in zwei Jahren wahrscheinlich nicht mehr mit ihr unter einem Dach leben würden. In wenigen Monaten stand der Studierfähigkeitstest an, und die Bewerbungen fürs College mussten geschrieben werden. Alles würde sich ändern. Wohin sie auch schaute, überall waren Anzeichen dafür zu entdecken.

»Also – wohin geht diese Kreuzfahrt?«

Helen unterdrückte ihre Tränen – die Kinder sollten sie nicht sehen. Es sah ihr gar nicht ähnlich, feuchte Augen zu bekommen. Hormone. »Ich bekomme das Ticket und weitere Informationen, wenn ich wieder in New York bin. Das Schiff legt in Miami ab, und ich tippe auf Cozumel, weil das nicht so weit ist, und auf Grand Cayman.«

»Klingt super! Willst du schnorcheln gehen?«

»Das habe ich noch nie ausprobiert –« Sie brach ab, um einen Anruf von Cass auf ihrem Handy anzunehmen. »Spät für dich.«

»Aber nicht für dich. Verrückter Tag. Ich kann dich für die Rolle der Rosemary in einer Wiederaufführung von *Picnic* ins Spiel bringen. Die Proben für die Hauptdarsteller beginnen im März. Bist du interessiert – ja oder nein?«

»Nein. Ich möchte keine ältliche Schreckschraube spielen – und schon gar nicht in einer Nebenrolle.«

»Okay. Ich war mir ziemlich sicher, dass du ablehnen würdest, aber ich wollte dich wenigstens fragen. Was würdest du von der Rolle der gruseligen Mrs. Danvers halten, wenn eine Theaterversion von *Rebecca* im Gespräch wäre?«

»Das würde ich mir überlegen – klar.« Eigentlich ein hinreißender Gedanke.

»Und eine Hauptrolle in *Private Lives?*«

»Noël Coward? Unbedingt!«

»Tja, du bist voller Begeisterung für Stücke, die vermutlich nie realisiert werden. Ich merke es mir. Notiz im Hinterkopf: Helen möchte keinen Erfolg mehr haben.«

»Helen hat ihre Einstellung in den letzten gut zwanzig Jahren klar zum Ausdruck gebracht.«

»Kaffee. Mittwoch.« Cass legte auf.

Helen erklärte der stets neugierigen Julie, welche ältliche Schreckschraube sie nicht spielen mochte, während sie beide den Teig für die Hafer-Butterscotch-Plätzchen machten. Justin kehrte zurück, als das erste Blech aus dem Ofen kam.

»Dein Timing ist erstaunlich.«

»Nein«, sagte er mit großen glänzenden Augen. »Du bist erstaunlich.«

»Deine Schwester hat mir dabei geholfen.«

Er warf seiner Schwester denselben Blick zu. »Erstaunlich. Und clever.«

»Greif schon zu«, sagte Julie. »Bevor es hier anfängt zu stinken.«

Er nahm sich ein Plätzchen und schloss die überraschte Helen in die Arme. »Du bist meine Lieblingsmutter.«

Sie legte die Arme um ihn. »Du bist ein solcher Meisterschwindler. Du wirst es weit bringen im Leben, mein Sohn.«

»Kann ich noch ein Plätzchen haben?«

»Ja, noch zwei. Lasst uns Fernsehen gucken. Ich kann kaum glauben, dass schon wieder Montagabend ist.«

Mit einem guten Fernsehprogramm sowie Milch und Plätzchen für alle machten ihr die Hitzewallungen, die kamen und gingen, nichts aus. Die Kinder bekamen nichts davon mit. Doch später lag Helen lange wach und dachte über Cass und ihre Wunschmandalas nach und ihre feste Überzeugung, dass man sich etwas nur intensiv genug wünschen musste, um es Wirklichkeit werden zu lassen. Aber alles Wünschen konnte die Zeit nicht aufhalten.

Die Dinge, die nach Schulschluss angestanden hatten, waren allesamt rasch erledigt gewesen. Trotzdem war es schon kurz nach fünf, als Helen den Saab in die Garage fuhr. Der Van stand da, also war Julie bereits daheim – nach dem Friseurbesuch –, und Grace hatte sich vermutlich schon in ihr Apartment zurückgezogen. In einer der Parkbuchten stand außerdem ein Volvo, was bedeutete, dass Laura bereits eingetroffen war.

Grace hatte sich mit einigem Widerstreben positiv über Laura geäußert, aber Grace schien alles irgendwie widerstrebend zu tun. Auch nach neun Monaten wusste Helen immer noch nicht, was sie von Grace und ihrer negativen Grundeinstellung halten sollte. Ihr war klar, dass es noch zu früh war, um beurteilen zu können, ob Laura nicht nur hervorragend kochte, sondern ebenso gut ihr Budget einhielt – was Graces einzige Sorge war –, aber Grace hatte noch nicht einmal gesagt, ob sie Lauras Essen, von dem die Kinder geradezu schwärmten, auch nur mochte.

Laura saß am Tisch im Erkerfenster und las, vermutlich auf einem iPad. Sie sah selbstsicher und gelassen aus in Jeans und einer gedeckt orangefarbenen Bluse, die ihre dunkle Haut betonte. Als Helen eintrat, blickte sie sofort mit einem fröhlichen Lächeln auf. »Ich bin früher gekommen und habe noch ein paar Lebensmittel mitgebracht. Ich hoffe, Sie hatten nichts dagegen, dass ich ein Plätzchen gegessen habe – sie sahen zu verlockend aus. Der Kardamom war genial. Das muss ich mir merken.«

»Ganz und gar nicht. Eines weniger auf meinen Hüften«, erwiderte Helen. »Ich freue mich, dass sie Ihnen schmecken. Julie und ich haben sie gestern Abend gebacken.«

»Wo wollen wir miteinander sprechen?«

»Hier ist prima. Ich wollte gerade mit dem Abendessen anfangen. Verflixt, ich hatte frischen Fisch mitbringen wollen.«

»Es sind rohe Garnelen in der Tiefkühltruhe. Sie sehen aus, als wären sie noch nicht allzu lange da drin. Tiefgefrorenes ist okay, wenn man behutsam damit umgeht.« Laura klappte ihr Tablet zu. »Lassen Sie uns reden und kochen. Zwei meiner Lieblingsbeschäftigungen.«

»Sie sind heute nicht dran mit Kochen – wirklich, das ist nicht in Ordnung …«

»Ich kann nicht untätig dasitzen und zugucken. Es würde mir körperlich weh tun.« Lauras flehende braune Augen erinnerten Helen an Justin. »Es wäre Folter.«

Helen lachte. »Wie wär's mit Pochieren?«

»Ausgezeichnete Idee.« Laura hatte die Garnelen bereits aus der Tiefkühltruhe geholt und gab sie in einen Durchschlag. Während sie kaltes Wasser darüberlaufen ließ, sagte sie: »Mir ist aufgefallen, dass es keinen Wein in der Küche gibt.«

»Zu Hause trinke ich nicht. Im Wohnzimmer gibt es eine gutausgestattete Bar – abgeschlossen –, falls Besuch kommt. Ich möchte mich nicht mit den Kindern auf eine Debatte über Wein versus Marihuana einlassen. In ihrem Alter sollten sie mit beiden nichts zu schaffen haben.« Helen verschwand mit einer großen Dose Gemüsebrühe in der Vorratskammer. »Hier drinnen sieht es übrigens großartig aus – ich finde wieder alles.«

»Danke. Was den Wein angeht – hätten Sie etwas dagegen, wenn ich bei manchen Gerichten ein wenig Wein verwende, der nicht weiter auffällt? Wein verleiht dem Essen Farbe, ganz ohne künstliche Farbstoffe, und Umami – Vollmundigkeit.«

»Verstehe. Gute Idee. Ich liebe *Coq au vin.* Und sautierte Champignons, abgelöscht mit Rotwein, zu nahezu jedem Fleischgericht.« Helen stellte den Topf mit der Gemüsebrühe zum Kochen auf den Herd.

»Ich werde es bestimmt nicht übertreiben, und der Alkohol wird sich natürlich verflüchtigen. Ein bisschen Weißwein in der Pochierbrühe wäre köstlich, wenn wir welchen hätten – ich bin immer für Geschmack.« Laura machte sich mit den Garnelen zu schaffen, die langsam auftauten. »Wollen Sie sie mit Schale pochieren oder lieber ohne?«

»In der Schale sind sie kräftiger im Geschmack, oder?«

»Aber umständlicher zu essen.«

»Egal. Ah, ich denke an böse Dinge wie Butter und Knoblauch zum Dippen.«

Laura grinste. »Klingt gut.«

Der Broccoli im Gemüsefach sah verlockend aus, und Laura schlug einfachen weißen Reis vor, den sie rasch abmaß und aufsetzte. Sie arbeiteten ein paar Minuten einträchtig nebeneinander. Helen konzentrierte sich auf das Putzen und Kleinschneiden des Broccoli und lauschte dem schnellen Klacken von Lauras Gemüsemesser, mit dem diese Kräuter hackte.

Helen musste sich zwingen, nicht auf Lauras Hände zu starren. Es war schließlich nicht so, als hätte sie noch nie jemanden mit derartigem Geschick ein Gemüsemesser benutzen sehen. Sie hatte oft genug in Manhattans Feinschmeckerrestaurants am Tisch des Küchenchefs gesessen und an vielen Benefizveranstaltungen mit den angesagtesten Köchen teilgenommen. Es war mehr die Effizienz von Lauras Bewegungen, die sie so faszinierend fand. Das Häufchen feingehackter Kräuter wuchs, und in geschmeidigem Ablauf war auch der Knoblauch geschält und gehackt.

»Reine Übungssache«, sagte Laura, und Helen begriff, dass sie doch beim Starren erwischt worden war.

»Wie man sieht. Was halten Sie von dem Budget, das für Lebensmittel angesetzt ist?«

»Großzügig bemessen. Ich wollte Sie fragen, wie es mit Tiefkühlkost ist – wie diese Garnelen beispielsweise. Sie kochen offensichtlich gern, aber frischen Fisch kann ich für Sie nur dann am Samstag kaufen, wenn Sie ihn am Sonntag zubereiten.«

»Es wäre ein Jammer, ihn wegwerfen zu müssen, aber Sie können unmöglich meine Pläne für Sonntag voraussehen.« Helen gab den Broccoli in den Dampfgarer für die Mikrowelle. »Das Dilemma hatten wir in der Vergangenheit ein paar Mal, und deshalb gibt es Garnelen und Huhn in der Tiefkühltruhe. Was mit der Köchin vor der schrecklichen Mary gut funktioniert hat: Wenn Sie sehen, dass ich etwas aufgebraucht habe, ersetzen Sie es ein, zwei Wochen später.«

»Klingt gut. Sie gehen nicht gern einkaufen, oder?«

»Lebensmittel jedenfalls nicht. Ich glaube, ich gebe den Schwarzen Peter einfach weiter.« Sie stellte die Mikrowelle für sechs Minuten auf mittlere Hitze. »Wenn ich nie Lebensmittel einkaufe, bin ich nie schuld, wenn Julie eine Attacke hat.«

»Sie bezahlen gut genug, um erwarten zu dürfen, dass ich keine Fehler mache. Außerdem liebe ich es, Lebensmittel einzukaufen. Ich dachte, ich müsste auf Marktbesuche verzichten, aber es gibt einen Markt direkt hier in Woodside und darüber hinaus jede Menge Hofläden in der Gegend. In den letzten beiden Tagen bin ich unten in Monterey und oben in Berkeley gewesen. Wunderbare regionale Produkte und eine erstaunliche Vielfalt, selbst für diese Jahreszeit.«

Helen sah zu, wie Laura Butter aus dem Kühlschrank nahm und ein Stück in einen kleinen Topf gab. Es war verlockend, sich einfach zurückzulehnen und zuzugucken. Sie war eine talentierte Frau und offenbar single. Nun, das traf auch auf Cass zu. Anscheinend hatten auch Lesben die Sache mit den Beziehungen nicht wirklich im Griff. Vielleicht hatte jemand Laura das Herz gebrochen. Das würde auch die berufliche Neuorientierung an diesem Punkt in ihrem Leben erklären.

Guck dich selbst an, hörte sie Moxies Stimme sagen. Was soll das: eine erfolgreiche Frau sehen und denken, ihr fehle etwas, weil sie nicht Teil eines Paares ist? Außerdem – nur weil sie keine Freundin erwähnt hat, heißt das nicht, dass es keine gibt, Schätzchen.

Die Brühe war kurz vor dem Sieden, und Laura gab die Hälfte der Kräuter und des Knoblauchs hinzu. »Der Reis braucht noch zehn Minuten – wir müssen also noch einen Moment warten.«

Die Mikrowelle machte *pling*.

»Oh, der Broccoli ist fertig. Ich hätte damit noch warten sollen.« Helen spürte, wie sie leicht errötete. »Ich kriege das Timing nie hin.«

»Offenbar sparen Sie sich das Timing für die Bühne auf.«

Das war ein tröstlicher Gedanke. »Ich schätze, Sie haben recht. So habe ich das noch nie betrachtet.«

»Der Broccoli bleibt schon eine Weile warm. Kann ich Ihnen ein paar Dinge in der Vorratskammer zeigen?«

Sie plauderten über die Küche Indonesiens, als Julie sie in der Vorratskammer aufspürte. »Gibt's bald Abendessen? Ich sterbe vor Hunger.«

»Nein, der köstliche Duft ist nur dazu da, dich um den Verstand zu bringen.« Helen berührte sachte Julies Haar, das nun nur noch knapp einen Fingerbreit über die Ohren ging. »Gefällt mir. Sehr apart.«

Julie warf Laura einen Blick zu. »Habt ihr schon über den Kräutergarten gesprochen? Ich hab's ernst gemeint – ich übernehme den Großteil der Arbeit.«

»Nein, haben wir nicht.« Laura scheuchte die beiden aus der engen Vorratskammer zurück in die Küche. An Helen gewandt sagte sie: »Wirklich – ich habe sie nicht darauf angesetzt.«

»Mir gefällt die Idee. Grace kann die Gärtner bitten –«

»Ich möchte den Garten selbst umgraben«, fiel Julie ihr ins Wort. »Ich kann das in Umweltwissenschaften als Projekt angeben, für das ich einen Zusatzpunkt kriege. Und ich könnte einen Blog mit Fotos davon machen, den ich bei der Bewerbung fürs College angeben kann.«

»Julie ist schon seit Jahren unsere Umweltbewusste«, erklärte Helen Laura, die den Deckel hob, um nach dem Reis zu sehen.

»Er braucht noch vier, fünf Minuten, bis er fertig ist. Julie hat mir von ihren Ideen für nachhaltiges Gärtnern erzählt. Jetzt haben wir Herbst, aber es gibt einiges, was sie planen kann, und ich denke, der Boden müsste für die Aussaat im Frühjahr vorbereitet werden.«

Julie und Laura waren nicht mehr zu stoppen. Sie diskutierten über die Pflanzen, die Julie unbedingt haben wollte, und Laura musste sie bremsen, was die geplante Größe des Gartens anbelangte.

Helen sagte es nur sehr ungern, aber es musste sein. »Vergiss nicht, meine Süße, dass du in zwei Jahren nicht mehr hier sein wirst, um dich darum zu kümmern – von daher wäre ich froh, wenn du nicht einen Morgen Zucchini planst.«

»Nur Kräuter, Mom.« Julie starrte mit ihrem üblichen nachdenklichen Stirnrunzeln in die Ferne. »Ich schätze, du hast recht.«

Helen sah, dass Laura ihr einen fragenden Blick zuwarf. Sie wandte sich schnell zum Herd um. »Ist es nicht Zeit, die Garnelen zu pochieren?«

»Und die Butter zu klären.« Laura drehte die Flamme unter dem Buttertöpfchen hoch.

»Kann ich einen Salat machen?«, fragte Justin, der in der Tür erschienen war. »Ich bin gut im Salatmachen.«

»Ich wollte Sie noch fragen«, sagte Helen zu Laura, »wo die Kapsel ist, in der mein echter Sohn steckt?«

Laura lachte, und es klang keineswegs wie ein betrunkener Esel. »Heute Abend brauchen wir keinen Salat«, sagte sie zu Justin. »Morgen Abend kannst du gegrillten Romana für einen echten Männersalat machen, den du mit den Händen in dich reinschaufelst.«

Justin grunzte. Julie sagte, er wäre eklig, und Helen fand, dass Laura viel zu nett war, um sie zu hassen. Sie würde sich große Mühe geben müssen, um irgendwelche Unzulänglichkeiten zu finden. Vielleicht war sie single, weil es schwer war, mit ihr zusammenzuleben. In dem Fall sollte sie Laura vielleicht mit Cass bekanntmachen. Zwei Menschen, mit denen man schwer zusammenleben konnte, passten vielleicht gut zusammen, wenn dreitausend Meilen zwischen ihnen lagen.

9

Obwohl Laura versuchte, ihre Vormittage sinnvoll zu verbringen, ehe sie zu den Baynors aufbrach, stand am Freitagmorgen nichts Dringendes an, und sie hatte keine Lust, eine neue »To do«-Liste zu erstellen. Ihr Hotelzimmer war schrecklich trostlos, und sie hatte es bis obenhin satt. Die Kisten, die sie, wo es nur ging, in drei Reihen und sechs Kisten hoch aufeinandergestapelt hatte, ließen das Apartment eng und vollgestopft wirken und erinnerten sie permanent daran, dass es ein Provisorium war. Ja, sie konnte sich etwas zu essen kochen, aber sie hatte keine Lust mehr, sich ständig irgendwo das Schienbein zu stoßen.

Es war jedoch nicht einfach, eine neue Unterkunft in der Nähe von Woodside zu finden. Die Immobilienmakler rissen sich nicht gerade darum, etwas für sie zu tun. Sie wusste nicht, ob die Auskunft: »Wir rufen Sie an, wenn wir etwas reinkriegen« auf einen engen Markt hindeutete oder ob ihre Hautfarbe eine Rolle spielte. Es gab jede Menge Menschen unterschiedlich dunkler Hautfarbe in East Palo Alto – von Milchkaffee über Schwarztee bis dunkle Schokolade –, und Laura hätte es keineswegs überrascht, wenn das milchweiße abgezirkelte Woodside sie allesamt dort belassen wollte.

Vielleicht sollte sie Helen anrufen, um sie zu bitten, sie als Referenz angeben zu dürfen – die Telefonnummer hatte sie. Nein, das wäre aufdringlich; das konnte noch warten. Vielleicht sollte sie Helen fragen, ob sie vor ihrem geplanten Treffen am Dienstag vorbeikommen könnte. Nein, das erforderte ebenfalls einen Anruf und wäre ebenfalls aufdringlich, wo es ebenso gut warten konnte.

Es machte Laura wirklich Freude, für die Kids zu kochen. Für Grace weniger – Grace schien sich nie für irgendetwas zu begeistern, außer für Einkaufsbelege, die das Budget nicht ausreizten. Es war, als wäre alles Essen wie Sägespäne für sie. Mit Helen zu kochen war surreal gewesen. Laura hatte so viele Erinnerungen an sie, wie sie in verschiedenen Rollen auf der Bühne stand. Helen war ein Star. Aber die Helen in ihrer Küche war die Helen aus der Achterbahn. Warm und ungekünstelt, eine Frau, die ihre Kinder offenkundig liebte ... und wieso auch nicht? All ihre Träume hatten sich erfüllt. Angesichts der Umstände wäre es seltsam gewesen, wenn sie nicht glücklich wäre und freundlich und angenehm im Umgang, aber Laura waren bei ihren vielen Arbeitsstellen viele reiche und berühmte Menschen begegnet, die nicht glücklich waren und das alle um sie herum spüren ließen.

Sie sah flüchtig ihre E-Mails durch – nichts Aufregendes. Die von ihrer Tante aus Jamaika war wie immer – es war alles in Ordnung, auch wenn niemand wusste, wo das Geld für den letzten Krankenhausaufenthalt von irgendjemandem herkommen sollte. In der Familie ihrer Mutter hatte noch nie jemand gewusst, wo das Geld herkommen sollte. Erst Jahre nach dem Tod ihrer Mutter hatte sie begriffen, dass ihre Familie ihre Mutter wie eine Außenseiterin behandelt hatte, weil sie fortgegangen war, um eine Ausbildung zu machen, und weil sie jeden Job angenommen und Tag für Tag geschuftet hatte. Doch wenn sie Geld gebraucht hatten, waren sie immer alle dagewesen – mit einer traurigen Geschichte, einem schweren Kopf von diesen oder jenen Drogen und einem weinenden Kind auf dem Arm, um der Sache Nachdruck zu verleihen.

Laura selbst hatte sich auch immer als Außenseiterin empfunden. Sie sprach kein Patois, und ihre »reiche« Mutter hatte darauf bestanden, dass sie zur Schule ging. In dem Teil von Kingston, in dem sie lebten, weit von den Touristenpfaden entfernt, direkt neben der Wasseraufbereitungsanlage, bedeutete »reich«, dass weniger als sechs unter einem Dach lebten und dass sie und ihre Mutter jeweils ein eigenes Schlafzimmer hatten. Die Stromrechnung wurde jeden Monat bezahlt, und es kam nie jemand, um den Fernseher oder das Auto zu beschlagnahmen, weil sie mit den Raten im Rückstand waren. Als Laura sich einmal beklagt hatte, dass sie anders war als ihre Cousinen und Cousins und dass niemand sie mochte, hatte ihre Mutter gesagt: »Sie kriegen nicht den Fisch in deinem Topf und du kriegst nicht den Fisch in ihrem Topf. Wir gehen zurück nach Amerika – wir müssen noch ein bisschen Geld sparen, dann gehen wir zurück.«

Der schwerste Teil ihres neuen Lebens bestand darin, sich an das viele Alleinsein zu gewöhnen. Laura war es gewohnt, vierzehn Stunden am Tag zu arbeiten. Sie verbrachte viel zu viel Zeit damit, das Wieso und Warum ihrer Situation zu analysieren, ohne dass es sie auch nur einen Schritt weiterbrachte. Ja, sie war immer und überall eine Außenseiterin gewesen. Wenn es nicht ihre Nationalität war – sie war US-Amerikanerin, auch wenn ihr Name nicht so klang –, dann war es ihre Rolle als Küchenchefin – und mit der Chefin mochte natürlich niemand befreundet sein. Oder es lag an ihrer ethnischen Herkunft, mit der Weiße wie Schwarze gleichermaßen Probleme hatten. Hier, in einer Hochburg des liberalen Kaliforniens, hoffte sie, diesem Problem nicht zu begegnen – oder aber zu akzeptieren, dass sie an der Einstellung mancher Menschen nichts ändern konnte, auch wenn sie hier die Möglichkeit besaß, sie zu zwingen, ihr mit Respekt zu begegnen.

Helen begegnete ihr mit Respekt – und Julie und Justin, ganz wichtig, ebenfalls. Wenn es sich als nötig erweisen sollte, Helens Namen ins Spiel zu bringen, um eine Wohnung in Woodside zu finden, dann würde sie das tun. Vielleicht lag, so verschlossen, wie sich die ortsansässige Gemeinschaft Außenstehenden gegenüber gab, es nur daran, dass sie keine persönliche Empfehlung aus dem näheren Umfeld hatte. Von dieser Annahme würde sie künftig ausgehen, bis man sie eines Besseren belehrte.

Sie rief noch einmal ihre E-Mails ab – ihr iPad wuchs ihr von Tag zu Tag mehr ans Herz. Zwar besaß sie einen Laptop, den sie abends benutzte, aber dieses kleine Spielzeug bedeutete, dass sie morgens aufstehen und sich kurz darauf auf den Weg machen konnte, ohne lange auf das Hochfahren eines Rechners warten zu müssen. Auch wenn sie um zehn Uhr immer noch im Schlafanzug herumsaß und nichts zu tun hatte.

Eine neue E-Mail traf ein: von der Wirtschaftsdirektorin des Florida Grand Keys – ihres letzten Arbeitgebers. Sie las Megans Mail mit gemischten Gefühlen. Es überraschte sie nicht zu erfahren, dass ihr früherer Chef inzwischen woanders arbeitete. Er war einer der Typen, die immer gerade dann in einen besseren Job wechselten, wenn in ihrem bisherigen die Hölle losbrach. Das war einer der Gründe gewesen, warum Laura gegangen war. Sie hatte viele seiner Art kommen und gehen sehen. Sie hätte es aussitzen können, aber der Stress war ihr zu groß gewesen, und eine nur zu bekannte innere Stimme hatte ihr zugeflüstert, dass es einen ganz einfachen Weg gab, sich besser zu fühlen. Laura hatte nicht länger austesten mögen, ob sie der Versuchung widerstehen konnte. Das war eine dumme Energieverschwendung. Sie verfügte über die Mittel, all dem den Rücken zu kehren, und ihr Herz wusste ohnehin, dass es an der Zeit war.

Megan schrieb, dass der neue Küchendirektor vermutlich auch nicht lange bleiben würde und dass Laura sich um ihre Wiedereinstellung bemühen solle. Ohne zu zögern klickte sie auf »antworten« und schrieb: »Danke für die Neuigkeiten. Ich liebe Kalifornien sehr und habe genau die Stelle gefunden, die ich mir gewünscht habe.« Sie fragte noch, wie Megans Mutter ihre OP überstanden hatte und schickte die Mail ab. Dann schloss sie das Mailprogramm.

»Du wirst hier nicht vier oder fünf Stunden lang sitzen, bis es Zeit ist, zu den Baynors zu fahren«, sagte sie laut.

Ein Weingut – das war eine Idee. An den milden Herbsttagen waren die meisten freitags und am Wochenende geöffnet. Eines würde sie leicht schaffen, und sie würde sich besser fühlen, wenn sie etwas Sinnvolles unternahm. Mit ein paar Klicks hatte sie sich eine Karte ausgedruckt, auf der *Gleich rechts, wenn man aus der Stadt kommt* eingezeichnet war – das Weingut, das der Sohn von Teeny, der Marktfrau, betrieb. Warum nicht?

Von der Dusche munter geworden, ging sie durch die kühle, frische Herbstluft zu ihrem Wagen. Man hatte ihr erzählt, dass der Wechsel der Jahreszeiten in Kalifornien keine großen Veränderungen mit sich brachte, aber das hier war bereits mehr, als sie gewohnt war. Während der Fahrt hatte sie sämtliche Autofenster geöffnet und hörte ihren Lieblingssampler karibischer Steelbands. Die Insel selbst lag ihr vielleicht nicht im Blut, aber die Musik Jamaikas ließ den Himmel stets blauer erscheinen.

Die Räder knirschten im feinkörnigen Kies der Einfahrt, und die Tür zum Verkostungsraum in einem Anbau neben dem Weinkeller war einladend geöffnet. Ein betagter Hund hatte sich auf einer gemütlich aussehenden Matte gleich neben der Tür zusammengerollt. Er hob den Kopf, als sie vorbeifuhr. Laura schnalzte leise und sagte dann freundlich: »Schon gut – ich bin bloß eine Besucherin. Döse nur weiter.«

Der Verkostungsraum wurde gerade renoviert, und der Geruch von Holzbeize hing noch in der Luft. Eine Frau mittleren Alters in Arbeitshosen hantierte mit einer Flaschenkiste und sagte: »Ich bin gleich bei Ihnen. Wir bieten heute keine volle Verkostung an, aber wenn Sie an etwas Bestimmtem interessiert sind, haben wir es vielleicht offen.«

»An Ihren trockenen Weißweinen. Ich bin nicht in Eile – keine Sorge«, erwiderte Laura. Okay, sie würde also nicht das ganze Angebot kosten können, aber es war dennoch ein wunderschöner Tag, den sie besser draußen verbrachte, als verdrossen in ihrem Hotelzimmer zu hocken. »Teeny hat mich hergeschickt.«

Das entpuppte sich als Zauberspruch. Die Frau setzte die Kiste ab und grinste breit. »Meine Schwiegermutter. Sie schickt nur Menschen, bei denen sie ein gutes Gefühl hat.«

»Ich fühle mich geehrt. Ich bin Laura.« Sie streckte ihre Hand aus.

»Ich bin Carol – meine Hände sind allerdings ganz dreckig von den Weinkisten – von all dem Staub und sonstigen Dingen, die da ganz unten immer drin sind und die ich nicht näher benennen möchte.« Sie hielt die Hände hoch, als hätten sie in Giftmüll gesteckt. »Ich hole meine Assistentin – die wird Sie bedienen. Sue Ellen!«

Eine gedämpfte Antwort erklang.

»Komm zur Verkostung!«

Wieder eine gedämpfte Antwort, dann Geschepper. Einen Augenblick später erschien eine junge Frau mit langem blondem Haar und strahlendem Lächeln am anderen Ende des Raumes und schwebte über den Dielenboden herbei, als würde sie tanzen. »Hi! Was kann ich für Sie tun?«

Carol sagte: »Weißen – die ganze Palette. Sie ist eine VIP.«

Laura lachte. »Wow! Welch eine Beförderung!«

»Im Ernst«, erwiderte Carol. »Teeny ist wirklich sehr wählerisch – sie schickt längst nicht jeden zu uns. Sie war nicht besonders glücklich über die Idee, einen Weinberg und einen Haufen Flaschen zu kaufen, aber nun erfahren nur handverlesene Menschen, dass es uns gibt. Wenn Sie länger mit ihr gesprochen haben, dann hat sie Ihnen die Geschichte bestimmt schon in allen Einzelheiten erzählt.«

»Nein, nicht in allen Einzelheiten – aber einiges schon. Familienunternehmen haben immer eine persönliche Note.«

»So kann man es auch ausdrücken.«

Sue Ellen hatte unterdessen eine Reihe von großen grünen Flaschen aufgebaut. »Wie viel verstehen Sie von Wein? Ich möchte Sie nicht mit Sortenreinheit und Zuckergehalt vollquatschen, wenn Sie all das kennen.«

»Ich bin keine Sommelière, aber ich habe jahrelang Seite an Seite mit Weinkellnern gearbeitet.«

»Dann verschwende ich Ihre Zeit nicht damit, Ihnen zu erzählen, wie der Wein schmeckt. Das hier ist der Riesling vom letzten Jahr, mit dem wir wirklich sehr zufrieden sind. Wir sind hier in der Gegend die einzigen, die einen sortenreinen Riesling abfüllen.«

Der Riesling war sehr leicht und prickelte an ihrem Gaumen. Sie plauderten über die weite Verbreitung von Chardonnay- und Merlot-Trauben in der Gegend, während Laura einen Gewürztraminer und einen Pinot Grigio kostete und schließlich einen vollmundigen fruchtigen Sauvignon blanc mit leichtem Eichenaroma.

»Ihnen hat der Pinot am besten geschmeckt, stimmt's?« Sue Ellen grinste, als Laura nickte. »Wusste ich's doch. Man sieht es daran, wie die Leute nach dem Schlucken ausatmen.«

»Das ist mir noch nie aufgefallen.« Der Alkohol erzeugte ein feines Bitzeln in ihren Fingerspitzen und erinnerte sie daran, dass sie kein richtiges Frühstück gegessen hatte. Zum Glück hatte sie ein paar Cracker in der Handtasche. »Ich bin Köchin, und ich werde mal darauf achten. Ich schätze, wenn es ums Essen geht, ist es genauso.«

»Sie sind Köchin? Wo denn?« Sue Ellen lehnte sich auf den Tresen. Ihr enganliegendes T-Shirt betonte ihre schlanke Figur. Anfangs hatte Laura gedacht, sie sei in den Zwanzigern, aber jetzt tippte sie auf Anfang dreißig. Sie hatte diesen frischen blonden »Betreibt Yoga mit religiösem Eifer«-Look und sehr lebendige grüne Augen.

»Ich war Küchenchefin in verschiedenen Resorts, arbeite jetzt aber in einem Privathaushalt und bin dabei, diesen Teil von Kalifornien in allen Einzelheiten zu erkunden. Ich würde mich gern hier in der Gegend niederlassen. Ich bin es leid, in der Weltgeschichte herumzugondeln.«

»Aber das klingt so interessant! Wo sind Sie denn überall gewesen?«

Der Alkohol ließ einige Alarmglocken schrillen. Laura hatte ihr absolutes Limit erreicht und war sich nur zu bewusst, dass Alkohol die Hemmschwelle allgemein herabsetzte. Sie hätte den Wein nach dem Verkosten ausspucken sollen, wie es richtige Profis taten, aber Ausspucken brachte sie einfach nicht fertig. Doch wenn sie jetzt noch ein paar Minuten weiterplauderte, würde das Bitzeln verschwinden. »Kuba ist die einzige größere Insel der Karibik, auf der ich nicht längere Zeit gelebt habe. Ansonsten war ich in Hongkong, Thailand, Malaysia, Australien ... In Monaco und Griechenland ... Ich glaube, ich war in jeder Ferienanlage für die Reichen, die es gibt.«

»Wow!« Sue Ellen kreuzte die Arme auf der Theke. »Wie aufregend – so viele Kulturen ...«

»Nicht so aufregend, wie man denkt. Die Kultur innerhalb eines Resorts hat mit der Kultur draußen meist wenig zu tun.«

»Ich habe noch nie verstanden, warum Menschen fremde Länder besuchen und sich dann irgendwo einquartieren, wo es genau so ist wie zu Hause.«

Laura zuckte die Achseln. »Mir erscheint Kalifornien im Augenblick goldrichtig.«

Sue Ellens Lächeln wurde breiter. »Dankeschön.«

Laura wurde rot. »Ich meinte nicht – ich meine ...«

Sue Ellen verzog die Nase auf höchst charmante Weise. »Ich lasse dir ein bisschen Zeit, dir eine Meinung zu bilden.«

Seit Jahren hatte niemand mit ihr geflirtet. Sue Ellen war – wie Kalifornien – wie ein frischer Wind. »Ich muss los zur Arbeit. Und du sicher auch.«

»Traurig, aber wahr. Hier.« Sue Ellen schnappte sich einen Permanentmarker und ergriff Lauras Hand. Sie hatte schon drei Zahlen in leuchtendem Rot geschrieben, ehe Laura in den Sinn kam, nach einem Zettel zu fragen. »Das ist meine Nummer. Nun bist du dran. Ich bin hier aufgewachsen und kenne jedes Blatt und jeden Baum.«

»Klingt, als wärst du eine prima Fremdenführerin.«

»Ja, wäre ich. Ganz prima. Und jetzt will meine Chefin wissen, ob du eine Flasche von dem Pinot haben möchtest. Mir ist das völlig egal – für mich ist der Tag schon jetzt ein voller Erfolg.«

Grinsend erwiderte Laura: »Eine Flasche von dem Pinot Grigio – dem Réserve. Und danke.«

Sue Ellen zwinkerte ihr zu und holte eine ungeöffnete Flasche unter dem Tresen hervor. Sie nannte Laura den Preis, während sie die Flasche in hellblaues Seidenpapier einschlug.

Laura war sich der Telefonnummer auf ihrer Handfläche sehr bewusst, als sie die Weinflasche entgegennahm. »Sue Ellen –«

»Du kannst mich Suzy nennen.«

»Wie kommt es, dass ein California Girl Sue Ellen heißt? Sind Doppelnamen nicht eher im Süden verbreitet?«

»Meine Mutter war ein großer Fan von *Dallas*. Eine Fernsehserie. Mit ein bisschen Glück lief es nie dort, wo du gelebt hast, denn in Wirklichkeit bin ich keine Sue Ellen.« Suzy begleitete sie zur Tür.

»Inwiefern ist jene Sue Ellen, wie du nicht bist?«

»Sie ist zum Beispiel hetero. Ich bin sicher, dass es auch Lesben gibt, die Sue Ellen heißen, aber wenn Frauen meinen Namen hören, glauben sie meistens, dass ich hetero bin. Vielleicht sollte ich mich Scully nennen ...?«

»*Akte X* habe ich gesehen.« Suzy war im Eingang stehengeblieben und lehnte anmutig am Türrahmen. Um hinauszugehen, musste Laura sehr nah an ihr vorbei, und fast erschrocken stellte sie fest, dass sie nichts dagegen einzuwenden hatte.

»Wenn ich Scully hieße, wäre ich jeden Abend verabredet.«

»Ich kann nicht glauben, dass du das nicht sowieso bist.«

»Geh jetzt oder du sagst noch etwas, für das du geküsst wirst.«

Die Dinge entwickelten sich viel zu schnell und viel zu gut – Laura kam kaum noch mit. Sie saß schon in ihrem Volvo – und wünschte sehr, es wäre ein roter Sportwagen – und war bereits eine halbe Meile gefahren, ehe sie dachte: *Was um alles in der Welt war das denn?*

Als die Hühnerbrust in Mandel-Orangen-Marinade auf dem Grill brutzelte, hatte sie sich erfolgreich eingeredet, dass die Plänkelei mit Sue Ellen – Suzy – nichts weiter als ein Glanzpunkt war, der einen ansonsten öden Tag aufhellte. Sie hätte die ganze Sache vielleicht sogar vergessen, hätte Julie nicht, als Laura ihr von dem Huhn aufgab, auf ihre Hand gewiesen.

»Hat Ihnen eine Frau ihre Telefonnummer gegeben?«

»Nein, nein, keineswegs.« Sie war eine miserable Lügnerin, und sie wusste es.

»Aber klar doch. Mom hat gesagt, dass Sie vermutlich ein Privatleben haben, und sie hatte recht. Wie heißt sie?«

»Woher willst du wissen, dass es eine Frau ist? Oder hat deine Mom dir das erzählt?«

»Mensch, Sie haben einen Regenbogenaufkleber an Ihrem Auto.«

»Oh, stimmt.« Laura musste über sich selbst lachen. »Es ist bloß eine Frau, die ich kennengelernt habe. Und sie hat mir ihre Nummer aufgeschrieben, noch ehe ich sicher war, ob ich sie haben wollte.«

»Aufdringlich also.« Julie gab sich zwei große Löffel Quinoa mit gehackten Pilzen auf. »Ich liebe dieses Zeug. Gibt's auch Butter?«

»Nein, wir haben nie Butter im Haus.«

Julie verdrehte die Augen und ging zum Kühlschrank. »Also – ist sie aufdringlich?«

»Nicht im negativen Sinn.«

»Also mögen Sie sie.«

»Vielleicht.« Also wirklich – Julie quetschte sie ganz schön aus. Sie sollte sie mit Teeny bekanntmachen. Würde beide vermutlich ziemlich frustrieren.

»Und – werden Sie sie anrufen?«

»Wenn, dann würde ich es dir bestimmt nicht erzählen.« Sie überlegte, ob sie Justin zum Essen rufen sollte. Gewöhnlich führte seine Nase ihn her.

»Oh. Geht mich also nichts an.« Julie sah keineswegs entmutigt aus.

»Hast du je in Erwägung gezogen, in einen Debattierclub einzutreten?«

Julie runzelte die Stirn. »Warum fragen mich die Leute das immer wieder?«

Justin erschien hinter ihr und schnappte sich seinen Teller. »Wir alle möchten, dass du Hilfe bekommst.«

»Hab nicht mit dir geredet!« Julie ließ sich auf den Stuhl fallen und durchbohrte den Rücken ihres Bruders mit Laserblick.

Laura setzte sich zu ihr an den Tisch und überlegte, ob Grace sich wohl zu ihnen gesellen oder ihr Essen mit in ihre Wohnung nehmen würde.

Als Justin sich dazusetzte, warf sie einen Blick auf seinen Teller. Er hatte sich ebenfalls eine große Portion Quinoa aufgegeben – was sie freute –, aber an grünen Bohnen gespart.

»Soll ich dir den Rest der Bohnen holen?«

Er seufzte, holte aber dann den Dünstkorb und gab sich noch mehr Bohnen auf. »Reicht das?«

»Ja. Warum müssen wir bei fast jeder Mahlzeit das kleine Gemüseritual hinter uns bringen?«

»Weil es mir gefällt?«

Laura bedachte ihn mit dem Blick, den er verdiente, dann schenkte sie Grace, die von irgendwoher erschien, ein willkommenheißendes Lächeln.

Sie hatte schon bemerkt, wie wenig Grace mit den Kindern sprach. Ihren Job jedoch machte sie wohl sehr gut – im Haushalt schien alles wie am Schnürchen zu laufen. Die Garten- und Hauswartsarbeiten zu überwachen erforderte einiges an Zeit, denn das Haus war alt und nicht leicht instandzuhalten. Keine

Frage, den richtigen Spezialisten zu finden, der das neunzig Jahre alte Treppengeländer reparieren konnte, war eine Herausforderung, und in dem großen Wohnzimmer musste die Elektrik überholt werden – von den Einzelheiten hatte Laura nur eine vage Vorstellung.

»Das Huhn ist echt lecker«, sagte Julie. »Wie kommt's, dass es nach Orange und ... Limette schmeckt?«

»Ich habe es über Nacht in Öl mit Orangenaroma und Kräutern mariniert. Vermutlich schmeckst du die Kaffir-Limettenblätter heraus, die dem Ganzen einen südostasiatischen Touch geben.«

Justin beschwerte sich: »Sie haben gekocht, ehe ich Ihnen helfen konnte.«

»Und aus welchem Grund sollte ich das nicht tun?«

»Ich bin ein sensibler, dünnhäutiger Jugendlicher. Traurig und frustriert in meinem Bestreben, Chefkoch zu werden.«

»Führe mich nicht in Versuchung«, sagte Laura. »Du hast ja keine Ahnung, worauf du dich da einlässt.«

Graces Stimme troff vor Missbilligung, als sie einwandte: »Mrs. Baynor betont stets, dass die Hausaufgaben der Kinder Vorrang haben.« Grace schien entschlossen, Justin in die Suppe zu spucken, egal worum es ging.

»Dann sprich mit deiner Mutter. Ich bin bereit, dir Kochunterricht zu geben, aber nur wenn deine Mutter einwilligt.«

Julie schnaubte und setzte an, etwas zu sagen, aber Laura hob die Hand.

»Dein Bruder verkneift sich jede Bemerkung über deinen Kräutergarten, und du sparst dir deine Kommentare zu seinen Kochplänen.«

Grace verließ den Tisch. Sie schien nicht beleidigt zu sein, aber ihre negative Ausstrahlung legte sich über alles, was sie umgab – sie würde selbst Lerchen bewegen, ihren Gesang einzustellen.

Laura versuchte ihre Gedanken hinter einer ausdruckslosen Miene zu verbergen. Als die Kids mit dem Essen fertig waren, ließ sie sie den Grill säubern, und dann verabschiedete sie sich.

Die Telefonnummer auf ihrer Hand brannte wie Feuer. Sie sollte Suzy anrufen. Sie könnten sich einen Film ansehen – nein, ein bisschen spät für den Vorschlag. Aber sie sollte auf jeden Fall anrufen. Am nächsten Abend hatte sie frei. Sie hatte jeden Abend frei.

Sie wartete bis nach acht – bis es eindeutig zu spät war, um sich für denselben Abend noch zu verabreden. Eine fröhliche Stimme meldete sich auf der Mailbox und verabschiedete sich schließlich mit *Namaste*. Laura erklärte holprig, wer sie überhaupt war. Dann: »Ich dachte, wir könnten uns in diesem Coffeeshop treffen. Ich meine *Makes Life Worth Living* – in der Main Street. Morgen oder Sonntag, sagen wir um drei? Oder früher? Oder später? Du kannst mir auch eine SMS auf dieser Nummer schicken – also ruf an oder simse, wenn du magst. Wenn nicht ist auch okay. Bis dann.«

So. Hatte sie zaghaft geklungen? Übereifrig? Beides traf auf sie zu. Suzy hatte so was ... Physisches. Laura hatte nie zuvor wirklich Zeit gehabt, sich zu verabreden, nicht ernsthaft jedenfalls, nur ein paar Mal mit Kolleginnen, die zeitlich ähnlich eng eingebunden waren. Menschen kamen und gingen. In der Ferienindustrie hatte nichts Bestand.

Sie schrak zusammen, als ihr Telefon vibrierte. Suzy hatte eine SMS geschickt. »Bin gerade im Unterricht. Sonntag um drei klingt prima. Bis dann.«

Laura gefiel es, dass die SMS nicht lautete: »Im Unterr. So. 3.00 gut. LG« Es bedeutete, dass sie sich nicht zehn Jahre älter fühlte als Suzy und dass die Chance bestand, dass sie miteinander reden konnten und einige Gemeinsamkeiten entdecken würden, abgesehen von ganz anderen Entdeckungen ...

10

Wenn sie an die bevorstehende Reise dachte, hatte Helen das Gefühl, die Zeit lief ihr davon. Ehe sie sich's versah, saß sie wieder im Flugzeug nach Kalifornien, erschöpft von vier anstrengenden Tagen in New York. Ihrem Zeitmanagement war es außerdem nicht förderlich, dass sie Extraschichten im Fitneßstudio einlegte, um ihre Hitzewallungen zu bekämpfen, und dass sie Langeweile und Verdruss zu kurieren suchte, indem sie bis spät in die Nacht ausging. Nach einem Benefizdinner am Freitagabend, gefolgt von dem Besuch einer Bar in SoHo, wo es einen Cocktail gab, der total angesagt war, war sie erst um vier Uhr morgens zu Hause gewesen. Ihre Zweitbesetzung hatte geschworen, dass es die Sache wert wäre.

Natürlich war es die Sache nicht wert gewesen. Helen war den ganzen Samstag über müde gewesen und nicht in der Lage, während des Fluges zu schlafen. Jetzt vernahm sie das Ausfahren der Landeklappen, was bedeutete, dass sie die Sierras hinter sich gelassen hatten und ihren Sinkflug im Luftraum von San Francisco begannen.

Das Schlimmste an Graces Job, dachte Helen oft, war, dass sie sie jeden Sonntagmorgen um sechs am Flughafen abholen musste. Grace war weitaus zuverlässiger als ein Mietwagen, und gewöhnlich konnte Helen weitere fünfundvierzig Minuten Ruhe auf der Rückbank des Minivans genießen.

»Ich bin so müde – ich glaube, ich kann nicht schlafen«, sagte Helen an diesem Tag und griff auf dem Beifahrersitz nach dem Gurt. »Ich bin so froh, dass Sie am Steuer sitzen. Ich hoffe, wenn ich in meinem Bett liege, wird alles gut. Wir steht's zu Hause?«

Grace gab ihr eine Zusammenfassung der noch andauernden Elektroarbeiten im großen Wohnzimmer. Es schien alles nach Plan zu laufen, aber die beauftragte Firma versuchte andauernd, zusätzliche Kosten geltend zu machen. »Ich sage ihnen immer wieder, dass sie ein Angebot gemacht haben und nun damit leben müssen. Die Kosten für die Abnahme sind jedoch nicht im Angebot enthalten. Also werden die zusätzlich gezahlt.«

»Irgendwelche Überraschungen in Sachen Hausaufgaben?«

»Nein, beide Kinder sind auf Kurs …«

Ein Zögern in Graces Stimme veranlasste Helen, ihr einen Blick zuzuwerfen. »Gibt es sonst irgendwas?«

»Justin scheint überzeugt zu sein, bald ein Auto zu bekommen.«

Helen lachte. »Keine Ahnung, wie er auf die Idee kommt. Von mir hat er das jedenfalls nicht.«

»Laura hat ihm, glaube ich, Kochunterricht versprochen, was ihn von seinen Hausaufgaben abhalten wird.« Grace lenkte den Wagen geschickt aus dem Flughafenbereich auf die I-280 nach Süden.

»Das hat er erwähnt. Ich bin sehr dafür – solange er seine Hausaufgaben schafft. Und es nicht als Entschuldigung benutzt. Nicht dass es so endet wie letztes Jahr, als er es schwierig fand, seine Hausaufgaben überhaupt in Angriff zu nehmen, geschweige denn sie zu Ende zu bringen und rechtzeitig abzugeben. Julie geht's gut?«

»Ihr geht's gut. Sie hat ein oder zwei Pfund zugenommen. Sie isst ordentlich.«

»Sie wurde auch schon ein bisschen zu dünn. Ich schließe daraus, dass Lauras Essen ihr schmeckt. Keine Attacken?«

»Soweit ich weiß nicht.«

Die Nachrichten von zu Hause ließen Helen sich entspannen, und sie schloss die Augen, um zu dösen. Zwar wäre es schön gewesen, wenn ihre Hauswirtschafterin etwas mehr von Lauras Frohsinn gehabt hätte, aber Graces schroffe Art und ihr strenges Regiment hielten Helen den Rücken frei. In den vergangenen Jahren hatte es die eine oder andere wunderbare Kinderfrau gegeben, die ebenfalls für einige Haushaltsbelange zuständig gewesen war, aber Grace war die erste, die den gesamten Haushalt komplett übernommen hatte. Die Kinder brauchten die liebevolle Zuwendung einer Nanny nicht mehr so wie früher, und Grace hatte angefangen, die lange vernachlässigten Renovierungsarbeiten in dem alten Haus in Angriff zu nehmen.

Als sie zu Hause ankamen, war noch niemand aufgestanden. Grace verschwand in ihrem Apartment hinter der Garage und würde kaum vor Dienstagmorgen wieder auftauchen. Helen trat durch den Seiteneingang ins Haus und trug ihren kleinen Koffer leise die Treppe hinauf. Auch wenn ihr Schlafzimmer in New York die gleichen Annehmlichkeiten bot, die gleichen Kosmetika und Zweitgarnituren ihrer Dessous und sogar die gleichen Schuhe, fühlte Helen sich nur hier zu Hause. Die vielen privaten Fotos auf ihrer Kommode machten einen großen Unterschied, und vielleicht bewahrten auch die kleinen Geräusche, die ihre Kinder in Helens Vorstellung im Schlaf von sich gaben, das Haus vor der unpersönlichen Kälte ihres New Yorker Apartments.

Was auch immer es war – es wirkte Wunder, und das Nächste, was Helen mitbekam, war das Klingeln ihres Weckers. Es war nach zehn. Sie hörte das unverkennbare Geräusch der Dusche. Selbst aus dieser Entfernung erschnupperte sie den Duft eines warmen Frühstücks in der Küche. Prompt rief ihr Magen: »Steh auf!«

Der zweite große Vorteil von zu Hause war, dass niemand außer den Kindern sie sah. Helen zog ihren Morgenmantel an, fuhr sich mit den Fingern durchs Haar und ging hinunter in die Küche. Der Duft war so verlockend, dass sie halb erwartete, Laura zu sehen, die ihre Hände auf geschickte Weise benutzte, um etwas absolut Köstliches zuzubereiten. Stattdessen fand sie ihren Sohn über eine kleine Pfanne gebeugt. In der einen Hand hielt er eine Schachtel Bisquick – eine Pfannkuchen-Fertigmischung –, in der anderen einen Pfannenwender. Er murmelte: »Aber woher weiß ich, wann es heiß genug ist?«

Helen umarmte ihn halb und spähte in die Schüssel neben dem Herd. »Ist das Pfannkuchenteig?«

»Soll es zumindest sein. Ich bin hungrig, und ich dachte, ich könnte an euch ein bisschen üben. Und ich habe einen Kaffeekuchen nach einem von Lauras Rezepten gebacken. Mit Apfelmus und Joghurt und fast ohne Butter, ist also fettarm – ehrlich!«

»Es riecht hier so gut, dass ich fast schon Bauchschmerzen kriege.« Helen benetzte ihre Finger mit Wasser und spritzte ein paar Tropfen in die Pfanne. Sie bildeten sofort Blasen und platzten. »Das Fett ist heiß genug. Vielleicht schon zu heiß. Aber probier's aus, dann wirst du es schon sehen. Der erste ist immer ein Test.«

»Aber ich möchte keinen Teig vergeuden.«

»Nicht zu vermeiden. Wenn du Glück hast, gelingt er und du kannst ihn essen.«

»Sei ohne Furcht«, ermutigte er sich selbst. »Wenn ich ihn nicht hochwerfe, dann brennt er an, und das ist schlimmer, als den Teig vom Herd zu kratzen, oder?« Er versuchte es mit einer raschen Bewegung, und halb gelang es ihm, auch wenn ein Teil des noch rohen Teigs über die heiße Fläche lief und sofort anfing zu brutzeln.

»Der Teig hat die richtige Farbe«, sagte Helen. »Er sieht gut aus.«

Justin nickte grimmig, den Blick unverwandt auf die Pfanne gerichtet. Kurz darauf ließ er den Pfannkuchen auf einen Teller gleiten. Helen strich rasch ein wenig Apfelkraut darauf, teilte ihn und bot Justin die eine Hälfte an.

»Mmhh, lecker!«, sagte sie. »Glückwunsch! Mach mir noch drei. Und deine Schwester möchte sicher auch drei oder vier.«

»Und ich kriege den Rest.« Er tat, als müsse er die Schüssel vor Helens Zugriff schützen. »Der Koch kriegt das, was übrig bleibt.«

»Ist das eine von Lauras Regeln?«

»Nein, das ist meine Regel.«

»Damit kann ich leben. Nach so großartigen Pfannkuchen werden wir den Kuchen wohl bis nach dem Abendessen aufheben müssen. Die hier reichen fürs Dessert.«

»Aber ich will jetzt welche essen.«

Sie grinste und zog den Morgenmantel enger um sich. Warum war sie so ruhelos gewesen? Manche Dinge – wie der Appetit ihres Sohnes – änderten sich nie. Sie sah in den Garten hinaus und freute sich auf einen wundervollen Tag.

»Sie hat dich in Jeans gesehen«, sagte Laura zu ihrem Spiegelbild. »Nicht dass irgendjemand irgendwas anderes anhätte. Und Jeans gefallen ihr bestimmt besser als Designerklamotten.«

Sie fuhr sich mit der Hand übers Haar. Es sah schon ein bisschen rausgewachsen aus. Warum hatte sie sich am Vortag nicht die Haare schneiden lassen? Es hätte mehr gebracht, als hinunter nach Scotts Valley zu fahren auf der vergeblichen Suche nach einem Olivenbauer und einem Bistro, das im *Chef's Gourmet* beschrieben war. Das Bistro existierte nicht mehr. Das war eines der Risiken, die mit einem Gastronomiebetrieb verbunden waren. Aber der Olivenbauer, bei dem sie einige rare und aromatisierte Öle zu kosten gehofft hatte, war nicht da, wo er laut Karte hätte sein sollen, und ihre Anrufe waren unbeantwortet geblieben.

»Wir treffen uns bloß auf einen Kaffee. Mal sehen, wer als Erste durch die nächstbeste Tür rausrennt.« Laura musterte ihren Mund in dem kümmerlichen Badezimmerlicht aus nächster Nähe. War das eine neue Falte? Eines, was sie an ihrem Hautton liebte, war die Tatsache, dass Falten sich nicht so deutlich zeigten wie bei heller Haut. Aber diese Linien hier waren neu, und sie sahen nicht wie Lachfältchen aus.

Laura merkte, dass sie die Stirn runzelte – daher kamen die

verflixten Dinger. Zu viel Stirnrunzeln. Es war Zeit, sich für die Verabredung zum Kaffee anzuziehen und ein paar Stunden mit einer entzückenden Frau zu verbringen. Genau das, worauf sie sich gefreut hatte, als sie den Ferienanlagen den Rücken kehrte. Das Leben. Ihr Leben.

Na los, ermunterte sie sich.

Sie löste sich von ihrem Spiegelbild und zog ausgeblichene Jeans und eine Bluse in leuchtendem Aquamarin an. Sie hoffte, dass die langen blauen Perlenohrringe, die sie anlegte, von ihrer Nichtfrisur ablenkten. Mit iPad und Handtasche unter dem Arm marschierte sie zu ihrem Auto – ihr war zumute, als zöge sie in den Kampf, nicht zu einem Date.

Suzy war bereits im *Makes Life Worth Living*. Sie saß an einem gemütlichen Tisch auf der Fensterseite und rührte in einem Getränk, das das üppige, vielschichtige Gewürzaroma von Chai verströmte. Im Licht der Sonne hatte ihr langes Haar die Farbe von buttergelbem Weizen. Genau wie Laura trug sie Jeans und eine Bluse, aber ihre war dunkelrosa und nur ein Stück zugeknöpft, so dass sich darunter ein hübsches weißes Hemdchen zeigte, das Suzys langen Nacken und die wohldefinierten Schlüsselbeine betonte.

»Soll ich uns auch ein bisschen Apfelbrot mitbringen?« Laura hoffte, dass die Schmetterlinge in ihrem Bauch nicht in ihrer Stimme mitschwangen. »Ich glaube, ich bin süchtig danach.«

»Es ist ja auch köstlich.« Suzy warf ihr seidiges blondes Haar über die Schulter zurück. »Ja, das wäre prima.«

Nachdem sie mit einem dunkel gerösteten Sumatra-Kaffee und zwei Scheiben getoasteten Apfelbrots zurückgekehrt war und sich niedergelassen hatte, fragte sie Suzy: »Bist du mit der Familie, die das Weingut betreibt, verwandt oder arbeitest du nur dort?«

»Ich bin Carols Yogalehrerin, und als sie das Weingut übernommen haben, habe ich ihnen beim Einrichten geholfen und ihr Logo entworfen. Ich liebe Wein, und Carol schlug vor, dass ich ein paar Stunden im Verkostungsraum arbeite und mir ein bisschen was dazuverdiene. Im Sommer ist echt viel los. Im Moment sind alle vollauf damit beschäftigt, die Renovierungsarbeiten abzuschließen, bevor die Weinlese beginnt, was praktisch jeden Tag sein kann.«

»Auf manchen Weingütern haben sie schon damit begonnen.«

»Ihre Trauben sind später dran – was gut ist, denn die Saisonarbeiter haben im Moment alle bei den großen Winzern zu tun.«

»Es ist so ein faszinierendes Gewerbe. Ich habe einen guten Geschmackssinn, aber der Unterschied zwischen *fruchtig* und *blumig* entzieht sich mir.«

»Mir sind schon Menschen begegnet, die einen wirklich schlechten Geschmackssinn haben, aber Wein und Essen beschreiben können wie niemand sonst. Einer davon war sogar ein berühmter Chefkoch. Ich schwöre, wenn sie nicht völlig unterschiedliche Farben hätten, hätte er einen Chardonnay nicht von einem Merlot unterscheiden können. Aber er war ein netter Kerl.« Suzy trank von ihrem Chai und schloss halb die grünen Augen, während sie das Aroma genoss. Laura fand es irgendwie charmant. »Den könnte ich literweise trinken.«

»Für mich bitte Kaffee. Aber ich kann köstliche Chai-Muffins machen. Mit Kardamom, Ingwer, Fenchel, ein paar Nelken, einer Prise Zimt ...«

»Die musst du bei Gelegenheit für mich backen.« Suzys Augen strahlten einladend.

Laura war noch immer verblüfft über die unbestreitbare gegenseitige Anziehung, die zwischen ihnen herrschte. »Sobald ich einen Ofen habe. Ich wohne immer noch im Hotel. Es ist nicht einfach, hier in der Gegend eine Wohnung zu finden.«

»Das kannst du wohl sagen. Mietwohnungen sind rar. Ich habe schließlich dieses Schlupfloch in Atherton gefunden. Ein paar Freundinnen und ich haben vor, gemeinsam ein Haus zu kaufen. Eine Investition und gleichzeitig ein Zuhause. Egal, wie es um die Wirtschaft steht – hier in der Gegend ist eine Immobilie eine gute Geldanlage.« Sie brach ein Stück von einer der Apfelbrotscheiben ab und verspeiste es genüsslich. »Das ist absolut köstlich.«

Laura versuchte, nicht allzu begierig hinzugucken, als Suzy sich die Finger ableckte. Was war los mit ihr? Die erste Frau seit vielen Jahren, die sich für mich interessiert und an der ich interessiert sein könnte, und schon schmelze ich dahin. »Zugegeben. Ich wollte dich wirklich gern wiedersehen, aber den Ort hier habe ich ausgesucht, weil es sich allein schon wegen des Apfelbrots lohnt, egal wie sich unser Date entwickelt.«

Kaum hatte sie das gesagt, merkte sie, wie wenig schmeichelhaft ihre Worte waren. Suzy lachte. »Und wie entwickelt sich unser Date?«

»Bisher ist es besser als das Apfelbrot.« Ui, wohl gerade noch die Kurve gekriegt.

»Du hast das Brot doch noch gar nicht probiert.« Suzy brach noch ein Stück ab, und Laura folgte ihrem Beispiel.

»Musste ich nicht.« Sie aß das Stück trotzdem auf und dachte flüchtig, dass es so köstlich war wie immer.

»Also, warum hast du dir zum Erkunden die South Bay ausgesucht?«

»Ich bin in Santa Clara zur Schule gegangen, und ich hatte eine Empfehlung für einen möglichen Job als Privatköchin hier in der Gegend. Also musste ich nicht mit der Nadel in die Landkarte pieken.«

»Nein. Und es ist gut, die Familie in der Nähe zu haben.«

»Nun, es gibt solche Familien und solche.« Sie war sich nicht sicher, wie viel sie preisgeben wollte. »Es sind zwei Cousinen meines Vaters, beide älter. Er hat sie dafür bezahlt, dass sie sich ein paar Jahre um mich gekümmert haben, nachdem meine Mutter gestorben war. Ich habe meinen Schulabschluss gemacht, und gleich am nächsten Morgen bin ich in meine Schrottkarre gestiegen und nach New York gefahren, um Köchin zu werden.«

Suzy sah erstaunt drein. »Dein Vater hat jemanden bezahlt, damit du ein Zuhause hast?«

»Und er hat mir Taschengeld gezahlt. Er hat meine Mutter nie geheiratet, und als ich bei ihm zu Hause in Florida aufgetaucht bin – mit Pass und Geburtsurkunde und in Begleitung einer Sozialarbeiterin –, war ihm das ziemlich unangenehm. Vor allem weil er weiß ist, genau wie seine Frau und seine beiden anderen Kinder.«

»Klingt nach einem miesen Typ.«

Das war noch längst nicht alles, aber Laura mochte nicht weiter darüber nachdenken. »Er war gezwungen, sich um mich zu kümmern, nachdem Jamaika mich an die US-Einwanderungsbehörde abgeschoben hatte. Ich war Amerikanerin mit einem erwerbstätigen Elternteil in greifbarer Nähe – in Florida.« Sie aß noch ein Stück Apfelbrot, um sich zu besänftigen. Warum sollte sie Suzy von dem einen Jahr erzählen, das sie gebraucht hatte, um ihr Leben wieder auf die Reihe zu kriegen, und von der Fahrt mit der Achterbahn? »Tja, und da bin ich wieder. Ich liebe die Gegend hier. Mit ihr sind eine Menge guter Erinnerungen verbunden. Die Verwandten, bei denen ich gelebt habe, sind sehr nett zu mir gewesen.«

»Du hast ja eine ziemlich abenteuerliche Vergangenheit. Du bist also nach New York gegangen und Köchin geworden und hast die ganze Welt bereist.«

»Und das meiste davon hat mir sehr gefallen.«

»Magst du den Job, den du im Moment hast?«

»Er ist perfekt – vier Abende in der Woche. Die Familie ist großartig, und ich habe viel Freizeit.«

»Dann musst du also heute Abend nirgendwo hin?«

»Ich muss vor Dienstag um fünf nirgendwo hin.«

»Wie interessant …« Suzy grinste. »Ich habe morgen früh

allerdings Unterricht. Das gibt uns Zeit von jetzt bis morgen früh um acht.«

»Zeit für was?«

Suzy sah sie mit funkelnden Augen über den Rand ihrer Teetasse hinweg an. Laura spürte, wie ihr die Röte in die Wangen stieg, als es plötzlich laut an die Scheibe klopfte. Sie sah hinaus und erblickte Julie, die ihr eifrig zuwinkte.

»Ist sie das?«

Helen kam ins Blickfeld. Sie schimpfte offenbar mit Julie, auch wenn Laura nicht verstand, was sie sagte. Helen lächelte und winkte.

Laura winkte zurück. Sie wusste nicht, ob sie nicken und Julies Vermutung damit bestätigen sollte. Zum Glück zog Helen, die Augen verdrehend, ihre Tochter mit sich fort.

»Wer war das denn?«

»Die Familie, für die ich arbeite.«

»Die Mutter kam mir ziemlich bekannt vor.«

»Sie kommt auch gern hierher.« Laura hatte nicht vor, Namen zu nennen.

»Also – bin ich es? Die Frau, die das Mädchen gemeint hat?«

Laura nickte. »Sie hat die Telefonnummer gesehen und war neugierig.«

»Ich bin nicht schüchtern.« Suzy wurde kein bisschen rot, aber Laura war sicher, dass sie selbst bis an die Haarwurzeln errötet war.

»Nein, aber ich ... Ein bisschen.«

»Ich werd's mir merken.«

»Möchtest du heute Nachmittag gern ins Kino gehen oder so?«

»Gern!« Suzy aß ihr Apfelbrot auf, und Laura trank den Rest ihres Kaffees, während sie die möglichen Alternativen erörterten.

Als sie das Café verließen, beschlossen sie, Suzys Wagen stehenzulassen und Lauras zu nehmen. Sie hatten sich gerade angeschnallt, als Suzy sagte: »Ich glaube, wir sollten etwas hinter uns bringen, auch wenn du schüchtern bist.«

Laura sah sie neugierig an, die Schmetterlinge flatterten bis in ihre Kehle hoch. Warm ... und so weich ... Sie hatte vergessen, wie köstlich die Lippen einer anderen Frau auf ihren Lippen waren. Fast wäre sie an einem Punkt erschrocken zurückgewichen, doch der schwache Duft von warmen Gewürzen hielt sie gefangen. Sie mochte es, wie Suzys Haar seidig ihr Gesicht berührte, und küsste sie mit einer sanften Neugier, bis sie Suzy lächeln spürte.

»Tut mir leid, wenn ich dich erschreckt habe.«

»Muss dir nicht leidtun.« Laura grinste entwaffnet und ließ den Motor an. Das würde ein ziemlich interessantes Date werden.

»Kää-se – himmlischer Kää-se«, sang Helen am Herd. *»Ein heißer Grill und Bu-hu-tter ...«*

»Mom! Ich kann meine Musik nicht hören!«, protestierte Justin, der am Tisch saß.

»Wenn wir schon dabei si-hi-nd, kalte Karotten und Ho-oonigsenf ...« Sie trug einen Teller Möhrensticks zu ihm hinüber und zog ihm die Stöpsel aus den Ohren, als er von der Aussicht auf Essen abgelenkt war. »Es ist gleich Abendbrotzeit. Geh und wasch dir die Hände.«

Sie sang weiter, während sie die Sandwiches umdrehte. Gegrillte Käse-Sandwiches waren ihre Spezialität – reine Seelennahrung – mit dünnen Tomatenscheiben und Schinken. Laura hatte ihr frischen Dill dagelassen, und Helen beschloss, ganz Feinschmeckerin, ein wenig auf die Tomate zu sprenkeln, bevor sie die Sandwiches aufeinanderklappte.

Es war ein außergewöhnlicher Herbsttag. Ihr spontaner Ausflug in die Stadt, um Provolone und Cheddar zu kaufen – zwei Käsesorten, die alle gern auf ihren Sandwiches aßen –, war sehr schön gewesen. Sie hatte sich gefühlt, als ob die knackig-kalte Luft alle Spinnweben fortwehte. Weil alles um sie herum sich dermaßen schnell wandelte, hatte sie das Bedürfnis gehabt, nach Dingen Ausschau zu halten, die wie immer waren. Wie gegrillte Käse-Sandwiches und das genüssliche Aufstöhnen ihrer Kinder nach dem ersten Bissen.

»Praktisch eine Sünde – so gut ist das«, kommentierte Helen ihr eigenes Sandwich.

»Fast so gut wie Pizza.«

»Es ist der Käse – der himmlische Käse.« Sie räusperte sich.

Im Chor kommentiert von einem dreisilbigen *»M-o-m!«*.

»Also, wenn ihr mich bei Tisch nicht singen lasst, dann sollte ich euch wohl nach euren Hausaufgaben fragen.«

Julie begann eine Tirade über die Ungerechtigkeit bei einer Hausarbeit in Chemie, die von einigen »faulen Gestalten« zu spät abgegeben worden war, ohne dass das Konsequenzen gehabt hätte, während diejenigen, die pünktlich abgegeben hatten, nicht mal einen Extrapunkt bekamen. »Da sind echt Leute dabei, die einfach nicht lernen wollen. Die stören immer nur.«

Justin machte große Augen. »Bist du wirklich meine Schwester? Du hörst dich an wie Hermione Granger in hässlich.«

»Hey!«, fuhr Helen scharf dazwischen. »Ihr dürft euch kabbeln, aber das geht zu weit! Entschuldige dich!«

Justin murmelte eine Entschuldigung. Julie blickte finster drein.

»Über kurz oder lang wird dich einer deiner Freunde fragen, ob deine süße Schwester einen Freund hat«, prophezeite Helen.

»Krass!«, war die einstimmige Antwort.

»Lauras Freundin ist echt süß«, sagte Julie.

»Ich habe sie gar nicht richtig gesehen.« Das stimmte, soweit es den kurzen Blick durch das Fenster anbelangte, doch als Helen zum Käsegeschäft zurückgeeilt war, um ihr Schlüsselbund zu holen, das sie dort auf dem Tresen hatte liegenlassen, hatte sie einen ziemlich guten Blick erhascht. Die Freundin war sehr hübsch, von Kopf bis Fuß ganz blondes California Girl, und auf jeden Fall war sie jung. »Laura hat ihr eigenes Leben, und das geht nur sie allein etwas an, Schätzchen.«

»Weiß ich. Ich meine ja nur.«

Und was würde Julie wohl meinen, wenn sie gesehen hätte, was Helen gesehen hatte, als sie vom Käsegeschäft zu ihrem Auto zurückgegangen war?

Später, beim Fernsehen, kehrten ihre Gedanken zu dem Ausdruck auf Lauras Gesicht zurück, als sie begriff, dass sie gleich geküsst werden würde. Staunen und Aufregung und ... Befriedigung? Nein, das nicht. Noch während Helen weiter überlegte, was genau sie beobachtet hatte, versicherte sie sich, dass das allein aus professioneller Neugier geschah. Sie hatte viele Liebesszenen gespielt und sich noch viel mehr angesehen. Aber dieser Ausdruck war einzigartig.

»Wir sind uns also einig, dass der Film nicht besonders gut war.« Suzy wies auf das nächste Stoppschild. »Wenn du hier abbiegst und bei der nächsten Kreuzung kehrtmachst, kommst du direkt hinter meinem Wagen raus.«

»Einiges hat mir schon gefallen, aber die Story war einfach klischeehaft.«

»Weißer Junge findet heraus, dass er magische Kräfte hat, trifft auf einen verschrobenen alten Mentor und rettet die Welt.«

»Die Story habe ich schon öfter gesehen.« Laura befolgte Suzys Anweisungen. »Und zwar besser gemacht.«

»Ich habe es dennoch genossen. Und danke fürs Abendessen.«

»Es war ein Restaurant, das ich gern ausprobieren wollte, also habe ich dir zu danken, dass du mich bei meinem Experiment begleitet hast.«

Laura hielt hinter dem Saturn an, auf den Suzy wies. Um die Zeit am Sonntagabend waren alle Geschäfte geschlossen und die Straßen menschenleer.

Laura sagte: »Ich würde dich gern wiedersehen. Mein Termin am Dienstagnachmittag dauert nicht lange. Wir könnten uns zum Abendessen verabreden.«

»Frühstück morgen früh wäre dir zu schnell?«

Laura überlegte, wie sie die Frage bejahen konnte, ohne zu dem Vorschlag nein zu sagen. »Vermutlich könnte ich mich überreden lassen.«

»Aber du hast gezögert.« Suzy lächelte sie an. »Ich bin schrecklich spontan und presche vor, ohne groß darüber nachzudenken.«

»Funktioniert das für dich?«

»Könnte funktionieren, wenn mein Instinkt besser wäre. Also gut, Dienstagabend.«

»Um sechs?« Innerlich stieß Laura einen Seufzer der Erleichterung aus. Es war nicht so, dass sie Suzy nicht attraktiv fand – sie war nur völlig aus der Übung und so daran gewöhnt, vorsichtig zu sein. Wenn es Dienstagabend passierte, wäre das für sie immer noch ein Rekord. Sie musste niemandem etwas beweisen, also brauchte sie nichts zu überstürzen.

»Sechs Uhr ist prima. Ich unterrichte den ganzen Nachmittag über in Menlo Park.«

»Dann können wir uns dort treffen.«

In Gedanken war sie schon bei der Logistik für ihr Treffen, während Suzy den Gurt löste. Laura fiel ihr Kuss am Nachmittag ein, und sie wandte erwartungsvoll – hoffnungsvoll – den Kopf.

Suzy schickte sich schon an auszusteigen. Doch sie ahnte, was Laura wollte, und sagte leise: »Wenn du einen Kuss willst, musst du ihn dir holen.«

Laura stieß sich das Knie an der Mittelkonsole, ignorierte aber den scharfen Schmerz, weil Suzys Lippen so weich und zart waren wie zuvor. Sie musste sich an der Tür abstützen, um nicht auf Suzy zu fallen, die sich ihr entgegendrängte – die Schultern leicht zurückgenommen, so dass ihre und Lauras Brüste sich berührten.

Laura stöhnte, als sie Suzys Hände auf ihrem Bauch spürte – reglos, aber warm und fest durch den Stoff ihrer Bluse. Bei der Vorstellung, diese Hände auf ihrer nackten Haut zu spüren, lief ein erwartungsvoller Schauer über ihre Schenkel. Ihre Lippen lösten sich voneinander, aber dann biss Suzy hungrig in Lauras Unterlippe, und ihre Münder verschmolzen wieder miteinander.

Suzys Hände wanderten langsam auf Lauras Brüste zu. Laura wollte ihr entgegenkommen, wollte sich der aufregenden Berührung überlassen, aber sie hatte keinen Bewegungsspielraum. Ihre Arme erzitterten leicht, und ein weiteres Zittern antwortete tief in ihrem Inneren. Sie war bereit, zumindest körperlich. Ihr schmerzendes Knie protestierte noch, aber wenn es ihr gelang, das andere etwas bequemer auszurichten, könnte sie sich rühren und Suzys Händen den Weg bahnen.

Der Gedanke war gefasst, aber statt glühend dahinzuschmelzen, spürte sie schockartig, wie ihr kalter Schweiß den Rücken hinabperlte. Ihr Herz raste wie verrückt. Sie löste ihre Lippen und schnappte nach Luft. Die Welt nahm nicht wieder feste Gestalt an.

»Alles in Ordnung?«

Laura schüttelte den Kopf und rutschte auf ihren Sitz zurück. Sie bemühte sich, nicht heftig nach Luft zu schnappen, aber vergeblich.

In scharfem Ton sagte Suzy: »Mach die Tür auf, dann kriegst du frische Luft!«

Es gelang ihr, die Tür zu öffnen, keuchend. Eine Panikattacke. Eine dumme, kindische Reaktion – reine Panik. »Es geht gleich wieder.«

Suzy kramte in ihrer Tasche – einem kleinen Stadtrucksack – und brachte ein paar Papiertaschentücher zum Vorschein. Laura tupfte sich dankbar die schweißfeuchte Stirn. »Sag Bescheid, wenn du in die Notaufnahme willst. Wir können in fünfzehn Minuten da sein.«

»Es geht gleich wieder. Ich hatte eine Panikattacke.« Sie versuchte zu lächeln. »Blöd – nicht?«

»Sah aus, als wäre sie ziemlich heftig gewesen. Bin ich so angsteinflößend?«

Na prima, und schon gingen ihre Chancen bei der Frau den Bach runter. »Nein. Es hat nichts mit dir zu tun.«

»Wir sind erwachsene Frauen. Wir würden es beide genießen, da bin ich ziemlich sicher.«

»Daran habe ich keinen Zweifel.«

»Also, warum dann?«

»Ich weiß es nicht. Glaub mir, bis eben hatte ich auf ganzer Linie grünes Licht.«

»Irgendwas hat dann aber den Hauptschalter umgelegt.«

Suzy wusste nichts über sie. Wahrscheinlich fand sie, dass Laura komplizierter war, als eine Frau bei der ersten Verabredung sein sollte. Laura warf ihr einen Blick zu, aber Suzy schaute aus dem Fenster. »Ich bin einfach nur aus der Übung. Ich glaube, das ist alles. Ein Teil von mir hat Angst, und ein anderer Teil von mir möchte das Ganze vor dem Kochen eine Weile marinieren.«

Zum Glück fing Suzy an zu lachen. »Okay, okay. Ich treffe mich Dienstagabend zum Essen mit dir. Ich bin bereit, einen zweiten Versuch zu wagen.«

»Es tut mir leid, dass ich eine Weile auf kleiner Flamme brauche.« In gespieltem Bedauern ließ sie den Kopf hängen. »Ich bin einfach, nun ja, Slow Food.«

»Nun, ich glaube, es könnte sich lohnen, Geduld zu beweisen. Die Zeit wird es zeigen. Bist du sicher, dass wieder alles in Ordnung ist?«

Sie mochte nicht zugeben, dass sie unter ihren Kleidern nassgeschwitzt war und dass der Schweiß auf ihrer Kopfhaut zu jucken begann. Ihr Herz hatte sich sofort beruhigt, als klar war, dass sie und Suzy an diesem Abend nicht weitermachen würden. »Ja, alles in Ordnung.«

Suzy öffnete die Tür und kramte in ihrem Rucksack nach ihren Autoschlüsseln. »Ich fand es sehr schön heute Abend.«

Laura sah zu, wie Suzys Rücklichter in der Dunkelheit verschwanden und konnte sich nicht erklären, warum sie zu einer wahrscheinlich erinnerungswürdigen Nacht nein gesagt hatte. Was stimmte mit ihr nicht? Sie hatte nie viele Angebote bekommen, aber wenn sich jemand für sie interessierte und sie ebenfalls interessiert war, hatte sie nie auch nur im Entferntesten Angst gehabt. Sie konnte mit einer Frau Sex haben, mit ihr zusammen lachen, ein bisschen mehr Sex haben und dann auf Wiedersehen sagen, wenn eine von ihnen versetzt wurde.

Laura machte sich auf den Weg zu ihrem Hotel; äußerlich klebrig-verschwitzt, innerlich wie taub. Panikattacken hatte sie auch früher schon gehabt, aber stets im Zusammenhang mit Kokain. Zwei Mal war eine Panikattacke ausgelöst worden, als sie sah, wie jemand Kokain schnupfte. Die letzte Panikattacke hatte sie bei ihrem letzten Job gehabt, und das war der Zeitpunkt gewesen, an dem sie begriff, wie sehr der Stress, jeden Tag auf der verhassten Arbeit erscheinen zu müssen, sie zermürbte. Sie war über das Gelände zum Restaurant gegangen und hatte in Gedanken unter den Kolleginnen und Kollegen, denen sie begegnete, all die aufgelistet, die Stoff an die Gäste verkauften. Sie hatte gespürt, wie die Panik in ihr aufgestiegen war – blinde Panik. Angst vor dem Monster.

Suzy war kein Monster. Aber es war der gleiche Schrecken.

Als Laura in der Dusche stand und sich abschrubbte, wurde ihr klar, dass sie keine Antworten finden würde. Es gab nur eines, das sie tun konnte: kochen. Sie hatte es zuvor getan und sie würde es wieder tun – kochen, bis sie Antworten gefunden hatte. In ihrer Küche war sie immer sicher gewesen.

11

»Wir werden uns nächsten Dienstag also nicht sehen. Da bin ich vermutlich in Costa Maya. Können Sie für das Abendessen sorgen, wenn ich fort bin? Das wäre also für Sonntag, Montag und Dienstag, und dann für die üblichen Tage. Ich fliege rechtzeitig zur Vorstellung am Freitagabend von Miami nach New York zurück, und ab dann läuft alles wie immer. Vielleicht kann Grace ja auch etwas kochen, das Sie vorbereitet haben.« Helen wusste, dass sie es, was den geschickten Umgang mit dem Messer anging, mit Laura nicht aufnehmen konnte, aber trotz der Befangenheit, die sie unter Lauras Blick überkam, brachte sie ihre Arbeit zu Ende – sie würfelte die kalten gekochten Kartoffeln und schnitt die Champignons in feine Scheiben.

»Natürlich kann ich dafür sorgen, dass jeden Abend etwas bereitsteht. Das ist gar kein Problem. Entweder bin ich persönlich hier oder es steht etwas bereit, das leicht fertigzumachen ist.« Laura stellte Helen eine Tasse Tee hin – die einzige Form von Unterstützung, die sie Laura zugestand.

Helen lächelte sie dankbar an und hielt kurz inne, um genüsslich einen Schluck zu trinken. »Was würden Sie mir empfehlen zu essen – irgendwelche typischen regionalen Gerichte oder Produkte?«

»Mit Fisch und Meeresfrüchten können Sie eigentlich nichts falsch machen. Langusten sind sehr nahrhaft – die sollten Sie unbedingt kosten, wenn Sie die Möglichkeit haben. Muscheln werden Ihnen, glaube ich, auch schmecken. Ich liebe Muscheln in Maismehlpanade.« Laura setzte sich auf einen der Barhocker. »Marlin, Haifisch ... Tilapia, frisch aus karibischen Gewässern, ist nicht vergleichbar mit dem, was man hierzulande serviert bekommt.«

»Ich wusste doch, dass Sie sich auskennen. Wenn man bedenkt, dass ich pro Woche sechstausend Meilen fliege, sollte man mich für weitgereist halten, aber außer London und Paris – und einen Wanderurlaub in Irland, den mir die Kinder immer noch nachtragen – haben wir nicht mehr gesehen als Kalifornien und New York.« Sie prüfte die Temperatur der Pfanne und gab die Champignons hinein.

»Irland hat den Kindern nicht gefallen?«

»Irland zu Fuß hat ihnen nicht gefallen. Da lag das Problem. Ich hielt es für eine gute Gelegenheit, mich in Form zu bringen.«

»Na, dann muss ich ihnen wohl mal Irish Stew kochen – um der alten Zeiten willen. Sind Sie sicher, dass ich Ihnen nicht helfen soll?«

»Nein, danke. Und Sie können gern zum Essen bleiben. Es gibt Pilz-Kartoffel-Pfanne mit Spiegeleiern. Dazu ein bisschen Spargel. Und Justin hat gestern Abend Hafer-Apfelmus-Plätzchen gebacken.«

»Ich habe etwas anderes vor – ein andermal sehr gern.«

Helen warf Laura einen raschen Blick zu, aber die sah so gelassen aus wie immer. Eine Verabredung mit der gertenschlanken Blondine? Laura trug einen wunderschönen Pullover, der neu aussah, mit einem gold- und bronzefarbenen Laubmuster; er brachte den milchschokoladenfarbenen Ton ihrer Haut zur Geltung und lag an den richtigen Stellen eng an. Wenn es sich um ein Date handelte, dann ging es Helen nichts an. »Danke übrigens, dass Sie Justin Kochunterricht geben. Das steht nicht in Ihrer Jobbeschreibung.«

»Ich weiß seine Hilfe zu schätzen, und ich achte darauf, dass er zuvor seine Hausaufgaben erledigt hat. Er ist ziemlich geduldig, was für einen Koch von Vorteil ist.«

»Das ist mir auch schon aufgefallen. Ich habe nie zuvor bemerkt, dass er solch eine Detailfreude an den Tag legt – wo wir vom Teufel sprechen – das Essen ist noch nicht fertig.«

»Kann ich irgendwas tun?« Er schaute auf das Häufchen Spargel, und Helen hörte, wie sein Magen knurrte.

»Vielleicht hast du mehr Glück als ich«, erwiderte Laura.

»Einige der Spargelstangen sind ein bisschen dick, was heißt, dass sie holzig sein könnten. Also schäl den Spargel, schneid die Enden ab und schau ihn dir genau an.« Helen schwenkte die Pfanne mit den Pilzen und wies mit dem Kinn auf die Schublade, in der sich der Spargelschäler befand.

»Ich zeig's ihm.« Wie der Blitz war Laura auf den Beinen. »Wasch dir die Hände.«

Helen sah voller Erstaunen zu, wie er sich nicht nur die Hände wusch, sondern auch die Unterarme. Seine Haltung gegenüber Bakterien hatte bis dahin gelautet: Wenn sie ihn nicht umbrachten, mussten sie gut für ihn sein.

Lauras Anweisungen waren präzise. Sie demonstrierte das Spargelschälen an einer Stange, sah zu, wie Justin die nächsten beiden schälte und überließ ihn dann sich selbst mit den Worten: »Gut machst du das, mein junger Lehrling.« Offenbar hatte sie schon unzähligen unerfahrenen Helfern etwas beigebracht.

»Du machst eine Kartoffel-Pilz-Pfanne, dazu Eier«, sagte Justin unvermittelt. »Cool. Kann ich zwei Eier haben?«

»Habe ich dir je weniger als zwei Eier gemacht?«

»Nein, aber ich wollte sichergehen.« Er ordnete die geschälten Spargelstangen bündig an und griff nach dem kleinen Messer, um die Enden abzuschneiden. »Ich möchte bloß nicht enttäuscht werden.«

Er schien nicht in Gefahr, sich die Fingerkuppen zu kappen. Helen wandte sich Laura zu. »Waren wir fertig, was die Pläne für die nächste Zeit angeht? Wir sehen uns Dienstag zwar nicht, aber ich bin überzeugt, hier wird alles laufen wie am Schnürchen.«

»Freut mich zu hören. Ich liebe es, zu kochen und zu sehen, wie andere es genießen – das verbindet. Außerdem komme ich selbst auch in den Genuss, etwas Gutes zu essen.« Laura zeigte ihr entspanntes, unbeschwertes Lächeln. »Und zudem gefällt mir auch die Gegend hier.«

Wenn sie allein gewesen wären, hätte Helen sich nach Lauras Verabredung erkundigt. Sie fühlte sich ihr gegenüber unbefangen genug, um danach zu fragen, von Frau zu Frau, wohingegen sie Grace niemals auf persönliche Dinge ansprach. Laura war einfach viel zugänglicher.

Sie plauderten noch ein paar Minuten, und dann verabschiedete Laura sich. Helen sah zu, wie der Volvo die Einfahrt hinunter verschwand und stellte fest, dass sie ihr Treffen in der folgenden Woche vermissen würde.

Suzy hatte ihr den Namen eines Bistros in Palo Alto, in der Nähe des Stanford Campus', gesimst, das für seine Cajun-Spezialitäten bekannt war. Das Gespräch mit Helen hatte ein klein wenig länger gedauert als erwartet, aber Laura glaubte nicht, dass sie zu spät kommen würde.

Sie hatte lange über ihr Treffen mit Suzy am Sonntag nachgedacht. Am Montag hatte sie einen Gutteil ihrer Zeit damit zugebracht, den ersten Teil der zweitägigen Vorbereitungen für ein *Coq au vin* zu erledigen. Am folgenden Tag würde sie es bei den Baynors in den Ofen schieben, und wenn die Kinder diese Art von Casserole mochten, dann würde sie in der folgenden Woche etwas ähnliches vorbereiten, das Grace dann für sie fertigkochen konnte. Sie ärgerte sich, dass sie vergessen hatte zu fragen, ob sie Helen als Referenz angeben durfte, damit die Wohnungsmaklerin sich ein bisschen Mühe gab. Sie würde Helen anrufen müssen, bevor diese am Freitag an Bord des Kreuzfahrtschiffes ging.

Irgendwann zwischen dem Braten des Hähnchens und dem Schälen der Perlzwiebeln glaubte sie eine vernünftige Erklärung für ihre Panikattacke gefunden zu haben. Sie wollte Suzy eigentlich keinen tieferen Einblick in ihre Psyche gewähren – nicht zu diesem Zeitpunkt –, aber sie schuldete ihr eine Erklärung. Wenn sie das eine oder andere an Laura nicht mochte, dann wäre es besser, das zu wissen. Dann würden sich ihre Wege wieder trennen.

Laura war als Erste da und fragte nach ihrem Tisch. Sie hatte kaum Platz genommen, als Suzy auch schon auftauchte.

»Was für ein wunderschöner Pullover«, sagte Suzy. »Er steht dir ausgezeichnet.«

»Danke. Du siehst hübsch aus.« Das zu sagen fiel ihr leicht – es war die Wahrheit. Suzys Wickelkleid umschmeichelte jede einzelne muskulöse Rundung ihrer Figur. Das blaue und topasfarbene Muster brachte Suzys Haar und ihre Augen gleichermaßen zur Geltung. Vor einiger Zeit hatte Laura eine kurze Liaison mit einer Animateurin aus Kenia gehabt, die leidenschaftlich Yoga machte. Vielleicht war das der Grund, warum sie so gebannt von Suzy war – sie wusste, welche Möglichkeiten ein so flexibler, geschmeidiger Körper bot. Sich daran zu erinnern machte Laura nicht gerade gelassener.

Sie bestellten Wein und studierten dann die Speisekarte. Die Kellnerin war flink und kehrte im Nu mit einem Chardonnay und einem Merlot zurück.

»Wir sind hier, um die frittierten Gurken zu probieren«, sagte Suzy zu der Bedienung. Sie sah Laura an. »Du vertraust mir, oder?«

»Ja, das tue ich, und ich bin sehr gespannt. Ich kenne Gurken in allen möglichen Zubereitungsarten, aber nicht frittiert.«

»Sie sind eine Offenbarung.« Suzy schenkte ihr ein strahlendes Lächeln.

Sie beschlossen, sich dazu gebratene Grüne Tomaten und ein Jambalaya Wrap zu teilen. Laura sah, dass Suzy sich bemühte, sich ihre Nervosität nicht anmerken zu lassen, aber ihre betonte Lässigkeit verriet sie.

»Ich glaube, ich weiß, was am Sonntag passiert ist«, sagte Laura. Sie hielt inne und trank einen Schluck Merlot. »Der ist wirklich sehr gut. Danke fürs Auswählen.«

»Ich bin froh, dass du nicht zu den ›Weißwein zu Fisch, Rotwein zu Fleisch‹-Frauen gehörst.«

»Ich habe mit genügend Sommeliers zusammengearbeitet, um zu wissen, dass es keine Regeln gibt, wenn es um guten Wein geht.« Wieder trank sie einen Schluck. »Also, um auf Sonntagabend zurückzukommen …«

»War das wirklich eine Panikattacke?«

»Ja. Ich habe eine Menge darüber nachgedacht und ich könnte mich irren, aber ich glaube, ich bin nie zuvor in so einer Situation gewesen.«

Suzys Augenbrauen hoben sich. »Du warst nie zuvor …?«

»Ich hatte Affären, das ist alles. Ein paar Verabredungen, Sex, aber immer nur kurze Affären. Zeitweise war ich alle drei Monate in einem neuen Resort. Ich habe mit Menschen zusammengearbeitet, die auch immer auf dem Sprung waren. Es gab nie eine Frau, bei der ich dachte, es könnte mehr werden. Das soll nicht heißen, dass ich davon ausgehe, dass aus uns beiden mehr wird, aber es gäbe vielleicht die Chance. Und ich habe noch nie …« Sie räusperte sich und senkte die Stimme: »Ich habe noch nie mit einer Frau geschlafen, bei der ich von vornherein dachte, es könnte was Längerfristiges sein. Etwas Ernstes. Und ja, das scheint mich in Angst und Schrecken versetzt zu haben.«

»Du bist noch nie verliebt gewesen?«

»Nein, noch nie.« Sie lächelte, froh darüber, dass sie ihr Geheimnis, das eher zu einem Teenager gepasst hätte, gelüftet hatte. »Es gab da eine Schauspielerin, die ich jahrelang angehimmelt habe. Aber sie ist hetero, und von daher komme ich für sie nicht in Frage. Pech!«

»Das ist Keira Knightley auch. Aber ich kann von ihr träumen.« Suzy schaute nachdenklich in ihr Weinglas. »Du glaubst also, dass es daran lag?«

»Ich weiß, das klingt ein bisschen nach Küchenpsychologie, aber ich glaube, das war der Auslöser.«

»Hast du das öfter? – Panikattacken, meine ich. Ich bin ziemlich sicher, dass Yoga dir helfen könnte.«

»Kann gut sein. Es könnte auch noch weitere Gründe für Yoga-Unterricht geben.« Sie schenkte Suzy ein – wie sie hoffte – verheißungsvolles Lächeln. »Ich vermeide den Trigger, und deshalb war ich ziemlich überrascht, als das beim – äh, in der Situation passiert ist.«

»Du meinst, als wir in deinem Auto rumgemacht haben?« Suzy schien wieder ganz im Flirtmodus zu sein. »Erzähl mir mehr von dem Trigger.«

Die Ankunft der frittierten Gurkenscheiben unterbrach ihr Gespräch, und bald waren sie tief in ihre kulinarischen Erinnerungen und Eindrücke von der South Bay eingetaucht. Als sie das Bistro verließen, verglichen sie immer noch französische und australische Weine und beschlossen, ein wenig auf dem nahegelegenen Uni-Campus spazierenzugehen. In dem kleinen Theater ganz in der Nähe gab es eine Veranstaltung, und es wimmelte nur so von Studentinnen und Studenten, die alle in großer Eile schienen.

Es war ein wunderschöner Herbstabend. Die Sonne war längst untergegangen, doch hinter der Hügelkette an der Küste zeigte sich noch ein schwaches Glühen. Laura war froh über ihren Pullover, als die Luft ihr kühl um die Nase strich.

Nach zehn Minuten machten sie kehrt. Suzy ergriff Lauras Hand und erzählte von dem Bildungszentrum, in dem sie Yoga unterrichtete, und sie unterhielten sich über die wohltuende Wechselwirkung von Essen und körperlicher Betätigung.

»Obwohl ich glaube, dass es die Leute schrecklich langweilt, wenn ich es ›Wellness‹ nenne, wüsste ich doch keine bessere Bezeichnung. Körper brauchen Nahrung und Pflege, aber sie müssen auch gefordert werden.« Sie näherten sich Lauras Wagen, der auf der Straße geparkt war. »Wo wir gerade davon sprechen … Kann ich dir einen Absacker anbieten? Bei mir? Es ist nicht weit.«

Laura war sicher, dass der Ruck, der ihren Magen durchzuckte, reine Nervensache war. Nervosität und Aufregung. »Das wäre schön. Mein Hotel ist auch ganz in der Nähe, aber das halbe Zimmer ist mit Kisten zugestellt.«

»Mein Auto steht gleich da vorne. Warum fährst du nicht einfach hinter mir her?«

Die Fahrt war kurz, und nachdem sie ihre Wagen auf dem Parkplatz der Wohnanlage abgestellt hatten, führte Suzy Laura die Treppe zur obersten Etage hinauf und schloss die Tür auf. Lauras erster Eindruck war, dass Suzys Einrichtungsgeschmack sich auf alle Nuancen von Beige und Taupe beschränkte, was langweilig hätte sein können, wären da nicht die zahllosen Pflanzen gewesen, die Fensterbänke und Tischchen füllten, sowie ein Wandteppich mit abstraktem Muster in rot und lila. Das Wohnzimmer war nicht groß, aber warm und einladend, genau wie Suzy.

Wenige Minuten später hatten sie es sich auf dem Futon gemütlich gemacht, tranken Wein und vermieden es, sich in die Augen zu sehen.

»Ich kann's dir nicht verübeln, wenn du ein wenig zurückhaltend bist«, sagte Laura. »Würde mir genauso gehen.«

»Das bin ich wohl. Aber ich habe ein gutes Gefühl, was dich angeht. Du bist ... nett. Und ich meine das nicht im Sinne von freundlich-unverbindlich. Ich meine, nett wie eine Frau, die wirklich anruft, wenn sie sagt, dass sie anruft. Die redet, aber auch zuhört. Höflich, noch dazu.«

»Danke.« Laura musste lächeln. »Ich hoffe, du hältst das nicht etwa für seltene Eigenschaften.«

»Meine Ex – ach, lassen wir das lieber. Sehr unschöne Geschichte.«

»Wie lange seid ihr schon auseinander?«

»Ein Jahr – nein, mittlerweile fast schon zwei.«

Laura drehte sich ein Stück herum, so dass sie Suzy direkt ansehen konnte. Sie suchte nach einem Thema, das sich nicht mit den Unzulänglichkeiten von Suzys Ex befasste, aber auch nicht allzu direkt zu den naheliegenden Aktivitäten des Abends überleitete.

Suzy kam ihr zuvor, indem sie nahe genug rückte, um ihren Kopf auf Lauras Arm zu legen, den diese auf der Rückenlehne des Futons ausgestreckt hatte. »Ich stehe auf Haut. Ich gebe es lieber gleich zu.«

»Auf Haut? Wie in …?«

»Haut. Ich berühre gern Haut.« Sie suchte Lauras Blick und hielt ihn fest. »Ich mag es, die Haut einer Frau unter meinen Händen zu spüren.«

Ein Nerv in Lauras Nacken zuckte, und es hätte ihr peinlich sein können, dass ihr das Wasser im Mund zusammenlief, aber Suzy war einfach köstlich und versprach genau das, worauf Laura enormen Appetit hatte. »Du wirst feststellen, dass ich von Kopf bis Fuß in Haut gehüllt bin.«

Suzys leises Lachen war einladend, und sie seufzte auf, als Laura sanft ihre Kehle berührte. »Ich schließe daraus, dass ich dich überall berühren darf?«

»Solange ich das gleiche tun darf.«

»Ja, bitte.«

Laura fuhr mit den Lippen über Suzys Kinnlinie. »Und meine Lippen zu benutzen ist auch in Ordnung?«

Statt einer Antwort folgte ein weiteres leises Lachen.

Ihre früheren Begegnungen waren hastiger und fieberhafter gewesen, doch Laura fand, dass es keinen Grund zur Eile gab, weil sie und Suzy eindeutig auf dem richtigen Weg waren. Suzys Hände auf ihrem Rücken zu spüren war wundervoll, und als sie endlich keinen Grund mehr sahen, so zu tun, als müssten sie sitzen bleiben, überließ Laura sich dahinschmelzend Suzys Armen. Langsam zogen sie einander aus, und als ihre nackten Brüste sich das erste Mal berührten, stießen beide ein tiefes zufriedenes Seufzen aus. Egal ob Muskeln oder Knochen – Laura liebte es zu spüren, wie weich Frauen sich anfühlten, wie üppig an geheimen Stellen und wie warm, wenn sie feucht waren. Suzy hatte etwas so Liebreizendes an sich, das sie an müßige Sonnenuntergänge in Jamaika erinnerte, die ihren Körper in warmes Licht getaucht hatten.

»Lass uns ins Schlafzimmer gehen«, schlug Suzy leise vor.

Laura lag ausgestreckt auf Suzy und liebkoste ihr Schlüsselbein. »Aber ich habe es hier gerade so bequem.«

»Dort haben wir mehr Platz. Ich kann dich hier nicht herumdrehen, und das würde ich gern.«

Laura hob eine Augenbraue. »Wie kommst du darauf, dass ich mich gerne herumdrehen lassen würde?«

»Du wirst es bestimmt nicht bereuen – versprochen!«

Laura drückte Suzys Arme herunter und hielt sie fest, ließ ihr aber genügend Spielraum, sich zu wehren, falls sie das nicht wollte. Suzy hielt den Atem an. Laura küsste sie so langsam wie möglich, was schwieriger wurde, als Suzy sich ihr entgegendrängte und leicht die Schenkel öffnete. Laura beendete den Kuss und flüsterte Suzy ins Ohr: »Gehen wir ins Bett.«

Wenige Augenblicke später strich Suzys Haar über ihr Rückgrat und schickte flammendes Begehren durch ihren Körper. Ihre empfindsamen Brustknospen rieben über das frische Baumwolllaken, ihre Zehen krümmten sich, und sie konnte nicht anders – sie musste sich Suzys Händen entgegendrängen, als diese ihren Rücken kneteten.

»Das ist die beste Massage, die ich je gehabt habe«, murmelte sie.

Suzy senkte sich auf sie herab, bis Laura ihre aufgerichteten Brustspitzen auf ihrem Rücken spürte. Ihr Gesicht war von Suzys Haar umhüllt, als Suzy ihr ins Ohr flüsterte: »Das ist keine Massage!«

Laura spürte Suzys Hand zwischen ihren Schenkeln und keuchte auf. In weniger als einem Herzschlag überkam sie ungezügelte Begierde, rein und direkt.

»Ist das okay?«

»Ja.« Es gelang ihr, sich auf die Ellbogen zu stützen. Die pochende Erregung wurde durch elektrische Impulse auf ihrer Haut verstärkt. Worte verklangen, ehe sie sie aussprechen konnte, und in ihrem Kopf leuchtete eine Fuge von *ja* und *schön* und *Frau* und *weiter* auf. Laura griff nach dem Kopfbrett des Bettes und klammerte sich daran, als könnte sie zerbrechen.

Ein leichter Krampf in der Wade weckte sie. Als sie ihn wegmassiert hatte, ohne Suzy zu wecken, musste sie dringend herausfinden, wo sich das Badezimmer befand. Zum Glück war das Apartment klein.

Als Laura sich anschließend Hände und Gesicht wusch, überkamen sie die Gerüche und Geräusche der vergangenen Nacht. Köstlich, jeder einzelne Augenblick, und sehr erfreulich festzustellen, dass Suzy ebenso gern Lust empfing wie bereitete.

»Du hättest dich besser drauf einstellen sollen«, sagte sie sich, als sie mit dem Finger Zahnpasta in ihrem Mund verteilte und finster ihr vom Schlaf zerzaustes Haar im Spiegel betrachtete. Wenn sie eine solche Bettfrisur hatte, war es allerhöchste Zeit für einen Haarschnitt. »Friseur suchen. Heute!«

Ihr Mund verzog sich zu einem Lächeln. Das konnte noch einen Tag warten. Vielleicht hatte der Morgen noch mehr zu bieten.

Als sie ins Bett zurückkehrte, begann Suzy sich zu rühren; sie schmiegte sich an sie und suchte Lauras Wärme. Es waren Augenblicke wie diese, die Laura in die Zeit zurückversetzten, als sie das erste Mal gemerkt hatte, wie die Berührung eines anderen Mädchens, Haut an Haut, ihr den Atem raubte.

Suzy hustete leicht. Einen Moment später öffnete sie ein Auge. »Schon Morgen?«

»Ja, schon Morgen.« Laura küsste den weichen, schläfrigen Mund und spürte, wie Suzy ihre Lippen zu einem Lächeln verzog.

»Musst du bald los?«

»Nein, ich dachte, ich mache uns Frühstück. Ich bin ziemlich hungrig – trotz des Abendessens gestern.«

Suzy schloss lächelnd die Augen. »Muss an unserer nächtlichen Betätigung liegen.«

»Hast du irgendwelche Leichen in der Küche?«

»Keine einzige.«

»Dann gehe ich mal auf Erkundung. Du kannst bleiben, wo du bist, wenn du magst.« Da sie keinen Bademantel entdeckte, den sie hätte borgen können, zog Laura Jeans und Pullover an.

Sie mixte Eipulver mit getrocknetem Schnittlauch und einem Spritzer Tabasco, als Suzy in einem hellgrünen Morgenmantel hereinkam. »Ich mache Tee. Möchtest du auch welchen?«

»Sehr gern«, erwiderte Laura. »Am liebsten die volle Dröhnung. Also mit Koffein.«

»Dann empfehle ich *Morning Thunder*.«

Sie machten sich schweigend zu schaffen, bis Laura ein Omelett fertig hatte, das sie auf die beiden Teller verteilte, die Suzy bereitgestellt hatte. Es war nicht so fluffig, wie sie es gern gehabt hätte, aber es war keine Milch im Haus. Zum Glück peppte ein bisschen geriebener Monteray Jack den Geschmack ein wenig auf.

»Danke, das riecht köstlich.«

Der Anblick der noch schläfrigen Suzy war ein Genuss. Ihre sexuelle Wattzahl war ein wenig gesunken; sie zeigte ein süßes, gutgelauntes Lächeln, das verkündete, dass sie mit sich und der Welt ziemlich zufrieden war. Suzy sah genau so aus, wie Laura sich fühlte.

»Ich bin froh, dass du die Panik überwunden hast.«

»Ich auch. Ich bin voller Freude – von den Haarspitzen bis zu den Zehen.«

»Du hast mir gar nicht mehr von dem Trigger erzählt. Nicht dass ich ihn aus Versehen einmal auslöse.«

»Ich glaube nicht, dass das passiert. Es hat mit Drogen zu tun.« Laura versuchte beiläufig zu klingen. »Wenn ich weiß, dass Kokain in der Nähe ist, werde ich extrem nervös. Und wenn ich zu viel daran denke, ebenso.«

Suzy erstarrte.

Plötzlich fühlte sich der Raum kalt an, ohne dass es einen Grund dafür gab. »Ich bin kokainabhängig gewesen. Es gibt nichts zu beschönigen, tut mir leid, also sage ich es frei heraus. Es ist die Wahrheit.«

Suzy schüttelte leicht den Kopf. »Du bist also drogensüchtig? Jetzt aktuell?«

»Ich bin clean. Aber einmal süchtig, immer süchtig. Ich glaube nicht, dass man je wirklich davon loskommt.« Es gab Unmengen von Literatur, auf die sie sich beziehen konnte, aber sie glaubte nicht, dass Suzy einen Vortrag hören wollte. Sie hatte gehofft, dass Suzy, da sie im Gesundheitsbereich tätig war, mehr wusste, als es offenkundig der Fall war. Ein Knoten der Angst zog sich in ihrem Magen zusammen. »Oder meinst du, ob ich zur Zeit Drogen nehme?«

»Ist das ein Unterschied?« Suzys Ton war ausdruckslos, und ihre Augen hatten ihren Glanz verloren.

Laura war sich nicht sicher, ob Suzy wirklich eine Antwort erwartete, aber sie gab sie ihr trotzdem: »Das ist ein Riesenunterschied. Ich nehme keine Drogen. Deshalb nenne ich mich eine *genesende* Abhängige. Ich habe seit Jahren keine Drogen mehr genommen.«

»Dann bist du doch geheilt.«

Laura holte tief Luft. »So funktioniert das leider nicht.« Sie wiederholte es noch einmal: »Es gibt keine echte Heilung.«

»Natürlich gibt es das.« Suzy schob ihren Teller von sich. Ihr Mund zuckte, ehe sie weitersprach. »Ich will diesen Unsinn nicht hören – nach dem Motto, es ist eine Krankheit. Das ist bloß eine faule Ausrede. Eine Ausrede, die Abhängige benutzen, wenn sie Menschen verletzen und dann so tun, als könnte ›tut mir leid, aber ich kann nichts dafür‹ alles entschuldigen.«

»Du hast schon mit Drogenabhängigkeit zu tun gehabt, stimmt's?« Wenn Laura das gewusst hätte, dann hätte sie vermutlich nichts gesagt, ehe sie sich nicht besser kannten.

»Es war nicht *meine* Drogenabhängigkeit. Ich habe Willensstärke und Selbstrespekt. Ich hatte fünf Jahre lang eine Beziehung mit ihr und habe sie dann an Crystal Meth verloren. Ich musste zweimal umziehen, um sie loszuwerden. Sie hat mich beklaut und belogen. Das mache ich nicht noch einmal mit.«

Laura versuchte ihren eigenen Ärger zu unterdrücken und nahm einen neuen Anlauf. »Wenn du dich beruhigen könntest, dann können wir darüber reden.«

»Du hättest es mir gestern Abend sagen sollen.«

»Das ist nichts, was man gleich erzählt. Es ist ein Teil von mir, mit dem ich jeden Tag umgehen muss, aber ich versuche, das Thema anderen Menschen nicht aufzuzwingen.« Vielleicht hätte sie es in der Tat erzählen sollen, dachte sie. Sie hatte es nur wenigen Menschen erzählt, weil es bei ihren flüchtigen Beziehungen keine Rolle spielte. Dass sich eine Affäre zu etwas Langfristigem entwickeln könnte, war Neuland für sie.

Laura konnte es sich nicht verkneifen, mit leichter Schärfe in der Stimme zu sagen: »Du weißt nichts, absolut nichts über meinen starken Willen, meinen Selbstrespekt. Ich lebe komplett drogenfrei.«

Suzy bebte. »Ich möchte, dass du gehst. Ich will das nicht noch einmal mitmachen. Ich verabscheue Lügnerinnen. Ich möchte, dass du verschwindest – sofort!«

Laura hob die Hände; sie kämpfte mit den Tränen. Sie hatte gehofft, diese Art von Szene nie erleben zu müssen. Das Ganze hat mit dir nichts zu tun, versuchte eine innere Stimme sie zu beschwichtigen, aber als die Tür hinter ihr ins Schloss fiel, fühlte sich das eindeutig anders an.

Hatte sie Suzy hintergangen? Was hätte sie erzählen sollen? Sie hatte nicht gelogen; sie hatte die ungeschminkte Wahrheit gesagt. Ihre selbstauferlegten Regeln verlangten nicht, ihre Vergangenheit aufzudecken – sie besagten lediglich, dass Lügen der falsche Weg waren. Viele genesende Abhängige erzählten es den neuen Menschen in ihrem Leben erst nach entsprechend langer Zeit, und manche erzählten es nie – und die Szene, die sie eben erlebt hatte, war ein gutes Beispiel dafür, warum das so war. Sie würde das nie wieder tun, wenn sie sich auf eine Affäre einließ. Das ging einfach nicht. Sie hatte bereut, Helen beim Vorstellungsgespräch nicht davon erzählt zu haben, aber nun bereute sie es nicht mehr. Sie liebte es, für die Baynors zu kochen, und sie würde nicht riskieren, ihren Job zu verlieren.

Sie weinte auf dem ganzen Weg zurück zu ihrem Hotel und tupfte sich die Augen mit einer Fast-Food-Serviette. Sie hatte rasende Kopfschmerzen, und ihre Stirnhöhlen schmerzten. Sie ging unter die Dusche und streckte sich anschließend mit einem Waschlappen auf den Augen für eine halbe Stunde auf dem Bett aus.

Die Sache mit Suzy war vielversprechend gewesen. Es hatte Spaß gemacht, mit ihr zusammenzusein, Essen und Wein zu erkunden, tollen Sex zu genießen. Deine Kokainabhängigkeit hat diese Möglichkeiten in weite Ferne gerückt, sagte sie sich. Gib Suzy oder ihrer Ex nicht mehr Schuld als angemessen. *Es geht ums Kokain, und dies ist der Preis, den du dafür zahlst, dass du suchtkrank bist.*

Schließlich setzte sie sich auf. Ihre Gedanken kreisten um das unlösbare Dilemma, das alle Abhängigen beschäftigte. Es war nicht ihre Schuld, dass sie eine Krankheit hatte, die es ihr manchmal unmöglich machte, ihr Verhalten unter Kontrolle zu haben. Menschen mit anderen Krankheiten erzählte man in der

Regel nicht, es sei ihre eigene Schuld und deshalb sollten sie sich zusammenreißen und zusehen, dass sie gesund wurden. In die Erforschung von Suchtprävention wurde so gut wie kein Geld investiert, nur in die Drogenprävention – und das waren zwei vollkommen verschiedene Dinge. Niemand wusste, warum manche Menschen Drogen konsumieren und problemlos wieder davon lassen konnten, andere hingegen sich in Pawlowsche Hunde verwandelten und sabberten und bettelten, wann immer sie die Glocke läuten hörten.

Der Konflikt zu akzeptieren, dass sie eine Krankheit hatte und dies dennoch nicht als Entschuldigung zu benutzen, war nicht aufzulösen. Damit musste sie leben. Es bedeutete, Mitgefühl mit sich selbst zu haben, ohne in Selbstmitleid zu versinken.

Sie war ein guter Mensch. Sie hatte mit ihrer Drogenabhängigkeit nie jemandem geschadet, außer sich selbst, und dafür war sie dankbar. Sie hatte es nicht verdient, stellvertretend die Prügel abzubekommen, die Suzy ihrer Ex nicht verabreicht hatte.

Niemand anderem die Schuld für ihr Verhalten zu geben war das A und O, wenn sie clean bleiben wollte, und clean zu bleiben war das ganze Geheimnis dabei. Die Abhängigkeit ließ nach, verschwand aber nie ganz. Laura konnte das Monster verscheuchen, aber es konnte jederzeit zurückkehren. Sie konnte es nicht besiegen, sondern ihm nur die Stirn bieten. Das Monster lebte, so lange sie lebte.

Irgendwann stand sie auf. Sie musste ihre Hände beschäftigen, wenn sie ihre wirbelnden Gedanken unter Kontrolle bringen wollte. Noch während sie überlegte, ob sie sich Toast machen oder etwas Käse essen sollte, kam ihr der rote Bräter über dem Kühlschrank in den Sinn. Sie meinte förmlich das üppige Aroma von karamellisiertem Gemüse und Kirschpflaumen im Wein des *Coq au vin* zu riechen, und das half ihr, den Kopf klarzukriegen. Es war köstlich, und sie hatte es gekocht, und sie würde diesen schrecklichen Tag überstehen.

12

Obwohl der Taxifahrer sich alle Mühe gegeben hatte, dem größten Gewusel am Kreuzfahrtterminal von Miami auszuweichen, fand Helen sich schließlich in der Menge schwitzender Menschen wieder, die am Landungssteg anstanden. Die *Solstice Eclipse* ragte hoch vor ihr auf, und das Dock war so geschäftig wie der Times Square am Samstagabend.

In dem ausführlichen Brief, den Karolina Tavitian, die Präsidentin von Tavitian Productions, Chicago, ihr geschrieben hatte, war die Rede von einer VIP Boarding Area gewesen, aber auf dem Dock gab es keinen Hinweis auf eine solche Oase. Helen kümmerte sich um ihr Gepäck und gab dem Fahrer Trinkgeld, während sich die ersten Schweißperlen auf ihrer Stirn sammelten. Die Hitze war wundervoll, nicht aber die dicken Schwaden von Dieselabgasen.

Ein Gepäckwagen rollte vorbei, hoch beladen mit Koffern und Taschen und flatternden gelben Gepäckanhängern. Apropos – sie hatte vergessen, ihre Gepäckanhänger anzubringen.

Kaum hatte sie das Versäumte nachgeholt und die leuchtend lilafarbenen Anhänger an ihrem Gepäck befestigt, blieb auch schon ein Mitarbeiter der Reederei mit einem Klemmbrett bei ihr stehen und fragte sie nach ihrem Namen. Nach einem Pfiff und Anweisungen, die sie nicht ganz verstand, wurden ihre Koffer von einem jungen Mann ergriffen, der sie auf einen Gepäckkarren lud, auf dem sich schon andere Reisetaschen mit lila Anhängern befanden. Nun wurde Helens Ankunft von einer Frau in weißer Marineuniform bemerkt, die raschen Schrittes auf sie zukam und zur Begrüßung die Hand ausstreckte.

»Mrs. Baynor? Sie werden erwartet. Willkommen auf der *Solstice Eclipse.*« Helen passte sich den raschen Schritten der Frau an, die mit starkem Akzent – irgendwas Nordisches, dachte Helen – weitersprach. »Zum VIP-Eingang bitte hier entlang.«

Die Gangway, zu der sie geführt wurde, befand sich neben der Hauptgangway. Helen spürte die neugierigen Blicke der anderen Passagiere, als sie an ihnen vorüberging. Es war fast wie ein Gang über den roten Teppich.

Ihre Begleiterin verabschiedete sich mit den Worten: »Gehen Sie einfach hinauf und zeigen Sie Ihre Bordkarte. Ein Steward wird Sie zu Ihrer Kabine führen, und dann können Sie sich erst mal entspannen. Ihr Gepäck wird Ihnen innerhalb der nächsten Stunde gebracht. Angenehme Reise!«

Helen hatte sich kaum bedankt, als die Frau auch schon weg war und auf die nächsten VIP-Gäste unter den Passagieren zusteuerte, um sie herzugeleiten. Die beiden kamen ihr irgendwie bekannt vor, vielleicht von einer Preisverleihung im Fernsehen, aber ihre Namen wusste sie nicht.

Mit jedem Schritt die Gangway hinauf ließ sie den Gestank von Diesel und Asphalt hinter sich. Als sie den Deckeingang erreichte, befand sie sich rund fünfzehn Meter über dem Kai. Sie betrat eine holzgetäfelte Welt mit blitzenden Messingbeschlägen und Frauen und Männern in strahlend weißen Uniformen. Zwei Assistant Pursers begrüßten sie, prüften ihre Reiseunterlagen und wünschten ihr eine angenehme Reise. Dann wurde sie der Obhut einer gehetzt aussehenden jungen Frau im Anzug anvertraut, die eilig in ein Walkie-Talkie sprach, als sie Helens Namen hörte. Wenige Sekunden später öffneten sich unmittelbar hinter ihnen die beiden Flügel einer massiven Holztür.

Helen rechnete mit einer weiteren Angestellten, die ihr zweifellos eine angenehme Reise wünschen würde, bevor sie sie an die nächste Angestellte weiterreichte, und so war sie angenehm überrascht, als diesmal eine dunkelhaarige Frau in ihrem Alter mit strahlendem Lächeln und ausgestreckter Hand auf sie zukam.

»Helen Baynor? Karolina Tavitian. Willkommen an Bord! Ich freue mich, dass meine Anreiseinformationen Sie wohlbehalten hergeführt haben.« Ihre maßgeschneiderte weiße Hose und das schulterfreie orangerote Top brachten ihre olivfarbene goldschimmernde Haut und ihr üppiges schwarzes Haar vortrefflich zur Geltung.

»Es ist wunderbar, hier zu sein.« Helen erwiderte das strahlende Lächeln und spürte, wie sie sich auf der Stelle entspannte.

»Möchten Sie Ihre Kabine aufsuchen und sich frischmachen? Oder möchten Sie mir bei einem Cocktail Gesellschaft leisten?«

»Cocktail«, erwiderte Helen entschieden.

»Eine Frau, die weiß, was sie will – ganz nach meinem Geschmack.« Karolinas hübsche Sandalen klackten auf dem Deck, als sie Helen zu einer schweren Flügeltür führte. Sie öffnete sie und ließ Helen den Vortritt. »Hier haben wir eine Empfangsbar eingerichtet. Unser kleiner Green Room sozusagen. Wie war Ihr Flug?«

»Gut. Sehr angenehm sogar.« An den Barkeeper gewandt, sagte Helen: »Einen Mojito vielleicht …«

»Sie sind jetzt im Urlaub«, meinte Karolina. Mit einer anmutigen Handbewegung wies sie auf ihr eigenes Glas. »Mario macht einen grandiosen Mojito.«

Es folgte ein kurzes verlegenes Schweigen, bis Helen das Wort ergriff. »Danke für alles, was Sie in die Wege geleitet haben, um mich hierherzubringen. Ich weiß, dass das alles auf den letzten Drücker geschah. Und dass ich nicht die erste Wahl war. Von daher kann ich mir vorstellen, dass Sie alle Hände voll zu tun hatten.«

»Das ist mein Job, und es bedeutet, dass ich interessante Menschen kennenlerne und eine Menge von der Welt sehe. Im Gegenzug nehme ich kurzfristige Planänderungen in Kauf. Und unter uns gesagt …« Konspirativ senkte sie die Stimme. »Ich bin der Ansicht, dass unsere Sponsoren mit Ihnen einen weit besseren Deal gemacht haben. Die erste Wahl war zwar ein bekannter Name, aber …« Sie zuckte die Schultern. »Sie ist ein Name. Sie sind ein Star.«

Helen lächelte. »Mit anderen Worten: Sie ist fünfundzwanzig und ich bin … älter.«

Karolina hob eine fein ziselierte Augenbraue. »Das wollte ich keineswegs sagen.«

»Mein Fehler, wenn ich es gehört habe. Ich kann es anscheinend nicht ändern – am Tag nach meiner Rückkehr steht ein runder Geburtstag an.«

»Ich wünsche Ihnen noch viele weitere.«

Der Geruch von Minze bitzelte in ihrer Nase und kündigte ihren Mojito an. Nachdem sie dem Barkeeper gedankt hatte, ließ Helen den Blick durch den Raum schweifen. »O nein!«, stieß sie spontan hervor.

»Was ist?« Karolina wandte den Kopf, um Helens Blick zu folgen. Dann sah sie wieder Helen an. »Ist das ein Problem?«

»Es könnte ein Problem werden – für mich, nicht für Sie.« Kaum hatte sie begonnen, sich zu entspannen, tauchte Eugene Masterson auf.

»O doch.« Karolina berührte leicht ihren Arm. »Ist er ein Ex oder so? Normalerweise informieren wir uns vorher genau, damit wir auf unseren Reisen nicht die falschen Leute zusammenbringen.«

»Nein, er ist kein Ex – ich habe gar keine. Sagen wir einfach, dass ich alle Möglichkeiten, auf höfliche Weise nein zu sagen, ausgeschöpft habe und dass er sich beharrlich taub stellt.«

»Oh, das tut mir wirklich leid. Seine Bank hat vor einiger Zeit als Sponsor einen beträchtlichen Beitrag geleistet, aber er steht erst seit letzter Woche auf der Gästeliste.«

»Nachdem Sie angekündigt haben –«

»… dass Sie uns auf der Reise begleiten.« Karolina biss sich kurz auf die Unterlippe, auch wenn der Rest ihrer Miene den einstudierten Ausdruck freundlicher Begrüßung beibehielt. »Nun, heute Abend werden Sie beide am Tisch des Kapitäns sitzen. Aber ich werde die Sitzordnung ändern. Die Tafel ist ziemlich lang.«

»Ich sage mir immer wieder, dass er eben ein Fan von mir ist und dass ein Mann in seiner Position sicherlich kein schlechter Verehrer ist.« Sie überlegte kurz, ob sie ihrer Beschreibung von ihm noch das Wort Stalker hinzufügen sollte. »Aber er ist einfach nicht mein Typ. Das schon mal als Erstes.«

Karolina nickte voller Verständnis. »Wie sieht denn Ihr Typ aus? Was auf einer Kreuzfahrt geschieht, findet schließlich mit dieser ein natürliches Ende.«

»Meine letzte Verabredung ist schon so lange her, dass ich das gar nicht mehr weiß. Aber ich weiß ziemlich genau, was *nicht* mein Typ ist. Und was ist mit Ihnen?«

»Mein Typ ist er auch nicht«, antwortete Karolina. »Das falsche Geschlecht. Das schon mal als Erstes.« Sie suchte nach einer Reaktion in Helens Gesicht.

»Der arme Kerl. Ich bin ziemlich sicher, dass er sich keinerlei Eingriff unterziehen würde, um das Problem zu beseitigen.«

»Ich auch.« Karolina entspannte sich wieder ein wenig. »Und selbst wenn, wäre er nicht mein Typ.«

Helen war froh, dass es ihr gelungen war, Karolina zu vermitteln, dass ihre sexuelle Orientierung kein Problem für sie darstellte, ohne auf die abgedroschene Phrase zurückgreifen zu müssen, dass einige ihrer besten Freundinnen … Es schmerzte sie, dass Lesben und Schwule stets gewappnet, stets auf Ablehnung gefasst sein mussten. Es erinnerte sie an ihr erstes Gespräch mit Laura und wie offen und direkt auch Laura gewesen war. Helen verscheuchte das Bild von Laura, die ihre Freundin küsste, aus ihrem Kopf. »Er würde das sicherlich sehr frustrierend finden.«

Karolina rührte in ihrem Drink und warf Helen einen verschmitzten Blick zu. »Die Art Mann, die überzeugt ist, dass er mich eines Besseren belehren könnte?«

»Keine Ahnung«, sagte Helen fairerweise. Vielleicht war der Mojito schuld, dass sie hinzufügte: »Aber wenn er glauben würde, dass wir ein Paar sind, dann wäre er wahrscheinlich der Typ, der zugucken wollen würde.«

»Uuhhh«, machte Karolina und brach in prustendes Lachen aus, während Helen in ihr Glas kicherte.

Leider lenkte ihre Heiterkeit die Aufmerksamkeit des Betreffenden auf sie. Ein breites Lächeln erschien auf Eugene Mastersons Gesicht. Er breitete demonstrativ die Arme aus und kam quer durch den Raum auf sie zu. »Helen! Welch eine Freude, Sie wiederzusehen!«

Luftküsse folgten. Wie bei früheren Begegnungen kam Masterson ihr zu nahe, und Helen war sich quälend bewusst, dass es hier keine Theaterklingel gab, die sie erlösen würde. Sie war froh, dass Karolina sich nicht verabschiedete, auch wenn Eugene sich mehrfach bemühte, die Dreierkonstellation durch subtile Körpersprache in ein Tête-à-tête zu verwandeln.

»Das wird eine großartige Woche! Freuen Sie sich schon auf das Schnorcheln? Die Exkursion zum Bitari Resort auf Grand Cayman klingt wundervoll, nicht wahr?«

»Ich hatte noch keine Gelegenheit, das Programm zu studieren«, log Helen. Verdammt, ihm aus dem Weg zu gehen würde schwer werden. »Das kam alles ziemlich überstürzt. Ich hatte noch nicht einmal Gelegenheit, mich frischzumachen.« Sie glitt von ihrem Barhocker, und Karolina trat beiseite, um ihr Platz zu machen.

»Wir sehen uns dann beim Dinner«, sagte Karolina. Sie berührte Helens Arm, leicht, aber länger, als normal gewesen wäre, und die Freude in ihren Augen war nicht zu übersehen.

»Ich freue mich darauf.« Helen schenkte ihr ein langes Lächeln, zwinkerte ihr fast unmerklich zu und sagte dann, mit leichter Bosheit, an Eugene gewandt: »Ich wünsche Ihnen eine schöne Urlaubswoche.«

Sie kehrte rasch an Deck zurück und ging forsch weiter, als wüsste sie ganz genau, wo sich ihre Kabine befand. Sie verschwand durch die erste Tür, die auf ihrem Weg lag, irgendwo mittschiffs, und traf auf eine Gruppe Angestellter in weißen Uniformen, die ihr sofort, in einem vielstimmigen Chor melodischer Akzente, den Weg zur nächsten Treppe wiesen und ihr die Lage ihrer Suite genauestens beschrieben.

Als sie sich ihrer Tür näherte, wurde sie von Jeffrey, dem Kabinensteward, der für sie zuständig war, begrüßt. Er brauchte eine Weile, bis er ihr die zahlreichen Möglichkeiten, zu Abend zu essen, erläutert hatte; er erklärte ihr den Zimmer- und Wäscheservice, wies sie in die Funktionen der Dusche ein und fragte sie, ob sie besondere Wünsche hätte, was das Angebot der Minibar anbelangte. Bevor er ging, präsentierte er ihr noch einen kleinen Teller mit einer Schokoladenauswahl.

Endlich schloss sich die Tür, und sie war allein. Voller Staunen betrachtete sie die weiträumige Suite. Es gab einen riesigen Fernseher, aber wer wollte schon Fernsehen gucken, wo sich doch gleich jenseits des großen schattigen Balkons das schönste Meer erstreckte? Sie schaute in alle Schubladen und überlegte, wie sie auspacken und alles einsortieren würde. Jeffrey reagierte prompt, als sie – wie von ihm ermutigt – die Klingel gedrückt hatte und eilte mit ihren Kleidern davon, um sie aufzubügeln.

Sie beendete das Auspacken und schaute auf die Uhr. Sie würden in Kürze ablegen. Sollte sie von ihrem Balkon aus zuschauen? Sie wünschte, Julie und Justin wären nicht gerade im Unterricht, sonst hätte sie sie anrufen und ihnen ihre Suite beschreiben können. Sie begnügte sich damit, ihnen einige Handy-Fotos zu schicken.

Es war völlig ungewohnt, keinen vollen Terminplan zu haben. Sie musste am nächsten Tag und dann am Sonntag und am Donnerstag auftreten. Freitag kehrten sie nach Miami zurück. Am Abend wurde sie zum Captain's Dinner erwartet, aber abgesehen davon konnte sie tun, was sie wollte. Sobald sie herausgefunden hätte, was das war, würde sie es bestimmt genießen.

Der beflissene Jeffrey erklärte ihr, dass von den Gästen am Tisch des Kapitäns zwar elegante, aber keineswegs festliche Kleidung erwartet wurde. Helen hatte ein langes Abendkleid dabei und mehrere Cocktailkleider, die nun alle aufs Schönste gebügelt waren. Das kleine Schwarze Nummer 1 war perfekt. Karolina war eine gertenschlanke, elegante Frau, und Helen wollte ihre Erwartungen nicht enttäuschen.

Helen gesellte sich zu den Gästen des Empfangs und bekam augenblicklich von einem Kellner, der trotz des Schlingerns des Schiffes mühelos ein Tablett langstieliger Gläser balancierte, ein Glas Weißwein angeboten. Sie trank einige kleine Schlucke und sah sich nach Karolina um, entdeckte sie aber nicht. Das ihr vage bekannt vorkommende Paar, das sie auf dem Kai gesehen hatte, war ebenfalls anwesend. Helen hoffte, dass ihr jemand ihre Namen sagen konnte, bevor herauskam, dass sie nicht den blassesten Schimmer hatte.

»Eine wunderschöne Frau wie Sie sollte niemals ohne Begleitung einen Raum betreten«, sagte jemand nah an ihrem Ohr.

Sie wusste, wer es war, noch ehe sie sich umdrehte, und wahrte ein höfliches Lächeln. »Danke. Ich bin auf der Suche nach Karolina.«

Eugene zuckte lächelnd die Schultern. »Ich habe sie nirgends gesehen. Ich bin sicher, sie ist sehr beschäftigt mit all den Gästen, mit denen sie reden mus – eine ziemliche Herausforderung.«

»Aber für eine gute Sache. Ich fühle mich geehrt, eingeladen zu sein. Und vielen Dank für die Unterstützung von Seiten Ihrer Bank.«

»Es ist eine der vielen Benefizveranstaltungen, die wir unterstützen.«

Er wollte noch weitersprechen, doch in dem Augenblick tauchte Karolina aus einer Gruppe Gäste auf und begrüßte sie beide mit einem Lächeln. »Guten Abend, Mr. Masterson, elegant sehen Sie aus.«

»Eugene, bitte.«

»Und Helen, ich muss wissen, von wem Ihr Kleid ist.«

»Das sage ich Ihnen – aber nur wenn Sie mir den Namen Ihres Couturiers verraten.« Das gelbe Etuikleid war atemberaubend schön – es stammte eindeutig aus dem Hause Chanel, aber die Perlenstickerei auf der linken Schulter hatte jemand anders entworfen. Das Kleid unterstrich Karolinas zarte Gestalt und betonte ihren wundervollen Teint. In dem gedämpften Licht des Empfangs erschienen ihre braunen Augen schwarz und funkelten so strahlend wie der Topasanhänger, den sie trug. Ihr volles Haar war zu einem eleganten Zopf geflochten, der über ihre Schulter strich, wenn sie den Kopf wandte. Alles in allem besaß sie die klassische Eleganz, die man erwirbt, wenn man ständig mit den Reichen und Schönen zu tun hat.

»Ich möchte, dass Sie die Havens kennenlernen, zwei weitere unserer Stars für die kommende Woche«, sagte Karolina. Sie forderte sie auf, sie zu begleiten – Eugene mit einer Geste, Helen, indem sie ihr leicht die Hand auf den Arm legte.

Die Havens – natürlich – ein Ehepaar und ein Team, er Regisseur, sie Produzentin. Helen kannte ihre Namen besser als ihre Gesichter. Independent-Filme, finanziert von einer Produktionsfirma fernab von Hollywood, wie Helen sich erinnerte. Dann stellte Karolina ihnen eine Schauspielerin vor, die im Sommer zuvor in einem Actionfilm mitgewirkt hatte – einem Blockbuster, den Helen nicht gesehen hatte –, und einen Schauspieler, dem sie bei mehreren Gelegenheiten begegnet war, mit dem sie aber noch nie zusammengearbeitet hatte.

Helen gelang es, sich in der kleinen Gruppe so zu platzieren, dass Eugene auf der anderen Seite von Karolina stand. Der Kapitän blieb kurz bei ihnen stehen, um sie alle an Bord zu begrüßen; dann wurden die Türen des kleinen Raumes geöffnet, damit sie in den großen Hauptspeisesaal eintreten konnten. Die anderen Gäste waren bereits an den vielen Tischen platziert worden, und die kleine Gruppe suchte sich ihren Weg zu dem leicht erhöht stehenden Tisch im Zentrum, auf dem schon der Endiviensalat serviert war. Helen hätte sich am liebsten umgeschaut und ein Foto für ihre Kinder gemacht, aber stattdessen suchte sie nach ihrem Namen auf einer Platzkarte und fand ihn am oberen Ende der Rangordnung, aber etliche Plätze vom Kopfende der Tafel entfernt. Der Kapitän wurde flankiert von Eugene Masterson auf der einen und den Havens auf der anderen Seite. Neben Eugene saß eine lebhafte junge Frau, die Helen nicht kannte, daneben Karolina, und dann kam sie. Mit ein bisschen Glück müsste sie nicht einmal Blickkontakt zu ihm aufnehmen.

Als alle Platz genommen hatten, wurden sie bedient. Helen machte sich mit der Frau auf ihrer anderen Seite bekannt, merkte jedoch, dass diese kaum Englisch sprach. Sie begrüßten sich höflich per Mimik und Gestik und stießen miteinander an, als der Kapitän zunächst auf Englisch und dann auf Norwegisch, seiner Muttersprache, einen Toast ausbrachte und ihnen eine wunderbare Reise wünschte.

»Was denken Sie?«, fragte Karolina Helen, nachdem sie beim Salat mit den ihnen am nächsten sitzenden Gästen verbindlich geplaudert hatte.

»Dass ich abends für gewöhnlich arbeite und dass dies wahrscheinlich meine erste Dinnerparty seit mindestens zwei Jahren ist. Zu Hause empfange ich keine Gäste, was eigentlich schade ist.«

»Warum denn nicht? Ich glaube, Sie wären eine wunderbare Gastgeberin.«

»Eine Frage der Aufmerksamkeitsspanne.« Sie erläuterte ihren Terminplan, erzählte von ihren Kindern, ihren Flügen. »Ich möchte Julie und Justin viel Aufmerksamkeit schenken, und ich muss sagen, dass sie sich ganz gut machen.«

»Das ist heutzutage ein Segen.«

»Haben Sie Kinder?«

»Stand nie auf meinem Plan.«

Karolina lehnte sich auf ihrem Stuhl zurück, damit der Kellner ihr einen Teller servieren konnte. Helen folgte ihrem Beispiel; sie merkte auf einmal, wie hungrig sie war. Der Wolfsbarsch an Lauch und Fingerling-Kartoffeln duftete köstlich, und spontan wünschte sie, sie könnte das Gericht Laura beschreiben.

Weil sie dachte, dass Karolina ihre Frage vielleicht als zu persönlich empfunden hatte, wandte sie sich der Frau zu ihrer Rechten zu und tauschte sich mit ihr mimisch über das wunderbare Essen aus. Anschließend erörterte sie mit dem Head Purser, der ihr direkt gegenübersaß, die Reiseroute. Als Karolina später wieder auf das Thema zurückkam, war Helen einigermaßen überrascht.

»Ich bin viel zu egoistisch, um Kinder zu haben«, sagte Karolina. »Egoistisch genug, um zu wissen, dass ich nicht allein dafür zuständig sein wollte. Und da ich einen perfekten Plan zur Geburtenkontrolle hatte, war es nicht schwer, das Thema zu vermeiden.«

Helen grinste. »Freut mich, dass es für Sie so gut funktioniert hat. Vielleicht sollten das viel mehr Frauen ausprobieren.«

»Ich habe mein Bestes getan, um so viele wie möglich davon zu überzeugen.« Karolina warf ihr einen verschmitzen Blick zu.

Helen lachte laut. »Und wie hoch ist die Erfolgsquote?«

»Das zu verraten wäre indiskret. Aber hoch genug, um mir einem Ruf zu erwerben.«

»Meine beste Freundin Cass prahlt auch gern mit ihrer Konvertiten-Sammlung.«

»Ich sammele eher Vielfliegermeilen.«

»Ich ertrinke in Vielfliegermeilen – aus anderen Gründen. Ich habe sie schließlich alle der Make-A-Wish-Foundation geschenkt.«

»Sie leisten hervorragende Arbeit.« Karolina wandte sich kurz ab, um lachend einen Kommentar in das Gespräch zu ihrer anderen Seite einzuwerfen. »Ich frage mal ganz schamlos, ob Sie jemanden im Vorstand kennen. Ich würde gern Fundraising für sie machen.«

»Ich kannte zwei Vorstandsmitglieder, aber sie haben sich beide vor einigen Jahren zur Ruhe gesetzt.«

»Schade. Dann war ich ganz umsonst schamlos.«

»Tut mir leid.«

Karolinas Augen funkelten. »Sie klingen nicht, als täte es Ihnen leid.«

»Mir kam es nicht besonders schamlos vor.«

»An der Tafel des Kapitäns über Geschäftliches zu reden? Das tut man nicht.«

»Um wirklich schamlos zu sein, müssen Sie sich schon was Besseres einfallen lassen.«

»Hätten Sie das gern?«

Helen blinzelte. In ihrer Brust verspürte sie eine unvertraute Enge. »Das hängt nicht von mir ab.«

Karolina sah aus, als wolle sie ihr widersprechen, aber dann trank sie stattdessen einen Schluck Wein.

Es war nur Geplänkel, dachte Helen. Sie beteiligte sich wieder am Smalltalk um sie herum. Nach dem Essen befürchtete sie einen Moment lang, dass Eugene sich zu ihr gesellen würde, aber die junge Frau, die Karolina neben ihn platziert hatte, hielt seinen Arm fest.

Helen seufzte erleichtert auf und sagte zu Karolina: »Nach einem solchen Essen nun stundenlang in einer Lounge zu sitzen, ist das Letzte, was ich möchte. Hätten Sie Lust, mich bei meiner Erkundung der Decks zu begleiten oder müssen Sie sich um Ihre VIPs kümmern?«

»Ein Spaziergang wäre wunderbar«, erwiderte Karolina. »Normalerweise lasse ich das Dessert aus, aber die Torte war zu verführerisch.«

Sie verabschiedeten sich vom Kapitän, und Helen folgte Karolina zu dem großen zentralen Atrium. Unterwegs blieben sie an einem Decksplan stehen, und Karolina zeigte Helen das Promenadendeck und das Deck darunter, auf dem man das gesamte Schiff umrunden konnte. »Es ist in Zehntelmeilen unterteilt, für diejenigen, die joggen wollen, auch wenn ich mir nicht vorstellen kann, auf einer solchen Reise Zeit mit Fitnesstraining zu vergeuden.«

»Ich muss ins Fitneßstudio«, sagte Helen. »Das ist der Teil meines Jobs, den ich nie vernachlässigen darf.« Keine verlockende Aussicht, dachte sie bei sich.

»Mich werden Sie dort nicht sehen – tut mir leid.«

»Sie sehen aus, als seien Sie oft dort anzutreffen.«

»Danke, das ist reizend von Ihnen. Ich sollte, aber ich tue es nicht. Ich gehe nach Möglichkeit überall zu Fuß hin, vermeide Zucker und hoffe aufs Beste.«

Karolinas Bestes wies wenige Mängel auf, soweit Helen das beurteilen konnte. Sie war Zeit ihres Lebens von schönen Frauen jeglichen Alters, jedweder Statur und Persönlichkeit umgeben gewesen, und Karolina konnte mit den meisten problemlos mithalten. Vielleicht war sie ein wenig schmal um die Schultern, für jemanden, der Wert auf klassische Proportionen legte, aber ihre Nase hätte einer Statue im Parthenon Ehre gemacht, und ihre Figur und ihre Haltung waren schlicht atemberaubend. Eine Begegnung mit ihr würde niemand so schnell vergessen.

»Eine Schauspielerin kann noch so talentiert sein, ohne gutes Aussehen ist sie nichts. Das habe ich schon ziemlich früh begriffen. Ich kann noch so viel Rollenverständnis, Stimmbeherrschung und Ausstrahlung haben – es nützt mir nichts, wenn ich nicht in Form bin. Darum habe ich nie geraucht oder sonst eine ungesunde Angewohnheit angenommen, und als ich berühmt genug geworden war, habe ich zwei Kinder bekommen, ehe ich in Versuchung geriet.«

»Ich fürchte, ich weiß nicht viel von Ihrem Leben jenseits der

Bühne.« Sie taten über die Schwelle des Haupteingangs hinaus auf das Deck. »Es ist warm hier draußen.«

»Es ist wunderbar. In New York ist schon längst Herbst.«

»In Chicago ebenfalls. Ich bin froh, dass ich mich gegen einen Pullover entschieden habe, auch wenn es in den Speisesälen immer eiskalt ist.«

Die Wärme gab Helen ein Gefühl von beschwingter Leichtigkeit. Oder war es der Wein? Es war nur ein Glas gewesen, aber sie fühlte sich ganz weich und entspannt. Die Deckslampen malten gelbe Streifen auf die polierten goldenen Planken, und das ferne Dröhnen der Maschinen wurde vom Rauschen des Wassers fast ganz übertönt, während das Schiff durch die Wellen schnitt.

»Wo soll ich anfangen? Mein Mann starb ganz plötzlich, noch bevor die Zwillinge geboren wurden. Ich war im fünften Monat. Seine Mutter versuchte mir beizustehen, aber ihr ging es gesundheitlich nicht gut, und sie war selbst schon seit Jahren Witwe. Mir blieb sein Geld, aber ich hätte lieber ihn gehabt.« Helen schwieg einen Moment, denn es fiel ihr schwer, die einst so lebendigen Erinnerungen an jene Zeit in ihrem Leben aufzurufen. »Wir waren beste Freunde und unzertrennlich.«

»Vermissen Sie ihn immer noch? Nach all den Jahren?«

»Der Platz in meinem Leben, den er hätte einnehmen sollen, ist noch immer frei. Ich denke, in weiten Teilen wird er von den Kindern ausgefüllt, auch wenn sie natürlich jeweils ihren eigenen Platz haben. Manchmal frage ich mich allerdings, wie das Leben gewesen wäre, wenn er nicht gestorben wäre. Er war so ein guter Mensch, so sanftmütig und voller Humor. Vermutlich ist das der Grund, warum ich mich nicht zu den ›Ich Tarzan‹-Typen hingezogen fühle. Und ich war auch mit meiner Arbeit und meiner Rolle als Mutter immer viel zu beschäftigt, um nach anderen Justins da draußen Ausschau zu halten.«

»Meine Hetero-Freundinnen erzählen mir immer, dass alle

guten Männer schon vergeben sind. Sie scheinen nur die Wahl zu haben zwischen verheirateten Männern und denen, die nur auf horizontale Vereinigung aus sind. Schauen Sie – eine Sternschnuppe!«

Helen folgte Karolinas ausgestrecktem Finger, aber die Sternschnuppe war fort, ehe sie sie entdeckt hatte. Sie fragte sich, was für ein Parfum Karolina benutzte. Es war sehr vielschichtig, ein wenig herb, aber mit einem Hauch von Rosen.

»Ich kenne Frauen, die auch nicht mehr als das wollen.« Trocken fügte sie hinzu: »Aber ich habe mich so lange nicht für jemanden interessiert, dass ich gar nicht mehr weiß, wie das überhaupt geht.«

Karolina lachte. »Zu dem Thema sollte ich besser schweigen. Ich bin auch nicht für feste Beziehungen geschaffen. Ich arbeite zuviel. Ich bin in einer Branche, in der es fatal ist, eine Pause einzulegen, aber ich liebe jede einzelne Minute meiner Arbeit.«

»Das verstehe ich vollkommen. Eine berühmte Gastronomin hat mir einmal gesagt, dass einem das Herz sagt, was es möchte und dass man dumm wäre, nicht darauf zu hören.«

»Das gefällt mir.« Karolinas Geste umfasste die ganze Welt jenseits der Reling. »Ich glaube, ich wäre dumm, das alles hier aufzugeben. Und nochmals vielen Dank dafür, dass Sie bei Ihrer geliebten Arbeit eine Pause einlegen, um hierzusein«, sagte sie. »Und das meine ich ernst. Als ich überlegt habe, nach einer Theaterschauspielerin Ausschau zu halten, statt nach einer Filmschauspielerin, war das das Erste, was mir dabei auffiel – sie arbeiten die ganze Zeit über.«

»Oder versuchen es zumindest. Übrigens – wo ist Trevor Huntley?« Helen war Filmfan genug, um sich darauf zu freuen, den mehrfachen Oscar-Gewinner persönlich kennenzulernen. Sie schätzte ihn auch wegen seiner Theaterarbeit – er war selten auf der Bühne zu sehen, aber wenn, dann war er exzellent.

»Er gesellt sich erst morgen Abend zu uns, wenn wir Grand Cayman erreichen. Offensichtlich hat er dort einen Wohnsitz. Am Dienstag auf Costa Maya verlässt er uns wieder und kehrt in sein Refugium zurück.«

Sie näherten sich dem Achterdeck, und das Geräusch der Schiffsmotoren nahm an Lautstärke zu. Doch die warme Abendluft war ihnen immer noch sehr angenehm, und so flanierten sie über das Heck zur anderen Seite des Schiffes. Hinter ihnen funkelte eine der Inseln Floridas mit hellem Licht. Auf der Karte in ihren Informationsunterlagen war eingezeichnet, dass sie direkt durch den Golf von Mexiko um Kuba herum in südlicher Richtung Kurs auf George Town auf Grand Cayman nahmen. Den folgenden Tag würden sie komplett auf See verbringen. Bisher bereiteten die Bewegungen des Schiffes Helens Magen keinerlei Probleme. Doch Cass hatte sie gewarnt, dass der echte Test darin bestand, ob sie schlafen konnte.

»Danke übrigens für die wunderschöne Suite. Sie ist ein Traum. Der Balkon ist ein solcher Luxus. Ich freue mich darauf, dort womöglich sogar ein Buch zu lesen.«

Als Karolina keine Antwort gab, schaute Helen zu ihr hinüber und stellte zu ihrer Überraschung fest, dass Karolina rot geworden war.

»Sie sehen schuldbewusst aus.«

»Sie haben eine sehr angenehme Erinnerung wachgerufen – das ist alles. Balkons sind in der Tat zu vielem gut.«

»Verstehe.«

Sie spazierten schweigend weiter, wichen anderen Paaren aus, die ebenfalls an Deck flanierten, und einer unerschrockenen einsamen Joggerin. Helen brauchte keine detaillierte Beschreibung dessen, was auf dem Balkon geschehen war und ein solches Lächeln auf Karolinas Gesicht gezaubert hatte. Es erinnerte sie an den Ausdruck auf Lauras Gesicht, als deren Freundin sich zu ihr gebeugt hatte, um sie zu küssen. Helen konnte es sich vorstellen … Eine andere Frau, nur die Möwen, die zusahen … Küsse im Schatten … Hände …

Oh.

Sie hatten den ersten Zugang zu einem Korridor erreicht, der in das Innere des Schiffes führte. Karolina fragte: »Möchten Sie die Spätvorstellung der Komödie sehen? Oder die Disco ausprobieren?«

»Nein, aber ein andermal mit Vergnügen. Ich bin plötzlich todmüde.« Helen brachte ein Lächeln zuwege. »Meine innere Uhr sagt mir, dass meine Vorstellung eben vorbei ist. Auch wenn ich freitags abends normalerweise nicht sofort heimgehe.«

»Dann ist das hier Ihre Treppe.« Karolina blieb stehen, um einen Blick auf den Plan zu werfen.

»Ja, das ist sie.«

»Nun, dann werde ich mal sehen, wie die anderen Talente – tut mir leid – das ist einfach nur der Ausdruck, den wir verwenden. Es gibt Talente und Gäste an Bord, bei denen ich mich vergewissern möchte, dass sie sich gut amüsieren. Meine VIPs, wie Sie sagen.«

»Und ich gehöre zu den Talenten?« Helen zuckte die Schultern. »Kein Problem – im Gegenteil: schmeichelhaft.«

»Nein, Sie sind Helen. Das, so hoffe ich, war zumindest die Frau, mit der ich an Deck flaniert bin. Helen, das Talent, sehe ich morgen vor ihrem Auftritt um elf.«

Die Unterscheidung, die Karolina zwischen Helen, der Frau, und Helen, der Schauspielerin, traf, trieb sie nur noch mehr in die Flucht. »Dann genießen Sie den Rest des Abends. Ich hoffe, dass sich alle problemlos eingewöhnen.«

»Angenehme Träume!«

Helen fand ihre Kabine ohne Probleme. Jeffrey stand bereit, ihr einen Schlummertrunk zu bringen, was sie jedoch ablehnte. Eine Dusche hingegen schien eine gute Idee, doch sie blickte bei all den Hebeln und Drehknöpfen nicht durch und musste Jeffrey bitten, es ihr zu zeigen. Sie war froh, das nicht am nächsten Morgen lernen zu müssen, wenn sie noch schläfrig und benommen war. Nachdem sie sich trockengerubbelt und das Haar gebürstet hatte, wickelte sie sich in den bereitgelegten Bademantel und trat auf den Balkon hinaus. Sie lugte nicht über das Geländer nach unten auf das Deck – angesichts ihres aufgewühlten Geisteszustands mochte sie nicht darauf vertrauen, dass sie ihre Höhenangst unter Kontrolle hatte.

Warme Luft umspielte ihr nasses Haar. Die Beleuchtung an Bord spiegelte sich auf dem dunklen Ozean wieder, den sie in sanftem Auf und Ab durchkreuzten. In der Ferne war ein weiteres Kreuzfahrtschiff in entgegengesetzter Richtung unterwegs. Sterne berührten den Horizont, schwach und golden. Helen hob den Blick zum Himmel und fand ein atemberaubendes Firmament voller blinkender weißer Lichter. So viele Sterne hatte sie seit Jahren nicht gesehen.

Das beschwingte, beinahe schwerelose Gefühl kehrte zurück. Sie ließ sich auf einen Liegestuhl sinken und redete sich ein, dass ihr Interesse einzig den Sternen galt, aber kaum berührte ihr Kopf die Rückenlehne, schloss sie die Augen.

Küsse im Schatten der Dunkelheit. Karolinas Küsse. Wären sie so sinnlich wie die Frau erschien? So elegant und warm, mit dem Feuer, das in Karolinas Augen loderte? Und Hände ... Hände, die unter Kleidung glitten. Fühlen, wie eine andere Frau ihre Hände über ihren Körper gleiten ließ. Die Vorstellung, schwellende weiche Brüste mit den eigenen Händen zu umfassen. Das leise Geräusch ihrer Küsse auf Karolinas nackten Schultern in der lauen Abendluft.

Es überwältigte sie, sie wurde schwerelos, und ihr stockte der Atem. Plötzlich schien ihr der Balkon viel zu einsehbar, und sie taumelte in ihre Suite zurück. Sie streifte den Bademantel ab und suchte Zuflucht vor der Flutwelle in ihrem Bett, aber sie folgte ihr und rollte sie herum.

Sie hielt ihr Kopfkissen umklammert, als sich die Welt unter ihr aufbäumte – vielleicht lag es an etwas, das sie gegessen hatte, oder vielleicht war sie seekrank. Es waren die Hormone, dachte sie dann voller Verzweiflung, eine bizarre Art Hitzewallung. Und Cass hatte recht – sie hatte ihre Libido viel zu lange vernachlässigt, und jetzt spielte sie verrückt. Das war eine vollkommen unsinnige Faszination, die sie da verspürte, und absolut unangemessen. Sie hatte mit Karolina geflirtet, sie hatte deren Gesellschaft genossen, sie betrachtete sie gern, und es war unanständig, sie in eine außer Kontrolle geratene Phantasie einzubauen, die Helen zum Stöhnen brachte, während ihr Körper sich den kundigen Händen einer anderen Frau hingab.

Nur eine geheime Phantasie, versuchte Helen sich zu beruhigen. Alle Menschen ergehen sich in Phantasien, die sie nicht wirklich ausleben wollen, außer auf der Leinwand in ihren Köpfen. Das war alles, mehr nicht. Bloß ... hormongesteuerte Lust.

Zum ersten Mal, keine zwei Wochen vor ihrem fünfzigsten Geburtstag.

Bloß hormongesteuerte Lust. Auf eine andere Frau.

13

Am Samstagmorgen nach der schrecklichen Auseinandersetzung mit Suzy besuchte Laura den Obst- und Gemüsemarkt, weil es sich nicht länger vermeiden ließ. Zu ihrer immensen Erleichterung behandelte Teeny sie wie immer. Sie konnte also hoffen, dass es sich noch nicht von Suzy zu deren Chefin und weiter zu Teeny herumgesprochen hatte, dass es sich bei Laura gewissermaßen um eine zwielichtige Gestalt handelte. Wenigstens noch nicht. Stattdessen unterhielten sie und Teeny sich gutgelaunt über Rosenkohl und grüne Erbsen. Für Rosenkohl war es noch zu früh im Jahr, Erbsen gab es jedoch aus dem Gewächshaus eines regionalen Gemüsebauern. Ein Salat aus Erbsen, Vidalia-Zwiebeln, Senf und Kräutern wäre ideal zu einem Hühnereintopf mit jamaikanischen Gewürzen.

Vielleicht würde Laura sich sogar überreden lassen, den Zwillingen fürs Wochenende ihre fettarmen Brownies zu machen. Die beiden hatten ihr *Coq au vin* geliebt, und ihre freundliche warme Art hatte Laura in den letzten Tagen sehr gutgetan. Obwohl die beiden nicht wussten, warum, war Laura ihnen sehr dankbar. Julie und sie hatten den Bereich für den Kräutergarten abgesteckt und eine Liste der Dinge erstellt, die Julie bis Ende Oktober würde erledigen müssen, um ihr Projekt auf den Weg zu bringen.

Die großen Wagen der Landschaftsgärtner blockierten die Auffahrt, aber es gelang Laura, an ihnen vorbeizumanövrieren und ihren Volvo auf einen freien Platz im Carport zu lenken. Als sie die Heckklappe öffnete, stellte sie fest, dass die Kiste mit den gepalten Erbsen umgekippt war und die kostbaren kleinen grünen Kugeln, die so köstlich schmeckten, im ganzen Auto herumkullerten. *Verflixt noch mal!*

Die nächsten zwanzig Minuten verbrachte sie damit, Erbsen aus allen Ecken und Winkeln, vor allem auch unter den Sitzen einzusammeln. Sie mochte den Geruch von verrottendem Grünzeug nicht, und dem Volvo haftete ohnehin schon ein vielschichtiges Aroma von altem Obst und Gemüse an. Das war in jedem Bereich, in dem Lebensmittel verarbeitet wurden, unvermeidbar – früher oder später ergaben all die Dinge, die so gut zusammen schmecken konnten, einen komplexen und nicht besonders angenehmen Geruch, der dem von getrocknetem Torf ähnelte. Das Wageninnere brauchte eine Desodorierung.

Schließlich – und leicht schwindelig, weil sie die meiste Zeit kopfüber gehangen hatte – glaubte sie so gut wie alle Erbsen eingesammelt zu haben. Es tat weh, sie in den Mülleimer neben dem Carport zu werfen. Als sie zu ihrem Wagen zurückkehrte, um die restlichen Lebensmittel zu holen, merkte sie, dass sie die lautstarke Auseinandersetzung bis dahin ignoriert hatte. Sie folgte den Stimmen, bog um die Ecke der Terrasse und sah Grace und einen der Gärtner, die sich in lautem Spanisch gegenseitig ins Wort fielen. Laura blieb in Deckung, sie mochte nicht in Graces Zuständigkeitsbereich eindringen, aber sie wollte sich vergewissern, dass das Ganze nicht über eine verbale Auseinandersetzung hinausging. So echauffiert hatte sie Grace noch nie erlebt.

Einige Augenblicke später beugte Grace sich vor und sagte dem Mann etwas Harsches fast direkt ins Ohr. Dann wandte sie sich um und stolzierte auf das Haus zu. Laura hatte nicht den leisesten Schimmer, was den Vorfall ausgelöst haben mochte, und der Mann hackte bereits wieder entlang der Hecke. Vielleicht hatte er nicht genug Sachkenntnis an den Tag gelegt, aber sowohl er als auch Grace hatten sehr wütend gewirkt.

Laura schüttelte den rätselhaften Vorfall ab und kehrte zu ihrem Wagen zurück, um die restlichen Einkäufe zu holen. Die Kartoffeln waren ebenfalls umgefallen und durch den Wagen gekullert, aber sie waren leicht wieder einzusammeln und konnten gewaschen werden. Laura hatte die Gemüsekiste eben auf den Küchentresen gesetzt, als sie erneut erhobene Stimmen vernahm.

Es ging sie nichts an. Auch wenn sie Grace nicht sonderlich mochte – sie hatte oft genug miterlebt, was geschah, wenn Männer die Beherrschung verloren, und dieser Mann hier klang stinkwütend. Sie sprachen wieder Spanisch, und die Worte überschlugen sich fast, so dass Laura nichts verstand. Sie hielt sich knapp außer Sichtweite, am Ende des Wohnzimmers, und erhaschte einen Blick auf den Mann, der mit dem Rücken zur Eingangstür stand, als ob er eben eingetreten wäre. Es war der Boss der Gärtnertruppe. Sein dunkles Gesicht war fleckig vor Zorn, und seine geballte Faust umklammerte die Bandana, die er gewöhnlich um den Hals trug.

Er warf Grace ein ziemlich übles Schimpfwort an den Kopf.

Es war ein Wort, das Laura in egal welcher Sprache niemals gesagt hätte, aber sie kannte genug Varianten davon und hätte es einem Mitglied ihrer Küchencrew niemals durchgehen lassen, sie derart zu beschimpfen.

Grace lachte und parierte mit anzüglichen Bemerkungen über seine Manneskraft. Der Ton wurde zunehmend hässlicher, und Laura spürte, wie eine böse Vorahnung sie kalt überlief. Sie fühlte sich verpflichtet einzugreifen, und plötzlich waren auch ihre eingerosteten Spanischkenntnisse wieder da, und einiges von dem, was Grace rief, ergab Sinn.

Estúpido Mexicano – das war klar. Dann eine Folge von Wörtern, die sie kurz entschlüsseln musste, bevor sie sie verstand: »Ich habe die Macht. Du hast keine Macht.«

Er widersprach. Dann sagte er: »Das geht nicht so weiter. Wir sterben ...« Nein, das stimmte nicht. Er hatte gesagt, sie könnten nicht leben. Das war kein Leben, *no comida,* nicht genug zu essen, um zu leben, nachdem sie gezahlt hatten.

Grace erwiderte, er sei *suerte,* glücklich, er könne sich glücklich schätzen, bisher nur *diez por ciento* gezahlt zu haben. Zehn Prozent, von nun an zwanzig. Dann, klar und deutlich: »Noch ein Wort und ihr seid allesamt gefeuert!«

Grace machte auf dem Absatz kehrt und marschierte auf die Treppe zu. Der Mann kochte vor Wut, er erstickte fast an seinen Widerworten, doch dann drehte er sich um und knallte die Haustür hinter sich zu.

Laura stand da und blinzelte verwirrt. Was hatte sie da gerade gehört? Ihr Spanisch war nie sonderlich gut gewesen, aber es reichte, um Köchinnen und Köchen zu sagen, was sie tun sollten, um sie zu loben und ihnen zu erklären, wie sie es besser machen konnten, um zu verstehen, wann man ihr nicht mit Respekt begegnete, und um mit Händlern umzugehen, die versuchten, die Sprachbarriere zu ihrem Vorteil zu nutzen. Wenn sie es recht verstanden hatte, war hier eine ziemlich faule Sache im Gange.

Sie kehrte in die Küche zurück, unschlüssig, was sie tun sollte. Die ruhige Atmosphäre und der heitere Sonnenschein konnten sie über das kalte Unbehagen in ihrem Inneren nicht hinwegtäuschen. Sie konnte die Sache nicht einfach ignorieren, auch wenn sie wusste, dass sie nicht in ihren Kompetenzbereich fiel.

Abwesend begann sie ihre Einkäufe auszupacken und fuhr fast aus der Haut, als hinter ihr plötzlich Graces Stimme erklang.

»Ich habe Sie gar nicht kommen hören.«

»Ich war früh auf dem Markt, um die beste Auswahl zu haben.«

Grace zuckte bloß die Achseln. »Julie ist mit ihren Freundinnen in der Bibliothek, und Justin ist in der Schule beim Skateboarding. Die beiden werden um fünf zurück sein.«

»Perfekt.« Das ließ ihr Zeit genug, um Brownies zu backen, bevor sie mit den Vorbereitungen für das Abendessen beginnen musste. Sie war froh, als Grace wieder gegangen war. Sie wusste nicht recht, wie sie einer Frau begegnen sollte, die noch wenige Minuten zuvor rassistische Schmähungen ausgestoßen hatte. Was sollte sie nur tun?

Sie hatte den aus geschmolzener Schokolade, Ei, Joghurt, Zucker und gesiebtem Mehl gerührten Teig fertig, als sie sah, wie der Gärtnertrupp sich zusammenfand. Der Boss sprach mit seinen Leuten. Die Situation war ungut, und mehr noch, Laura war sicher, dass Helen nichts davon wusste und dass sie, hätte sie davon gewusst, es nicht geduldet hätte. Laura war mehr als genug reichen Leuten begegnet, denen das egal gewesen wäre, solange ihre Wünsche erfüllt wurden, aber sie war auch vielen begegnet, die nicht toleriert hätten, dass Menschen, die für sie arbeiteten, von anderen, die ebenfalls für sie arbeiteten, erpresst wurden. Helen gehörte zweifellos zu Letzteren.

Laura schlich sich durch den Vorraum und zur Seitentür hinaus. Dort wartete sie, außer Sichtweite der Fenster des Hauses, bis einer der Gartenarbeiter sie erblickte. Sie winkte ihn herbei.

Sie sah, dass er versucht war, sie zu ignorieren, aber schließlich gab er seinem Boss ein Zeichen. Der drehte sich um und schaute zu Laura hinüber. Heftig winkend gab sie ihm zu verstehen, zu ihr zu kommen. Er sagte etwas und kam dann langsam auf sie zu.

»Es tut mir leid, dass ich Sie bei der Arbeit störe«, begann sie, und dann verfiel sie in ihr holpriges Spanisch und fragte ihn, ob er und seine Truppe Grace dafür bezahlten, dass sie ihre Jobs behielten.

Er hob eine Braue. Vielleicht war er erstaunt über ihr umgangssprachliches Spanisch, das nicht danach klang, als hätte sie es aus Büchern gelernt. *»Es privado, señora.«*

Sie wiederholte ihre Frage noch einmal, und dann fügte sie hinzu (so hoffte sie zumindest): »Ich werde mit Mrs. Baynor sprechen. Sie weiß nichts von alldem. Sie wird verärgert sein.«

Er lächelte unwillkürlich und schien sich ein wenig zu entspannen. Laura begriff, dass sie *verrückt*, statt *verärgert* gesagt hatte. Dann zuckte er die Schultern. In seinen Augen war keine Hoffnung zu lesen.

»Es ist nicht richtig«, sagte Laura, und ihr Spanisch wurde immer flüssiger. »Mrs. Baynor bezahlt Grace, um Sie zu bezahlen, und Grace behält einen Teil davon für sich. Das sollte nicht sein.«

Er wählte seine Worte sorgfältig, vermutlich um sich an ihr rudimentäres Spanisch anzupassen. *»¿Grace no tomar su dinero?«*

»Das würde sie nicht wagen!«, antwortete Laura heftig. Andererseits – vielleicht wartete Grace einfach nur ab, bis sie sich sicher war, Laura ungestraft erpressen zu können. Wenn Laura in all den Jahren, in denen sie als Küchenchefin mit vorwiegend männlichem Personal gearbeitet hatte, in Resorts, die Männern gehörten oder von Männern geleitet wurden, eines gelernt hatte, dann dies: dass man sich niemals Schikane und Machtmissbrauch beugen durfte, wenn man nicht untergehen wollte. Dank ihrer Mutter besaß sie Wahlmöglichkeiten und eine Unabhängigkeit, die ihrer Mutter selbst versagt geblieben waren. Sie würde den Teufel tun und sich jemandem wie Grace unterwerfen. Sie liebte diesen Job, sie liebte ... alles daran. Aber sie würde nicht tatenlos zusehen, wie Helen hintergangen wurde. Sie konnte nicht so tun, als wüsste sie von nichts.

»*Un americano, con papeles. Mis hombres* ...« Seine Stimme verklang, doch Laura hatte verstanden, dass einige seiner Leute ohne Papiere im Land waren und dass Grace das wusste.

»Wann kommen Sie wieder zur Arbeit?« Sie versuchte, diesen Satz ins Spanische zu übertragen, aber er schnitt ihr das Wort ab.

»Übermorgen. Wir kommen übermorgen wieder.«

Sein Englisch war besser als ihr Spanisch, also blieb sie dabei. »Dann sprechen wir übermorgen weiter. Erzählen Sie niemandem davon. Ich werde mein Bestes, mein Allermöglichstes tun, um das zu beenden.«

Er nickte und kehrte zu seinen Leuten zurück, und Laura stahl sich wieder in ihre Küche. Der Ofen war bereit, und sie schob die Brownies hinein. Ihr schwirrte der Kopf. Sie wusste noch immer nicht, wie sie vorgehen sollte, als die Zwillinge heimkamen und mit je einem ofenwarmen Brownie die Treppe hinaufpolterten, um ihren jeweiligen Internetgeschichten und Telefonanrufen nachzugehen.

Grace ging kurz in den Vorraum, um etwas an die Tafel zu schreiben; dann kam sie zu Laura in die Küche.

»Ich muss ein paar Besorgungen in Menlo Park erledigen, und dachte, ich gehe anschließend ins Kino. Ich bin vermutlich erst zurück, wenn Sie schon gegangen sind.« Ihr Gesicht zeigte die vertraute ausdruckslose Miene. Laura wurde klar, dass Grace ihrem Blick noch nie wirklich begegnet war.

»Wir kommen klar«, erwiderte sie. »Ich muss nicht pünktlich fort, aber die Kids können auch ruhig mal ein, zwei Stunden allein bleiben.«

Sie gab alle Zutaten in den Topf und setzte sich mit ihrem iPad hin, um zu lesen, während der Eintopf vor sich hin köchelte, lauschte nebenbei aber auf das Geräusch von Graces davonfahrendem Auto. Sie wartete noch drei Minuten ab, nachdem der Kies auf der Haupteinfahrt geknirscht hatte, dann nahm sie eine Rechnung und betrat das Büro, in dem ihr Vorstellungsgespräch stattgefunden hatte.

Die ganze Sache ging sie überhaupt nichts an. Es konnte wirklich warten, bis Helen am Sonntag in einer Woche zurückkam. Das war in acht Tagen. Aber Laura wollte einen Beweis haben, irgendetwas, das sie Helen geben konnte, das diese wiederum prüfen oder ihrer Buchhalterin zur Überprüfung geben konnte, und sie wusste nicht, wann sich ihr wieder eine so gute Gelegenheit bieten würde. Was war, wenn der Boss der Gärtnertruppe Grace von ihrem Gespräch erzählte? Sie hätte noch nicht mit ihm sprechen sollen. Das war unklug gewesen.

Der Aktenschrank war nicht abgeschlossen, aber sein Inhalt entpuppte sich schnell als Enttäuschung. Die Rechnungen des Garten- und Landschaftspflegeunternehmens waren abgeheftet und als bezahlt abgezeichnet. Grace bekam ihren Anteil in bar vom Boss. Schmiergeldzahlungen gab es überall auf der Welt – Laura hatte in vielen Küchen gearbeitet, in denen die Lieferanten Geld dafür bekamen, dass sie sie als Erste belieferten. Aber ihre Bosse hatten gewusst, dass sie dafür bezahlte, und deren Bosse wiederum hatten das ebenfalls gewusst. Das hier war etwas anderes. Die Arbeiter waren wehrlos, und Grace nutzte deren Notlage aus, um sich die Taschen zu füllen, während Helen ahnungslos zahlte.

Neugierig zog Laura den Ordner, der mit *Lebensmittel* beschriftet war, hervor. Ihre Rechnungen vom Markt, von der Bäckerei und von dem Haushaltswarenladen waren dort abgeheftet, datiert und mit der Nummer des Schecks versehen, den sie erhalten hatte. Aber da waren auch einige handschriftliche Notizen auf weißen Zetteln. »Mid-Coast Meats« stand auf einem, »$ 50 in bar für Fleischlieferung«. Auf einem anderen: »$ 61 in bar für Honig-Spendenaktion«. Auf beiden Zetteln waren die Daten der Zahlungen notiert.

Laura wusste nichts von diesen Ausgaben.

»Was machst du da?«

Sie wusste, dass sie schuldbewusst aussah. Es war Justin, der sie keineswegs feindselig musterte – bloß entschieden neugierig. Lauras Blick fiel auf den Zettel in ihrer Hand.

Darauf stand: »$ 40 in bar für Brot und Käse«. Allein in den letzten Wochen hatte Grace 151 Dollar gestohlen.

Helen beglich mit ihren Schecks Barauslagen, die nie erfolgt waren, und sie dachte, Laura tätige diese Einkäufe. Grace hatte Laura vermutlich sogar ein Budget eingeräumt, das großzügig genug bemessen war, um etwas für sich selbst abzuzweigen. Helen sah sich die Zahlen wahrscheinlich nie im Detail an.

»Was ist los, Laura?«

Sie setzte an zu sprechen, doch dann richtete sie ihre volle Aufmerksamkeit auf ihn. Er war noch ein Junge – fast schon ein Mann, in manchen Kulturen auf jeden Fall. Aber hierzulande noch ein Junge. Nicht der Mann im Haus. Helen würde nicht wollen, dass er in die Sache hineingezogen wurde.

»Ich habe bloß eine Rechnung überprüft. Ich vermisse etwas, und ich wollte sichergehen, dass ich nicht dafür bezahlt habe.«

»Du siehst aus, als hättest du einen Geist gesehen.«

»Dann muss ich ernsthaft an meiner Sonnenbräune arbeiten.«

Er lächelte und sah ihr anscheinend ohne jegliches Misstrauen zu, wie sie den Ordner sorgsam dahin zurückstellte, wo sie ihn gefunden hatte. Sie hatte keine Ahnung, was sie tun sollte.

Leichte Nervosität, gemischt mit einer Spur von Seekrankheit, führte dazu, dass Helen kurz vor Beginn ihrer ersten Unterrichtseinheit ein wenig flau im Magen war. Sie hatte früher schon unterrichtet, aber meistens hochmotivierte Highschool-Kids im Rahmen eines »Broadway Gives Back«-Benefizprogramms. Hier hingegen schien sich ihr Kurs aus rund achtzig Laienschauspielerinnen und -schauspielern zusammenzusetzen, von denen niemand unter vierzig war und die meisten älter als sie selbst. Es waren fast viermal mehr Frauen als Männer. Seit der Hochzeit der Beach-Party-Filme in den sechziger Jahren hatte Helen nicht mehr so viele Menschen in Strandkleidung gesehen. Ganz hinten entdeckte sie Eugene Masterson. Sie hatte keine Ahnung, wie er seine Abwesenheit von der Bank erklärt hatte, aber das war auch nicht ihr Problem.

Der kleinste Theaterraum des Schiffes war ein guter Ort für den Workshop, und Helen wartete in der Seitenbühne, während Karolina sie ankündigte. An diesem Tag trug Karolina cremefarbene Hosen und ein rotes Neckholder-Top, das ihre Schultern zeigte. In der einen zartgliedrigen Hand das Mikrofon, die andere auf der Hüfte ruhend, trug sie, mit einem gelegentlichen Blick auf ihre Notizen auf dem Stehpult, ihre kleine Rede vor. »… Erstes Kritikerlob bekam sie für ihren Auftritt in *Engel im Feuer,* doch das war erst der Auftakt zu dem, was noch folgen sollte …«

Beim Aufwachen an diesem Morgen – nach einer fieberhaften, unruhigen Nacht – hatte Helen beschlossen, dass alles, was immer sie empfunden haben mochte, allein der romantischen Kreuzfahrtatmosphäre und Karolinas beträchtlichem Charisma geschuldet war. Sie hatte sich ihre Diagnose bei einem raschen Frühstück, das Jeffrey ihr gebracht hatte – ein Englisches Muffin und eine Scheibe Schinken –, noch einmal wiederholt und dann noch einmal, während sie duschte und anschließend eine weiße Denimhose und ein seidenes Tanktop mit Mardi-Gras inspirierten Fleur de lis anzog

Die Lüge war in dem Moment in sich zusammengefallen, als sie Karolina erblickte. Helen verspürte ein Prickeln – ein jugendliches, völlig unmögliches Prickeln – tief unten in ihrem Bauch. Das ging gar nicht: Sie war im Begriff aufzutreten – zwar nicht in einem Theaterstück, aber immerhin war es ein öffentlicher Auftritt –, und ein Teil ihrer Gedanken war damit befasst, wie es wohl wäre, Karolinas Top hochzuschieben und ihre ...

»... Tony Awards mit mehr Nominierungen, als ein Mensch zählen kann. Wir schätzen uns glücklich ...«

Helen hatte sich nie von persönlichen Gefühlen ablenken lassen. Hatte nie zuvor das Gefühl gehabt, als wäre ein Teil von ihr abgespalten. Als Schauspielerin aufzutreten bedeutete ihr alles, forderte sie voll und ganz, und das würde sie nicht für eine vorübergehende Verliebtheit, die für ihr Leben keinerlei Bedeutung hatte, aufs Spiel setzen. Sie war fast fünfzig. Wie konnte sie nicht wissen ...?

»... ein wahrer Stern am Broadway-Himmel. Bitte begrüßen Sie mit mir zusammen Helen Baynor ...«

Sie atmete nicht ein, während sie und Karolina Luftküsse tauschten, denn sie fürchtete das aufregende herbe Rosenparfum. Es half nichts. Sie hätte am liebsten den Kopf gedreht, um zu testen, ob die Lippen einer Frau so weich waren, wie sie vermutete. Das Publikum applaudierte voller Begeisterung.

Sie schlüpfte in ihre Rolle als Helen Baynor, den Broadway-Star, und verbannte die verwirrte, verunsicherte Helen in den hintersten Winkel ihres Kopfes. Mehr konnte sie nicht tun.

Sie bedankte sich für den Applaus, lobte das Publikum für seine Unterstützung der Stiftung, die gegen Säuglingssterblichkeit, speziell bei HIV-infizierten Neugeborenen kämpfte, und bat anschließend alle im Publikum, die Schauspielerfahrung besaßen, die Hand zu heben. Die meisten hoben die Hände bei der Frage, ob sie in den letzten fünf Jahren bei einem Theaterstück oder einer sonstigen Aufführung mitgewirkt hatten. Die meisten hatten auf der Bühne gestanden, einige vor der Kamera, und als Helen weiterfragte, meldete sich eine Frau, die angab, dass sie in einer

Serie mitspielte, die im Internet gezeigt wurde, und dass sie während ihrer Schauspielausbildung beim Beverly Hills Playhouse aufgetreten war.

»Die Frage, die mir am häufigsten gestellt wird«, fuhr Helen dann wie geplant fort, »lautet, was ich für die wichtigste Eigenschaft einer erfolgreichen Schauspielerin oder eines Schauspielers halte. Meiner Meinung nach ist es nicht gutes Aussehen und auch nicht schauspielerisches Können. Ich nenne keine Namen, aber es gibt unzählige Schauspieler, die ein ungewöhnliches Äußeres zu ihrem Vorteil nutzen und noch viel mehr, die nicht das größte Talent besitzen und dennoch eine Rolle nach der anderen bekommen. Was alle erfolgreichen Schauspielerinnen und Schauspieler gemein haben ist Durchhaltevermögen.« Sie nahm sich einen Moment Zeit, um ihr Publikum zu mustern. Die Augen leuchteten, und alle schienen voll bei der Sache zu sein.

»Sie besitzen emotionales Durchhaltevermögen. Absagen, eine unbeständige Fangemeinde und schlechte Kritiken entmutigen sie nicht. Sie haben physisches Durchhaltevermögen. Sie sind vielleicht nicht das, was die *Vogue* dünn nennt, aber sie sind körperlich robust und in der Lage, eine Theatersaison oder einen Produktionsplan ohne Ausfälle durchzuziehen.«

Sie fuhr fort, indem sie das typische Arbeitspensum einer Schauspielerin am Broadway skizzierte und räumte anschließend ein, dass ihr eigenes ein bisschen weniger rigoros war, weil sie eine Position erreicht hatte, in der man sie mit einer gewissen Nachsicht behandelte. Und: »Ich hatte außerdem schlichtweg Glück – ich befand mich finanziell in einer Position, die es mir erlaubte, Rollen abzulehnen, wenn sie nicht mit meinen Erfordernissen in Einklang zu bringen waren.«

Ihr einstündiger Vortrag, einschließlich einiger Bewegungs- und Atemübungen, die sie sich Jahrzehnte zuvor in einem Workshop in L.A. angeeignet hatte, sowie einige lustige Anekdoten, die sich um versagende Requisiten und absurde Textfehler drehten und wie die verschiedenen Kolleginnen und Kollegen damit umgegangen waren, dauerte schließlich neunzig Minuten. Das Publikum war begeistert, und Helen versprach, bei ihrem nächsten Vortrag am Montag auch darauf einzugehen, wie man eine Figur einschätzte, wenn man eine neue Rolle angeboten bekam. Wäre es nicht schon längst Zeit fürs Mittagessen gewesen, wäre das Publikum wohl noch eine Weile geblieben, doch so leerte sich der Raum ziemlich schnell.

Karolina umarmte sie kurz, aber überschwänglich. »Das war super! Sie waren hinreißend!«

Helen musste sich zwingen, ihren Blick von Karolinas Lippen zu lösen. Und gleich darauf entdeckte sie Eugene Masterson, der auf sie zustürzte.

Karolina musste gespürt haben, wie sie sich versteifte. Mit leiser Stimme fragte sie: »Ist es die Nervensäge?«

»Ja, aber ich kümmere mich ein für allemal darum. Ich habe keine Lust, die ganze Kreuzfahrt über vor ihm zu flüchten.« Ihr Körper drohte bei dem Kontakt mit Karolina dahinzuschmelzen. Wie war es möglich, dass man es ihr nicht ansah? »Danke für den Schutzschild, aber jetzt übernehme ich.«

Karolina nickte und ließ sie los, als Eugene zu ihnen trat.

Er begrüßte Karolina freundlich, aber auf eine Weise, die klarmachte, dass sie nun, da er da war, gehen könne.

»Ich muss mich um einige Dinge kümmern«, sagte Karolina. »Helen, ich würde gern heute Nachmittag mit Ihnen über einen kleinen Engpass im Terminplan sprechen. Gegen zwei?«

»Kein Problem. Können wir uns irgendwo draußen in der Sonne treffen?«

»Sie finden mich auf dem Lido-Deck, einem blauen Drink mit einem kleinen Sonnenschirm in der Hand.« Sie winkte ihnen beiden gutgelaunt zu und verschwand.

»Ich habe mich gefragt, ob wir beide vielleicht zusammen Mittagessen könnten.« Es war keine Frage.

»Ich bin am Verhungern«, erwiderte Helen. »Im Hauptrestaurant?«

»Gern.« Mit einer galanten Geste ließ er ihr den Vortritt im Theatergang, was irgendwie komisch aussah bei einem Mann in Bermuda-Shorts und Hawaiihemd. Sein attraktives blondes Aussehen zog die Blicke auf sich, als sie zum Restaurant hinübergingen. Helen wusste, dass die meisten Frauen sich geschmeichelt fühlen würden, aber sie empfand nichts für diesen Mann, und jeder weitere Annäherungsversuch würde unverhohlene Abscheu in ihr wecken.

Bei Tageslicht gaben die Fenster auf beiden Seiten des Hauptrestaurants den Blick auf einen sensationell blauen Himmel und die endlose blaugrüne See frei. Helen sehnte sich danach, eine Weile draußen in der Sonne zu sein.

So manche Frau hätte es vermutlich begeistert, wie zuvorkommend er ihr die Türen öffnete und den Stuhl für sie zurückzog. Es war gentlemanlike, hatte aber etwas leicht Übertriebenes, das zeigte, dass es ihm nicht von Natur aus gegeben war, sondern dass er es tat, um sie und andere zu beeindrucken. Helen konnte sich an das Stück nicht erinnern, aber ein Satz kam ihr in den Sinn: »Darling, wenn du so tust wie ein Gentleman, dann bist du keiner.«

Bei dem aufmerksamen Kellner bestellte sie Hummercremesuppe und einen bunten Salat. Eugene bestellte das gleiche, und dann lehnte er sich zurück wie ein Mann, der mit seinem Erfolg höchst zufrieden war. »Ich muss zugeben, ich hätte es mir nie träumen lassen, einmal mit meinem langjährigen Bühnenidol zu Mittag zu essen.«

Unsinn, dachte sie. Du hast nie daran gezweifelt, dass du es bewerkstelligen würdest. »Ich fühle mich geschmeichelt, aber gleichzeitig alt.«

»Das lag nicht in meiner Absicht. Sie sind eine sehr attraktive Frau.«

Und Sie sind ein sehr verheirateter Mann, hätte sie am liebsten gesagt. Sie wählte eine subtilere Variante. »Geht Ihre Frau auch gern ins Theater?«

»Nein, sie hat andere Interessen.« Er breitete die Serviette auf seinem Schoß aus.

»Wie schade. Ich würde sie gern kennenlernen. Meine Tochter und mein Sohn wollen auch nicht auf die Bühne. Wie ist das mit Ihren Kindern?«

Er zuckte die breiten Schultern. »Mein Jüngster ist in gewisser Weise schon ein Theaterfan. Doch ich glaube, ihm geht es mehr darum, mit ganz speziellen Vertretern der Theaterwelt herumzuziehen.«

»Wir sind ein interessantes buntes Völkchen.« Obwohl sie es nicht essen wollte, zerteilte sie ein Brötchen und bestrich es mit Butter, um ihre Hände zu beschäftigen.

Er wartete, bis er seinen Cocktail und sie ihren Eistee serviert bekommen hatte, bevor er sich leicht räusperte und dann vorbeugte, als wolle er vermeiden, belauscht zu werden. »Die Sache ist ein wenig unangenehm, aber wie das Leben heutzutage so spielt ... Ich muss sagen, dass ich gestern den Eindruck gewonnen habe, dass Sie zu den ganz speziellen Vertreterinnen des Theaters gehören.«

Irritiert fragte sie nach: »Soll heißen?«

»Ihrer Website nach zu schließen spielt Karolina – äh – für das Team vom anderen Ufer. Geht aus ihrer Biographie hervor – verschiedene Auszeichnungen von lesbischen Initiativen und so.«

Also hatte er ihren kleinen Austausch am Vorabend sehr wohl mitbekommen. Er war doch nicht so von seinem Ego eingenommen, wie sie gedacht hatte. Nun, Helen mochte Männer eigentlich. Sie hatte einen Mann geheiratet. Sie hatte sehr, sehr oft mit absolut wunderbaren Männern gearbeitet. Aber Eugene ging ihr einfach gegen den Strich. »Wir verstehen uns gut.«

»Aber ich dachte nicht, dass Sie ...«

»Fragen Sie mich, ob ich lesbisch bin?«

»Vermutlich. Ich möchte nicht aufdringlich werden.«

Oh, das sind Sie längst, hätte Moxie Taylor erwidert. »Ob ich mit jemandem liiert bin, tut nichts zur Sache. Sie sind verheiratet. Das bedeutet, dass Sie für mich in der Hinsicht tabu sind. Mein verstorbener Mann war ein ganz besonderer Mensch, und Sie sind …«

Er war offenkundig enttäuscht und auch ein wenig verärgert, wie ihr schien.

»Und das bin ich nicht.«

»Sie sind nicht wie er – nein. Ich weiß noch nicht, welche Art Beziehung ich leben möchte, wenn meine Kinder aus dem Haus sind, aber ich fühle mich zu Ihnen nicht so hingezogen, dass ich es herausfinden möchte. Es tut mir leid, das hört niemand gern, aber ich bin einfach nicht zu haben.«

»Ich glaube nicht, dass Ms. Tavitian dieser Ansicht ist.«

Sie hätte am liebsten geantwortet, dass ihn das nichts anging, aber sie wollte nicht zulassen, dass er das Thema wechselte. Außerdem hatte die Art, wie er von ›Ms.‹ Tavitian sprach, einen leicht verächtlichen Beiklang gehabt. »Das spielt keine Rolle, oder? Ich bin nicht auf der Suche, und Sie sind gebunden.«

»Ich weiß …« Wieder räusperte er sich. »Sie und ich – wir bewegen uns beide in Kreisen, in denen die Menschen nicht den üblichen Regeln folgen. Ich bin mit der Mutter von zweien meiner Kinder verheiratet, und wir leben mittlerweile in vollkommen verschiedenen Welten. Unsere Wege kreuzen sich, wenn nötig. Ich bin diskret und sie ist es auch.«

Helen hielt sich mit ihrer Antwort zurück, bis sie ihre Suppe und ihren Salat serviert bekommen und der Kellner sich wieder zurückgezogen hatte. Eugene Masterson weigerte sich, ihren Einwand zur Kenntnis zu nehmen, und sie hatte keine Lust, Zeit mit jemandem zu verbringen, der nicht zuhörte. »Mir ist es egal, was irgendjemand in irgendeinem Kreis tut. Ich kann nicht darüber hinwegsehen, dass Sie verheiratet sind.« Sie kostete ihre Suppe und sagte gutgelaunt: »Sie schmeckt köstlich.«

»Ich hatte gehofft, dass Sie als jemand aus dem Showbusiness einen mehr kosmopolitischen Blick auf diese Dinge hat.« Sein Essen blieb unangerührt.

Sie spürte, wie sie wütend wurde – nein, sie *war* bereits wütend. »Ich glaube nicht, dass eine gefühlsmäßige Beziehung gleich welcher Art möglich ist, wenn man von Anfang an kaltblütig über Grundwerte verhandeln muss.« Sie milderte ihren Ton, behielt aber eine leicht warnende Schärfe bei. »Diese Verbindung wird nicht zustande kommen, und unsere Bekanntschaft steht auf besseren Füßen, wenn Sie das von vornherein akzeptieren.«

Er lächelte, wenn auch angestrengt, und gewann ein paar Punkte, als er sagte: »Vielleicht war es dumm von mir, eine gewöhnliche Sterbliche in Ihnen zu sehen. Ich habe seit Jahren Ihre Bekanntschaft machen wollen.«

Wenn er sie auf einen Sockel heben musste, um akzeptieren zu können, dass sie kein Interesse an ihm hatte – bitteschön. »Dann bin ich eben keine gewöhnliche Sterbliche. Wie wär's, wenn Sie mir erzählen, welche Stücke Sie gesehen haben, während wir unser Mittagessen genießen? Wir können uns das traumhaft schöne Meer ansehen und voller Genugtuung an all diejenigen denken, die heute zu Hause am Schreibtisch sitzen.«

Am Ende war er doch Gentleman genug, nicht offen zu schmollen. Als sie ihren Salat gegessen hatten, verlief ihre Unterhaltung entspannter. Helen hatte früher schon Verehrer gehabt, aber noch keinen, der sich dermaßen arrogant seines letztendlichen Erfolges so sicher und bei einer Abfuhr so schnell verärgert gewesen war. Er war ein mieser Verlierer, wie Cass sagen würde. Helen hatte kein Interesse an ihm gehabt, schon bevor sie Karolina begegnet war, und überhaupt – was hatte Karolina mit der ganzen Sache zu tun? Es war ja nicht so … Es war ja nicht so, als ob …

»Ich hoffe, Sie erlauben mir, Sie an einem Abend in dieser Woche zum Tanzen auszuführen«, sagte er, als sie sich voneinander verabschiedeten. »Nur damit ich sagen kann, ich habe die Nacht mit einem berühmten Star durchtanzt.«

»Vielleicht«, lautete ihre knappe Antwort, und sie war froh, an Deck zu entkommen und die Seeluft tief einzuatmen.

Wenn sie sich nicht mit wer weiß wie vielen Knoten voranbewegt hätten, wäre es unangenehm heiß gewesen und die Luftfeuchtigkeit gnadenlos hoch. So aber war die Brise von der Luvseite her perfekt. Vielleicht war es Zeit, den Badeanzug auszupacken. Ein Blick auf die Uhr sagte ihr, dass es auf jeden Fall an der Zeit war, sich mit Karolina auf dem Lidodeck zu treffen.

Helen war es nicht gewohnt, im Badeanzug herumzulaufen. Julie hatte gemeint, sie solle sich einen Bikini kaufen, aber die Vernunft hatte sie einen Einteiler wählen lassen, in einem zarten Grün, das den leicht rötlichen Schimmer ihres dunkelbraunen Haares hervorhob. Sie war nicht sicher, ob sie so rank und schlank und elegant wie Karolina aussah, aber für fast fünfzig sah sie nicht schlecht aus. Wenn sie Hitzewallungen bekam, konnte sie den Schweißausbruch auf die Sonne schieben.

Helen war bereits umgezogen, ehe sie ihr Gesicht im Spiegel musterte. Gewöhnlich brachte sie jeden Tag Stunden damit zu: Sie schaute zu, wie die Maskenbildnerin Schicht um Schicht Make-up auftrug, während sie selbst eine Bestandsaufnahme ihrer Falten machte, ihre Nase begutachtete – nur eine Spur zu lang – und ihre Lippen auf altersbedingte Pigmentveränderungen hin überprüfte, von denen die Kosmetikerin im Spa geredet hatte. An diesem Tag widerstrebte es ihr, allzu genau hinzusehen, als fürchte sie, dass sich irgendetwas verändert haben könnte.

Was stimmte nicht mit ihr? Was war los? Sie kannte viele Schwule und Lesben, Bisexuelle und Transgender – sie alle waren in der Theaterwelt zahlreich vertreten. Spielte ihr das Leben einen launigen Streich? Sie lesbisch? Nein. Oder doch? Und selbst wenn – das war doch kein Grund auszuflippen? Sie war nicht homophob, aber wenn sie keine Angst davor hatte, lesbisch zu sein, warum tanzte sie dann nicht vor Freude durch die Gänge bei dem Gedanken, vielleicht das erste Mal im Leben lesbischen Sex zu haben? Was war daran so angsteinflößend?

Ihr unverändertes Gesicht gab keine Antwort. Ihre Augen waren so blaugrau wie immer. Nur ihr Mund war vielleicht ein wenig anders. Er sah voller aus, weicher.

Als sie die Treppen zum Pooldeck hinaufstieg, überlegte sie, woher sie wusste, dass sie nicht lesbisch war. Schließlich hatte sie nur mit einem Menschen Sex gehabt, was im Grunde ziemlich kläglich war für eine fast fünfzigjährige Frau. Sie war verheiratet gewesen, hatte sehr guten Sex mit ihrem Mann gehabt und mit ihm zusammen zwei wunderschöne Babys gemacht. Jahrelang hatte sie keinerlei sexuelle Lust verspürt, und als sich das vielleicht hätte ändern können, war sie zu beschäftigt gewesen mit ihrer Karriere und ihren Kindern. Sie konnte sich nicht mehr an den Unterschied zwischen der dritten und der siebten Klasse erinnern. Sogar einige Stücke, in denen sie aufgetreten war, verschwammen ineinander. Die Zeit floss in einem steten Strom dahin, gleichmäßig, unveränderlich. Bis jetzt.

Sie hatte den Punkt erreicht, an dem sie sich fragte, ob sie bisexuell war und merkte, dass sie gar nicht mehr durchblickte, was was war und wer wer war und wer was wie nannte, als sie Karolina auf einer Liege ausgestreckt im Schatten einer Markise auf dem Pooldeck erspähte.

Eine Sache kristallisierte sich heraus – ein L-Wort traf auf die Situation zu: LUST – in Großbuchstaben. Nicht blinde sexuelle Lust auf einen Körper, der mit ihrem zusammentraf, sondern Lust auf Karolina, weil sie so weiche, verführerische Konturen hatte, die Helen am liebsten mit den Fingern nachgezeichnet hätte, und Kurven an den Hüften, die sie gern durstig mit der

Zunge nachgefahren wäre. Das Aufflammen ihres Begehrens nahm ihr den Atem, und einen Augenblick lang glaubte sie eine Hitzewallung zu haben.

Die hatte sie in der Tat, aber eine Hitzewallung ganz besonderer Art.

Einen Moment lang betrachtete sie einfach nur Karolinas Körper und berauschte sich an ihrem eigenen Begehren. Ihr Rückgrat vibrierte wie unter Strom. Sie sah sich auf dem Deck um – da gab es jede Menge männlicher Körper, und manche betrachtete sie durchaus anerkennend, aber sie verspürte nicht das Verlangen, sie zu berühren. Sie stellte sich diese Körper nicht mit ihrem zusammen vor, nicht so, wie sie sich ihre Brüste an Karolinas vorstellte und wie ihre Hand intime Stellen und warme Orte aufsuchte.

Fünfzig, dachte sie. Du bist beinahe fünfzig und du hast nicht den leisesten Schimmer, was dein Herz will. Das machte sie zu einem dummen Klotzkopf.

Dein Herz?, mokierte sich Moxie Taylor. *Dein Herz hat mit der ganzen Sache nichts zu tun. Die Uhr tickt, Schätzchen!*

Nein, dachte sie. Es hat keine Eile. Sie musste sich nicht Hals über Kopf in etwas hineinstürzen, ohne darüber nachzusinnen. Sie musste an ihre Kinder denken und an ihre Karriere und ihren Terminplan ... Ihre Gedanken verflüchtigten sich, je näher sie Karolina kam.

Sie hatte nicht gewusst, dass ihr Körper sich fühlen konnte wie Karolina aussah – wie hingegossene Seide. Sie war gern mit Justin senior zusammengewesen, sie erinnerte sich sogar noch an das erste Mal, und es war eine gute Erinnerung. Aber jene Erfahrung hatte nichts mit ihren aktuellen Gefühlen zu tun. Das hier war neu. Und sie war bange. Wundervoll bange.

14

Am Sonntag näherte sich Laura dem Haus der Baynors voller Beklommenheit. Sie hatte keine Ahnung, wie sie weiterhin mit Grace zusammenarbeiten sollte, wo sie nun wusste, was Grace trieb. Doch Helen war nur im Notfall zu erreichen, und Laura fand nicht, dass dies ein Notfall war. Sie war nicht besonders gut darin, Dinge zu verdrängen, und der Stress hatte sie schlecht schlafen lassen, schlechter noch als Suzys verletzende Schmähungen.

Erleichtert stellte sie fest, dass der Minivan nicht da war. Grace musste mit den Kindern unterwegs sein. Sie sah auf dem Wochenplan nach, sobald sie durch den Seiteneingang eingetreten war. Justin war bei einem Freund und Julie bei einer Planungsgruppe für den Öko-Tag an der Schule. Ehe sie es sich anders überlegen konnte, eilte Laura ins Arbeitszimmer, zog den Ordner mit den gefälschten Ausgabenbelegen hervor und fotografierte sie mit ihrem Handy. Auch die Monatsrechnungen für die Gartenpflege und die Hausreinigung fotografierte sie – sie traute Grace zu, bei den Latina-Frauen, die das Haus putzten, die gleiche krumme Tour abzuziehen wie bei den Gärtnern. Zwanzig Prozent davon und zwanzig Prozent der Haushaltsausgaben waren eine ordentliche Stange Geld. Außerdem bekam Grace ein Gehalt und zahlte vermutlich keine Miete für ihr Quartier im Anbau an die Garage.

Laura dachte an ihre Mutter und kochte beinahe vor Wut. Sie konnte es nicht ändern, sie konnte es nicht ungeschehen machen, versuchte sie sich zu beruhigen. Zu dem leeren Zimmer sagte sie: »Und das Letzte, was du tun wirst, ist, in eine Bar zu gehen, weil du wütend bist und Angst hast und deine Mutter aus einem nichtigen Anlass gestorben ist – und das, nachdem sie alles, was sie hätte erreichen können, für dich aufgegeben und Dinge erduldet hat, die du nie verstanden hast, weil sie dich trotz allem geliebt hat.«

Diese Wahrheiten wiederholte sie, während sie weitere Ordner auf der Suche nach weiteren Beweisen durchging. Ihre Vorgängerin Mary hatte tadellose Belege abgeheftet, wie es aussah, aber sie fragte sich, ob Grace auch sie zu einem Deal genötigt hatte. Und warum versuchte Grace nicht auch ihr einen Teil ihres Gehalts abzupressen? Wegen ihrer freundschaftlichen Beziehung zu den Kindern? Weil Helen darauf bestand, sich mit ihr zu treffen? Vielleicht fürchtete Grace, mit einem Messer im Bauch zu enden, wenn sie eine schwarze Köchin drangsalierte. Messer gab es in einer Küche schließlich mehr als genug.

Laura musste laut über sich lachen. Es war eigentlich auch egal, warum Grace sie nicht zu erpressen versuchte. Sie hätte kein Glück damit gehabt. Aber mehr Beweise waren nicht zu finden. Es gab nur das Gespräch, das sie belauscht hatte, die Aussage des Gärtners und die gefälschten Belege für Ausgaben, die sie nicht getätigt hatte.

Laura kehrte in die Küche zurück, räumte die Lebensmittel weg und machte sich an die Zubereitung des Hühnchens, das sie für das Abendessen am Sonntag im Ofen backen wollte. Wäre ihre Mutter noch am Leben gewesen, hätte sie sie um Rat gefragt. Doch sie wusste auch so, wie er gelautet hätte: »Verbiege dich für das, was du liebst. Verbieg dich nicht für etwas, das du verabscheust, oder du wirst zerbrechen.«

Sie wünschte, sie wüsste den Namen von Helens Buchhalterin. Dummkopf, schalt sie sich dann. Der musste irgendwo in den Ordnern stehen. Doch als sie sich eben entschlossen hatte, ins Arbeitszimmer zurückzugehen und nachzusehen, fuhr der Minivan vor. Grace und Julie waren nach Hause gekommen.

»Mrs. Baynor, Ihr Workshop gestern Morgen war toll, und wir können es kaum erwarten, zum Schiff zurückzukehren, um uns umzuziehen und um vier Uhr zu Ihrer Veranstaltung zu kommen.«

»Danke.« Helen blinzelte gegen den grellen Sonnenschein auf dem Dock an, während die kleine Gruppe von Frauen auf das nächste Landungsboot wartete, das sie von dem geschäftigen Kreuzfahrtterminal in George Town auf Grand Cayman zu ihrem Schiff zurückbringen würde. »Ich freue mich auch schon darauf.«

»Meine Freundinnen und ich haben uns gefragt, ob Sie wohl heute Abend mit uns zusammen essen würden? Wir haben eine frühe Reservierung im italienischen Restaurant. Anschließend gehen wir natürlich alle zu der Abendshow mit Trevor Huntley.«

Helen hatte überlegt, wie sie Karolina fragen könnte, ob sie wieder mit ihr zu Abend essen würde, genau wie am Tag zuvor, nachdem sie den Großteil des Nachmittags mit Sonnenbaden verbracht hatten. Sie schien zwar genug Selbstkontrolle zu haben, um die Frau nicht öffentlich anzuschmachten, aber nicht genug, um eine gewisse Distanz zu wahren. Vielleicht war die Dinnereinladung der Frauen ein Zeichen. »Liebend gern. Ich kann es auch kaum erwarten, Mr. Huntleys Vortrag zu hören. Aber dass Sie alle Grand Cayman meinetwegen so früh verlassen müssen, ist eigentlich eine Schande.« Sie warf Karolina einen Seitenblick zu. Die sah frisch aus und wie aus dem Ei gepellt in einem weißen Wickelkleid aus Musselin und einem großen Sonnenhut. »Bei wem kann ich mich über den Zeitplan beschweren?«

»Ich habe nicht die leiseste Ahnung«, antwortete sie. »Irgendjemand von der Produktionsgesellschaft muss das verbockt haben.« Sie klimperte unschuldig mit den Wimpern und wandte sich dann ab, um Helen ihrer Gesprächspartnerin zu überlassen.

»Wir dachten, wir treffen uns in der Solar Lounge auf einen Cocktail vor dem Abendessen. So gegen halb sechs, Viertel vor sechs?«

»Ich werde da sein«, versprach Helen.

»Ich bin froh«, sagte Karolina, nachdem die Frau sich verabschiedet hatte, um ihren Freundinnen die gute Nachricht zu überbringen. »Ich muss heute Abend mit dem Bevollmächtigten unseres Auftraggebers essen und die finanzielle Situation besprechen, und ich hatte schon befürchtet, ich würde Sie Sie-wissen-schon-wem in die Arme treiben.«

»Ich glaube, das Thema ist ein für allemal erledigt.« Sie hatte Eugene seit dem Mittagessen am Tag zuvor nicht gesehen, hatte es aber auch nicht anders erwartet. »Das Landungsboot ist gleich da.«

Das kleine weiße Boot mit der leuchtend blauen Markise über den Sitzplätzen für die Passagiere glitt herbei und legte am Dock an. Es war mehr als genug Platz für sie alle für die kurze Überfahrt bis zu der Stelle, wo die *Solstice Eclipse* vor Anker lag. Kräftige Besatzungsmitglieder machten das Boot fest, legten geschickt eine Treppe an und halfen den Passagieren auf das Boot und zu ihren Plätzen.

»Diesen Teil mag ich besonders gern«, sagte Karolina. Sie nahm den Hut ab und warf ihr Haar zurück, während das Landungsboot das Dock so schnell wieder verließ, wie es gekommen war.

Helen musste die Augen schließen. Ihr Landausflug hatte eine Einkaufstour und einen zweistündigen Aufenthalt an einem Pool in einem sehr exklusiven Resort eingeschlossen. Julie hätte der schwarze String-Bikini gefallen, den Karolina unter ihrem Musselinkleid trug, aber für Helen war er eine Versuchung zu köstlicher Sünde, und sie war mehr als bereit zu sündigen. Als das Boot beschleunigte, hob der Wind Karolinas Haar. Sie sah aus wie eine griechische Wassergöttin.

»Ich auch, auch wenn mein Magen nicht so robust ist wie Ihrer.«

»Aber es geht noch, oder?«

Helen schenkte Karolina ein Lächeln. »Ja. Ich bin nur froh, dass ich nicht an der Reling sitze, so wie Sie.«

Karolina seufzte. »Was für ein Leben! Gewöhnlich habe ich schrecklich viel zu tun, aber auch wenn die meisten Menschen an Bord eines Kreuzfahrtschiffs hohe Ansprüche stellen, sind sie nicht schwierig – zumindest nicht mir gegenüber.« Karolina klang beinahe schläfrig, obwohl das kleine Boot auf den Wellen nur so hüpfte. »Ich komme mir richtig unartig vor, weil ich mich davongestohlen habe. Danke, dass Sie diese Stunden mit mir verbracht haben.«

Am liebsten hätte Helen die Augen geschlossen gehalten, aber das war unmöglich. Der dünne weiße Stoff blähte sich im Wind und schmiegte sich um die schmalen Konturen von Karolinas Schultern und Brüsten wie eine zweite Haut. Allein vom Schauen schmolzen Bereiche von Helens Körper, die jahrzehntelang wie gefroren gewesen waren, nun aber die verlorene Zeit aufholen wollten. Diese Bereiche übernahmen das Denken für sie und füllten ihren Geist mit Bildern von Karolina, wie sie den Kopf zurückwarf, so wie jetzt im Wind, aber dann als Reaktion auf Helens Berührung. Der Motor des Bootes dröhnte im Einklang mit dem steten Pochen in Helens Bauch. Sie stellte sich gewisperte Laute vor, die sie ermutigten. Zuckende Nerven schickten ein verwirrendes Prickeln ihre Schenkel entlang, dann zu ihren Brustknospen hinauf und wieder zurück. Es war verstörend und peinlich. Helen war nicht sicher, dass sie es hätte unterbinden können, selbst wenn sie es versucht hätte.

Moxie mischte sich ein. »Warum um alles in der Welt solltest du, Schätzchen?«

Das Landungsboot wurde geschickt neben das kleine schwimmende Dock manövriert, das am Eingang des untersten Passagierdecks festgemacht war. Karolina richtete sich auf. »Was für ein wundervoller Tag!«

Die Götter lachen sich bei meinem Anblick bestimmt ins Fäustchen, dachte Helen. *O du Königin des »keine Zeit für Sex, keine Zeit für die Liebe«, die zwar die Frau gespielt, aber keine Zeit darauf verwendet hat, eine zu sein, es sei denn, die Rolle als Schauspielerin oder als Mutter erforderte es. Denk drüber nach.*

Du hast einen Körper, der zu mehr in der Lage ist, als auf einer Bühne zu stehen.

Selbst wenn sie ... Selbst wenn sie beide ... Sie hatte nicht die leiseste Ahnung, was sie tun sollte. Sie gab sich große Mühe, nicht zuzuschauen, wie Karolina ihr Wickelkleid neu band, und war dermaßen abgelenkt, dass sie nicht merkte, wie sich die Tür auf dem Ankunftsdeck öffnete und das Fallreep herabgelassen wurde. Oben angelangt, wäre sie fast der Länge nach hingeschlagen, aber ihr Sturz wurde von einer kräftigen dunkelhäutigen Frau verhindert, die in der Türöffnung erschienen war und Helens Arm mit festem Griff umfing.

»Holla! Alles in Ordnung?« Sie ließ Helen los.

»Ja, danke.« Ohne weiter darüber nachzudenken, sagte sie: »Sie sind sehr stark.«

Die Frau schenkte ihr ein gewinnendes Lächeln. »Das sind meine fünfzehn Minuten Ruhm. Ich habe Helen Baynor das Leben gerettet.«

Wenn diese Frau keine Lesbe war, dann überhaupt niemand, dachte Helen. »Das kann ich bezeugen.« Sie nickte und erhielt ein Zwinkern zur Antwort, und erst dann registrierte sie auf dem Basecap der Frau das Logo der *Human Rights Campaign,* die sich für die Belange von Lesben, Schwulen, Bisexuellen und Transgender einsetzte. Nun, offenkundig funktionierte ihr Lesbenradar.

Karolina trat zu ihr. »Passiert Ihnen das öfter?«

Von einer hinreißenden Lesbe gerettet zu werden? Nun, sie fuhr bestimmt nicht auf Lesben an sich ab. Die Frau war umwerfend, ja, aber Helen hatte dennoch einzig und allein Karolina im Kopf, also ging es nicht um Frauen als solche. Helen stellte keine Gefahr für alle Frauen um sie herum dar. Sie würde nicht nach New York zurückkehren und Cass anbaggern. Das war in mehr als einer Hinsicht schlicht ausgeschlossen.

»Ich meine, erkannt zu werden«, erklärte Karolina. Sie gingen den Gang entlang auf den Fahrstuhl zu. »Passiert Ihnen das öfter?«

»Außerhalb von New York? Nein, eigentlich nicht.« Sie spürte immer noch die Stelle, an der die Hand der Frau ihren Arm umfasst hatte, aber es war nichts Sexuelles. Es war einfach nur menschlicher Kontakt. Das war doch ein gutes Zeichen, oder? Dass sie nicht jede Lesbe, der sie begegnete, zum Fetisch machte? Sie wollte nicht heimkommen und feststellen, dass sie Laura hinterherhechelte – das war kaum angemessen, auch wenn Laura wirklich nett war und interessant und ziemlich attraktiv und sie gut mit ihr reden konnte.

»Sie sind sehr bescheiden. Das erlebe ich bei Schauspielerinnen und Schauspielern selten.« Der Fahrstuhl kam. Karolina drückte die Nummer ihres Decks und dann Helens, während die Tür sich schloss.

Helen war ganz auf Karolina konzentriert, als sie erwiderte: »Eigentlich bin ich überhaupt nicht bescheiden. Ich weiß genau, dass nur wenige Frauen, die derzeit auf der Bühne stehen, meinen Erfolg und meine Fähigkeiten haben. Das klingt vermutlich arrogant.« Mit einer Geste schnitt sie jeden möglichen Widerspruch ab. »Es gibt zwei Faktoren in meiner Gleichung. Da ist zum einen mein angeborenes Talent, und das ist ebenso wenig mein Verdienst wie meine Hautfarbe. Es ist, als hätte mir jemand einen Gewinnschein gegeben, obwohl ich noch nicht einmal ein Lotterielos gekauft habe. Aber ich habe den Gewinn kassiert und alles beharrlich und mutig eingesetzt, und ich habe jeden Vorteil, den ich dadurch hatte, mit harter Arbeit untermauert. Das rechne ich mir als Verdienst an. Das war meine Entscheidung, und darauf bin ich stolz.«

»Eine Frau ganz nach meinem Herzen«, sagte eine Stimme hinter ihr.

Erschrocken drehte Helen sich in dem engen Raum um und fand sich Angesicht zu Angesicht mit Trevor Huntley. Er war mindestens zehn Jahre älter als sie, und das zerfurchte Gesicht des New Yorkers war weltweit bekannt, allerdings nicht auf den ersten Blick, wenn es wie jetzt unter Mets Basecap und Sonnenbrille verborgen war. Helen lächelte und streckte die Hand aus. »Mr. Huntley, es ist mir ein Vergnügen.«

»Ebenso. Ich habe mich schon gefragt, wie es eigentlich kommt, dass Sie und ich noch nie zusammengearbeitet haben.« Falls er bemerkt hatte, dass die anderen Menschen im Fahrstuhl ihm plötzlich mehr Raum gaben, ließ er es sich nicht anmerken.

Er hatte eine wundervolle Stimme – live war sie heller als in Aufnahmen –, die ein intensives Sprechtraining verriet, aber dennoch ganz natürlich klang. Helen dachte, dass sie ihm liebend gern beim Vorlesen des Telefonbuches zugehört hätte. »Geben wir unseren Agenten die Schuld.«

»Machen wir.«

»Karolina Tavitian, unsere Gastgeberin, haben Sie sicher schon kennengelernt.«

»Wir haben uns heute Morgen bekanntgemacht«, bestätigte Karolina.

Er nickte und sagte an Helen gewandt: »Das hier ist ein netter Job, nicht wahr?«

»Das hat mein Sohn auch gesagt.« Der Fahrstuhl hielt auf Helens Deck. »Bis später.«

Als Antwort erfolgte ein Nicken und ein winziges Augenzwinkern. Lieber Himmel, der Mann hatte Charme für drei.

Während sie vor ihrem Workshop noch duschte, fragte Helen sich, wie schlimm es war, dass ein Teil von ihr, während sie lässig mit einem Superstar plauderte, sich ausgemalt hatte, wie sie Karolina in deren Kabine folgte und ihr half, ihren Bikini auszuziehen. Allmählich machte sie sich Sorgen, ob sie genug Konzentration für ihren Workshop aufbringen würde.

Es hätte lustig sein können, war es aber nicht.

Nach einer rastlosen Sonntagnacht, in der Laura nur wenig Schlaf gefunden hatte, beschloss sie schließlich, das einzig Vernünftige zu tun. Je mehr sie darüber nachdachte, desto überzeugter war sie, dass das, was sie entdeckt hatte, womöglich nur die Spitze des Eisbergs war. Grace könnte Zugang zu einem Notbudget oder zu Kreditkarten haben. Jeder Mensch, der kleinere Summen stahl, mochte auch größere Summen stehlen – oder zumindest darauf hoffen.

Laura wartete, bis es in New York nach neun Uhr war, spielte unterdessen mit ihrem Handy herum und versuchte, ihren Mut zusammenzunehmen. Eine der Telefonnummern auf dem Terminplaner an der Wand war die von Helens Agentin, und Helen selbst hatte von Cassidy als ihrer engsten Freundin gesprochen. Anscheinend kam sie regelmäßig an Feiertagen zu Besuch, und nach ihrer Krebsoperation hatte sie sich eine Zeitlang bei den Baynors erholt. Die Kinder und sie kannten sich – sie war eine treue Freundin der Familie und – sehr wichtig – sie war auch jemand, der Helen in geschäftlichen Dingen vertraute.

Laura nannte der Sekretärin mit der Kleinmädchenstimme ihren Namen und bat darum, mit Ms. Winters zu sprechen. Es ging eine Weile hin und her, weil Laura ihr Anliegen als privat bezeichnete, aber sobald sie sagte, dass sie für Helen Baynor arbeitete, wurde sie verbunden. Wenige Augenblicke später erklang eine forsche Stimme.

»Helen? Was ist los?«

»Entschuldigung«, sagte Laura. »Hier spricht nicht Helen. Ich bin ihre Köchin – Laura Izmani.«

»Oh, Entschuldigung. Dann ist das falsch bei mir angekommen. Ist mit Justin und Julie alles in Ordnung?«

Laura holte tief Luft. »Den beiden geht es gut. Ich habe es hier mit einem Problem zu tun, für das ich keine Lösung weiß. Wenn Mrs. Baynor diese Woche wie üblich heimkommen würde, dann würde ich direkt mit ihr sprechen, aber ich glaube nicht, dass es bis zu ihrer Rückkehr am Sonntag warten kann. Und es könnte sein, dass ich sie vor unserem nächsten regulären Treffen am Dienstag darauf gar nicht sehe.«

»Ist für Notfälle nicht ihre Hauswirtschafterin zuständig?«

»Sie ist in die Angelegenheit verwickelt. Ich bin nicht befugt, sie zur Rede zu stellen.«

Cassidys Stimme wurde rasiermesserscharf. »Grace? Worum geht es hier eigentlich? Ist sie betrunken zur Arbeit erschienen? Hat sie die Kinder misshandelt? Was ist los?«

Laura vernahm die Skepsis in Cassidys Stimme. War Laura eine Unruhestifterin, die bloß darauf gewartet hatte, dass Helen außer Landes war? Sie wusste, dass Cassidy allem, was sie ihr erzählte, mit Argwohn begegnen würde. Wer würde das nicht?

»Nein, es ist weit banaler. Ich habe Beweise dafür, dass sie die Ausgaben manipuliert und Geld für sich abzweigt – sie schreibt Belege für Dinge, die ich nicht gekauft habe, und tut so, als erstatte sie mir meine Auslagen in bar. Ich habe außerdem mit angehört, wie sie den Gärtnern gedroht hat, sie zu feuern, wenn sie in Zukunft nicht einen größeren Anteil als bisher von ihrem Verdienst an sie abführen. Für Mrs. Baynor sind die Summen wahrscheinlich gering, aber ich glaube kaum, dass ihr das gefallen würde, wenn sie davon wüsste. Ich habe keine Ahnung, auf welche Summen Grace Zugriff hätte, wenn sie wüsste, dass ich Wind von der Sache bekommen habe und versucht, sich aus dem Staub zu machen. Oder inwiefern sie sich bereits bereichert hat, ohne dass es bisher jemand bemerkt hat.«

»Das weiß ich auch nicht. Und Sie haben wirklich Beweise dafür? Ich kenne Helens Steuerberaterin. Sie ist hier in New York.«

»Ich habe Beweise – Fotos der gefälschten Belege. Sie tut so, als hätte sie mich in bar bezahlt, aber ich schwöre, dass das nicht stimmt. Und ich denke, der Boss der Landschaftsgärtner würde meine Angaben bestätigen, wenn er wüsste, dass Grace ihn und seine Leute nicht feuern kann. Er war sehr wütend, als sie ihm gesagt hat, er müsse in Zukunft mehr zahlen – allein deshalb habe ich das überhaupt mitbekommen. Ich hörte, wie ein zorniger Mann eine Frau beschimpfte ...«

»Schicken Sie mir die Fotos. Und unternehmen Sie nichts, ehe Sie von mir hören. Ich muss sagen, ich bin ziemlich bestürzt, und ich weiß nicht, was ich davon halten soll.«

»Ich bin keine Lügnerin, Ms. Winters«, erwiderte Laura ruhig. »Ich hege keinen persönlichen Groll gegen Grace. Nun, zumindest bis jetzt nicht ... Das Ganze ist mir nicht leichtgefallen. Ich bin es gewohnt, derartige Probleme zu lösen, aber wie gesagt, ich habe in diesem Fall nicht die Befugnis dazu. Doch ich verstehe, dass Sie darüber nachdenken müssen. Ich selbst habe zwei Tage gebraucht, um zu einer Entscheidung zu gelangen.«

Cassidy gab Laura ihre E-Mail-Adresse und fügte dann hinzu: »Ich weiß, dass Sie hervorragende Referenzen haben, aber auch Grace ist über eine Agentur gekommen, die ihre Leute gründlich überprüft.« Sie seufzte. »Helen mit ihrem guten Herzen wird das gar nicht gefallen, und sie wird mich umbringen, wenn ich es ihr nicht erzähle. Aber ich werde es ihr auf keinen Fall sagen, solange sie noch auf dieser Kreuzfahrt ist. Sie würde über die Reling springen und zurückschwimmen, wenn sie befürchtete, dass das Leben ihrer Kinder in irgendeiner Weise beeinträchtigt wäre. Kann sein, dass Sie warten und Stillschweigen bewahren müssen.«

»Zumindest warte ich dann nicht allein. Das geht sozusagen weit über meine Gehaltsstufe hinaus.«

»Das verstehe ich. Aber bitte unternehmen Sie dennoch nichts, ehe Sie nicht von mir hören.«

Laura war froh, dass ihr lautes Herzklopfen ihrer Stimme nicht anzuhören gewesen war. Sie tippte Cassidys E-Mail-Adresse ein und leitete die Fotos von ihrem Handy weiter. Jetzt gab es kein Zurück mehr.

15

Als Laura am Dienstagmorgen in aller Frühe ihr Handy einschaltete, fand sie zu ihrer Überraschung eine E-Mail von Cassidy vor, die sie darum bat, um elf Uhr in ein Büro in Redwood City zu kommen. Laura schaute die Adresse nach – es war eine Wirtschaftsprüfungskanzlei. Vielleicht jemand, mit denen Helens Steuerberaterin in New York zusammenarbeitete? Sie würde natürlich hingehen, hätte aber gern gewusst, was für einen Empfang sie dort zu erwarten hatte.

Laura überlegte, was sie anziehen sollte. Ihr Blazer von Dolce & Gabbana stärkte stets ihr Selbstvertrauen, und sie kombinierte ihn mit maßgeschneiderten schwarzen Hosen. Sie fand das Büro in einem von Redwood Citys Bürokomplexen, die außerdem Dutzende von winzigen bis großen Internetfirmen beherbergten. Als sie von ihrem Wagen zu dem Gebäude hinüberging, atmete sie die kühle Morgenluft ruhig und tief ein. Es war neblig, der Himmel grau bedeckt. Sie hoffte, dass das kein Omen war. Sie hatte nichts falsch gemacht, und notfalls – auch wenn sie es zutiefst bedauern würde – könnte sie den Job hinschmeißen und der ganzen Sache den Rücken kehren. Das ist ja alles schön und gut, sagte sie sich, aber dennoch bist du die schwarze Angestellte, die eine Weiße des Diebstahls bezichtigt. Manchmal war nicht vorauszusehen, wie die Menschen reagierten.

Sie war erleichtert, kein Anzeichen von Grace oder dem Minivan, mit dem sie gewöhnlich unterwegs war, zu entdecken. Sie merkte, dass sie halb mit einer Konfrontation nach dem Motto »sie hat gesagt« versus »sie hat gesagt« gerechnet hatte.

Laura hoffte, Zuversicht auszustrahlen, als sie der Empfangssekretärin ihren Namen nannte und in einen kleinen Konferenzraum geführt wurde. Kaum eine Minute später öffnete ein stattlicher Mann in einem grauen Anzug und mit eindrucksvollem Schnauzbart die Tür. Er ließ einer sehr dünnen Frau mit stacheligem blondem Haar den Vortritt und trat dann ebenfalls ein.

»Cassidy Winters?« Laura meinte sie von den Fotos im Hause der Baynors zu erkennen, aber in Wirklichkeit sah sie noch dünner und angespannter aus. »Sie sind von New York hergeflogen?«

»Ja. Ist mir ein Vergnügen, Sie kennenzulernen, Ms. Izmani.«

»Laura, bitte.«

»Ich bin Cass. Und das ist Daryl Kech, ein Kollege von Helens Steuerberaterin in New York. Er ist für die geschäftlichen Details der Angelegenheit zuständig.«

Sie schüttelten sich die Hände und nahmen dann alle an dem kleinen Tisch Platz. Laura lehnte den angebotenen Kaffee ab; sie sah zu, wie Cass drei Tütchen Süßstoff aufriss und in ihren Kaffee rührte. Daryl öffnete eine Mappe, während Cass das Wort ergriff.

»Die Sache ist die. Zwei Möglichkeiten. Ich erzähle es Helen oder ich erzähle es ihr nicht. Wenn wir es ihr erzählen, wird sie von irgendeinem Provinzflughafen in Mexiko heimfliegen, und das möchte ich nicht, denn es handelt sich nicht um einen Notfall. Eine Tatsache, die Helen nicht so sehen wird, denn was ihre Kinder angeht, lässt Helen sich nichts sagen. Die zweite Möglichkeit ist also, ich erzähle Helen nichts, bis sie Freitag wieder in Miami eingelaufen ist. Doch wenn ich ihr nichts erzähle, dann muss ich dafür sorgen, dass alles getan wird, was sie getan hätte, wenn sie hiergewesen wäre, damit ich ihr, wenn sie mich zur Schnecke macht, sagen kann, dass es keine Rolle gespielt hat, dass sie mit ihrer Karriere befasst war, weil wir diese Angelegenheit geregelt haben.«

Laura war verblüfft. Erleichtert atmete sie aus. »Dann glauben Sie mir also?«

»Teufel, ja! Die Agentur, die Helen die Frau vermittelt hat, hat sie nicht ordentlich durchleuchtet. Mein Informant in New

York hat herausgefunden, dass sie wegen einer ähnlichen Sache bereits vorbestraft ist. In New Jersey hat sie zwei Jahre wegen Diebstahls, inklusive Kunstdiebstahl, gesessen. Anscheinend hat sie damals, als sie begriff, dass sie jeden Moment auffliegen würde, ihren Wagen mit allerlei Wertgegenständen beladen und sich aus dem Staub gemacht. Von daher: Klar glaube ich Ihnen. Vor allem weil mein Informant bei Ihnen nicht mal einen Strafzettel wegen Falschparkens gefunden hat.«

Daryl wies auf die Unterlagen vor sich. »Mrs. Baynor hat unsere Firma mit einer Vollmacht für bestimmte finanzielle Transaktionen ausgestattet. Wir nutzen diese Vollmacht und sperren gerade Grace Olmsteads Zugang zu allen Haushaltskonten und ändern die Log-in-Daten zu allen Online-Shops für den Fall, dass eine Liste dieser Zugangsdaten in ihre Hände geraten ist. Stichprobenartig überprüfen wir in diesem Moment auch alle Konten, in die wir Einblick haben, um uns zu vergewissern, dass keine ungewöhnlichen Transaktionen vorgenommen wurden. Ich denke, in finanzieller Hinsicht ist damit alles abgesichert.«

»Da bin ich erleichtert«, sagte Laura. »Es handelte sich nur um rund hundertfünfzig Dollar – ich meine, bei den Barausgaben, die sie mir angeblich erstattet hat. Aber ich wusste ja nicht, ob nicht noch mehr dahintersteckte. Mir schien es eine geringe Summe, um so ein Risiko einzugehen, und von daher hatte ich Sorge, dass das erst die Spitze des Eisbergs war.«

Cass wies auf die Unterlagen. »Daryl hat einige Protokolle, die Sie unterschreiben müssten. Die sind für die Unterlagen und beinhalten nur das, was Sie mir erzählt haben. Ob Helen dann Anzeige erstattet oder nicht, ist ihre Entscheidung. Aber das Erste, was sie tun würde, ist, ihre Kinder zu schützen. Und deshalb werde ich genau das tun. Mich kennen sie, und deshalb werde ich sie von der Schule abholen. Ich stehe als Berechtigte auf der Notfall-Liste und ebenso eine Vertretung von dieser windigen

Agentur, die Grace vermittelt hat, aber ich vertraue nicht darauf, dass sie ihr gegenüber Stillschweigen bewahren. Wenn ich Helen also nicht informieren will, dann muss ich hier vor Ort sein. Vorher jedoch werde ich mich mit einem Sicherheitsdienst treffen. Ich werde sie beauftragen, Ms. Olmstedt in ihre Obhut zu nehmen und vom Anwesen zu geleiten, notfalls unter Hinzuziehung der örtlichen Polizei. Sie werden eine Schlosserfirma schicken und die Autos werden – keine Ahnung, jedenfalls werden die Codes für die Funkfernbedienung der Zentralverriegelung neu programmiert. Ich habe der Schule bereits ein Fax geschickt, dass sie die Frau sofort von der Liste derjenigen streichen, die die Kinder abholen dürfen. So. Ich denke, damit habe ich alles Erforderliche getan.«

Laura nickte. Während Cass gesprochen hatte, hatte sie die Papiere, die sie für Daryl unterschreiben sollte, überflogen. Sie sollte die Echtheit der Fotos, die sie gemacht hatte – siehe Anlagen –, bescheinigen sowie die Protokolle der Gespräche, die sie mit angehört und zum Teil geführt hatte, als zutreffend bestätigen. Sie hatte kein Problem mit der Unterschrift.

»Ich habe noch eine Frage an Sie, Laura«, sagte Cass. »Die Sache mit Olmstead wird unangenehm werden. Helen ist jedoch Kontinuität und ein geregelter Tagesablauf für die Kinder enorm wichtig. Außerdem müssen Julies Mahlzeiten strikt überwacht werden. Ich kann nicht einfach die nächsten vier Tage mit ihnen Pizza essen gehen. Können Sie, nachdem Grace hinauskomplimentiert wurde, dableiben und tun, was Sie tun müssen? Helen ist begeistert von ihrem bisherigen Einsatz für die Familie – das hat sie mir erzählt.«

Laura blinzelte. »Natürlich. Ich meine, ich hatte vor, wie sonst auch Snacks und Abendmahlzeiten vorzubereiten. Manchmal bleibe ich abends nach dem Essen noch eine Weile, wenn die Kinder Gesellschaft suchen oder wenn ich etwas für den nächsten Tag vorbereiten möchte. Wir spielen Poker um Brezeln. Und ich bringe Justin das Kochen bei und helfe Julie beim Anlegen eines ökologischen Kräutergartens für ihr Schulprojekt.«

»Wow!« Cass legte den Kopf schief. »Klingt nach Übererfüllung.«

Laura zuckte die Achseln. »Ich bin gern mit ihnen zusammen.«

»Sie haben mehr über die Kinder erzählt, als Grace in der ganzen Zeit, die ich nach meiner Operation bei ihnen verbracht habe. Helen hat darauf geschworen, sie sei so effektiv –«

»Den Anschein hatte es«, sagte Laura. »Die Elektroarbeiten im Wohnzimmer sind nahezu fertig. Obwohl ich mich inzwischen frage, ob Grace auch mit der Vertragsfirma ihre private Übereinkunft geschlossen hat.«

»Das müssen wir auch überprüfen«, sagte Cass zu Daryl. »Die Qualität der geleisteten Arbeit. So kommt eines zum anderen.«

Er nickte und machte sich eine Notiz. »Ich glaube, damit sind wir soweit fertig.«

Er und Cass standen auf und schüttelten sich die Hände. Laura war wie benommen von der rasanten Entwicklung, die die Sache genommen hatte.

»Können Sie mich zu den Baynors mitnehmen?«, fragte Cass an Laura gewandt. »Daryl hat mich vom Flughafen abgeholt, und ich möchte mir keinen Leihwagen nehmen, wo doch bei Helen ein paar schöne Autos herumstehen. Ihr Saab-Cabrio gefällt mir am besten. Wenn ich schon hier feststecke, öffne ich am besten das Verdeck und fahre jeden Tag, wenn die Kinder in der Schule sind, an den Strand.«

»Natürlich.« Laura kam kaum mit bei der Geschwindigkeit, mit der Cass alles in die Wege leitete. Als sie im Auto saßen, ließ Cass sich noch einmal detailliert von dem Gespräch erzählen, das Laura mit angehört hatte. Kurz bevor sie Woodside erreichten, erklärte Laura, dass sie noch etwas besorgen müsse.

»Ich brauche noch ein paar Lebensmittel. Haben Sie irgendwelche Lebensmittelallergien?«

»Himmel, nein, aber ich versuche, mit meiner Ernährung mein Immunsystem zu stärken und ein paar Pfund zuzulegen.«

»Viel dunkles Grünzeug auf dem Teller und leuchtendes Orange?«

Cass lächelte. »Genau.«

»Ich werde mein Bestes tun, um das so köstlich wie möglich zu gestalten. Justin macht ein Dessert nach dem anderen, von daher wird es jede Menge Kalorien geben, die Sie in Versuchung führen.«

»Justin kocht – ich muss sagen, ich staune.«

Laura lenkte den Wagen in eine günstige Parklücke. »Wollen Sie mich begleiten?«

Cass wies auf *Makes Life Worth Living* und sagte: »Nein, ich brauche eine Dosis Java. Ich weiß nicht, was in dieser Kanne in der Wirtschaftsprüfungskanzlei war, aber mit Kaffee hatte das nichts zu tun. Möchten Sie auch einen?«

»Danke, gern – ich nehme immer gern die Röstung auf der Tageskarte, mit aufgeschäumter Milch.«

Als Laura zum Auto zurückkehrte, erzählte Cass ihr: »Während Sie weg waren, ist hier dreimal eine gertenschlanke Blondine vorbeigegangen, und wenn Blicke töten könnten …«

»Oh. Das war … eine Ex. Sozusagen.«

»Nahm kein gutes Ende, vermute ich.«

Laura versuchte, gleichmütig zu klingen. »Nein. Wir passten nicht zusammen, wie sich herausstellte. Ist es ein Problem für Sie, dass ich lesbisch bin?«

Cass zwinkerte ihr zu. »Schätzchen, ich bin selbst lesbisch. Helen hat mir erzählt, dass Sie eine Lesbe sind – und außerdem haben Sie diesen Aufkleber hinten am Auto …«

Laura grinste. »Den vergesse ich immer.«

Je näher sie dem Anwesen der Baynors kamen, desto stiller wurde Cass. Hinter der letzten Kurve, wo Laura am Tag ihres Vorstellungsgesprächs gehalten hatte, um sich zu sammeln, bevor sie Helen die Kostprobe brachte, parkte ein Wagen des Sicherheitsdienstes. Cass gab Laura ein Wink, rechts ranzufahren.

Sie wartete im Wagen, während Cass mit den Sicherheitsleuten sprach. Kurz darauf fuhren sie alle weiter zum Haus. Die Sicherheitsleute gingen zum Vordereingang, Laura und Cass zum Seiteneingang. Der Minivan stand nicht da.

»Grace ist nicht zu Hause«, sagte Laura zu Cass.

»Gut. Der Schlosser kommt in fünfzehn Minuten.«

Laura fand, dass sie gut daran täte, es sich mit Cass nicht zu verderben – die Frau fackelte nicht lange –, und so verschwand sie in der Küche, und da würde sie auch bleiben. Der Schlosser traf ein. Ein weiterer Wagen mit weiterem Sicherheitspersonal fuhr vor. Laura hörte, wie Cass etwas vom Zutrittsrecht der Vermieterin sagte, als sie und zwei Sicherheitsleute auf dem Weg zu Graces Apartment hinter der Garage waren.

Der Kürbis, aus dem sie eine Suppe zubereiten wollte, war schon in Stücke geschnitten und röstete im Ofen, als sie schließlich Graces Stimme vernahm. Offenbar hatte man sie in Empfang genommen. Aus dem Fenster über der Spüle, das auf den Parkplatz ging, sah sie Grace wild gestikulieren; sie hörte lautstarkes Geschrei, und kurz darauf traf ein Polizeiwagen ein. Dann wurde es sehr still.

Als sie das nächste Mal zum Fenster zurückkehrte, waren sämtliche Wagen von Polizei und Sicherheitsdienst fort. Und der Minivan ebenfalls. Sie warf einen Blick auf die Uhr. Es war Zeit, Justin und Julie von der Schule abzuholen.

Als Cass eine halbe Stunde später zurückkehrte, hatte Laura Gelegenheit, das Trio zu beobachten, wie sie sich dem Haus näherten. Die Zwillinge sahen düster und angespannt aus. Cass bewegte sich, als hätte ihr jemand fünfzig Pfund auf die dünnen Schultern gepackt.

Alle drei Gesichter leuchteten auf, als sie Lauras Englische Muffins mit Käse und dünnen Scheiben Tomate – eine alte

Sorte – erblickten. Die Kids schienen keine Lust zum Reden zu haben; sie verzogen sich auf ihre Zimmer, vermutlich um Freundinnen und Freunden zu simsen.

Cass hockte sich an den Tisch und ließ den Kopf auf die Arme sinken. »Himmel. Das war das Schwierigste und Seltsamste, was ich je für eine Klientin erledigen musste. Oder für eine Freundin.«

Laura stellte ihr eine Tasse frischaufgebrühten Kaffee hin.

»Sie sind ein wunderbares Menschenkind«, sagte Cass und richtete sich wieder auf. Die Ringe unter ihren Augen waren dunkel und ausgeprägt. »Die Kids sind in erster Linie schockiert, aber es hat sich herausgestellt, dass beide Grace nicht mochten. Trotzdem macht es ihnen was aus.«

»Das kann ich verstehen. Sie haben sie verhaften lassen?«

»Ja. Das diebische Weibsstück hatte das vergoldete Tafelgeschirr, das Helens Schwiegermutter gesammelt hat, unter dem Bett. Allein die Aufbewahrungskiste wäre fünfhundert wert. Ich fand, in Anbetracht des Goldpreises war das schwerer Diebstahl, und deshalb habe ich die Polizei gerufen. Und dann gab's da Schmuckstücke von Helen, die sie bislang noch nicht vermisst hatte: teure Stücke, die sie nicht in den Safe zurückgelegt hatte. Sie sind versichert, aber einige davon sind Erbstücke aus der Familie ihres Mannes.«

»Hört sich an, als hätte Grace vorgehabt, sich bald davonzumachen.«

»Kann sein. Ich bin froh, dass es nicht soweit gekommen ist.« Cass trank noch einen Schluck Kaffee. »Göttlich – was ist das?«

»Jamaican Blue Mountain.«

»Möge der Segen aller Heiligen auf Ihnen ruhen. Und Sie haben ihn genau richtig gesüßt. Ich werde noch vier weitere Tassen davon brauchen, um bis heute Abend durchzuhalten.«

»Sie sehen wirklich fertig aus.«

»Der Flieger in New York ging heute Morgen um vier Uhr,

und ich habe vorher nicht geschlafen. Ich bin so froh, dass wir die Sache hinter uns haben – den schlimmsten Teil zumindest. Bis Helen heimkommt und mich bei lebendigem Leib häutet.«

Laura wusste nicht so recht, ob sich das Häuten nicht auch auf sie erstrecken würde. Sie machte sich an den nächsten Schritt der Zubereitung der Kürbissuppe. Koch du einfach, sagte sie sich, und hoffe aufs Beste.

16

»Hatten Sie eine schöne Woche?«

Helen schob die Karteikarten von ihrem letzten Vortrag in ihre Strandtasche und sah zu Karolina auf. Das Flutlicht rahmte sie ein und ließ ihr Haar in tiefem, sattem Topasbraun erstrahlen. Obwohl ihr körperliches Begehren in den vergangenen Tagen nicht geringer geworden war, hatte Helen nicht länger das Gefühl, sie könnte die Kontrolle über ihre Hände verlieren, auch wenn sie in diesem Augenblick das wilde Verlangen verspürte, Karolinas Haar zu berühren.

»Es war großartig. Honduras ist einfach wunderschön. Und die Menschen waren alle so freundlich und interessiert und offen.«

»Sie waren grandios. Und Trevor auch.« Karolina senkte die Stimme. »Unter uns: Die Havens steuern auf eine Scheidung zu. Das Eis war spürbar.«

»Das fand ich auch.«

Karolina hielt Helen die Tür auf, und sie verließen das kleine Theater und wandten sich den Fahrstühlen zu, die sie zu ihren Suiten hinaufbringen würden.

Helen war erleichtert, aber auch ein bisschen erstaunt, dass es bereits Donnerstag war. Auf dem Rückweg nach Miami würden sie den ganzen Tag auf See sein. Es wäre ihr letzter Nachmittag, und sie würde ihn mit Sonnenbaden an Deck verbringen. Es wäre auch der letzte Nachmittag, den sie neben Karolina, Quell höchster Versuchung, verbrachte. Beim Schnorcheln am Tag zuvor hatte sie sich immer wieder dabei ertappt, wie sie in Karolinas Worten und Gesten nach einem Hinweis darauf suchte, dass diese sich ebenso zu ihr hingezogen fühlte. Wenigstens hatte sie sich inzwischen wieder gefasst. Anfangs hatte ihre eigene Faszination sie dermaßen aus der Bahn geworfen, dass sie gar nicht darüber nachgedacht hatte, ob es Karolina ebenso erging.

Jetzt hatte sie die Kontrolle wiedererlangt, und in den vergangenen Tagen war ihr viel Zeit geblieben, über ihre Situation nachzudenken und sich allen möglichen Phantasien hinzugeben. Was wäre, wenn sie Karolina küsste? Was wäre, wenn sie in einer der Discos auf dem Schiff miteinander tanzten? Was wäre, wenn jemand eine Szene machte, weil zwei Frauen ihr Begehren offen zeigten? In den vergangenen Jahren hatte sie ihres Erachtens Verständnis und Mitgefühl gezeigt, wenn Cass ihr erzählt hatte, dass irgendein Idiot sie und ihre Ex belästigt hatte, als sie Händchen haltend die Straße entlanggegangen waren. Aber zwischen Mitgefühl für andere und eigener Erfahrung lagen Welten. Cass und Laura – und Karolina – mussten ständig auf der Hut sein und mit üblen Erfahrungen rechnen. Jetzt verstand Helen, warum Cass von Zeit zu Zeit Kreuzfahrten oder Urlaubsreisen ausschließlich in Gesellschaft anderer Lesben machte.

Na toll, dachte sie, zu dem mulmigen Gefühl, das sie angesichts der unwiderstehlichen Anziehung, die von Karolina ausging, verspürte, kam jetzt auch noch die Furcht vor den Reaktionen von Fremden wie Vertrauten. Sie machte sich Sorgen, was ihre Kinder sagen könnten und was ihre Fans denken mochten. Wer würde diese Art Besorgnis freiwillig auf sich nehmen, zumal man sich zu Beginn von Affären und Beziehungen doch ohnehin schon in unsichere Gewässer wagte. Sie begann zu verstehen, warum manche Menschen sich dagegen wehrten. Sie wusste ehrlich nicht, was sie tun sollte. Natürlich hatte sie schon bei anderen Gelegenheiten Angst empfunden und dieser Angst ins Auge gesehen – ihrer Höhenangst zum Beispiel und ihrer Angst vor Premieren, und nie hatte sie zugelassen, dass ihre Angst sie von etwas abhielt. Das hier war zweifellos eine neue Rolle für sie.

»Haben Sie vor, heute Abend etwas Formelles zu tragen?« Karolina ging auf dem Weg zum Hauptatrium voran, was Helen Gelegenheit bot, ihre Schultern und ihren Rücken zu bewundern, ehe sie bei den Aufzügen neben sie trat. »Vor dem Dinner ist der Empfang.«

»Ich kann mich nicht entscheiden«, gestand Helen. »Ich habe ein Cocktailkleid und ein langes Abendkleid dabei. Ich denke, das Abendkleid ist etwas übertrieben, aber ich bin sicher, dass sich viele Frauen bis zum Anschlag aufdonnern werden.«

»Möchten Sie, dass ich es mir ansehe?«

»Gern. Der Steward hat es mir schon aufgebügelt, aber es ist aus Samt – zumindest das Oberteil. Samt auf einem Kreuzfahrtschiff?«

»Es klingt elegant. Und sehr nach Ihnen.«

Sie betraten den Aufzug zusammen mit einigen Frauen aus dem Workshop, den Helen gerade beendet hatte, und sie plauderten miteinander, bis sie und Karolina auf Helens Deck ausstiegen. Erst als sie in den Gang zu ihrer Kabine einbogen, wurde Helen bewusst, dass sie mit Karolina allein sein würde. War die Diskussion der Abendgarderobe das lesbische Äquivalent zur Briefmarkensammlung? Sie hatte nicht im Sinn gehabt, Karolina unter irgendeinem Vorwand in ihre Kabine zu locken, ehrlich nicht. Als sie die Schlüsselkarte in den Schlitz schob, musste sie ein Lachen unterdrücken. Sie war mit der Vorstellung aufgewachsen, dass ein braves Mädchen wartete, bis der Mann den ersten Schritt unternahm. Also was passierte, wenn kein Mann da war, der diesen Schritt tun konnte? Lieber Himmel, es war demütigend, sich wieder so unbeholfen wie ein Teenager zu fühlen und sich Gedanken darüber zu machen, was man tat oder nicht tat und was die Leute darüber dachten.

Sie stellte ihre Tasche ab und öffnete rasch den Schrank. Sie fragte sich, ob sie womöglich rot wurde. »Hier ist es.« Sie wich jedem Blickkontakt mit Karolina aus.

Karolina hielt das lange schwarze Abendkleid auf Armeslänge vor sich. »Es ist ärmellos, aber ich verstehe, was Sie meinen von wegen Samt. Ein Schritt nach draußen und die Feuchtigkeit wird die Form ruinieren.«

»Es war kalt in New York, als ich gepackt habe. Das ist alles, was ich zu meiner Verteidigung vorbringen kann.«

»Und die zweite Möglichkeit?«

»Das hat hier bisher noch niemand gesehen.« Helen langte in den Schrank und nahm das letzte Kleid heraus, das sie noch nicht getragen hatte. »Das kleine Schwarze Nummer drei.«

Karolina ließ die Finger über die Seide gleiten und sagte: »Das ist wunderschön. Hören Sie, ich werde ebenfalls ein kurzes Kleid anziehen, und dann wird sich keine von uns beiden komisch vorkommen.«

Zumindest nicht wegen des Kleides, dachte Helen. »Abgemacht.«

Während sie die Kleider in den Schrank zurückhängte, ging Karolina durch die Suite zu der Schiebetür hinüber, die auf den Balkon hinausführte. »Ich finde den Himmel hier draußen immer von neuem faszinierend.«

Helen trat neben sie und schaute zum Horizont. »Wie dumm von mir, auf diesen Anblick zu warten, bis ich fast fünfzig bin.«

»Es ist nie zu spät, etwas Neues auszuprobieren.«

»Das habe ich auf dieser Reise definitiv gelernt.«

Karolina wandte ihr den Kopf zu, aber Helen hielt ihren Blick auf den Horizont geheftet. »Gestern haben Sie zum ersten Mal geschnorchelt. Das war mutig von Ihnen.«

Helen blinzelte. »Stimmt.«

»Aber das meinten Sie nicht?«

»Nein. Ja, ich meine – diese Reise ist voller neuer Erfahrungen gewesen.« Werde bloß nicht rot, beschwor sie sich. In der Hoffnung, das Erröten abzuwenden, dachte sie an Gardinentroddeln.

»Für mich auch.«

»Aber Sie haben schon öfter eine Karibik-Kreuzfahrt gemacht, oder?«

»Schon oft. Aber …«

Helen konnte nicht anders. Sie sah Karolina in die Augen und seufzte unwillkürlich auf. Wie um alles in der Welt brachte die Frau ihre Augen dermaßen zum Glühen?

»Das ist das erste Mal, dass ich versucht bin, Arbeit und Vergnügen abzumixen. Und ich habe aus nächster Nähe miterlebt, wie billig und erbärmlich es ist, wenn Annäherungsversuche unerwünscht sind. So möchte ich nie sein.«

Helen war komplett verwirrt, und ihr Herzschlag pochte unerklärlich laut in ihren Ohren. »Ich weiß nicht, was Sie meinen.«

»Ich möchte nicht so sein wie Eugene. Es war schlimm genug, dass Sie sich mit ihm auseinandersetzen mussten.«

Helen brauchte einen Moment, bis sie begriff, was Karolina meinte. Sie schluckte. Sagen konnte sie nichts.

»Dann ist da noch die kleine Tatsache, dass Sie hetero sind. Ich wollte Sie wirklich nicht in eine unangenehme Situation bringen. Ich hoffe sehr, dass ich das nicht getan habe. Aber Sie schienen nichts dagegen zu haben.«

»Dagegen haben …«, wiederholte Helen.

»Dagegen zu haben, dass ich mit Ihnen geflirtet habe. O Himmel …« Karolina stieß ein halbherziges Lachen aus. »Ich bin wirklich aus der Übung. Sie haben nicht gemerkt, dass ich mit Ihnen geflirtet habe?«

»Nein«, erwiderte Helen ehrlich. »Ich war zu sehr damit beschäftigt, meine Hände bei mir zu behalten.« Knisterndes Schweigen setzte ein. Dann begriff Helen, was sie da gerade gesagt hatte.

»Ich bin nicht – das wollte ich eigentlich gar nicht sagen. Tut mir leid. Es war unangemessen. Bitte vergessen –«

Karolina brachte sie zum Schweigen, indem sie ihr den Finger auf die Lippen legte. Helen überlief ein Schauder, und sie sah, wie sich Gänsehaut auf Karolinas Arm abzeichnete. Sie schloss die Augen.

»Helen.« Dann, ebenso sanft: »Bitte sieh mich an.«

Sie zwang sich, die Augen zu öffnen. Sie fühlte sich auf eine Weise nackt, die nichts mit Kleidung zu tun hatte, fühlte sich an einer Stelle entblößt, die nie zuvor offengelegt worden war. Ihre Lippen waren heiß und geschwollen, dort, wo Karolinas Finger noch immer auf ihnen ruhte.

»Ich habe eine Regel, was heterosexuelle Frauen angeht«, sagte Karolina. »Aber in diesem Fall möchte ich nichts lieber, als mich darüber hinwegsetzen. Ich wusste sofort, dass ich in der Bredouille war, als ich dich das erste Mal sah.«

Karolinas Finger strichen über ihre Lippen, dann umfassten sie ihr Kinn. In ihren Augen lag die Andeutung eines Lächelns. »Der Fairness halber warne ich dich vor: Bei drei werde ich dich küssen. Wenn du das nicht willst, dann sag es jetzt.«

Helen starrte sie an.

»Eins.«

Helen holte tief Luft.

»Zwei.«

Sie wartete nicht auf drei, sondern beugte sich leicht vor. Karolinas Lippen waren so weich, wie sie es sich vorgestellt hatte und doch ganz anders als in ihrer Phantasie. Warm, fest und entschlossen. In ihrer Vorstellung hatte sie das alles getrennt erlebt – den Kuss, das zarte Flüstern von Karolinas Atem auf ihrer Wange, den aufregenden Duft ihres Parfums. Doch die Wirklichkeit war all das und alles gleichzeitig; sie war überwältigend und noch viel erregender, und Helen hätte nie gedacht, dass sich ihre Begierde noch steigern ließe.

Helen hätte versuchen können, etwas zu sagen, als der Kuss endete, aber Karolina küsste sie gleich von neuem; sie drückte Helen an sich und presste sich gleichzeitig an sie. Zu spüren, wie dieser sinnliche Frauenkörper mit ihrem verschmolz, war anders als alles, was Helen je zuvor empfunden hatte. In jeder einzelnen Zelle ihres Körpers lief ein Feuerwerk ab, und noch nie hatte sich etwas so gut und so richtig angefühlt.

Als sie Karolinas Nacken und dann ihre Kehle küsste, merkte Helen, dass sich etwas in ihr löste, aber es schien ihr die einzige Möglichkeit, sich dem Sog der Leidenschaft zu überlassen.

»Ist das in Ordnung? Ist dies das, was du willst?«

Karolinas Worte klangen beinahe matt in ihren Ohren. Helen zog sich ein wenig zurück und war erschrocken, als sie die kaum verhohlene Erregung so deutlich in Karolinas Gesicht las. Sah sie selbst genauso aus? Geschah das hier wirklich?

Karolina knöpfte ihre Bluse auf – es geschah wirklich. Helen hatte nicht geahnt, dass Haut so empfindsam war. Ihre eigenen Hände, die nun über Karolinas nackte Arme glitten, über ihre nackten Hüften, hatten sich nie lebendiger angefühlt. Warme Hände auf ihren Rippen, auf ihrem Rücken, mehr Küsse, nach Luft ringen, um eine Antwort zu finden.

»Ja«, sagte sie schließlich. »Das ist genau das, was ich will.«

»Der Empfang beginnt in einer halben Stunde«, murmelte Helen, den Arm um Karolina gelegt. Sie lagen engumschlungen auf dem Bett. Helen war ziemlich sicher, dass Karolina wach war. Und sie wusste, dass sie das genau herausfinden konnte, wenn sie ihre Hand zu Karolinas Brüsten gleiten ließ. Sie reagierten auf die leiseste Berührung. Helen hatte sich noch nie mächtiger gefühlt.

»Ich muss hin«, stöhnte Karolina. »Aber ich will mich nicht rühren. Das war …« Sie drehte sich herum, um Helen anzusehen. Ihr Haar war ein sexy Wirrwarr, und ihr Mund sah extrem verlockend aus. »Sag die Wahrheit. Du bist wirklich noch nie zuvor mit einer Frau zusammengewesen?«

Helens Gefühl von Macht verwandelte sich blitzschnell in Schüchternheit. Sie schüttelte den Kopf. »Es ist schon in Ordnung, wenn du mir nicht glaubst. Ich verstehe es als Kompliment.«

»Ich will damit nicht sagen, dass es nicht Dinge gibt, die mit ein wenig Übung noch besser werden könnten, aber du warst ... sehr aufmerksam. Einfühlsam. Empfänglich.«

Sie spürte, wie Karolinas Hand zwischen ihre Schenkel glitt, um sie erneut zu entflammen. Ihre Brustknospen richteten sich auf; sie erschauderte und konnte ein Stöhnen nicht unterdrücken. »Wir werden zu spät kommen.«

»Passiert mir nicht.« Karolina küsste sie zärtlich, als ihre Hand direkter wurde. »Außerdem dauert das hier kaum eine Minute, wenn die Vergangenheit auf die Zukunft schließen lässt.«

»Ich kenne das von mir gar nicht.« Das Rollen des Schiffes verstärkte ihre leichte Benommenheit.

»Um so besser.«

»Bitte!« Wieder stöhnte sie. Sie war dumm gewesen, als sie geglaubt hatte, dieser Teil von ihr sei fühllos geworden. Er war quicklebendig und sehr saftig. Sie hob sich Karolinas Hand entgegen und spürte, wie diese wieder in sie glitt und genau dort drückte, wo Helen es brauchte. Genau an der Stelle, die sie atemlos staunend auch in Karolina entdeckt hatte. Sie wusste, dass die Welt voller Schönheit war, und dann kam das hier. Etwas vollkommen anderes.

Wenige Minuten später lag sie da, das Gesicht an Karolinas Schulter, und lachte. »Ehrlich, das war die reinste Offenbarung.«

»Und jetzt müssen wir wirklich aufstehen.«

»Ich will nicht.«

Karolina küsste sie. »Wenn wir jetzt aufstehen, heißt das, dass wir nachher wieder ins Bett gehen können.«

»Ist das ein Klischee, wenn ich frage, warum das nicht eher passiert ist? Morgen früh um sieben laufen wir in Miami ein, und um elf müssen wir das Schiff verlassen haben.«

Karolina küsste sie erneut. »Steh auf. Und wir sprechen später darüber.«

Helen löste sich von Karolina. Sie fühlte sich seltsam ernüchtert. Aber vielleicht war das nur der Absturz nach einem unglaublichen Höhepunkt. Sie schlüpfte in ihren Morgenmantel und ging kurz ins Bad. Als sie zurückkehrte, hatte Karolina schon ihre Hose an und streifte sich ihr Shirt über den Kopf.

»Ich sehe dich in spätestens dreißig Minuten«, sagte sie.

»Ich freue mich auf dich.«

Karolina warf ihr einen merkwürdigen Blick zu. »Wir reden später. Wir sind zwei sehr beschäftigte Frauen.« Sie trat nahe vor Helen, so dass sie ihr Gesicht berühren konnte. »Ich möchte dich wiedersehen. Aber du kehrst morgen nach New York zurück. Und ich fahre heim nach Chicago.«

»Kannst du einen kleinen Umweg über New York machen?« Ein verrückter Vorschlag, dachte Helen gleich darauf.

Doch Karolina sagte nicht sofort nein. »Ich werde darüber nachdenken. Vielleicht lässt es sich einrichten. Zumindest für eine Nacht. Ich muss spätestens Sonntag in Chicago sein.«

»Sonntag bin ich wieder in Kalifornien.«

Es war ein gutes Gefühl, von Karolinas Armen umschlungen zu sein, auch wenn es nur für einen Moment war. »Wir werden sehen, was wir arrangieren können.«

Benommen ging Helen unter die Dusche. Sie wollte den Duft von Karolina noch nicht von Gesicht und Händen waschen, noch nicht. Sie wollte nicht unter Menschen gehen und so tun, als wäre nichts passiert. Innerlich fühlte sie sich wie entflammt – kühn und verwegen und höchst lebendig. Doch der Spiegel zeigte ihr dasselbe Gesicht wie immer. Alles in ihrem Leben hatte sich komplett geändert. Oder nicht?

17

Erst als sie neben Karolina hinten im Taxi zum Miami Airport saß, fiel ihr ein, dass sie ihr Handy wieder einschalten musste. Es piepte und vibrierte, während es Nachrichten heunterlud.

Karolina ging ebenfalls ihre Nachrichten durch. »Lass mich die eben durchsehen, dann kümmere ich mich um eine Umbuchung. Möglichst auf den Flug, den du nimmst.«

»Ich kann meinen nicht ändern, sonst bin ich nicht rechtzeitig für die Maske in Manhattan.« Helen klickte sich durch ihre Nachrichten. »Zwei von meiner Agentin. Als höchst dringend markiert, aber sie findet es schon höchst dringend, wenn ich bestätigen soll, dass wir zum Kaffee verabredet sind ...« Helen schüttelte leicht den Kopf und las Cass' erste Nachricht ein zweites Mal. Dann die zweite.

»Stimmt was nicht?«

»Ja.« Sie legte Karolina die Hand auf den Arm. »Es tut mir wirklich leid – ich fliege nicht nach New York. Ich fahre nach Hause. Es gab ein Problem mit der Hauswirtschafterin. Mein Gott, Cass hat sie von der Polizei verhaften lassen.«

»Was?«

»Ja. Mehr weiß ich nicht. Ich muss Cass anrufen.« Helen kramte das Headset aus ihrer Handtasche hervor, stöpselte es ein und drückte auf Rückruf. Es klingelte einmal, zweimal. »Cass, was zum Teufel ist los?«

Cass klang matt, aber aufgedreht, als hätte ein doppelter Espresso nur halbe Wirkung gezeigt. »Beruhig dich. Ich habe die Kids gerade zur Schule gebracht. Ihnen geht's gut. Uns allen geht's gut. Es ist alles geregelt. Laura ist ein Geschenk des Himmels, und deine Steuerberaterin hat allen finanziellen Transaktionen einen Riegel vorgeschoben.«

»Was ist passiert? Du hast Grace verhaften lassen?«

»Sie ist eine Diebin, Helen.« Cass' Stimme klang blechern.

»Sie hatte dein Goldgeschirr und Schmuck von dir eingesackt, und es hat sich bestätigt, dass sie die Landschaftsgärtner, die Putzkolonne und die Firma, die die Elektroarbeiten durchführt, ausgenommen hat – sie hat ihnen allen einen Teil ihres Geldes abgepresst. Sie ist ein richtiges Miststück. Und da ihre vorherige Strafe zur Bewährung ausgesetzt war, ist sie inzwischen hoffentlich wieder in New Jersey im Knast.«

Helens Herz zog sich vor Panik zusammen, obwohl sie wusste, dass Cass sie nicht belog, wenn sie sagte, dass es den Kindern gutging. »Wie um alles in der Welt hast du das rausgefunden? Wieso bist du in Kalifornien?«

»Wer sonst könnte dich vertreten? Laura hat mich angerufen, um mir zu sagen, dass sie über etwas gestolpert ist, das ihr faul vorkam. Hör mal, ich erzähle dir die Details, wenn du hier bist. Ich habe deinen Flug bereits umgebucht, weil ich sicher war, dass du herkommen wollen würdest. Ich habe deine Produzentin vor zwei Tagen angerufen und ihr gesagt, dass du das Wochenende frei haben musst. Sie war nicht glücklich darüber, aber Scheiße kann passieren und ist passiert.«

»Ja, ich will auf jeden Fall heimkommen.« Zum ersten Mal in all den Jahren verspürte Helen eine Spur von Groll. Zum ersten Mal in all den Jahren wollte sie mit jemandem die Nacht in New York verbringen und nun ging das nicht.

»Bist du sicher? Du hörst dich nicht so an. Was ist los?«

»Nichts. Ich bin bloß etwas geschockt, das ist alles. Was ist mit dem Flug?«

Als sie das Gespräch beendet hatte, sagte Karolina ruhig: »Ich nehme an, ich soll meinen Flug nach Chicago nicht umbuchen?«

»Es tut mir leid. Es tut mir wirklich leid.« Helen blinzelte, um die plötzlichen Tränen zu verbergen.

»Ist schon gut. Es gab ja ohnehin nur eine kleine Chance.« Karolina schaute auf ihr Handy, und Helen hatte keine Ahnung, was sie dachte.

»Karolina, ich möchte gern, dass du mich besuchst, sobald du kannst.«

»Ich habe gerade nachgesehen – wie wär's mit gestern in zwei Wochen?«

Der dumpfe Druck in Helens Kopf wich. »Ja. Ja, das wäre toll.« Sie rief ebenfalls ihren Kalender auf, und sie stimmten ihre Termine miteinander ab.

»Es lief besser als erwartet«, sagte Cass zu Laura. »Sie war leicht hysterisch, aber nicht so, wie ich befürchtet hatte. Ich bin froh, dass Sie mit uns zum Flughafen kommen – und danke, dass Sie fahren.«

Laura beschleunigte und fädelte sich auf der Überholspur ein. Sie hoffte, dass der Verkehr allmählich nachlassen würde. Die Fahrt zum San Francisco International Airport war nicht weit, aber auf der Route 101 herrschte bekanntermaßen fast rund um die Uhr zähfließender Verkehr. »Kein Problem. Ich bin mit Minivans auf Du und Du. Sie haben wirklich kein Auto in New York?«

»Nein. Helen übrigens auch nicht. In der ruhigen Wohngegend, in der sie lebt, zu fahren, macht mir nichts aus, aber auf einem Highway in Kalifornien mit all den großen Jungs – nein, lieber nicht.«

Laura warf Julie im Rückspiegel einen Blick zu. »Das ist ein tolles Schild.«

Julie grinste. »Es hat Spaß gemacht, die Buntstifte und den Kleber rauszuholen.«

»Uns ist es doch gutgegangen«, sagte Justin, ebenfalls vom Rücksitz aus. Seine Stimme klang, als hätte er den Mund voller Plätzchen, was Laura auch schwer vermutete. »Ich weiß nicht, warum sie sich Sorgen macht. Wir sind schließlich sechzehn und so.«

»Ich glaube, es ist das ›und so‹, was ihr Sorgen macht«, erwiderte Cass. Sie drehte sich um und schaute Justin an. »Iss nicht alle Plätzchen auf, noch ehe wir da sind.«

»Ich kann noch mehr backen, Cass. Es ist noch Teig übrig.«

»Sie sollen Mom eine Freude machen. Gib mir den Teller – ich halte ihn.«

»Du hältst schon das Schild.«

»Ich kann beides halten.« Julies Stimme troff vor Verachtung.

»Ich halte die Plätzchen.«

»Pax!«, sagte Laura. »Ich fahre. Also gelten meine Regeln.«

Cass trank einen großen Schluck von ihrem Kaffee. »Könnten Sie ein bisschen weniger perfekt sein? Sonst muss ich Sie noch hassen.«

»Machen Sie sich keine Sorgen«, entgegnete Laura und dachte an Suzy. »Ich kann Zeuginnen auftreiben, die meine Unvollkommenheit bestätigen werden.«

»Sie flucht, wenn sie sich geschnitten hat.« Justin hustete, um nicht an Plätzchenkrümeln zu ersticken. »Haben wir Wasser dabei?«

»Geschieht dir recht«, sagte Laura. »Und ja, ich sage schlimme Wörter, wenn ich mich geschnitten habe. Ich weiß schließlich, dass ich meine Finger von Klingen fernhalten sollte.« Sie zog eine Grimasse, als sie das mit einer Zeichentrickfigur verzierte Pflaster um ihren Daumen ansah. Bei der Gelegenheit hatte sich herausgestellt, dass es keinen Erste-Hilfe-Kasten in der Küche gab – sie hatte das behoben.

Am Flughafen stellten sie den Wagen auf dem Kurzzeitparkplatz ab und gingen durch die Unterführung zum Terminal. Helens Flug landete gerade, und Laura vermutete, dass Helen unter den Ersten sein würde, die das Flugzeug verließen. Sie bezogen Position vor der Sicherheitsschleuse am Ausgang – Justin mit seinem Plätzchenteller und Julie mit ihrem »Willkommen daheim, Mom!«-Schild, auf dem die Abdrücke von ihren und Justins Händen zu sehen waren und mehrere Schneeflocken aus Bastelpapier.

Wenige Minuten später tauchte Helen im Ankunftsbereich auf und eilte mit breitem Lächeln auf sie zu. Laura war froh, dass Helen nur Augen für ihre Kinder zu haben schien, denn sie war sicher, dass ihr Gesichtsausdruck keineswegs professionell distanziert war.

Helen schien noch immer wie von einem karibischen Leuchten umgeben. Die Sonne hatte ihrem dunklen Haar Highlights verliehen, und ihre Nase zeigte eine winzige Spur von Rot. Sie hatte einen Mantel übergeworfen – sie trug schlichte Freizeithosen und ein dünnes Shirt – Kleidung, die für Miami vermutlich perfekt gewesen war –, aber das tat ihrer Schönheit keinen Abbruch. Sie war nicht Helen, die Schauspielerin, und auch nicht die Helen aus der Achterbahn, dachte Laura. Helen, die Frau, die Mutter, der Mensch, der so offenkundig froh war, wieder zu Hause sein, raubte Laura den Atem.

Sie hatte erwartet, dass Helen sie alle in die Arme schließen würde, und das tat sie auch, aber dann kehrte sie zu ihren Kindern zurück und umarmte die beiden ein zweites Mal, und zu Lauras Überraschung brach sie in Tränen aus.

»Mom«, sagte Justin verlegen und tätschelte ihren Arm. »Uns geht's gut. Probier ein Plätzchen.«

»Ich weiß.« Helen schniefte und tastete ihre Taschen ab, dann nahm sie mit dankbarem, tränenverschleiertem Blick das Papiertaschentuch, das Laura ihr anbot. »Es ist bloß – ich bin bloß ein wenig überwältigt.«

Laura warf Cass einen raschen Blick zu. Diese schien von Helens Gefühlsausbruch ebenfalls überrascht.

»Ehrlich, Schätzchen, ich würde nicht zulassen, dass deinen Kids irgendwas passiert. Du bist viel zu lukrativ.«

»Ich weiß.« Helen tupfte sich die Nase. »Ich bausche das alles viel zu sehr auf. Gib mir ein Plätzchen, und dann kümmern wir uns um mein Gepäck.«

Justin fläzte sich mit den verbliebenen Plätzchen glücklich auf die Rückbank, und Helen drehte sich auf dem Vordersitz sogleich um, um mit Cass zu reden.

»Ich möchte sämtliche Einzelheiten wissen.«

Laura hielt ihre Aufmerksamkeit auf die Straße gerichtet. Es nieselte – es war schwer zu sagen, ob es tiefhängender Nebel oder leichter Regen war. Als Cass Helen erzählte, dass Laura sie am Montag höchst besorgt angerufen hatte, weil nicht absehbar gewesen war, welchen Schaden Grace hätte anrichten können, beugte Helen sich zu ihr hinüber und legte ihr die Hand auf den Schenkel.

»Danke!«

»Ich wünschte, es wäre nicht nötig gewesen, aber ich bin froh, dass alles ein gutes Ende genommen hat. Vor allem, dass sie die Erbstücke Ihrer Schwiegermutter nicht gestohlen hat.«

Cass fuhr mit ihrem Bericht fort, und Laura wünschte, sie würde nicht immer noch die Stelle spüren, an der Helens Hand gelegen hatte. Sie bekam das Bild nicht aus dem Sinn, wie Helen strahlend vor Glück auf sie alle zugekommen war.

Sie schwärmte doch wohl nicht immer noch für Helen. Oder doch?

Einen Moment lang fühlte Helen sich fremd im eigenen Haus. Sie hätte dieses Gefühl gern auf Grace geschoben und auf die Tatsache, dass sie eine Diebin eingestellt hatte, die mitten unter ihnen gelebt hatte. Sie hatte gehofft, die Einstellung der desaströsen Mary wäre ihr größter Fehler gewesen, aber Grace hatte das mit Leichtigkeit getoppt.

Helen hatte den Verdacht, dass das Gefühl, eine Fremde im eigenen Haus zu sein, mit dem zu tun hatte, was sich in ihrem Inneren abspielte. Sie bereute nicht, mit Karolina geschlafen zu haben, sah sich aber plötzlich mit der Notwendigkeit konfrontiert, eine Beziehung in ihrem Leben unterzubringen, wo sie doch mehr als ein Jahrzehnt geglaubt hatte, dass das unmöglich war. Sie konnte nicht spontan nach Chicago fliegen, um Karolina zu sehen. Wenn Karolina Zeit hatte, nach Kalifornien zu kommen – was zweifelhaft war –, dann würde sie es den Kindern erzählen müssen. Nicht dass sie das nicht wollen würde, aber noch war sie nicht soweit. Noch längst nicht. Das bedeutete, dass sie Karolina nur sehen konnte, wenn diese nach New York kam. Was wiederum hieß, ein zweites, heimliches Leben zu führen. Nicht einfach nur unterschiedliche Rollen an unterschiedlichen Orten einzunehmen, sondern in der realen Welt zwei voneinander getrennte Leben zu führen, wie in zwei separaten Universen, mit nichts als ihrem Kopf, um von dem einen in das andere zu wechseln.

Helen besaß keinerlei Erfahrung in solchen Dingen und konnte kaum glauben, dass manche Menschen Tag für Tag so lebten: dass sie die eine Hälfte ihres Lebens der anderen Hälfte gegenüber nie erwähnten, wie der Schwule beim Militär oder die lesbische Lehrerin, die in einer Gegend lebte, in der man sie feuern würde, wenn sie je von ihrer Lebensgefährtin sprach. Dieses Gefühl der Getrenntheit behagte ihr ganz und gar nicht – wie konnten Menschen das ihr Leben lang ertragen?

»Was ist das für ein absolut himmlischer Duft?« Die Küche war von fruchtigen und salzigen und scharfen Aromen erfüllt.

Julie und Justin erwiderten unisono: »*Coq au vin!*«

Helen wirbelte herum und sah Laura an. Erstaunlich, wie eine Frau, die sie erst seit so kurzer Zeit kannte, sich bereits als ihr Fels in der Brandung entpuppt hatte. »Daran haben Sie sich erinnert?«

»Ich habe die Kids als Versuchskaninchen benutzt. Ihnen hat es geschmeckt, also dachte ich, Ihnen vielleicht auch. So wie es riecht, ist es fast fertig – der Ofen hat sich bereits ausgeschaltet.«

»Großartig! Ich sterbe nämlich fast vor Hunger. Ich habe während der Reise so viel gegessen, dass ich dachte, ich lasse das

Essen am Flughafen und im Flieger aus. Ich muss wirklich eine Diät anfangen.«

Ein kurzes Schweigen setzte ein, dann sagte Justin, der ihren Koffer hereingebracht hatte: »Schlechtes Wochenende, um eine Diät anzufangen, Mom. Ausgesprochen schlecht.«

»Warum?«

Cass warf ihre Handtasche auf die Kücheninsel. »Geburtstag. Irgendjemand hier hat Geburtstag.«

Helen stieß ein verdrossenes Lachen aus. »Hatte ich ganz vergessen.«

Laura hatte die schwer aussehende Kasserolle aus dem Ofen genommen und hob nun den Deckel. Der köstliche Duft wurde stärker. »Alle waschen sich die Hände.«

Helens Gefühl der Fremdheit verwandelte sich in ein schwaches Vibrieren tief in ihrem Magen. Als sie die tröstliche Duftmischung aus Kräutern und Wein einsog, glaubte sie beinahe, dass sich nichts geändert hatte.

Zu ihrer Verlegenheit stiegen wieder Tränen in ihr auf, als sie alle um den Tisch saßen und das aufgebackene Baguette herumreichten.

»Mom, was ist los mit dir?« Julie benutzte ihr Brot, um mit einem Eifer und einem Appetit die Salatsauce von ihrem Teller aufzutunken, die Helen noch rührseliger machten.

»Ich bin einfach ... glücklich. Erleichtert. Froh, dass wir es letzten Endes nur mit einer Diebin zu tun hatten. Ich habe eine wundervolle Reise hinter mir. Die Veranstalter, die Kreuzfahrten und Ausflüge organisieren, achten sorgfältig darauf, ihre Gäste von den Lebensumständen in den besuchten Ländern fernzuhalten, aber jeder, der Augen im Kopf hat, kann zum Fenster der Shuttlebusse hinaussehen. Und so sehe ich mich jetzt hier bei uns zu Hause um, und so scheußlich die ganze Sache mit Grace auch ist – letztendlich waren nur unsere *Sachen* gefährdet. Unsere Besitztümer. Und wir haben eine Menge, für das

wir dankbar sein müssen und nur wenig Grund zum Klagen.«
Helen griff nach ihrer Gabel und versuchte die Stimmung aufzuhellen oder zumindest ihre eigene in den Griff zu bekommen. »Ich hätte es schrecklich gefunden, das goldene Tafelservice eurer Großmutter zu verlieren, aber ich habe Familien gesehen, die nicht einmal eine einzige Gabel besaßen. Wir haben nicht nur eine, sondern mehrere komplette Bestecksets. Wir haben sogar extra Kuchengabeln.«

Sie tätschelte Julies Arm, weil diese ihr am nächsten saß, und bedachte Cass mit einem liebevollen Blick. »Wir sind alle gesund. Ich bin wirklich stolz auf euch, und ich bin froh, wieder zu Hause zu sein. Wir haben diesen reichgedeckten Tisch vor uns – das köstlichste Essen – danke, Laura.«

Sie merkte, dass Cass ihr einen seltsamen Blick zuwarf. »Was ist?«

»Du hast eine sehr interessante Reise hinter dir.«

»Ja.« Sie gab sich alle Mühe, nicht rot zu werden. »Es war der pure Luxus. Ich bin schnorcheln gewesen und ich habe jede Menge Unterwasseraufnahmen gemacht.«

Das Gespräch nahm eine eher allgemeine Wendung, aber Helen war sich bewusst, dass Cass sie aufmerksam studierte. Besaßen Lesben die Fähigkeit, das »Ich habe mit einer Frau geschlafen«-Tattoo zu sehen, das anscheinend auf ihrer Stirn prangte? Wenn ja, hieß das, dass Laura es ebenfalls sah. Paranoid. Sie war einfach bloß müde. Die letzten vierundzwanzig Stunden waren stressig und erschöpfend gewesen.

Das *Coq au vin* war göttlich. Das Hähnchen zerfiel in mundgerechte Bissen, und die süffige Rotweinsauce verlieh dem Gemüse ein pikante Note. Helens Magen war überglücklich. Schläfrig sagte sie zu Laura: »Sie sollten bei einem dieser Kochwettbewerbe im Fernsehen mitmachen. Sie würden sie alle in die Tasche stecken.«

»Die Art von Kochsendungen, in denen sie einem Artischocken, Schafsinnereien in Dosen, Rote Bete und Karottenpüree geben, und daraus soll man einen Nachtisch zaubern? Nichts für mich.«

»Ich finde die echt cool.«

Julie warf ihrem Bruder einen verächtlichen Blick zu. »Du guckst Kochshows?

»Manchmal. Männer – Messer – Feuer. Boa, ey!«

Helen lachte und merkte, wie sie sich entspannte. Sie war zu Hause. Den Kindern ging es prima. Cass sah müde aus und würde unter vier Augen zweifellos noch einiges zu erzählen haben, aber vielleicht lag es an Lauras Kochkünsten, dass sie längst nicht mehr so ausgezehrt wirkte wie bisher im Anschluss an ihre Chemotherapie. Und Laura war in der Tat ein Geschenk des Himmels – sie hoffte, dass die blonde Frau, die sie Laura hatte küssen sehen, sich darüber im Klaren war.

Das Leben könnte gut sein, beständig, normal – wäre da nicht dieses Geheimnis, das in ihrem Inneren brodelte.

Justin hielt das lange Brotmesser mit dem Wellenschliff, als wäre es eine Schlange. »Bist du sicher? Ich habe gerade erst mal gelernt, Wassermelonen aufzuschneiden.«

»Ich weiß, dass du das kannst. Der Schlüssel zum Erfolg liegt in Geduld und Gleichmäßigkeit.« Laura zeigte ihm ein »Daumen hoch!«. »In Bäckereien haben sie eine Form, in die sie den Boden legen, und dann ziehen sie einen dünnen Draht durch, aber wir schneiden ihn einfach ... Ja, genau. Du machst das prima.«

Laura staunte immer wieder über Justins Geschick. Er besaß »Kükenhände«, so hatte ihre Mutter es genannt, und ihrer eigenen Erfahrung nach waren männliche Koch-Azubis nicht die erste Wahl, wenn es darum ging, ein frischgeschlüpftes Küken aufzunehmen. Justin wusste bereits, wie man einen Kuchenboden sicher hielt, ohne ihn zu zerbrechen, und jetzt teilte er ihn in zwei Hälften, als mache er das schon seit Jahren.

Er drehte die obere Hälfte um, und Laura trat neben ihn, um das Ergebnis zu begutachten.

»Die Krume hat eine perfekte Struktur«, sagte sie. Mit der Fingerspitze fuhr sie sachte über die Schnittfläche, um einige Krümel zu kosten.

Justin folgte ihrem Beispiel. Dann grinste er sie an und sie ihn. »Hammermäßig. Mom liebt Zitronenkuchen, und er ist säuerlich und süß zugleich.«

»Jetzt machst du dasselbe mit dem anderen Boden, und dann lassen wir die Oberflächen ein wenig trocknen. Dann halten sie die Füllung besser. Außerdem können wir die Füllung nicht verteilen, ehe sie nicht ein bisschen abgekühlt ist.«

»Ich kann es nicht glauben, wie viel besser geröstete Kokosnuss schmeckt als ungeröstete. Die Füllung ist krass.«

Laura machte sich wieder daran, die Rib-Eye-Steaks aus dem Kern der Hochrippe zu schneiden, die der Fleischer geliefert hatte. Die Knochen würden in den Kochtopf wandern, um Fleischbrühe zu kochen, und den Rest des Roastbeefs würde sie vorbereiten, damit Helen es am Dienstag braten konnte. Die Rib-Eye-Steaks bereitete sie so zu, dass Justin und Julie sie am folgenden Tag für ihre Mutter zum Geburtstag nur noch grillen mussten. Julie übernahm die Verantwortung für den Reispilaw, während Justin einen seiner Salate zubereitete, und Cass hatte sich um die Dekoration und einen Berg von Geschenken gekümmert.

Zur Einstimmung auf den großen Tag führte Cass Helen in San Francisco aus. Sie hatte gemeint, es würde bei weitem nicht so wild werden wie in New York, wo Helen eigentlich hätte sein sollen, aber sie würde ihr Bestes tun. Laura war sicher, dass es eine willkommene Ablenkung sein würde. Cass und Helen waren laut Julie den ganzen Morgen über im Arbeitszimmer gewesen, hatten Rechnungen geprüft und waren mit einer Agentur im Gespräch, um jemand Zuverlässigen zu finden, der oder die übernehmen konnte, wenn Helen am Mittwoch wieder nach New York zurückkehren musste. Die Kids mussten zumindest zur Schule gebracht und wieder abgeholt werden, auch wenn sie ansonsten ziemlich eigenständig waren. Helen brauchte außerdem jemanden, die abends ein Auge auf die beiden hatte.

Es sollte nicht allzu schwer sein, jemanden zu finden, dachte Laura. Das Arrangement war ziemlich verlockend. Sie hatte nicht gewusst, dass es im Haupthaus ein wunderschönes, voll eingerichtetes Schlafzimmer mit eigenem Bad gab, in dem Grace übernachtet hatte, wenn Helen nicht zu Hause war. Zusätzlich zu dem Privatquartier im Garagenanbau. Allein das Schlafzimmer dort war schöner als einige der Quartiere, in den Laura in Resorts gewohnt hatte.

Ihr Geschenk für Helen war hoffentlich angemessen. In einem Interview vor langer Zeit hatte Helen einmal erzählt, die Bliny aus einem Deli in Lower Manhattan zu lieben. Laura war natürlich hingegangen, um sie zu probieren, hatte sie lecker gefunden und über die Jahre ihre eigene Version der Blaubeerfüllung und der dünnen pfannkuchenartigen Fladen vervollkommnet. Sie hatte eine Mischung aus Frischkäse und Sauerrahm hinzugefügt, die perfekt schmolz, wenn man sie auf den heißen Fladen träufelte. Die Backform stand im Kühlschrank, und Justin hatte genaue Anweisungen erhalten, so dass Helen an ihrem Geburtstag im Bett frühstücken konnte. Laura hoffte, es würde als angemessen professionelles Geschenk für eine Arbeitgeberin betrachtet werden. Jetzt, wo sie alles fertig hatte, machte sie sich plötzlich Sorgen, dass Helen fragen könnte, woher Laura von ihrer Vorliebe gewusst hatte. Es war ein ziemlich intimes Detail und ... Vielleicht überschritt sie damit eine Grenze. Eine Grenze, von der nur sie wusste, dass sie existierte.

Es war eine Grenze, die sie eigentlich für überflüssig gehalten hatte, aber jedes Mal, wenn sie Helen am Abend zuvor ansah, hatte sie sich an die Existenz dieser Grenze erinnert und daran, dass sie sie respektieren musste.

Cass unterbrach Lauras Grübelei, indem sie unter dramatischem Gestöhn in die Küche einfiel und sich halb auf die Kücheninsel lümmelte. Eine Hand hielt mit letzter Kraft ihre Tasse hin. »Kaffee ...«

Helen trat kopfschüttelnd um Cass herum. »Steh auf. Es glaubt dir kein Mensch, dass du nicht weißt, wo der Kaffee steht.«

»Ich weiß, wie ich zu phantastischem Kaffee komme.« Cass richtete sich mühsam auf. »Laura – Kaffee – bitte!«

Laura lachte. »Netter Versuch.«

Helen füllte sich ihre Tasse aus der Warmhaltekanne der Kaffeemaschine. »Ich bin froh, dass Sie sie nicht weiter beachten.« Sie schwenkte ihre Tasse. »Ich glaube, ich habe mir gerade den letzten Kaffee genommen, Cass. Du hast Pech.«

Cass fluchte.

»Du hattest schon vier Tassen«, fuhr Helen fort. »Und es ist noch nicht mal zwei Uhr.«

»So spät schon? Mist, ich bin im Rückstand.«

Laura schichtete die Steaks in eine Gefrierdose, um sie bis zum nächsten Tag tiefzukühlen. Sie schaute zu Helen hinüber und nutzte die Gelegenheit. »Wo Sie gerade hier sind – ich wollte Sie schon seit längerem fragen, ob es in Ordnung ist, wenn ich Ihren Namen einigen Maklern angebe. Sie zeigen einfach kein Interesse, mir hier in der Gegend eine Mietwohnung zu vermitteln, und mein Hotel ist auf die Dauer nichts.«

Helen und Cass tauschten einen Blick, den Laura nicht entschlüsseln konnte. Dann sagte Helen: »Nun, wenn das kein Zufall ist ... Kommen Sie doch in mein Arbeitszimmer, wenn Sie hier fertig sind, und dann unterhalten wir uns darüber.«

Helen verließ die Küche, und Cass folgte ihr, aber nicht ohne Laura noch einen bambiäugigen Blick zuzuwerfen, als sie ihre leere Kaffeetasse hinstellte.

Als sie mit dem Fleisch fertig war, wusch Laura sich die Hände und erklärte Justin, wie er die erste Schicht aus gerösteter Kokosnuss auf dem Kuchenboden verteilte und glattstrich. »Komm, ich helfe dir, den nächsten Boden draufzulegen. Das ist der heikelste Teil.«

Als die vier Böden mit der Kokosfüllung aufeinandergeschichtet waren, überließ sie es Justin, die Torte mit einer leichten Erdbeerglasur zu bestreichen, nahm ihre Schürze ab und ging zum Arbeitszimmer hinüber. Die Tür stand offen.

»Danke, Laura«, sagte Helen ohne Umschweife. »Bitte setzen Sie sich. Wir haben einen verrückt klingenden Plan entworfen, aber ich glaube, so können wir mehrere Probleme auf einmal lösen. Ich habe vor, Sie zu ködern.«

Cass hatte sich in ihrem Sessel zurückgelehnt und sah unbekümmert aus. Laura entspannte sich. »Was kann ich für Sie tun?«

»Eine Hauswirtschafterin zu finden, die auf Herz und Nieren geprüft ist, wird mindestens eine Woche, wenn nicht gar einen Monat dauern. Ich möchte bei den Vorstellungsgesprächen und dem Prüfen der Referenzen sorgfältig vorgehen – ich bin nicht gewillt, mich auf das Wort einer Agentur zu verlassen, dass die betreffende Person gründlich überprüft wurde.«

»Angesichts dessen, was Sie gerade erleben mussten, finde ich das völlig verständlich«, erwiderte Laura.

»Sie wiederum brauchen eine Wohnung. Ich habe eine Wohnung, die leersteht – teilmöbliert.«

Laura blinzelte. Vermutlich hätte sie das Angebot kommen sehen können. »Ich bin eigentlich keine ausgebildete Hauswirtschafterin, und ich bin nicht –«

»Nicht auf Dauer«, wandte Helen ein. »Nur während ich jemanden suche. Und unabhängig davon können Sie die Wohnung von Grace haben, wenn Sie möchten. Ich glaube, Sie würden eine sehr gute Mieterin sein, aber ich kann verstehen, wenn Sie lieber ein wenig Abstand zu Ihrer Arbeit hätten.«

»Ernsthaft? Das ist sehr großzügig. Aber was ist, wenn die Person, die Sie einstellen, ebenfalls hier wohnen möchte?«

»Grace war die Erste, die hier gewohnt hat. Der Anbau war ursprünglich für die Tante meines verstorbenen Mannes gedacht, aber sie starb, noch ehe ich Teil der Familie wurde. Danach wurde er lange Zeit bloß als ziemlich luxuriöser Abstellraum genutzt. Egal, wen ich einstelle, der oder die Betreffende muss im Haus wohnen. Das ist von nun an eine Grundbedingung. Die Kinder haben mir erzählt, dass Grace oft den ganzen Abend fort war.«

Laura nickte. »Ich wusste nicht, was ich davon halten sollte, aber ich fand, es stünde mir nicht zu, das zu beanstanden.«

»Die Kinder fanden es gut – kein Wunder, dass Justin sich angewöhnt hat, den ganzen Abend Popcorn zu futtern. Sie sind alt genug, um weitgehend unabhängig zu sein, aber es kann nicht schaden, wenn sie wissen, dass jemand ein Auge auf sie hat. Sie sind in einem ziemlich kritischen Alter. Finanziell halte ich sie an der kurzen Leine, aber sie hängen mit Gleichaltrigen herum, die sich nahezu alles leisten können, wenn Sie verstehen, was ich meine. Deshalb sollte die nächste Hauswirtschafterin im Haus leben.«

Laura holte tief Luft und betete um eine feste Stimme. »Nun, zunächst einmal wäre es dumm von mir, die Wohnung nicht zu nehmen. Und wenn es nur für höchstens einen Monat ist, dann wohne ich gern hier im Haus und tue mein Bestes, um die Zeit zu überbrücken, die Sie für die Suche brauchen. Ich kann mir vorstellen, dass das nicht von heute auf morgen geht. Und ich fühle mich geehrt, dass Sie mir vertrauen.«

Cass stieß einen Seufzer der Erleichterung aus. »Super! Ich kann morgen Abend nach Hause fahren. Gott sei Dank.«

Helen grinste. »Ich bin dermaßen erleichtert. Bringen Sie Ihre Sachen in die Wohnung, wann immer es Ihnen passt. Alles, was Grace gehört, ist eingelagert worden, und der Schlüssel ist bei meiner Anwältin, wenn sie ihn haben will. Vermutlich, wenn sie aus dem Gefängnis entlassen wird. Ich habe außerdem gehofft, dass Sie vielleicht Montagmorgen mit mir zusammen mit den Gärtnern sprechen können. Mein Spanisch ist noch schlechter als mein Griechisch.«

»Sie sprechen Griechisch?«

»Nicht ein Wort.« Helen klimperte mit den Wimpern. »Und könnten Sie mir morgen vielleicht einen Riesengefallen tun?«

Laura zuckte hilflos die Schultern. Wie konnte sich jemand dem Charme dieser Frau entziehen? »Als da wäre?«

»Kommen Sie zu meiner Geburtstagsfeier. Bitte!«

»Liebend gern.« Laura musste grinsen.

»Ich will dies, ich will das, ich will jenes.« Cass verdrehte die Augen. »Es geht einzig und allein um dich, stimmt's? ›Ich bin fünfzig – schmeiß eine Party für mich, back mir einen Kuchen, zieh mit mir um die Häuser, süüüü-ße Cass, meine allerliebste Freundin.‹ Ha!«

»Ich jaule nicht so herum«, protestierte Helen. »Und ich werde morgen erst fünfzig.«

Laura war froh, dass das Geplänkel der beiden die Aufmerksamkeit von ihr ablenkte, und es schien eine gute Gelegenheit, sich zu verabschieden. Hier ging es um einen Job, nicht um ... Hier ging es darum, Helen um ihrer Familie willen zu helfen, nicht um ...

Worum genau es *nicht* ging, wollte sich in ihrem Kopf nicht herauskristallisieren. Und dabei würde sie es auch belassen.

»Also – gefällt es dir hier?« Cass beugte sich an dem kleinen Tisch ein Stück vor. Der flackernde Kerzenschein tanzte über ihr Gesicht.

»Es ist großartig.« Helen ließ den Blick anerkennend durch die Piano-Bar schweifen. Der Jazz war weich, die eindrucksvolle Maxfield-Parrish-Landschaft zog sich über die gesamte Länge der Wand hinter der Bar, und der Cape Cod, den sie bereits zur Hälfte getrunken hatte, hob ihre Stimmung auf jeden Fall. »Wie hast du diese Bar entdeckt?«

»Eine Klientin hat sie als Treffpunkt vorgeschlagen, als ich das letzte Mal in San Francisco war. Sie ist gut zu erreichen und sie hat Stil. Genau wie wir.«

Helen lachte. »Und außerdem gut erhalten.«

»Das außerdem. Also ...« Cass bedachte sie mit einem ernsten Blick. »Die unmittelbare Zukunft haben wir geklärt. Sprechen wir nun über die unmittelbare Vergangenheit.«

Helen gab vor, nicht zu verstehen, was Cass meinte. »Das Mittagessen?«

»Die Kreuzfahrt. Du hast kein Wort davon erzählt, außer dass sie luxuriös war.«

»Nun, das war sie auch. Ich habe mich prächtig amüsiert. Und ich glaube, ich habe den zahlenden Gästen einiges geboten.«

»Du wirst ja rot.«

Sie dachte an Gardinentroddeln, aber es war zu spät. »Unsinn!«

»Weißt du, was mein erster Gedanke war, als ich dich am Flughafen sah?«

»Woher soll ich das wissen?« Helen trank einen Schluck von ihrem Cocktail.

»Ich dachte, dass ist eine Frau, die gevögelt wurde.«

»Cass!«

»Wurdest du?«

»Ich weiß nicht, wovon du redest.«

Cass' Augenbrauen hoben sich fast bis zu ihrem stacheligen Haaransatz. »Mehr fällt dir dazu nicht ein?«

»Geht dich das –«

»Stopp!«, sagte Cass scharf. »Natürlich geht mich das was an. Ich habe gerade eine geschlagene Woche damit zugebracht, mich um deine Kids zu kümmern, und zwar nicht, weil ich deine Agentin bin, sondern weil ich dich und die Kinder liebe. Also erzähl mir nicht, dass ein bedeutsames Ereignis in deinem Leben – wie zum ersten Mal seit Jahrzehnten Sex zu haben – mich nichts angeht.«

Betroffen murmelte Helen eine Entschuldigung. Sie griff nach ihrem Cape Cod, um sich noch einen Schluck Mut anzutrinken, aber Alkohol verlieh eigentlich keinen Mut, oder? Er bewirkte nur, dass es ihr nichts mehr ausmachte, dass sie eigentlich Angst hatte. Aber sie hatte Angst, und sie war nicht annähernd betrunken genug, um über ihre Angst hinwegzusehen. »Okay, es ist etwas passiert. Mit der Person, die die ganze Veranstaltung organisiert hat.«

»Na bitte.« Cass hob ihr Glas Merlot und prostete ihr zu. »Dann bist du letzten Endes doch ein lebendiger Mensch.«

Sie konnte nicht umhin zu lächeln. »Definitiv. Sehr lebendig.«

»Aber was soll das ganze verschämte Getue? Du brauchst dich doch wegen eines One-Night-Stands nicht zu schämen. Du bist ungebunden, du bist alt genug ...«

»Vielleicht war es nicht nur ein One-Night-Stand.«

»Oh! Aber zu früh, um den Kids davon zu erzählen?«

»So ungefähr.«

»Jetzt zierst du dich schon wieder.«

»Es war eine Frau.« Da – sie hatte es gesagt.

»Wie bitte?«

Cass' Gesichtsausdruck war so komisch, dass Helen lachen musste. »Es war eine Frau.«

»Seit wann – ich meine, ist das ... Was versuchst du mir eigentlich zu erzählen?«

»Dass ich mit einer Frau geschlafen habe und dass es phantastisch war.«

»Und du möchtest das wieder tun?«

»Definitiv.«

Cass musterte sie geraume Weile und trank ihren Wein.

Schließlich fragte sie: »Geht es um *diese* Frau? Oder darum, dass es eine *Frau* ist?«

»Ich wünschte, ich wüsste es. Deshalb …« Helen blinzelte hektisch. »Ich werde nicht weinen. Verdammte Hormone. Die sind an allem schuld.«

»Das klingt gefährlich wie etwas, das ein Typ sagen würde.«

Helen bedachte Cass mit einem bösen Blick. »Ich bin unzurechnungsfähig. Hilf mir hier raus.«

»Also deine Hormone haben dich dazu gebracht, dir eine Frau zu suchen, mit der du schlafen kannst?«

»Ich war vollkommen fasziniert von ihr. Es beruhte auf Gegenseitigkeit, wie sich herausstellte. So was ist mir noch nie zuvor passiert. Ich habe nie – außer mit Justin senior habe ich mich in meinem ganzen Leben noch nie … Ich weiß, es ist ein Klischee, aber meine große Liebe ist das Theater. Es erfüllt mich mit Freude und Leidenschaft. Mein Herz hat mir immer gesagt, dass es das ist, was ich will. Ich war nicht auf der Suche nach einem Menschen, der mir das bietet.«

»Und kaum kehrst du dem Theater kurz den Rücken, verliebst du dich in eine Frau.«

»Sieht so aus. Ich weiß, worauf du hinauswillst, und glaub mir, ich habe mich selbst jede wache Minute gefragt, ob ich lesbisch bin.« Sie schwenkte ihr Glas und ließ die Eiswürfel klingeln.

»Du schläfst mit einer Frau und möchtest es wieder tun. Viel mehr beinhaltet die Definition nicht.«

»Aber da wäre noch meine Ehe. Die Tatsache, dass ich Sex mit einem Mann genossen habe.«

Cass stieß ein entnervtes Seufzen aus. »Ich kenne jede Menge Lesben, die das sagen würden. Sie haben hetero gelebt und waren immerhin glücklich genug, um nicht zu merken, dass sie etwas vermissten. Außerdem sind wir nicht lesbisch, weil wir schlechten Sex mit Männern hatten. Wir sind lesbisch, weil Sex mit Frauen, Beziehungen mit Frauen unsere Zukunft sind. Mit Männern hat das gar nichts zu tun – und mit der Vergangenheit auch nicht.«

»Es ist wirklich seltsam, wenn man nicht weiß, wer man ist.« Helen merkte, wie schwer es ihr gefallen war, ihre Unsicherheit und ihre Verwirrung zu unterdrücken. Es tat gut, all das herauszulassen.

»Vielleicht bist du ja auch bisexuell. Vielleicht geht es dir um die Person, unabhängig vom Geschlecht und anderen Faktoren.«

»Daran habe ich auch schon gedacht. Die Theorie hat nur einen Haken.« Sie schloss die Augen, konzentrierte sich und versuchte ihre Gefühle in Worte zu fassen. »Justin und ich hatten guten Sex. Aber das, was ich letzte Woche mit einer Frau erlebt habe – kein Vergleich. Es hat mich vollkommen verwandelt. Als wäre ich durch Feuer gegangen.«

»Tja, schließlich warst du in der Tat wieder Jungfrau.«

Helen öffnete die Augen und funkelte Cass an. »Lass den Quatsch.«

»Tut mir leid. Schätzchen, was du erzählst, habe ich schon öfter von Frauen im Coming-out gehört. Ich weiß, dass du dich fühlst, als wärst du die Einzige, bist du aber nicht.«

»Ich komme mir ziemlich dumm vor. Morgen werde ich fünfzig. Wieso habe ich das nicht früher gewusst?«

»Das kann ich dir nicht beantworten. Ich schätze, wenn du ein paar tausend Dollar in eine Therapie investierst, findest du es womöglich heraus. Aber spielt das eine Rolle? Hat es dir Spaß gemacht? Auf jeden Fall siehst du aus, als fühltest du dich phantastisch.«

Helen beugte sich vor. Plötzlich purzelten die Worte nur so aus ihr heraus. »Ich fühle mich mehr als phantastisch, Cass. Ich fühle mich, als wäre ich endlich angekommen. Als wäre ich endlich zu einem Ort vorgedrungen, von dem ich nicht wusste, dass es ihn gibt.«

»Das bringt uns zu der Frage zurück: Lag es an dieser speziellen Frau?«

»Karolina.«

»Oder daran, dass es eine Frau war?«

»Das weiß ich noch nicht. Ich möchte mir aber auch kein vorfabriziertes Etikett anheften lassen.«

Cass zuckte die Schultern. »Was Etiketten angeht, so habe ich gelernt, dass man das annimmt, was passt, und stolz dazu steht. Alle, die dir das Recht absprechen wollen, selbst zu definieren, wer du bist, sollen sich zum Teufel scheren.«

»Selbst meine Fans? Und Produzenten, die ich um jeden Preis überzeugen muss, dass ich die weibliche Hauptrolle in einem Liebesdrama spielen kann?«

»Das Problem lösen wir, wenn es sich stellt, Schätzchen. Aber lass mich dich noch etwas anderes fragen.«

»Klar.«

»Diese Karolina – erfolgreich, klug und charmant – richtig?«

»Richtig.«

Cass wies auf sich selbst. »Erfolgreich. Klug. Charmant. Attraktiv. Richtig?«

»Ja, stimmt alles. Und ich hatte nie den leisesten Drang ... Ich meine ... Du weißt schon, was ich meine.«

Cass sah lächelnd in ihr Glas. »Es gab mal eine Zeit, da hättest du mich bloß halb schräg angucken müssen und ich hätte dich in meine Höhle geschleppt.«

»Du hast romantische Gefühle für mich gehegt?« Helen gefiel die Richtung nicht, die ihr Gespräch nahm. Sie brauchte Cass als Freundin – und zwar dringend.

»Machst du Witze? Romantische Gefühle? Wir wären uns innerhalb von drei Tagen an die Gurgel gegangen. Nein. Pure Lust.«

»Das hast du dir nie anmerken lassen.«

Cass legte den Kopf schief. »Erstens: So wie du selbst habe ich die Tatsache, dass du verheiratet warst und Kinder bekommen hast, als Beweis dafür genommen, dass du hetero bist. Zweitens: Du warst meine Klientin, und ich wusste, ich wäre Geschichte, sollte ich dich je in eine Situation bringen, die dir unangenehm ist. Drittens: Mir ist in meinem ganzen Leben kein Mensch begegnet, der sich so auf seine Karriere konzentriert wie du. Viertens: Du verbringst fast die Hälfte deines Lebens dreitausend Meilen weit weg.«

»Und du magst im Grunde keine Kinder.«

»Fünftens: Ich mag im Grunde keine Kinder. Deine bilden eine Ausnahme, jetzt, wo sie sich in erwachsene Menschen verwandeln. Oh, warte. Sechstens: Ich war damals mit Wie-hieß-sie-noch-gleich zusammen.«

»Das Miststück.« Sie stießen miteinander an.

»Eines solltest du nie vergessen, Helen. Wenn du dich auf Frauen einlässt, denk dran, dass sie dir das Herz ebenso brechen können wie ein Mann. Es gibt keine Garantie dafür, dass eine Frau dich nicht ebenso schnell im Stich lässt, wenn du krank wirst, wie Newt Gingrich seine erste oder dritte oder elfte Frau oder die wievielte auch immer.«

Helen seufzte. »Ich glaube, der siebte Grund lautet: dass wir dazu bestimmt waren, Freundinnen zu sein.«

»Darauf trinke ich.« Cass trank ihren Wein aus. »Wer weiß schon, warum wir auf eine Frau oder einen Mann scharf sind oder uns in einen bestimmten Menschen verlieben, wo wir doch Tausenden begegnen und viele ja auch ähnliche Vorzüge haben? Das wird mir immer ein Rätsel bleiben.«

»Ich habe noch längst nicht genug getrunken, um über die Metaphysik von Liebe und Begehren zu diskutieren.«

»Dann trink dein Glas leer.« Cass holte ihr Handy hervor. »Ich suche uns eine Frauenparty.«

»Oh, ich weiß nicht ...«

»Es ist dein Geburtstag. Du wirst tanzen. Du hast sonst nichts vor. Klar? Es steht dir frei zu tun, was du willst.«

Cass redete wie mit einem Kleinkind. Helen trank ihren Cocktail aus, während sie zusah, wie Cass nach einer Party suchte. Sie wusste, dass es ihr freistand zu tun, was sie wollte. Sie hörte mit ganzer Aufmerksamkeit auf ihr Herz. Sie wollte wieder mit Karolina zusammensein. Sie wollte sie besser kennenlernen. Sie wollte …

Okay, in erster Linie wollte sie wieder Sex mit ihr haben. War sie ein dermaßen oberflächliches Geschöpf? Woher sollte sie das wissen? Sie hatte schließlich nicht mal gewusst, dass sie lesbisch war.

Vielleicht ging es ihr einfach bloß um Sex. Klar, hier saß sie und überlegte, wie sie es vermeiden konnte, zu einer Party zu gehen, bei der es vor hemmungslosen sexbereiten Frauen womöglich nur so wimmelte – ja, klar, sie war eine Silberlöwin, die junge Dinger abschleppte. Exakt.

18

Lauras Tage fanden einen gleichförmigen Rhythmus. Am Tag nach Helens Geburtstag zog sie aus ihrem Hotel aus. Den Montag verbrachte sie damit, sich die Ausgaben für den Haushalt anzusehen und die Details der durchgeführten Elektroarbeiten, und sie fuhr mit Helen zur Schule von Julie und Justin, um in die Liste der abholberechtigten Personen aufgenommen zu werden. Am Dienstag nahm sie sich auf Helens Drängen ein paar Stunden frei, um einige persönliche Sachen auszupacken und die nötigsten Dinge in ihr Schlafzimmer im Haus zu bringen, das neben Julies Zimmer lag und schräg gegenüber von Justins auf der anderen Seite des Atriums. Ihre restlichen Besitztümer, einschließlich all der Kisten, brachte sie in das Apartment hinter der Garage. Als sie Helen am späten Dienstagabend für ihren Nachtflug nach New York zum Flughafen brachte, hoffte sie, dass Helen sie nicht innerlich singen hörte. Sie wusste, dass es vorübergehend war, aber eine Zeitlang konnte sie glücklich und in Frieden leben.

Eines war sicher: Den Haushalt der Baynors zu führen war längst nicht so kompliziert wie die Leitung einer professionellen Küche mitsamt Personal. Es waren dieselben Fähigkeiten gefragt, doch Laura war es gewohnt, die Wünsche der Gäste zu erahnen und drei Tage vorauszuplanen. Sie musste ihre Aufmerksamkeit auch auf Details richten, musste die Ausgaben sorgsam aufzeichnen und sicherstellen, dass der Plan immer auf dem aktuellen Stand war. Auch viel Fahrerei war gefordert, und selbst wenn es nicht unbedingt in ihren Erfahrungsbereich gehörte, auf drohendes Unheil in Form eines fehlenden Knopfs an einer Lieblingsbluse zu reagieren, kriegte sie es hin. Sie wusste besser als alle anderen, wie gut sie gebettet war. Es gab jede Menge alleinerziehender Mütter, die kein wunderschönes Schlafzimmer für sich allein und eine Putzcrew hatten.

Samstag war ein nebliger Herbsttag, und den Morgen über hatte Laura Julie geholfen, kurze Pflöcke einzuschlagen, um ihren Biogarten abzustecken. Der Landschaftsgärtner, Mr. Ortega, mit dem Laura inzwischen auf ausgezeichnetem Fuß stand, hatte sich bereiterklärt, kleine Palisaden für die Randeinfassung zu besorgen und sich mit Julie angeregt über Anlage und Pflege eines Biogartens unterhalten. Sein Englisch und Julies Highschool-Spanisch trafen sich irgendwo in der Mitte. Justin hatte sich einverstanden erklärt, das Abendessen zuzubereiten und gab sich alle Mühe, Rémy die Wanderratte zu spielen, während er Ratatouille kochte. Laura schnitt Bananen in Scheiben, um sie mit Zimt und Zucker zu grillen.

Ihr Handy spielte die ersten Töne der Melodie, die sie Helen zugeordnet hatte – *Nights On Broadway* war ihr passend erschienen.

»Wie sieht's aus? Hier geht in einer Stunde Vorhang hoch.«

»Es hat angefangen zu fisseln, glaube ich. Julie macht sich fleißig an ihrem Garten zu schaffen, und Justin hält sich für ein kochendes Nagetier. Moment bitte …« Sie wühlte in ihrer Tasche nach dem Notizbuch, das sie angefangen hatte zu führen. »Bereit für ein paar Fragen?«

»Legen Sie los.«

»Ich habe zwei verschiedene Autowerkstätten im Rechnungsordner gefunden. Beim Minivan leuchtet das Inspektionslämpchen.«

Helen sagte ihr, welche Werkstatt sie anrufen sollte und beantwortete Lauras übrige Fragen auf der kurzen Liste. Sie warnte Helen auch vor, dass Julie sie um Erlaubnis bitten würde, zu Beginn des folgenden Monats ein Wochenende mit einer Freundin und deren Familie in einer Hütte am Lake Tahoe zu verbringen.

»Mit den Flynns? Klar darf sie das – ich sage es ihr, wenn ich mit ihr spreche.«

»Und schließlich wäre da noch der Bauinspektor – er kommt am Montag, um die Elektroarbeiten abzunehmen. Der Elektriker geht davon aus, dass es keine Probleme geben wird, deshalb habe ich die Trockenbauer und die Maler gebeten, sobald wie möglich zu kommen, um die nötigen Ausbesserungsarbeiten durchzuführen. Wenn Sie hier sind, müssen Sie unbedingt die Farbe auswählen. Ich werde die Farbmuster auf Ihren Schreibtisch legen, damit Sie sie sich ansehen können. Ich bin sicher, dass Sie einen Unterschied sehen zwischen Seegrün, Jadegrün und Seladongrün. Nur falls ich das morgen früh am Flughafen vergessen sollte.«

»Mache ich – versprochen. Selbst wenn Sie daran denken, es mir morgen früh zu sagen, werde ich es mir höchstwahrscheinlich nicht merken können.«

»Ich verspreche, wach genug zum Fahren zu sein. Aber sonst garantiere ich für nichts.«

»Sagen Sie den Kindern, dass ich sie anrufen werde.«

»Mach ich. Rufen Sie Justin zuerst an. Julie ist noch draußen. Ich gebe ihr Bescheid.«

Sie hatte Julie kaum gerufen, als auch schon Justins Handy klingelte. Laura hörte, wie er seiner Mutter das Ratatouille beschrieb und dann Fragen zu seinen Hausaufgaben beantwortete. Julie kam aus dem feuchten Garten hereingestürmt, strahlend und erhitzt. Zum ersten Mal sah Laura, dass sie ihrer Mutter ähnelte – sie hatten das gleiche breite Lächeln und den gleichen federnden Gang, wenn sie guter Dinge waren. Im Vergleich zu dem farblos-blassen, freudlosen Mädchen, die sie anfangs kennengelernt hatte, war Julie nun ein voll entwickeltes Farbbild. Und Laura wusste, dass es zum Teil ihr zu verdanken war, dass Julie sich besser fühlte. Es war ein sehr schönes Gefühl.

Das war der Grund, warum sie zugestimmt hatte, Teil der Familie zu werden. Nein, nicht Teil der Familie zu werden, wies sie sich zurecht. Um der Familie zu helfen. Vergiss deine Stellung nicht. Du bist ihre Angestellte. Respektiert und geschätzt, aber du gehörst nicht zur Familie. *Und um Hauswirtschafterin-plus-Kindermädchen-plus-Privatköchin zu sein – im Grunde so was wie eine bezahlte Mutter – hast du deine Arbeit in der Gastronomie nicht aufgegeben. Vergiss das nicht!*

Laura wollte nicht weiter darüber nachdenken, warum sie sich das in den letzten Tagen immer wieder in Erinnerung gerufen hatte. Und später, als sie nicht einschlafen konnte, redete sie sich ein, dass es das drohende Klingeln des Weckers war, das sie nicht zur Ruhe kommen ließ. Sie musste um fünf Uhr aufwachen, den Flugstatus checken und in den Wagen springen, um Helen abzuholen. Es war verflixt früh. Deshalb konnte sie nicht einschlafen.

Trotz der Thermoskanne Kaffee – der wunderbaren Zeitschaltuhr an der Kaffeemaschine sei Dank – tat es ihr auf dem Weg zum SFO leid um den versäumten Schlaf. Die Straßen waren nass vom Regen, aber die Schauer sollten im Laufe des Vormittags nachlassen. Sie würde später ein Nickerchen machen. Nachdem sie Helen wohlbehalten nach Hause chauffiert hatte, hatte sie frei bis Dienstagmorgen. Sie sollte ihre Erkundung der Weingüter und Bio-Manufakturen fortsetzen und die Gegend erforschen und ... nicht herumhängen und darauf lauern, ob sie beim Frühstückmachen helfen könnte. Das war etwas, das jemand tat, die zur Familie gehörte. Und sie gehörte nicht ...

Ihre unablässig kreisenden Gedanken kamen schlagartig zum Stillstand, als sie Helen müde, mit hängenden Schultern aus der Sicherheitsschleuse heraustreten sah. Laura hätte sie am liebsten fest in die Arme geschlossen, ihr gesagt, dass ein warmes Bett auf sie wartete und die Zeichen der Müdigkeit in ihrem Gesicht fortgeküsst.

Gott im Himmel – sie steckte voll im Schlamassel. Einem Riesenschlamassel.

Erst als sie Laura hinter dem Sicherheitscheck am Ausgang sah, merkte Helen, wie wenig sie es gemocht hatte, von Grace abgeholt zu werden. Das musste der Grund für die aufflammende Dankbarkeit und die schiere Freude sein, die sie beim Anblick von Lauras warmem Lächeln empfand. Sie sah müde aus, und Helen merkte, dass sie Laura noch nie anders als putzmunter erlebt hatte und bereit, jede kulinarische Herausforderung anzunehmen. Nun, bis auf das eine Mal im Auto, als sie ihre Freundin geküsst hatte. Jede Wette, dass Laura eine phantastische Freundin war. Rücksichtsvoll, aufmerksam ...

»Danke, dass Sie mich abholen. Der Flug war schrecklich – heftige Turbulenzen.« Sie nahm die Reisetasse, die Laura ihr hinhielt, und hoffte, dass es kein Kaffee war – sie hatte im Flieger jede Menge Koffein zu sich genommen, als das Rauf und Runter über den Great Plains endlich aufgehörte hatte. Sie wollte

Lauras Gefühle nicht verletzen, indem sie etwas zurückwies, das sie zubereitet hatte. »Was ist da drin?«

»Ein Allheilmittel für Flugreisende. Zitronenmelisse mit Zimt und Lavendel. Soll erfrischend auf ausgetrocknete Nasennebenhöhlen wirken, Keime abwehren, den Magen beruhigen und den Gaumen nach Unmengen Kaffee erquicken. Ohne Koffein.«

Helen war gerührt – der Tee war genau richtig für all das, worunter sie litt. Sie hob den Deckel ein wenig und schnupperte. »Oh, der riecht köstlich.« Der Tee war während der Fahrt ein wenig abgekühlt, und sie konnte einen großen Schluck davon trinken. »Ich fühle mich schon gleich besser.«

Während der Fahrt sprachen sie nur wenig. Es gab nichts, worüber sie sich Sorgen machen musste, dachte Helen. Sie war in sicheren, kompetenten Händen. Ihren Kindern ging es gut – am Telefon hatten sie froh und munter geklungen. Sie konnte es kaum erwarten, die beiden in die Arme zu schließen. Zum Glück war es so dunkel, dass sie ihre plötzlichen Tränen nicht erklären musste. Sie konnte sie nicht einmal sich selbst erklären. In Lauras Gegenwart hatte sie das Gefühl, sich endlich entspannen zu können – zum ersten Mal in sechzehn Jahren. Sobald sie wieder in New York war, würde sie Karolina am Dienstag treffen, und sie hoffte dann, in ihrer gewohnten Umgebung, unter vier Augen, über dieses Gefühl der Beklommenheit reden zu können. Sie lauschte aufmerksam in sich hinein, aber sie verstand nicht, was ihr Herz ihr sagen wollte.

Zu Hause angekommen, wünschte Helen Laura eine gute Nacht, obwohl der Morgen schon dämmerte. Angenehm müde vernahm sie Lauras Schritte hinter sich auf der Treppe. Wenn irgendwas passierte, würde Laura da sein. Sie konnte endlich schlafen.

»Für einen Mittwoch siehst du ziemlich gut aus.« Cass wies auf einen Tisch im hinteren Bereich ihres Lieblingscoffeeshops.

»Ich hole das Gift. Ich weiß nicht, wo Laura diesen himmlischen Kaffee für dich kauft, aber ich bin gelb vor Neid.«

Helen glitt auf den Stuhl, müde vom Flug, aber ansonsten fühlte sie sich verdammt gut. Sie wusste, dass sie Laura drängen sollte, sich Zeit für sich zu nehmen, und sie hatte ihr gesagt, dass es in Ordnung wäre, wenn sie an den Tagen, an denen Helen da war, in ihrem Apartment schlief, doch Laura hatte auf das Schreckgespenst der globalen Erwärmung verwiesen. Es sei Verschwendung, hatte sie entschieden gesagt, für die paar Nächte die ganze Wohnung zu heizen, jetzt wo das Wetter kalt und feucht geworden war.

Helen hatte nicht widersprochen, denn sobald die neue Hauswirtschafterin gefunden war, würde sich sowieso alles ändern. Außerdem war es ein gutes Gefühl, die Treppe hinunterzukommen und Laura anzutreffen. Es ging ihr nicht nur um das leibliche Wohl – obwohl es wundervoll war, wenn der Haferbrei schon gekocht oder das Rührei schon geschlagen war und nur noch in die Pfanne gegeben werden musste. Es ging auch darum, Gesellschaft zu haben, jemanden zum Reden zu haben. Grace war gewöhnlich alles andere als warmherzig gewesen, aber in der Vergangenheit hatte es mehrere Nannys gegeben, die es auch genossen hatten, die ruhige Morgenzeit für einen kleinen Plausch und einen Blick in die Zeitung zu nutzen. Laura war über das Weltgeschehen besser im Bilde als sie und hatte an vielen verschiedenen Orten gelebt. Das machte ihre Gespräche interessant. Helen konnte sich nicht erinnern, wann sie sich je so gut gefühlt hatte. Nun, abgesehen von ihrem Zusammensein mit Karolina.

Cass kehrte mit zwei großen dampfenden Tassen zurück. »Zu Hause ist alles in Ordnung, nehme ich an?«

»Ja. Du hattest recht – ich habe einen Glücksgriff getan. Ich habe ein leicht schlechtes Gewissen, weil ich mit der Suche nach einer neuen Hauswirtschafterin noch nicht wirklich vorangekommen bin. Laura ist einfach so großartig.«

»Man kann sie wirklich gut um sich haben, aber ich wünschte, sie würde sich nicht ganz so sehr bemühen. Es ist, also ob sie immer versucht, irgendeinen Makel auszubügeln.«

»Findest du?« Helen trank einen kleinen Schluck Kaffee und verzog das Gesicht. »Ich bin allmählich verwöhnt. Vor einem Monat fand ich den noch köstlich.«

»Anfangs hielt ich sie für einen der seltenen Menschen, die genau so sind, wie sie scheinen. Das Meiste von ihr liegt direkt an der Oberfläche. Doch nach ein paar Tagen wurde mir klar, dass sie einen beträchtlichen Teil ihrer Persönlichkeit in sich verborgen hält, und ich wette, nur eine ganz besondere Frau wird den je zu sehen bekommen.«

Helen neigte nachdenklich den Kopf. »Sie hat eine Freundin.«

»Tatsächlich? Das hätte ich nicht gedacht.« Cass runzelte die Stirn. »Aber warum erzählst du mir das? Ich habe kein Interesse an einer Dreitausend-Meilen-Fernbeziehung. Und ich bin ziemlich sicher, dass sie meine Verwöhntheit nicht dulden würde. Ich würde mir ruhige, kühle, klare Erklärungen anhören müssen, warum ich nicht die ganze Zeit meinen Kopf durchsetzen kann. Das wäre nichts für mich.« Sie grinste. »Laura ist viel zu erwachsen für mich.«

»Entschuldige. Du klangst völlig vernarrt.«

»Ich liebe ihren Kaffee. Und ich könnte stundenlang zusehen, wie sie ein Hähnchen mit Butter einreibt. Diese wundervollen Hände ...«

Helen lachte. »Ich weiß ungefähr, was du meinst. Sie hat großartige Hände, und das sehe ich heute, anders als vor zwei Monaten, mit ganz neuen Augen.«

Cass lachte wissend. »Du bist wirklich eine Lesbe – mach dir nichts vor.«

Helen streckte ihr die Zunge raus.

»Tu die dahin, wo es darauf ankommt.« Cass schenkte ihr über ihre Kaffeetasse hinweg ein sonniges Lächeln.

»Warum überrascht es dich, dass sie eine Freundin hat? Ich habe sie zusammen in Woodside gesehen.«

»Lange blonde Haare, trägt vermutlich Größe 32?«

Helen nickte.

»Laura hat sie als Ex bezeichnet.«

»Sie wirkten nicht wie Exen, als ich sie sah.«

»Ich hatte den Eindruck, die Trennung war noch ziemlich frisch und unerfreulich.«

»Oh.« Laura hatte keine Freundin? Helen hatte die mangelnden Hinweise allein darauf zurückgeführt, dass Laura ihr Privatleben für sich behielt. Sie hatte keine Freundin? Waren die Lesben dumm oder was? Laura war ein Hauptgewinn. Kreativ und kompetent, geerdet und zuverlässig – und außerdem, nicht dass es wie eine Küchenmixer-Werbung klang, war sie attraktiv. Sexy, genau genommen, mit den richtigen Kurven, seidigglatter Haut, einem Lächeln, das versprach, alles wird gut, und mit dunklen Augen voller lebhafter Intelligenz. Und was die Hände anbelangte, hatte Cass recht.

»Erde an Helen! Kehrst du auf diesen Planeten zurück? Ich hatte dich gefragt, wann Wie-heißt-sie-noch-mal kommt. Ich möchte sie kennenlernen.«

»Vielleicht Freitagabend nach der Vorstellung.« Helen hatte eigentlich noch nicht vorgehabt, Karolina jemandem vorzustellen. Es fühlte sich alles noch so neu und zerbrechlich an. »Wenn sie das möchte. Kann sein, dass sie mich ganz für sich allein haben will, weißt du.«

Cass schürzte die Lippen und schaute amüsiert drein. »Kann ich mir genau vorstellen.«

»Du bist ein aufdringliches Weib, Cassidy Winters.«

»Wenn ich zurückhaltend und bescheiden wäre, hätte ich nie bekommen, was ich wollte. Du etwa?«

»Nicht ein einziges Mal.«

Sie stießen mit ihren Kaffeetassen an, und kurz darauf trennten sie sich. Helen machte sich allein auf den weiten Weg zum Theater. Gewöhnlich mochte sie das, aber an diesem Tag wehte ein scharfer Wind, und als sie ankam, waren ihre Ohren halb erfroren. Zum Glück war es Backstage warm.

Nancy begegnete ihr an der Tür; ihr Gesicht gezeichnet von all den Sorgen, die eine Intendantin hatte. »Ich bin froh, dass du wieder da bist. Alle häuslichen Probleme gelöst? Ich muss nämlich mit dir reden.«

Das klang nicht gut. »Was ist los?«

»Neil verlässt uns vorzeitig. Die Zweitbesetzung taugt ... als Zweitbesetzung, nicht als Umbesetzung, deshalb suchen wir einen neuen Darsteller.«

»Brauchst du mich als Partnerin fürs Vorsprechen oder so? Klar – donnerstags, freitags und samstags morgens könnte ich einrichten.«

Sie hatten Helens Garderobe erreicht, und Nancy ließ Helen den Vortritt. »Vermutlich. Aber ich habe ein anderes Problem.«

Die Tür wurde geschlossen. Helen drehte sich zu Nancy um, die leicht blass um die Nase aussah. »Raus mit der Sprache!« In ihrem Kopf überschlugen sich die Möglichkeiten.

»Ich möchte dieses Gespräch nicht führen müssen, glaub mir. Neil hätte bis Ende Januar bleiben sollen, aber er möchte jetzt schon gehen, und er hat die Option, vorfristig auszusteigen, auch wenn ich nicht gedacht hätte, dass er angesichts der Vertragsstrafe davon Gebrauch machen würde.«

»Lass mich raten.« Sie machte sich nicht die Mühe, ihre Bitterkeit zu verbergen. »Der neue männliche Hauptdarsteller soll sich in einem demografisch jüngeren Rahmen bewegen. Und das wiederum bedeutet, dass du eine demografisch passende weibliche Hauptbesetzung brauchst. Kaum einen Monat fünfzig, und schon werde ich auf die Straße gesetzt?«

»Sei ehrlich, Helen. Könntest du wirklich mit einem achtundzwanzigjährigen Gegenüber spielen?«

»So jung?« Helen war, als habe sie einen Schlag in die Magengrube bekommen. »Ist es jemandem in den Sinn gekommen, dass das Skript nur mit reiferen Darstellern funktioniert? Dass ihre Lebensgeschichten bedeuten, dass sie an die vierzig sein müssen, wenn nicht älter?«

»Ist es. Wir sind nicht blöd.« Nancy funkelte zurück. »Glaubst du, das hier fällt mir leicht?«

»Was macht das schon für einen Unterschied, ob es dir leicht fällt oder nicht? Soll ich auch noch Mitleid mit dir haben? Du behältst deine Arbeit schließlich.«

»Und du vorläufig auch. Ich habe nur versucht, fair zu sein und dir frühzeitig Bescheid zu geben. Das war offensichtlich ein Fehler.« Nancy stolzierte hinaus. Helen stand da und starrte angewidert die Tür an.

Sie sollte nicht so aufgebracht sein. Das hier war das Theater. So liefen die Dinge nun mal – das war nie anders gewesen. Doch dieses Problem konnte sie gerade gar nicht gebrauchen. Es gab so vieles, worüber sie sich Gedanken machen musste. Bis auf zu Hause. Zu Hause war alles in Ordnung – dort war alles gut und geregelt, weil Laura dort war.

Und für einen Augenblick, bevor sie ihre sich überschlagenden Gedanken auf die anstehende Vorstellung konzentrierte, auf den Broadway, ihr Lebenselixier, überließ sie sich ihrem Wunsch, zu Hause zu sein.

»Du warst wunderbar!«, flüsterte Karolina ihr ins Ohr. Sie stand so nah bei ihr, dass Helen ihre Körperwärme zu spüren meinte, aber nicht so nahe, dass irgendjemand ihnen irritiert einen zweiten Blick zugeworfen hätte. Backstage herrschte dichtes Gedränge. Wie es schien, hatten die Broadway-Blogger Wind davon bekommen, dass Neil zu einer anderen Produktion wechseln wollte.

»Danke.« Ihrer eigenen Einschätzung nach war sie nicht bei

der Sache gewesen, und sie hatte drei Einsätze verpasst. »Dein Flug war okay? Die Zugfahrt ebenfalls?«

»Ja, und ich habe mein Gepäck im Marriott um die Ecke eingecheckt. Ich wollte nicht auffallen, in dem ich mit einem Koffer hier anrolle.«

Helen war Karolina dankbar für ihre Umsicht, wollte aber sichergehen, dass sie sie nicht missverstanden hatte. »Aber nur deinen Koffer, oder? Du ... Du bleibst bei mir, oder?«

»Das war der Plan. Wir können meinen Koffer jederzeit holen.« Ihr Blick glitt kurz zu Helens Lippen, dann rückte sie ein winziges Stück ab. »Es fällt mir schwer, mich zu benehmen.«

»Ich muss aus meinem Kostüm raus.«

»Ich habe vergessen, dass du du bist – nach fünf Minuten oder so. Du warst überhaupt nicht mehr Helen.«

»Danke. Wirklich, das ist ein großes Kompliment. Kam dir das komisch vor?«

Karolina senkte ihre Stimme noch ein wenig. »Ich habe gedacht, wie viele Frauen du verkörperst, alle auf einmal.«

Helen erblickte eine prominente *Times*-Kritikerin, die sich in ihre Richtung durchzwängte. Sie hatte im Moment nicht die geringste Lust, Fragen nach ihrer Zukunft zu beantworten. »Kann ich dich ein paar Minuten dir selbst überlassen? Zeit, mich umzuziehen.«

Nachdem sie glücklich in ihre Garderobe entkommen war, entledigte sie sich Moxies Kleider und Perücke und schminkte sich rasch ab. Bitte, flehte sie, bitte jetzt keine Hitzewallungen! Die Häufigkeit schien nachzulassen, aber ohne Garantie. Vielleicht hatte der tolle Sex – nach all der Zeit – ihre Östrogenproduktion angekurbelt. Egal, sie wollte so schnell wie möglich in ihre normale Kleidung schlüpfen.

Rudy, der Garderobier, der sie im Laufe der Zeit in allen möglichen Bekleidungsstadien gesehen hatte, klopfte und nahm das Kostüm an sich. »Wer sitzt Ihnen denn im Nacken?«

»Ich ziehe mich bloß rasch um.« Helen knöpfte ihre Bluse zu. »Ich habe eine Freundin von auswärts zu Besuch, die ich nicht so lange mit den Wölfen da draußen alleinlassen möchte.«

»Heute Abend lungern da draußen eine Menge Wölfe rum. Neil hat uns alle in Aufruhr versetzt. Ich habe gehört, dass sie glauben, sie kriegen vielleicht Justin Timberlake.«

»Super«, sagte Helen. »Miley Cyrus kann meine Rolle übernehmen.«

Sie wünschte, sie hätte eine Perücke, die ihrer normalen Frisur glich. Sie war nicht sicher, was Karolina von ihrem Prada Fischerhut halten würde, den sie mit einem violetten Seidenschal festband. Die lange erfolgreiche Spielzeit hatte sie ein wenig träge werden lassen. Sie war es nicht gewohnt, die Rolle der munteren, optimistischen Theaterheldin spielen zu müssen, die sich keine Gedanken um banalen Kleinkram wie Rollen und deren Besetzungen machen musste. Das aber wollten Kritikerinnen und Blogger sehen, und Helen hatte schon vor langer Zeit gelernt, dass das Publikum, wenn man seine Erwartungen erfüllte, nicht hinter den Vorhang schaute, um die verängstigte Schauspielerin zu entdecken, die verzweifelt darum betete, nicht so alt auszusehen, wie sie war.

Sie hatte kaum Zeit gehabt, Karolinas Blick zu erhaschen, als Neil ausrief: »Helen, Darling, wo willst du hin?«

»Ich habe eine Verabredung.« Sie schickte ihm einen Luftkuss hinüber und wandte sich dem Bühnenausgang zu. Sie hoffte, Karolina würde sie nicht anmaßend finden.

Jimmy war sein übliches fürsorgliches Selbst; er winkte ihr prompt ein Taxi herbei und geleitete sie durch die Menge der Fans zur Wagentür, wobei er Karolina in seinen Beschützerradius einschloss. Helen hielt nur einen Augenblick inne, um ein Autogramm zu geben, dann flüchtete sie lachend und atemlos zu Karolina ins Taxi. Jimmy schlug die Tür zu, und schon rauschten sie in die Nacht davon.

»Tut mir leid, aber ich musste einfach da raus. Ich hoffe, du hast dich nicht übergangen gefühlt.«

»Ich war geschmeichelt«, erwiderte Karolina. »Ich dachte, du könntest es nicht abwarten, mit mir allein zu sein.«

»Kann ich auch nicht«, antwortete Helen leise.

Karolina fuhr eine Linie auf Helens Handrücken entlang. Helen drehte die Hand um und staunte, wie ihr Körper erregt zu prickeln begann, als Karolinas Fingerspitze über ihre Handfläche strich.

Der Taxifahrer sagte etwas und riss Helen aus ihrer Versunkenheit.

»Entschuldigung, was haben Sie gesagt?«

»Wohin soll's gehen?«

Errötend nannte sie ihm die Adresse ihrer Wohnung, und er lenkte den Wagen in Richtung Midtown.

Karolina beugte sich zu ihr hinüber und flüsterte ihr ins Ohr: »Ich habe schon in vielen Late-Night-Specials gesehen, was in Taxis alles so getrieben wird.«

Bei dem Gedanken hätte Helen am liebsten die Schenkel geöffnet. Sie flüsterte zurück: »Es gibt keinen einzigen Taxifahrer in dieser Stadt, der kein Handy mit Kamera hat.«

»Wie schade. Dann wirst du eben warten müssen.«

Ihr blieb fast die Luft weg, als sie das flüssige Feuer in Karolinas Augen sah. Sie fühlte sich ganz schwer vor Begierde. Anders als auf dem Kreuzfahrtschiff wusste sie genau, was sie wollte. Sie wusste, wie es war, vom Körper einer anderen Frau niedergedrückt zu werden und sich deren Küssen, deren Berührungen zu öffnen. Sie wollte Karolinas weiches Haar an ihren Schenkeln spüren. Und sie wollte all diese Dinge bei Karolina tun, wollte sie erkunden und wieder diese Art von Macht empfinden, die sie nie zuvor empfunden hatte.

Helen schwitzte in ihrem Mantel. Karolinas Finger auf ihrer Hand, dann ihren Arm entlang ließ ihre Brustknospen schmerzen. Sie fürchtete, die Kontrolle zu verlieren, und wollte doch nichts sehnlicher, als sich ganz und gar hinzugeben. Eine vielfältige Gefühlsmischung, und es fiel ihr schwer zu denken, während ihr Körper nur *jetzt! jetzt! jetzt!* rief.

Der Doorman trat an das Taxi und hieß sie nach einem weiteren triumphalen Auftritt willkommen. Wenige Augenblicke später waren sie im Fahrstuhl. Endlich allein.

»Du bleibst da!« Helen wies auf die andere Ecke. »Ich kann nicht atmen.«

»Ich ziehe es vor, wenn meine Frauen atmen«, erwiderte Karolina.

»Du siehst so toll aus!« Es stimmte – Karolina trug einen eleganten Trenchcoat in einem dunklen Grünton, der ihre Augen zum Leuchten brachte.

»Du ebenfalls.«

»Ich bin völlig verschwitzt«, protestierte Helen. »Ich muss duschen.«

»Kriegen wir hin.«

Die Fahrstuhltür öffnete sich, und Helen kramte ihre Schlüssel hervor. Die Wohnung war kalt; sie stellte rasch die Heizung an. »Es wird schnell warm –«

Karolina packte sie bei den Schultern und küsste sie. Ihrer beider Hände fanden Knöpfe und Reißverschlüsse und Gürtelschnallen. Helen hörte, wie eine Bluse zerriss – wessen wusste sie nicht –, und dann lagen sie auf dem weichen Teppich, auf dem ihre Mäntel und Kleider verstreut waren.

Sie bettelte, sie sagte Wörter, die ihr kaum je in den Sinn gekommen waren, aber jetzt vollkommen passten.

Karolina schob Helens Schenkel auseinander und sagte: »Genau das werde ich tun.«

Helens Atem stockte ihr in der Kehle. Sie wollte schreien, bekam aber nicht mehr heraus als einen heiseren Ausruf. Karolina hielt sie eng an sich gedrückt, den Mund auf Helens Brüsten, während ihre Hand wieder Stellen berührte, die empfindsamer waren, als Helen je für möglich gehalten hätte – und begieriger. Mit einem weiteren Aufschrei kam sie, und dann lachte Karolina und küsste ihr Gesicht.

»Lass uns ins Bett gehen und das wiederholen.«

Helen fand keinen Grund, dagegen zu protestieren.

Erst als sie schon beinahe in den Schlaf gesunken war, fiel Helen plötzlich ein, dass sie etwas Wichtiges vergessen hatten. »Dein Koffer!«

Karolina gab einen Laut von sich, der zu verstehen gab, dass sie kaum noch wach war. »Ich schätze, ich muss nackt in der Wohnung rumlaufen.«

»Verführerischer Gedanke.« Helen widerstand dem Schlaf lange genug, um hinzuzufügen: »Wir können den Doorman bitten, dafür zu sorgen, dass er hergebracht wird.«

»Ach, eigentlich möchte ich nackt bleiben.«

Helen lachte leise und ließ ihre Hand Karolinas verlockende Kehrseite erkunden, bis Karolina sich ihr entgegenreckte und sich bereitwillig darbot. Wieder lachte Helen. »Doch nicht so müde?«

Sie hatten gerade ein befriedigendes Stadium von träger Schläfrigkeit erreicht, als das Telefon klingelte. Nur wenige Menschen kannten ihre Nummer, und das Klingeln riss Helen jäh aus ihrer Versunkenheit.

»Ich glaube, ich muss rangehen«, murmelte sie entschuldigend.

Karolina stöhnte auf. »Ich erwarte, dass du das wiedergutmachst.«

»Mache ich.« Sie küsste schnell die weichen Lippen und griff dann quer über das Bett nach ihrem Headset.

Es knisterte in der Leitung, und dann gellte Cass' Stimme in ihr Ohr. »Ich muss das von einer Klatschkolumnistin erfahren! *Einer Klatschkolumnistin!* Ich könnte dich umbringen!«

O Mist! »Cass, es tut mir leid! Ich hätte dich anrufen sollen. Ich war abgelenkt.«

»Was um alles in der Welt könnte dich von dem Problem ablenken, was zum Teufel du tun wirst, wenn man dich in den nächsten dreißig Tagen abserviert?«

»Vielleicht einfach leben, Cass?«

»Du? Du machst Witze, oder? Moment – du bist nicht allein. Mist, deine neue Freundin ist heute Abend gekommen?«

»Ja, und ich habe es erst kurz vor der heutigen Vorstellung erfahren. Du liebe Güte …« Nachdem die fiebrige Begierde, die Karolinas Berührungen ausgelöst hatten, befriedigt worden war, begann ihr Verstand wieder zu funktionieren. »Ich habe noch nicht mal den Kindern gesimst.«

»Gibst du mir morgen früh die Ehre? Sagen wir um zehn?«

»Kein Grund, sarkastisch zu werden. Natürlich. Und ich möchte, dass du Karolina kennenlernst.«

»Ein andermal. Das ist ein geschäftliches Treffen. Könntest du in mein Büro kommen?«

Entnervt stimmte Helen zu – es war der schnellste Weg, das Gespräch zu beenden. Außerdem war es am besten, Cass im eigenen Saft schmoren zu lassen, wenn sie wütend war. Am nächsten Morgen würde sie etwas friedvoller gestimmt sein.

»Was war los?«

»Umbesetzungen im Stück.« Helen versuchte, sich der Wärme von Karolinas Umarmung zu überlassen, aber selbst als sie sich noch enger anschmiegte und Karolina in den Schlaf glitt, wusste sie, dass es lange dauern würde, bis auch sie einschlief.

19

»Die Halloween-Party war anscheinend ganz schön, aber die beiden haben nicht viel erzählt, als sie gestern Abend heimgekommen sind.« Laura unterdrückte ein Gähnen. Das war der vierte Sonntag, an dem sie Helen abholte, aber sie hatte sich immer noch nicht daran gewöhnt. Sie ließ eine Hand am Steuer des Minivan und griff mit der anderen nach ihrem Kaffeebecher und trank den letzten Schluck.

»Es ist bestimmt nicht so entspannt, wenn Geschwister zusammen auf derselben Party sind. Ich bin überrascht, dass sie beide hingegangen sind. Gewöhnlich geht nur einer von ihnen.« In der Woche zuvor hatte Helen sich hinten auf die Rückbank gelegt – sie hatte erschöpft ausgesehen –, aber diesmal war sie vorn neben Laura eingestiegen.

»Tja«, sagte Laura langsam, »kann sein, dass beide dort mit jemandem verabredet waren – eine Art Date.«

»Wenn sie eine Freundin oder einen Freund haben, werden sie mich eine Zeitlang hassen.«

Laura warf Helen einen fragenden Blick zu. Der Monat, den sie als Hauswirtschafterin einsprang, war fast vorüber, aber Helen hatte das Thema noch nicht wieder angesprochen, und Laura wollte sie nicht drängen. Eigentlich wollte sie gar nicht, dass die Zeit vorbei war. Sie wollte diese stillen Fahrten mit Helen, die entspannten Gespräche am Morgen und die raschen Telefonate zwischendurch nicht missen. Aber sie wusste, dass es nur eine Zwischenlösung war, und außerdem entsprach dieser Job nicht gerade dem, was sie sich für ihre Zukunft ausgemalt hatte.

»Klingt, als läge was in der Luft«, sagte Laura nur.

»Ja.« Helen starrte aus dem Fenster, und so blieb Laura Zeit, über die Telefongespräche nachzusinnen, die von Helens Handy mit einem Anschluss mit der Vorwahl von Chicago geführt worden waren. Sie hatte nicht herumgeschnüffelt – es war ihr Job, Rechnungen auf Unregelmäßigkeiten zu prüfen, und das hatte sie getan, indem sie die letzte Telefonrechnung mit denen aus den Vormonaten abgeglichen hatte. War Helen schließlich doch eine Beziehung eingegangen? War das der Grund, aus dem sie so abwesend und ein bisschen gedrückt war? War da auf der Kreuzfahrt nicht irgend so ein hohes Tier gewesen, wie Helen beiläufig erwähnt hatte? Hatte es nicht beinahe gewollt beiläufig geklungen?

»Können wir vielleicht irgendwo frühstücken? Ich weiß, es ist sechs Uhr am Sonntagmorgen, aber ich muss mit Ihnen sprechen, und ich glaube nicht, dass ich schlafen kann, ehe das nicht erledigt ist.«

»Ich kann uns –«

»Ich weiß, dass Sie das können.« Helen lachte halbherzig. »Ich glaube, Justin würde aufwachen, sobald er Essen riecht. Und ich möchte allein mit Ihnen sprechen.«

»Einen Diner finden wir schon irgendwo. Oder ein großes gelbes M.«

»Ich hätte nicht gedacht, dass Sie einen Fuß in so einen Laden setzen.«

»Ich gestehe, ab und zu einen Egg McMuffin zu essen.«

Helen lachte. »In New York gibt es bei mir um die Ecke diesen griechischen Diner, der Eier mit Spaghetti, Rahmspinat und Feta zum Frühstück macht – auf dem Teller sieht das Ganze scheußlich aus, aber ich schlinge es dennoch mit drei Bissen runter.«

»Seelennahrung.« Laura nahm die nächste Ausfahrt, die sie nach Burlingame führte. Sie mied die Hauptstraße in die Altstadt, wo noch alles geschlossen sein würde, und kam zu einem Industriegebiet, direkt am Freeway gelegen, wo schon die ersten LKW beladen wurden. Direkt in der Mitte befand sich ein hellerleuchteter Deli, dessen Schild »Geöffnet« verkündete.

»*The Smelly Deli.* Sie werben mit dem besten Kaffee in der Bay Area. Volltreffer! Schauen Sie, sie haben sogar einen Festsaal«, stellte Helen fest.

»Das Leben ist ein Festmahl, und die meisten armen Schlucker hungern sich zu Tode«, zitierte Laura aus *Die tolle Tante.*

»Wie passend«, erwiderte Helen und trat ein. Laura folgte ihr irritiert.

Erst als große Becher Kaffee und Teller mit Eiern und Toast vor ihnen standen, war Helen bereit anzusprechen, was ihr auf der Seele lag. Der Schrecken fuhr Laura plötzlich in die Glieder – hatte Helen herausgefunden, dass sie die ehemalige Kokainabhängige war, der sie viele Jahre zuvor in der Achterbahn begegnet war? Setzte Helen kein Vertrauen mehr in sie?

Helen aß einen Bissen von ihrem Sauerteigtoast, sah aber aus, als hätte sie Sägemehl im Mund. »Als Erstes möchte ich erwähnen, dass ich am kommenden Freitag meinen letzten Auftritt in *Look the Other Way* haben werde. Ich weiß das seit ungefähr drei Wochen, aber ich wollte es den Kindern erst sagen, wenn ich eine neue Rolle habe. Das war dumm – ich hätte ihnen ruhig von dieser ungewissen Lage erzählen können. Vor langer Zeit bin ich mal einer Frau begegnet, die alles verloren hatte und trotzdem wieder aufgestanden ist, auf ihr Herz gehört und einen Plan gemacht hat. Genau das habe ich immer versucht. So macht man das, wenn man stark ist. Aber ich war noch nie zuvor in einer Situation, wo man mir wegen meines Alters gesagt hat, besten Dank und da ist die Tür. Ich kann immer noch nicht glauben, dass meine Intendantin angesichts meines Kassenerfolgs so leicht eingeknickt ist.«

Laura war geschockt. »Ich habe gelesen, dass Neil Fortney ein neues Engagement hat, aber es war nicht die Rede davon, Ihre Rolle neu zu besetzen.« Laura hoffte, dass das nicht so klang, als surfe sie stundenlang im Internet auf der Suche nach Neuigkeiten über Helen, auch wenn es so war.

»Das haben sie erstmal verschwiegen, weil die Chance bestand, ihn durch jemanden zu ersetzen, der vom Alter her zu mir gepasst hätte. Das behaupten sie jedenfalls.«

»Aber dann haben sie Greg Littleton bekommen – der ist wie alt? Dreiunddreißig? Vierunddreißig?«

»Vierunddreißig. Und ich bin fünfzig. Und ich vermute, manche Leute fanden, dass ich trotz meines Talents und meiner Verdienste wohl eher verzweifelt als witzig rüberkommen würde bei meinen Versuchen, ihn mir zu angeln. Sie haben Moxie diese Woche mit einer ehemaligen Soap-Darstellerin um die Dreißig gecastet und sich aus unserem Vertrag freigekauft. Und ich habe von meinem Recht Gebrauch gemacht, mein Engagement am Freitag zu beenden. Ich hätte noch zwei Wochen bleiben können, aber ich fand, ich könnte eher früher als später Urlaub gebrauchen.«

Laura überlegte, ob Helen dann die ganze Zeit in Kalifornien sein würde, aber sie beschloss, fürs Erste nicht danach zu fragen. Helen war müde und offenkundig deprimiert – vielleicht brauchte sie nur jemanden zum Reden. Sie würzte ihre Eier mit Pfeffer und bot Helen den Streuer an, die auf nahezu alles Pfeffer gab. Ein Lokal wie dieses hier konnte nicht überleben, wenn sie keine guten Rühreier machten, und sie waren so schmackhaft, heiß und sättigend, wie Laura erwartet hatte.

»Cass und ich haben die Köpfe zusammengesteckt, und sie hat zwei erfolgreiche Off-Broadway-Produzenten ausfindig gemacht, die gern in die Theater am Times Square aufrücken wollen, dafür aber noch Unterstützung und einen Star brauchen. Unter anderen Umständen würde ich nicht daran denken, unbekannten Produzenten als Versuchskaninchen zu dienen, aber die Details waren überzeugend. Wie es aussieht, könnte es sich realisieren lassen, und zwar ziemlich schnell.«

Laura legte den Kopf schief. Helen sah nicht zufrieden aus. »Und das ist nicht gut?«

»Doch. Das ist ziemlich gut. Aber es ändert alles. Es ist eine Wiederaufnahme von *Die tolle Tante.*«

Laura lächelte. »Deshalb passte mein Zitat aus dem Stück. Verstehe.«

»Ich bin wie geschaffen dafür. Und deshalb bin ich sogar bereit, ein wenig Kapital zu investieren, was viele Schauspielerinnen und Schauspieler heutzutage tun, um sich einen Namen in Sachen Regie zu machen und Einfluss auf die Inszenierung zu gewinnen. Das bedeutet, mindestens für die nächsten zwei, drei Monate in New York zu sein, vermutlich noch länger. Ensemble-Proben, Bauproben fürs Bühnenbild – ich gehöre nun zum Produktionsteam, schätze ich. Ich habe mir das eingebrockt – nun muss ich's freudig auslöffeln. Ich habe immer davon geträumt, die exzentrische Mame zu spielen – wenn ich älter bin.« Sie seufzte laut. »Und das bin ich nun.«

Laura wischte ihre Finger an der Serviette ab und tätschelte dann Helens Hand. »Nicht so einfach, wenn Wünsche wahr werden, stimmt's?«

»Kann man wohl sagen. Aber insgesamt finde ich es doch sehr aufregend. Doch es bedeutet, dass die Kinder nach New York ziehen müssen, denn ich werde kaum jede Woche heimfliegen können, nicht einmal für ein, zwei Tage. So wunderbar Sie, Laura, auch für uns alle sind – ich möchte keine Fremde für meine Kinder sein – nicht nach all den Jahren, in denen ich es irgendwie geschafft habe, alles unter einen Hut zu kriegen.«

Laura hoffte, dass sich ihr Entsetzen nicht in ihrem Gesicht spiegelte. Sie war starr vor Schreck.

»Ich habe mit ihrer Schulleiterin gesprochen, und sie kann einen Wechsel an eine Privatschule in Manhattan in die Wege leiten. Ich möchte ihr vorletztes Schuljahr eigentlich nicht derart belasten, aber ich sehe keine andere Möglichkeit, wenn ich weiterhin meinen Beruf ausüben will. Julie hat ihren Kräutergarten dann umsonst geplant. Und es klingt vielleicht albern, aber Justin ist seine Skateboard-Truppe enorm wichtig. Ich möchte ihr Leben nicht so auf den Kopf stellen, aber ich kann es mir nicht leisten, mich einfach aufs Abstellgleis schieben zu lassen, weil die Leute denken, ich wäre zu alt. Ich muss gleich wieder auf die Füße kommen. Ich *bin* schließlich ein Kassenmagnet, verdammt noch mal!«

»Die Kids sind stark, Helen«, brachte Laura schließlich heraus. »Viele Familien müssen von heute auf morgen umziehen. Man gewöhnt sich ein.« So, ich habe also keinen Job mehr, dachte sie. Und es gibt auch keinen Grund mehr, in dem Apartment zu wohnen, wenn ich nicht mehr dort arbeite. Alle guten Dinge sind irgendwann zu Ende, versuchte sie sich einzureden, aber plötzlich schmeckte ihr Toast wirklich wie Sägemehl.

Nachdem sie mühsam geschluckt hatte, sagte sie: »Reden Sie mit ihnen. Sie verstehen, dass man manchmal Opfer bringen muss. Die beiden müssen einiges opfern, aber für Sie ist es auch kein Sonntagsspaziergang. Es ist riskant. Und Sie werden Ihr Zuhause ebenso sehr vermissen wie die beiden.«

»Wenn alles gutgeht, kann ich meinen Terminplan vielleicht anpassen, aber ich habe meine Zweifel. Es könnte also sein, dass die beiden ihre Highschool-Zeit in New York beenden werden. Zwei Monate ihres vorletzten Jahres sind bereits verstrichen.«

»Die Zeit vergeht wie im Flug.« Laura schob sich rasch eine Gabel voll Ei in den Mund, um sich vom Reden abzuhalten. Es war kaum auszuhalten, wie schwer Helen sich tat.

»Ich möchte Sie um etwas bitten, wozu ich kein Recht habe. Laura. Es ist wahrscheinlich eine Schnapsidee, aber fragen kostet nichts, stimmt's?«

Laura bemühte sich um ein aufmunterndes Lächeln. Wollte Helen, dass sie sich um das Haus kümmerte oder etwas in der Art? »Fragen Sie.«

»Wollen Sie mit uns nach New York kommen?«

Lauras Magen machte einen Satz. Ihre Gabel verharrte auf

halbem Weg zum Mund, und sie musste all ihre Selbstkontrolle aufwenden, um nicht die Arme hochzureißen und *»Ja!«* zu rufen – egal, wohin die Fahrt auch gehen mochte, solange nur Helen dabei war. Nachdem sie das tiefe Tal des Schreckens durchwandert hatte – bei der Aussicht, dass ihre Wege sich trennten und sie lange Zeit brauchen würde, um sich von Helen zu entlieben –, schwebte sie nun plötzlich auf Wolke sieben.

Aber sie würde ja nicht mit Helen *zusammensein*. Helen saß nicht Händchen haltend neben ihr in der Achterbahn. Helen würde nur in ihrer Nähe sein. Helen würde auf sie zählen, ihr vertrauen, sie brauchen, aber nicht auf die Art und Weise, nach der Laura sich mittlerweile sehnte.

In Helens Augen lag verzweifelte Hoffnung. »Nur so lange, bis wir wissen, ob es funktioniert. Vielleicht bis Ende Januar? Aber wenn Sie nicht wollen, kann ich das verstehen. Schließlich haben Sie sich nicht dafür zur Köchin ausbilden lassen, jahrelang hart gearbeitet, sich einen erstklassigen Ruf und unglaubliche Kompetenz erworben. Aber ich muss Sie fragen. Es würde den Neuanfang enorm erleichtern, weil Sie uns kennen, weil Sie die Kids kennen und Julies Ernährungsprobleme und weil Sie wissen –«

»Ich könnte herausfinden, wo sichere Lebensmittel für Julie zu beziehen sind. Wer wüsste besser als ich, dass man in New York oft die Katze im Sack kauft.« Okay, dachte sie. Sie würde etwas tun, das immer noch mit ihrem Beruf als Köchin zu tun hatte. Und anschließend würde sie mit einem Spitzenzeugnis gehen. Das waren gute Gründe, ja zu sagen.

Ein gewichtiger Grund, nein zu sagen, bestand jedoch darin, dass sie ziemlich sicher war, in Helen Baynor verliebt zu sein – in die Frau, die besorgt aussah und müde und hoffnungsvoll und dem Weinen nahe. Ihr professioneller Instinkt sagte Laura, dass sie wusste, was passierte, wenn Frauen ihre berufliche Karriere der Liebe wegen in der Warteschleife parkten. Sie verloren an Boden und Chancen. Es war eine dumme Entscheidung.

»Ich weiß nicht, was ich sagen soll, Helen – ehrlich«, antwortete Laura ausweichend.

»Es ist eine verrückte Idee. Vergessen Sie, dass ich gefragt habe. Es ist eine Riesenzumutung. Sie versuchen, Ihrem Leben eine neue Richtung zu geben. Sie haben keine Löwen in New York zu erlegen, und vielleicht haben Sie hier eine Beziehung, und ich habe kein Recht zu erwarten, dass Sie ja sagen. Ich weiß, dass es keine Frage des Geldes ist. Ich kann Ihnen eine Menge Geld bieten, aber das ist nicht das, was Sie motiviert. Das wusste ich schon an dem Tag, an dem wir uns das erste Mal begegnet sind. Ich weiß nicht, was ich sagen soll, außer dass es wundervoll wäre, auf Sie zählen zu können.« Helen stieß ein beinahe ungläubiges Lachen aus. »Ich respektiere Sie voll und ganz, und ich glaube, ich könnte mich jahrelang umsehen und würde doch niemanden wie Sie finden. Welch ein Glücksfall, dass Sie in unser Leben getreten sind.«

Das waren wundervolle Worte – wären sie bloß anders gemeint gewesen. Laura wusste, dass sie Helen von ihrer ersten Begegnung erzählen sollte – sie sollte es einfach hinter sich bringen – es war dumm, das nicht längst getan zu haben. Aber wie würde das klingen? Und dann gab es da noch ihr eigentliches Geheimnis: »Hey, Helen, wissen Sie was? Überraschung! Sie haben eine Ex-Kokainsüchtige in den Kreis ihrer Familie aufgenommen.« Und dann konnte sie die nächsten beiden Stunden versuchen zu erklären, warum das keine Rolle spielte. Tja, wenn es keine Rolle spielte, warum musste sie es dann erzählen? Es war so ein fieser, unnützer Teufelskreis.

Eines war klar: Sie würde es niemals ertragen, wenn Helen wie Suzy reagierte. Außerdem sah Helen aus, als würde sie jeden Moment zusammenbrechen. Ihr Ego war schwer angeschlagen, und dennoch hatte sie vor, dieser Demütigung wegen ihres Alters mit einem triumphalen Auftritt entgegenzuwirken – Erfolg war die süßeste Rache. Es bedeutete, ihr Familienleben auf den Kopf zu stellen, während sie gleichzeitig eine neue Rolle einstudierte und sich als Produzentin erprobte und überhaupt neue Pfade einschlug, für die keine Wegbeschreibung existierte.

»Sie sind den Kindern und mir sehr ans Herz gewachsen«, sagte Helen, als wäre sie zu müde, um den Worten Einhalt zu gebieten. »Aber ich möchte nicht, dass Sie sich emotional erpresst fühlen, und ich möchte Sie nicht unter Druck setzen, Ihre Karriere hintanzustellen, nur weil ich Sie dringend brauche, denn das wäre purer Egoismus. Ich versuche, keine Diva zu sein, außer im Theater, wo die Dinge in der Tat glatter laufen, wenn jemand die Diva gibt und alle anderen besser auf ihren Platz gehen und mit dem Gejammer aufhören.«

Helen hielt inne und gab sich selbst einen Klaps. »Ich plappere aus lauter Müdigkeit vor mich hin. Denken Sie darüber nach. Sie müssen sich nicht jetzt gleich entscheiden. Ich werde nun den Mund halten.«

»Ich mache es«, sagte Laura. Und dann lachte sie – sie konnte nicht anders.

Okay, dann war ihr eben nicht zu helfen. Aber schließlich ging es nur um ein paar Monate ihres Lebens, und eines war klar: Sie würde es auf immer und ewig bereuen, wenn sie nein sagte. Sie langte über den Tisch und ergriff Helens Hand. Einen Augenblick lang hätte sie schwören können, das *Klack-klack-klack* der Zugkette zu hören. »Wir werden es beide gut hinkriegen.«

Einen Moment dachte sie, Helen könnte sich doch erinnern, weil sie ihre Hand so fest drückte, dass es weh tat. Es war ihr egal. Dann ließ Helen ihre Hand los und rieb sich das Gesicht.

»Ich bin fix und fertig. Und ich bin Ihnen so dankbar – so unendlich dankbar.« Ihre Lider senkten sich.

»Wir schaffen Sie jetzt heim ins Bett«, sagte Laura.

Helen schlief schon, noch ehe Laura wieder auf dem Freeway war. Während sie heimfuhr, wurde der Himmel heller, und sie warf immer wieder einen heimlichen Blick auf Helens Gesicht.

Dir ist wirklich nicht zu helfen, wiederholte sie insgeheim. Ein hoffnungsloser Fall – das bist du. Sie wird dich nie so lieben, wie du dir das wünschst. Du hast das Unvermeidliche nur drei Monate aufgeschoben. Wenn du noch länger bleibst, wird sie sich wundern warum.

Das Leben war seltsam – mit Drehungen und Wendungen, Höhen und Tiefen. So schrecklich der Gedanke auch war – es wäre ihr lieber, Helen würde sie wegen ihrer Drogenvergangenheit zum Teufel schicken, als sie wegen unerwiderter Liebe bemitleiden. Laura versuchte ihrem Herzen klarzumachen, dass es, wie jede Lesbe auf Erden weiß, Ärger verheißt, sich in eine Heterofrau zu verlieben, aber ihr Herz wollte nichts davon hören.

Etwas zu tun, was man liebte, und dabei zu wissen, dass es das letzte Mal war, machte jede einzelne Minute, die Helen am Freitagabend im Olympic Theatre verbrachte, noch schwerer. Sie hätte es schön gefunden, wenn Julie und Justin gekommen und ihren letzten Auftritt miterlebt hätten, doch am folgenden Tag stand der PSAT-Test an, in dem sie ihre College-Eignung unter Beweis stellen mussten, und der war wichtiger. Auf der anderen Seite war Helen froh, dass ihre Kinder nicht da waren, denn sie wusste nicht, wie sicher sie sich bei diesem letzten Auftritt fühlen würde. Sie liebte Moxie – liebte es, Moxie zu sein. Sie würde sie vermissen. Auch Jimmy würde sie vermissen und selbst Nancy, mit der sie sich halbwegs wieder versöhnt hatte. Sie mochte auch das Theater selbst, alt wie es war, voller Geschichte, gleich um die Ecke der Shubert Alley. Sie war die Straßen entlanggegangen, die Helen Hayes entlanggegangen war, und das würde sie gern weiterhin tun.

Karolina jedoch hatte es einrichten können, und obwohl Helen froh gewesen war, die vergangene Nacht nicht allein zu verbringen, und ebenso froh war, Karolina auf der spätabendlichen Fahrt mit dem Taxi zum Flughafen bei sich zu wissen, bevor ihre Wege sich trennten, weil sie zu verschiedenen Terminals mussten, wusste sie doch, dass etwas nicht stimmte. Der Sex war prima gewesen, es hatte sich wunderbar angefühlt und vollkommen richtig. Helen wusste nicht, was sie erwartet hatte, aber es kam ihr vor, als hätte sich nichts verändert – und sollte das nicht anders sein? Sollte sich das, was zwischen ihnen war, nicht vertieft haben? Sollte sie nicht ein bisschen trauriger sein, weil es mehrere Wochen dauern würde, ehe Karolina und sie sich wiedersahen, und auch das war noch keineswegs sicher? Karolina schien das nicht zu kümmern.

Backstage wimmelte es von Presseleuten. Viele von ihnen waren da, um zu sehen, wie sie sich nach der Vorstellung in die Dunkelheit davonschlich. Helen wappnete sich innerlich. Natürlich gab es Leute, die es kaum erwarten konnten, dass sie abtrat, weil sie Rollen annahm, die andere gern gehabt hätten, und nach ihrem Abgang von der Bühne würde man nicht länger schlechtere Schauspielerinnen an ihr messen. Aber es gab auch viele, die ihr von Herzen alles Gute wünschten, und denen würde sie die sensationelle Nachricht von der Neuinszenierung von *Die tolle Tante* verkünden. Cass würde da sein, um ihr beizustehen und Fragen zu beantworten, und sie würde Helens geheimen Gast mitbringen, denn zwei Broadway-Stars waren noch besser als einer.

Helen war gespannt auf die Zukunft und konnte die Proben kaum erwarten, aber sie hatte nur neun Tage für den Umzug der Kinder in ihr neues Zuhause. Laura ging ihr nicht aus dem Kopf, und jedes Mal, wenn sie zu Hause anrief und Lauras Stimme hörte, wurde ihr merkwürdig warm ums Herz. Als sie Moxie zum letzten Mal in ihrem Garderobenspiegel betrachtete, holte sie tief Luft und verbannte Bitterkeit und Trauer. An diesem Abend blieb keine Zeit für ihre kurze Meditation. Dies war der erste Abend eines neuen Auftritts. Zeit, eine neue Seite aufzuschlagen und sich darauf zu konzentrieren, die Probleme, die sie ihrer Familie mit ihrer Entscheidung bereitete, so gering wie möglich zu halten. »Du warst gut zu mir, Schätzchen«, sagte sie. »Zeigen wir ihnen heute, was ihnen in Zukunft abgehen wird.«

Helen trat erhobenen Hauptes aus ihrer Garderobe und begab sich mitten hinein in die Belagerung, in der Klatsch und Tratsch blühten. Moxie verlieh ihr eine gute Rüstung, und sämtliche Kritikerinnen und Kritiker wussten, dass man eine Schauspielerin in Maske und Kostüm vor der Vorstellung nicht berührte. Sie musste keine Luftküsse und keine Umarmungen erdulden – das kam später. Stattdessen lachte und scherzte sie und hielt alle auf Abstand, während sie die Menge auf der Suche nach Cass durchkämmte.

Plötzlich verklang das Stimmengewirr. Sie wandte den Kopf und erblickte Cass und Trevor Huntley, der so entspannt und sonnengebräunt aussah wie auf der Kreuzfahrt. Welch ein Dilemma für die Presse. Mit Helens letztem Auftritt hatten sie eigentlich schon einen Knüller, aber nun erschien mitten unter ihnen ein Theater- *und* Filmstar der Topklasse. Was machte er hier? Auf wen sollten sie sich konzentrieren? Das aufgeregte Stimmengewirr amüsierte Helen. Trevor machte es ihnen leicht, indem er schnurstracks auf Helen zusteuerte und ihr einen Kuss auf die Wange drückte.

Ihre Maskenbildnerin schrie entsetzt auf und zückte sofort Puderquaste und Wattebausch. Stimmen riefen zu ihnen herüber, wollten wissen, was los war. Helen überließ es Trevor zu antworten, während sie die minimalen Ausbesserungen ihres Make-ups vornehmen ließ. Sie hatte auf der Kreuzfahrt offenkundig einen starken Eindruck bei ihm hinterlassen, und auf ihre E-Mail, in der sie ihn fragte, ob er Lust habe, ein paar Wellen auf dem *Great White Way,* sprich: dem Broadway, zu schlagen, hatte er sofort reagiert. Sein Agent und ihre Agentin hatten konferiert und dann die Anwälte beider Parteien und die Co-Produzenten zusammengebracht. Weil alle professionell agierten und gegenseitigen Respekt und ein Minimum an Vertrauen zeigten, hatte alles binnen weniger Tage arrangiert werden können.

»Mrs. Baynor – die wunderschöne, talentierte Helen.« Trevor war gut darin, dick aufzutragen. Sie hatte ihm gesagt, dass er damit der geborene Regisseur wäre. »Die wunderbare Helen und ich möchten verkünden, dass wir fortan ein Team sind.«

Sie wurden mit Fragen bestürmt. Kameras blitzten auf. Helens Make-up war wieder perfekt, und sie lehnte sich leicht an Trevors Schulter – in kecker Moxie-Pose. Trevor gelang es, bedauernd zu verstehen zu geben, dass es zu laut zum Antworten war, und fast sofort trat Schweigen ein.

»Wir sind jetzt Partner bei Wisdom Productions, und unser erstes Projekt wird die prachtvolle Wiederaufführung eines der erfolgreichsten Broadway-Stücke sein: *Die tolle Tante.* Helen wird die Rolle übernehmen, für die sie, wie ich glaube, geradezu geboren ist.«

Die Stille hielt an, und Helen verspürte einen Anflug von Panik.

»Abwarten«, murmelte Cass.

Dann erklang plötzlich ein kollektiver Laut, kein irritiertes Aufjaulen, Gott sei Dank, sondern eher ein kollektives »Ah!« wie beim Anblick eines Feuerwerks am Himmel. Gleich darauf brach der Lärm wieder los, und dann blinkten die Lichter zum Zeichen, die Plätze einzunehmen.

Die arme Presse, dachte Helen. Jetzt müssen sie bis nach der Vorstellung bleiben. Moxie zwinkerte Trevor zu. »Nochmals vielen Dank, dass Sie Ihre Sonneninsel verlassen haben, um hier zu sein.«

Er erwiderte ihr Zwinkern. »Meine Liebe, all der Sonnenschein der Welt kann es mit Ihnen nicht aufnehmen.«

Moxie nahm ihren Platz auf der Bühne ein. Helen spürte die elektrisch geladene Spannung des Publikums wie kleine Stromblitze auf ihrer Haut. Sie sonnte sich im Bühnenlicht und überließ sich ganz und gar dem Augenblick. Als der Vorhang sich hob, erscholl Applaus.

Das Feuer in ihrem Inneren verschmolz mit der Energie, die vom Publikum ausging, und sie brannte während jeder einzelnen Minute hell und rein.

Als der Vorhang fiel, wurde sie sich nur langsam des tosenden Applauses und der Rufe bewusst: »*He-len, He-len …!*« Das Ensemble kehrte geschlossen auf die Bühne zurück, dann traten die anderen ab und Helen stand allein da und scheute sich nicht, die Tränen, die in ihren Augen funkelten, zu zeigen.

Und weil Moxie nicht dumm war, bat sie gestikulierend um Ruhe. »Das New Yorker Publikum ist das Beste, was sich eine Schauspielerin nur wünschen kann. Danke für Ihre fabelhafte Unterstützung. Ich kann es kaum erwarten, nächstes Frühjahr als tolle Tante Mame zu Ihnen allen zurückzukehren!«

Der Rest des Abends verschwamm. Cass war da und beantwortete weitere Fragen, und Trevor genoss offenkundig jede Sekunde seines neuen Produzentendaseins. Von allen Seiten wurden ihm Visitenkarten von Agenten und Reporterinnen entgegengestreckt. Helen konnte alle an Cass verweisen – für diesmal zumindest.

Der eine Augenblick, der hervorstach, der Moment, an dem die Zeit wieder in ihrem normalen Tempo verstrich, war der Moment, als sie Cass und Karolina einander vorstellte. Sie sagten all die richtigen Dinge zueinander, aber Helen war sich der mangelnden Wärme auf beiden Seiten schmerzlich bewusst. Cass war ihr übliches abweisendes, misstrauisches Selbst, und Karolina – schwerer einzuschätzen – schien es egal zu sein, ob sie und Cass sich mochten. Als Helen Justins engsten Freund – und künftigen Trauzeugen – kennengelernt hatte, war sie sehr darauf bedacht gewesen, seine Sympathie zu gewinnen – um Justins willen, denn Justins Glück hatte ihr am Herzen gelegen.

Manche Dinge zwischen ihr und Karolina stimmten einfach. Der Sex war himmlisch, und sie brachten einander zum Lachen. Ihr eigenes Unbehagen sagte ihr jedoch, dass ihr Sex und Spaß haben nicht ausreichten. Sie wusste, was diese abscheulichen Heuchler über Lesben und Schwule sagten, aber sie hatte ihnen nie Glauben geschenkt und würde es auch künftig nicht tun. Auch als Lesbe hatte sie das Recht, glücklich zu sein und tiefe, erfüllende Beziehungen zu leben.

Als sie endlich mit Karolina allein war, ausgelaugt und aufgedreht zugleich, in einem Taxi, das durch Midtown in Richtung JFK brauste, strich sie über Karolinas Hand. Sie hatte erstaunliche Hände, und ihre Finger hatten Dinge getan, die Helen sich nicht hätte vorstellen können. Karolina war die ganze Zeit über sehr schweigsam gewesen, und schließlich ergriff Helen das Wort. »Es ist in Ordnung«, sagte sie ruhig.

»Was?«

»Dass du halbwegs hoffst, dass dies das letzte Mal ist.«

Die gelben Lichter an der Decke des Queens-Midtown-Tunnels zogen flackernd über Karolinas Gesicht. Sie sah überrascht und bekümmert aus. »Ist es so offensichtlich?«

»Ich weiß, dass du eine vielbeschäftigte Frau bist.«

»Ich war nicht auf der Suche nach dir, das stimmt. Du hast das Feuer entfacht.« Ihre Lippen verzogen sich zu einem zärtlichen Lächeln.

»Das beruhte auf Gegenseitigkeit. Und es ist in Ordnung, wenn dem Feuer der Treibstoff ausgeht.«

»Auch dein Leben ist bis zum Rande angefüllt, Helen. Ich wollte nicht, dass du mich für flatterhaft hältst. Ich wollte nicht, dass du dich von Frauen abwendest, weil ich nicht zu denen gehöre, die heiraten wollen.«

»Ich werde mich nicht von Frauen abwenden.« Helen beugte

sich näher zu ihr, damit der Taxifahrer nicht mithören konnte. »Ich werde dir stets dankbar sein für die Erleuchtung.«

»Je ne regrette rien?«

»Ich bereue nicht einen Augenblick. Darf ich dich noch um eines bitten? Nicht weil ich mich schäme, sondern weil ... Nun, du hast gesehen, wie die Presse sein kann. In meinem Privatleben gab es bisher nicht viel zu verbergen, aber ich lege großen Wert auf meine Privatsphäre. Ich wäre dir dankbar, wenn du diskret bist.«

Karolina nickte. »Ich würde auch nicht wollen, dass jemand denkt, ich nutze die Benefizveranstaltungen als eine Art Jagdrevier. Aber ich habe eine Bedingung.«

Sie ließen den East River hinter sich und befanden sich auf dem Expressway. Zu der späten Stunde floss der Verkehr zügig und ungehindert. Helen entspannte sich und vergaß ihre ständige Sorge, sie könnte ihren Flug verpassen. »Und zwar?«

»Wenn du dich in einem homofeindlichen Kontext um ein öffentliches Amt bewirbst, oute ich dich auf der Stelle.«

Helen lachte. »In die Politik zu gehen ziehe ich erst und nur dann in Erwägung, wenn ich aus dem letzten Dinner-Theater in West Palm Beach rausfliege.«

Karolina drückte ihr einen Moment fest die Hand. »Ein wenig traurig bin ich schon.«

»Ich auch.«

Sie trennten sich mit einem zarten Kuss. Frauen haben so weiche Lippen, dachte Helen, und sie riechen so gut. Innerlich schüttelte sie den Kopf über sich. Also wirklich, wieso merkte sie das jetzt erst?

So, dachte sie bei sich, als sie sich für den langen Flug auf ihrem Sitz anschnallte, wenn du keine Geliebte hast, wem erzählst du dann, welch erstaunliche neue Entdeckung du über dich gemacht hast? Angesichts der Umwälzungen, die in den kommenden Wochen anstanden, beschloss sie, die Beantwortung dieser Frage hintanzustellen. Die Turbulenzen der letzten Tage ebbten ab – dank eines Langstreckenfluges. Wenn sie heimkam, würde die Hektik der Umzugsvorbereitungen beginnen.

Sobald sie nicht länger aufrecht sitzen und angeschnallt sein musste, brachte sie ihren Sitz in die Schlafposition, stopfte ein Kissen zwischen ihr Gesicht und die Außenwand und beschloss, sich die nächsten Stunden vollkommen zu entspannen. Sie lächelte und schlief über dem Gedanken ein, wie schön es war zu wissen, dass Laura am Flughafen sein würde.

20

Laura kehrte nie ohne Anspannung nach New York zurück. Sie war seit Jahren nicht mehr dort gewesen, und doch übte die Stadt einen von Unbehagen begleiteten Zauber auf sie aus. Es war der Big Apple – ein Ort, an dem Kunst in allen Erscheinungsformen – von Performance bis Zufallskunst, von Malerei bis Architektur – lebte, atmete, voranschritt. Kunst zeigte sich auf den Planen der Lebensmitteltrucks, in den Pflanzen, die die Gehwege vor den Geschäften im Flower District an der West 28th Street säumten, und in den Stimmen der Straßenverkäufer, die Karten für die Comedy-Clubs verhökerten. Midtown Manhattan war dreckig, voller Baustellen, übervölkert, hart wie Diamant und brodelnd vor Lebensenergie. Von allen Orten, an denen Laura je gewesen war, ließ sich in Sachen kreativer Ausdrucksformen keiner mit Manhattan vergleichen.

Die letzten anderthalb Wochen waren hektisch gewesen. Julie hatte sich, wenn auch bedrückt, mit dem Umzug abgefunden – sie war vor allem traurig, weil sie sich von ihren Freundinnen und ihrem Kräutergartenprojekt verabschieden musste. Justin war noch immer voller Groll, auch wenn er sich Mühe gab, denn er musste seine zweistündigen Skate-a-thons mit seinen

Freunden aufgeben, und es hieß, in New York sei Skateboardfahren voll krass. Laura hatte ihn auch dagegen protestieren hören, dass er, solange sie in New York lebten, kein Auto kriegen würde.

Laura hatte ihn ein wenig besänftigen können – sie hatte versprochen, ihn in einige der besten Küchen der Stadt zu führen. Sie würde ihr Facebook-Netzwerk anzapfen, das sie in den Jahren in Manhattan und der anschließenden Zeit, in der sie von einem Resort zum nächsten gezogen war, aufgebaut hatte. Ihr waren nur wenige Köche begegnet, die ihre Küchen nicht gern voller Stolz vorführten. Es war lange her, seit sie in eine New Yorker Küche hineingeschnuppert hatte. Sie war ziemlich sicher, dass es nicht mehr bewirken würde, als sie daran zu erinnern, warum sie clean war. Der Unterschied zwischen *ziemlich sicher* und *absolut sicher* war allerdings stets ein Grund zur Beunruhigung.

Sie waren in zwei hintereinanderfahrenden Taxis vom JFK-Flughafen zu Helens Wohnung unterwegs. Der kleine Umzugswagen mit den sorgsam ausgewählten Dingen, die sie zum Überleben in New York unbedingt brauchten, war zu diesem Zeitpunkt irgendwo in Pennsylvania unterwegs. Helen hatte sie alle immer wieder daran erinnert, dass New York nicht gerade provinziell war und dass es in Manhattan alles zu kaufen gab, was man sich überhaupt nur vorstellen konnte. Ob man dafür auch Platz hatte, war eine ganz andere Frage.

Die Wohnanlage befand sich technisch gesehen zwar in Midtown an der East Fifty-Sixth Street, auf halber Strecke zwischen der Third und der Lexington Avenue, nur wenige Straßen von Bloomingdale's entfernt, aber Laura sah sofort, dass sie eher an die Häuser an der Upper East Side erinnerte als an die typischen Midtown-Gebäude. Die Ausstattung des Foyers war nicht direkt opulent, aber in tadellosem Zustand – von den hellen Marmorfliesen bis zu den Sitzgelegenheiten und einem antiken Schreibtisch mit Ladestation bot es alles, was eine Bewohnerin oder ein Gast eines Bewohners brauchen könnte, um sich einige Minuten Wartezeit in der Eingangshalle zu vertreiben.

Der Doorman hatte eine ganze Reihe von Überwachungsmonitoren hinter seinem Tresen. Die Zwillinge kannte er bereits, und Helen stellte ihm Laura vor und bat ihn, den Rest des Gepäcks hinaufzuschicken. Sie quetschten sich mit je einem Rollkoffer in den Fahrstuhl.

Laura hatte keine Vorstellung von Helens Wohnung gehabt. Helen hatte nie viel erzählt, außer dass es den Kindern, als sie noch klein waren, gefallen hatte, wie nah es zu FAO Schwartz, dem ältesten Spielwarenladen der USA, war. Für New Yorker Maßstäbe war die Wohnung definitiv groß. Das Wohnzimmer war geräumig, und an einer Seite ging ein formelles Esszimmer davon ab. Die Küche befand sich zur Rechten, hinter einer altmodischen Schwingtür, und ein Flur mit einem Fenster am Ende führte zu den vier Schlafzimmern, von denen jedes ein eigenes Bad besaß, wie man ihr erzählt hatte. Eine Gästetoilette ging vom Eingangsbereich ab. Laura schaute sich um und konnte Helens Indifferenz nachvollziehen: Es war kalt und steril. Es war kein Zuhause.

Es war *noch* kein Zuhause, dachte Laura. Sie war erschöpft von dem langen Flug, aber sie wusste ein unfehlbares Mittel gegen die müden langen Gesichter der anderen. Während Julie und Justin freudlos mit ihren Koffern zu ihren Zimmern trotteten und Helen in ihrem verschwand, nachdem sie auf das Zimmer daneben gezeigt hatte, das Laura zugedacht war, eilte sie schnurstracks in die Küche. Ein rascher Blick bestätigte ihr, dass Helen nie kochte. Es gab nicht einmal Dosensuppen.

Dann ging Laura zu der Tür, auf die Helen gewiesen hatte, und betrat ihr Zimmer. Es gefiel ihr gut. Es war nicht so groß wie das in Woodside, und es gab keine Anzeichen von elektronischen Geräten – die Kids hatten klargemacht, dass sie in kürzester Zeit einen Fernseher mit Kabelanschluss im Wohnzimmer erwarteten –, aber es war gemütlich und hatte in der Tat ein eigenes kleines Bad.

Laura hörte, wie Kofferschlösser aufschnappten, aber sie ließ ihren zu. Sie trat auf den Flur und klopfte bei Helen an. Deren Zimmer sah ähnlich aus wie ihres, war allerdings ein wenig größer und mit einer kleinen Sitzecke ausgestattet und in Helens klassischen Beige- und Taupetönen gehalten. Hier standen zumindest Fotos von den Kindern, ein benutztes Wasserglas und Kosmetikartikel auf dem Schminktisch. In diesem Zimmer wohnte jemand.

»Ich bin mal zehn Minuten fort«, sagte Laura. »Sie werden es nicht bereuen – versprochen.«

»Okay.« Helen warf ihr einen fragenden Blick zu, der jedoch voller Vertrauen war.

Laura eilte zur Tür hinaus, denn sie wollte ihre Besorgung rasch erledigen und außerdem Abstand zwischen sich und Helen schaffen. Diese Blicke stammten immer von Helen, der Frau, und sie wirkten atemberaubend. Die Anziehungskraft, die Helen auf sie ausübte, war für sie geradezu körperlich spürbar. In dem Haus in Woodside war sie ihr nicht so mächtig vorgekommen, aber die Wohnung hier war im Vergleich dazu klein. Plötzlich war Lauras Verlangen, mehr als die verlässliche Angestellte oder sogar eine gute Freundin zu sein, fast übermächtig.

Es würde leichter werden, sobald Helen wieder zur Arbeit ging. Dann würden sie nicht ständig so eng beieinander sein. So sagte sie sich immer wieder, während sie den Markt an der Ecke betrat und Apfelmus fand, das nur aus gekochten Äpfeln und Wasser bestand, Instant-Haferflocken, Eier, ungebleichtes Mehl, weißen Zucker, griechischen Joghurt, Sirup ohne Farbstoffe, Pflanzenöl und Rosinen, die erfreulicherweise als »getrocknete Weinbeeren, ohne Konservierungsstoffe« ausgewiesen waren. Zwei Liter Biomilch machten die Einkaufstasche schwer, aber der Weg war nur kurz, und Laura war froh, dass der nächste Lebensmittelladen gute Grundnahrungsmittel anbot. In Anbetracht der Nachbarschaft hatte sie darauf gehofft. Sie hätte auch gern Butter gekauft, aber sie kannte die Marken nicht, und der Einsatz von Farbstoffen war so weit verbreitet, dass sie nur etwas kaufen wollte, das ausdrücklich als »frei von Farbstoffen« gekennzeichnet war.

Bei ihrer Rückkehr hatte sich die Familie im großen Wohnzimmer versammelt. Es besaß eine hohe, stuckverzierte Decke, und eine Immobilienmaklerin hätte es vermutlich als »weitläufig« bezeichnet, aber einem Vergleich mit dem großen Wohnzimmer in Woodside hielt es nicht stand. Helen erstellte gerade eine Liste, und Justin redete von einem »Flachbildschirm«. Er beäugte die Lebensmitteltüten, als Laura an ihnen vorbei in die Küche ging. Diese war viel kleiner, als sie gewohnt war, bot aber dennoch Raum genug, um eine vierköpfige Familie zu bekochen. Der Tisch war groß und füllte die östliche Ecke aus, deren Panoramafenster Morgensonne versprach.

Laura stellte fest, dass es kein Backblech gab, und beschloss, sich mit der ofenfesten Grillpfanne zu behelfen. Es dauerte keine zwei Minuten, bis sie ein dreiköpfiges Publikum hatte.

»Backen Sie Plätzchen?«, fragte Justin hoffnungsvoll. Sein Magen knurrte, trotz des üppigen Erste-Klasse-Frühstücks, das man ihnen serviert hatte.

»Ja – Apfel-Haferflocken-Plätzchen.«

»Plätzchen?«, wiederholte Julie. »Haben wir Milch?«

»Ja.«

»Plätzchen.« Helen lachte müde. »Ich könnte Sie küssen.«

»Sie sind vegetarisch«, sagte Laura töricht, während sie Haferflocken und Apfelmus zusammenrührte. Wie viele Plätzchen würde sie backen müssen, ehe Helen wirklich meinte, was sie sagte? Wenn sie glauben würde, dass es funktionierte, würde sie täglich Plätzchen backen.

Obwohl sie es kaum erwarten konnte, die Ärmel hochzukrempeln und die Rolle der legendären Mame Dennis einzustudieren, verbrachte Helen doch fast ihre gesamte Zeit während der nächsten Wochen bei der gemeinsamen Arbeit mit den Co-Produzenten Patrick May und Casey Milk. Sie führten Bewerbungsgespräche mit Kostümdesignern, Bühnenbildnerinnen und Marketingleuten und erbaten Probeentwürfe von denen, die ihnen am besten gefielen. Sie führten die Abschlussverhandlungen mit dem Vermieter der Spielstätte und brachten den Vertrag unter Dach und Fach. Das St. John Theatre war eine Straße vom Olympic entfernt, aber ein wenig moderner. Mit gut achthundert Plätzen war es auch genauso groß wie das Olympic, und sie versprachen sich ähnlich viele Aufführungen wie bei *Look the Other Way*. Trevor kam für das Thanksgiving-Wochenende wieder nach New York und traf sich mehrmals mit ihnen. In der übrigen Zeit konferierten sie per Video-Konferenz.

Helens Arbeitszeit war jedoch festgelegt, und das hieß, dass sie im November jeden Tag zu den Kindern heimkam und sich nach Kräften bemühte, dem plötzlichen Umzug seinen Stachel zu nehmen. Für Justin hatte sie einen Indoor-Skateboard-Park ausfindig gemacht und ihm einen Pass dafür gekauft. Und obschon es eine Warteliste gab, stand Julie immerhin schon mal darauf, um sich ehrenamtlich bei einem Community-Gartenprojekt zu engagieren. Die beiden hatten wirklich kein großes Drama veranstaltet, wenn man bedachte, wie unglücklich sie tatsächlich über den Umzug waren, und so war Helen großzügig, wenn es um die Zeit der beiden am Computer und Telefongespräche mit ihren Freundinnen und Freunden in Kalifornien ging.

Helen staunte immer noch, wie anders sich ihre Wohnung nun anfühlte. Es lag nicht nur daran, dass die Kinder jetzt da waren und sich kabbelten und Videos guckten und überall leere Teller herumstehen und ihre Klamotten fallen ließen, wo sie sich auszogen. Es war noch etwas anderes am Werk. Zu Hause – das war immer Kalifornien gewesen, und viele Jahre lang war sie erst nach einem langen Flug angekommen. Jetzt war es nur eine kurze Fahrt mit dem Taxi, und schon war sie da, wo sie sich entspannen und erzählen, lachen und an etwas anderes denken konnte als an das Theater, denn sie hatte eine intelligente und interessante Frau, mit der sie reden konnte. Laura gelang es, Küche und Kultur von Zoppot, Polen, faszinierend klingen zu lassen, und zum ersten Mal in ihrem Leben verspürte Helen so etwas wie Fernweh. Wie viel Spaß würde es machen, die Welt mit jemandem zu sehen, die so neugierig und praktisch zugleich war wie Laura.

Ganz Midtown war festlich beleuchtet, und es war insgesamt eine fast magische Zeit. Helen hatte sich aus der tiefen Verzweiflung wegen ihres Alters herausgekämpft, weil sie Mumm hatte. Nun, Mumm und Moneten, rief sie sich in Erinnerung. Was ihre Karriere anbelangte, hatte sie wieder einmal auf ihr Herz gehört, auf ihr Bauchgefühl sogar, und alles würde sich aufs Schönste fügen. Das hieß, wenn nicht eines der zehntausend Details schiefging.

Der beste Teil am Abend war es für gewöhnlich, Laura dabei zuzusehen, wie sie das Abendessen zubereitete. Es war, als verfolge man eine Tanzaufführung. Helen trug irgendeine Kleinigkeit dazu bei – an diesem Abend würfelte sie kalte gebratene Möhren für eine Tomatensauce, die auf dem Herd vor sich hin köchelte –, aber meistens sah sie einfach nur Laura zu. Sie hatte bestimmt schon ein Dutzend Mal gesehen, wie Laura Pasta machte, und es kam ihr immer noch wie ein Wunder vor. Erst sah es völlig chaotisch aus, aber dann: kneten, rollen, klopfen, schneiden *et voilà!* – Nudeln über Nudeln.

»… lange diskutiert, ob wir das Stück modernisieren sollen, aber dann haben wir uns doch entschieden, Kostüme und Kulissen der Originalzeit des Stückes zu verwenden.«

»Ich fände es schade, wenn der Vorhang zu Beginn des Stückes nicht über den Wilden Zwanzigern aufginge«, meinte Laura.

»Das fanden wir auch. Wir werden Karten an viele Menschen verkaufen, die das Originalstück oder den Film nicht gesehen haben, aber Kritiker und das ältere Publikum werden es kennen. Es ist eine Gratwanderung: Wie kann man etwas auffrischen, um einen aktuellen Bezug herzustellen, ohne jedoch die historischen Wurzeln zu kappen. Außerdem liebe ich diese alberne Chaiselongue, auf der Mame die Gäste hoch- und runterfährt.«

Laura grinste, während sie den Teig zu einer Kugel formte. »Eine meiner Lieblingsszenen. Aber ich glaube, es gibt ohnehin keine Szene, die mir nicht gefällt. Ich hoffe jedenfalls, dass ich jemanden ganz oben in der Produktionsfirma kenne, die mir eine Karte für die Premiere besorgt.«

Jetzt war es an Helen zu grinsen. »Damit Sie's wissen: am ersten Januar fange ich eine Diät an. Ernsthaft. Mame trägt diese grandiosen langen fließenden Gewänder, und es behindert meine Sprechatmung, wenn ich einen Hüfthalter tragen muss. Oje«, fügte sie hinzu. »Morgen Fitneßstudio. Ich schätze, Sie haben keine Lust ins Fitneßstudio zu gehen, oder?«

»Ich kann nicht für Sie ins Fitneßstudio gehen«, sagte Laura mit ausdrucksloser Miene.

»Quatsch! Ich meine, ob Sie sich mir anschließen möchten. Dann wäre es nicht so langweilig. Und ich habe gerade gemerkt, dass ich Sie länger nicht gefragt habe, ob Sie sich hier wohlfühlen.«

»Helen, Sie haben mich gefragt, als wir an Thanksgiving Kuchen gebacken haben. Die Antwort lautet immer noch ja, ich fühle mich hier sehr wohl. Aber ich hätte nichts dagegen, ab und zu ins Fitneßstudio zu gehen.«

Plötzlich verspürte Helen das Bedürfnis, Laura von Karolina zu erzählen. Sie hatte Cass die Neuigkeiten erzählt, gleich nachdem sie sich getrennt hatten. Cass hatte Mitgefühl gezeigt, aber auch gemeint, dass Karolina auf den ersten Blick nicht an mehr interessiert schien, als an einem netten unkomplizierten Abenteuer. Laura wusste nicht einmal, dass Karolina existierte, und irgendwie kam ihr das nicht richtig vor.

»Bestimmt nichts Gutes«, sagte sie, als ihr Telefon klingelte. Während sie sich anschickte, den Anruf entgegenzunehmen, sagte sie an Laura gewandt: »Ich dachte gerade an Cass, und raten Sie mal, wer da anruft?«

»Sagen Sie ja«, meinte Laura.

Ohne Einleitung sagte Helen: »Laura sagt ja.«

»Ist sie es noch nicht leid, mich durchzufüttern?«

»Wir machen uns Sorgen um dein Gewicht. Du hast ein paar Pfund zugelegt, aber gleich wieder abgenommen.«

»Nervöse Disposition.«

»Aber es ist nicht gut für dich. Du brauchst eine gewisse schützende Fettschicht, weil es kalt ist und die Erkältungssaison beginnt.«

Cass' Ton wurde schneidender. »Ich habe nicht angerufen, um mir einen Vortrag anzuhören. Aber ja, ich komme sehr gern zum Essen. Sag, dass sie Pasta macht.«

»Macht sie. Warum hast du dann angerufen?«

»PR.«

»Soll heißen: brauche ich?«

»Brauchst du. Du bist jetzt schon seit Wochen nicht in einer angesagten Location oder in Gesellschaft der Schönen und Reichen gesehen worden.«

»Ich bin einfach glücklich, wenn ich zu Hause bin«, erwiderte Helen.

»Wen kümmert's, ob du glücklich bist? Ich habe eine Reihe Theaterkarten für dich, einige für zwei, andere für vier Personen. Sag ja zu jeder Einladung zu einer Benefizveranstaltung, die du bekommst, denn jetzt hast du Zeit hinzugehen. Und ich finde, du solltest eine Party geben. Lade ein paar erstklassige Klatschkolumnisten ein, bekure sie, und dann schick sie los, damit sie all ihren bloggenden Freundinnen erzählen, dass du die Frau bist, die dem Broadway Glanz verleiht.«

»Du meinst eine Weihnachtsparty?«

»Wie immer du es nennen willst. In zwei Wochen.«

»Können wir um den Termin feilschen, wenn du hier bist?« Es klingelte an der Tür. »Bleib dran, ich muss eben an die Tür gehen.«

»Klar.«

Helen lugte durch das Sicherheitsglas. Dann riss sie die Tür auf. Cass beendete das Gespräch und schälte sich noch beim Eintreten aus dem Mantel. Sie ignorierte Helen und eilte schnurstracks in die Küche. Vom Flur aus beobachtete Helen, wie Laura Cass begrüßte und wie die beiden zu plaudern begannen, und dann sagte Laura etwas, das Helen nicht verstand, aber Cass lachte. Sie wirkten sehr vertraut miteinander.

Helen war überrascht, wie wenig ihr die Vorstellung einer direkt vor ihren Augen frisch erblühenden Romanze gefiel. An Cass' Rücken gewandt, sagte sie: »Ich hole meinen Kalender.«

Eine Sache, die ihr an ihrer Wohnung nicht gefiel, war ihr Büro – eigentlich das kleine Esszimmer, direkt neben ihrem Wohnzimmer. Als die Umzugsleute den Drucker und die Aktenordner geliefert hatten, war der Tisch mit einem Schlag belegt: ein Durcheinander von Schulunterlagen auf der einen Hälfte, alle möglichen Arbeitsunterlagen für *Die tolle Tante* auf der anderen. Es gab keinen anderen Ort dafür und keine andere Lösung – außer umzuziehen oder Patrick und Casey zu fragen, ob sie ihr Produktionsbüro – zugleich die offizielle Adresse von Wisdom Productions – von New Jersey nach Manhattan verlegen und sie einziehen lassen würden. Aber das alles wurde sofort besser, als sie innehielt, um den milden Duft der Nelken zu schnuppern, die Laura vom Markt mitgebracht und im Eingangsbereich arrangiert hatte.

Als sie in die Küche zurückkehrte, gab Laura Cass einen Klaps auf die Finger, um sie vom Schneidebrett zu verscheuchen, auf dem Scheiben von köstlichem Edelpilzkäse lagen. Sie konnten keine Affäre miteinander haben. Cass war von frühmorgens bis spätabends beschäftigt, und Helen wusste, wo Laura jede Nacht gewesen war – nämlich hier. Plötzlich wurde ihr bewusst, dass Laura seit ihrem Umzug nach Manhattan noch keinen freien Tag gehabt hatte. Sie ist deine Angestellte, sagte Helen sich. Du behandelst sie wie ein Familienmitglied, was gut ist, und ihr scheint es auch zu gefallen, aber es ist eigentlich nicht akzeptabel. Sie ist nicht deine Schwester, die einspringt, weil du in der Patsche sitzt. Außerdem sitzt du nicht mehr in der Patsche. Und sie ist nicht deine Schwester. Sie ist eine Freundin, und anständige Menschen nutzen weder ihre Freundinnen noch ihre Angestellten aus. Verärgert beschloss sie, dass es eigentlich egal war, mit welchem Etikett sie Laura versah. Laura hatte ein Recht auf ein Privatleben. Noch verärgerter registrierte sie, dass Laura und Cass ein schönes Paar abgeben würden.

Mit Helen ins Fitneßstudio zu gehen tat Laura körperlich gut, aber emotional hatte es seinen Preis für sie beide. Ringsum nichts als durchtrainierte Körper in allen Größen und Formen, und viele Frauen schienen das Studio als Mekka für Kontaktsuchende anzusehen, wo Flirten gang und gäbe war. Laura wurde selten ein zweiter Blick zugeworfen, weil sie – wie Helen – gewöhnliche Trainingshosen, alte T-Shirts und ein Basecap trug. Keine aufreizenden schweißglänzenden Elasthantrikots für sie beide. Was es so hart für Laura machte, war die Tatsache, dass Helen schrecklich sexy aussah in verschwitzten T-Shirts und ausgeblichenen Kapuzenjacken. Ihre Haut glühte vor Energie, und ihre Augen leuchteten voller Entschlossenheit – ganz Frau, voller Leben.

Das war schlecht, sagte Laura sich. Sie hatte es sich zur Aufgabe gemacht, dafür zu sorgen, dass es allen gutging, und sie selbst lebte fortwährend in einem Zustand ekstatischer Anspannung. Helen schien an ihrem Verhalten nichts Merkwürdiges aufzufallen. Laura war sicher, dass sie sich verraten hatte, als sie an Thanksgiving zusammen gebacken hatten. Helen hatte sie die Füllung für den Apfelkuchen von ihren Fingern kosten lassen, und ihre dummen Brustknospen hatten sich aufgerichtet, und sie war rot geworden. Klar, wenn sie rot wurde, zeigte sich das nicht so deutlich wie bei einer weißen Frau, aber es war dennoch ein heißes Aufwallen gewesen, das in ihren Wangen und ihrem Nacken gebrannt hatte.

Der Ofentimer hatte sie gerettet, und wenn sie nicht sofort aufhörte, Helen bei ihren Yogaübungen zu beobachten, würde sie wieder rot werden.

Es war ein langer, langer Weg in das Land ruhiger, konzentrierter Gelassenheit. Taxifahrten mehrmals in der Woche, Kaffee und Frühstück jeden Morgen, Abendessen fast jeden Tag, ein Ausflug in Helens Day Spa zur Gesichtspflege, spätabendliches Geplauder bei aufgeschnittenem Obst und ein wenig Käse – sie liebte jede einzelne Minute. An diesem Abend würden sie alle zusammen das Musical *Die Hexen von Oz* sehen. Wenn die Kids dabei waren, fühlte Laura sich ein wenig entspannter. Ein bisschen Anstand konnte sie zumindest noch wahren.

Ihre Handtücher um den Nacken geschlungen, traten sie auf die Straße. Die kalte Luft ließ ihre Körper dampfen. Helen bewies einmal mehr ihr Geschick im Herbeiwinken von Taxis. Ein Nieseln hatte eingesetzt, und der unangenehm feuchte Geruch gehörte zu den Dingen, die Laura an New York im Winter überhaupt nicht leiden konnte. Sie hatte nichts gegen Schneeverwehungen, Dauerregen oder sogar tückisch vereiste Straßen, aber die Mischung aus Exkrementen, Abgasen und schmierigem Schmutz verursachte ihr leichte Übelkeit.

»Wann werden Sie einen Tag freinehmen?«

Laura blinzelte bei der unvermittelten Frage. »Keine Ahnung.

Ist mir noch nicht in den Sinn gekommen. Ich verbringe tagsüber viel Zeit mit Lesen, was ich liebe. Außerdem sind es nur zehn Minuten zu Fuß zu einigen der besten Restaurants der Welt. Ich habe mich bereits mit Leuten getroffen, mit denen ich früher zusammengearbeitet habe, war mit ihnen Mittag essen – ich komme schon raus, Helen. Machen Sie sich keine Sorgen.«

»Oh. Nun, wenn Sie mal abends ausgehen wollen, kommen wir sicherlich zurecht.«

Laura lächelte. »Ich behalte das im Kopf.« War Helen es leid, dass sie ständig da war? Hatte sie gemerkt, dass Laura ihre Gesellschaft ein wenig zu sehr genoss?

»Wissen Sie, ob es irgendwelche Restaurants gibt, in denen Julie gefahrlos essen könnte?«

»Ja – das ist mit ein Grund, warum ich meine Runden drehe. Und außerdem möchte ich ein paar Besichtigungen für Justin organisieren. Er hat wirklich Interesse am Kochen. Ich glaube nicht, dass das nur eine Phase ist.«

»Das glaube ich auch nicht. Er guckt abends immer Alton Brown, und neulich hat er gesagt, er möchte mehr in organischer Chemie machen. Noch vor einem Jahr hätte ich gesagt, er lässt sich treiben. Julie hat schon immer die Welt neu gestalten wollen. Sie möchte Solarzellen bauen und vertikale Gärten anlegen – keine Ahnung, wie das geht. Hat irgendwas damit zu tun, dass Pflanzen wie in kleinen Apartmenthäusern übereinander in die Höhe wachsen, statt nebeneinander. Sie steckt voller Ideen.«

Das Taxi nahm die letzte Abzweigung zu ihrem Wohngebäude. »Ich glaube, bei besonderen Gelegenheiten kann sie ohne Probleme in zwei oder drei Restaurants essen, insbesondere wenn wir vorher anrufen und ihre Bedürfnisse erklären. Es sind Lokale, die ein Tagesgericht planen würden, das auf sie zugeschnitten ist, gleichzeitig aber auch eine breite Kundschaft anspricht.«

»Das klingt wunderbar.« Plötzlich sah Helen erschrocken aus. »Nicht dass wir von Ihren Kochkünsten genug hätten.«

Laura lachte. »Die Befürchtung hatte ich auch nicht.«

Das Taxi fuhr an ihrem Gebäude vor. Sie stiegen aus und nahmen den Fahrstuhl nach oben. Helen checkte ihr Telefon und warf einen Blick auf die Uhr. Laura überließ ihr das heiße Wasser, um zu duschen; sie selbst ging in die Küche und sah nach, ob sie alles hatte, was sie fürs Abendessen brauchte. Sie würden zeitig essen, um früh genug ins Theater zu kommen.

Wenig später rief Helen, dass sie sich auf den Weg in das Probestudio machte, das sie gemietet hatten. Laura ging und verriegelte die Tür hinter ihr und versuchte, ohne Erfolg, das weiche Gefühl in ihren Knien zu ignorieren, das die Duftmischung aus Helens Shampoo und ihrem leichten Parfum hinterlassen hatte – Mandel und Kirsche und eine Spur Aprikose.

Sie schüttelte sich, um ihre Benommenheit zu vertreiben. Der Geruch ihres vom Fitnesstraining verschwitzten Körpers würde das, was noch von Helen zurückgeblieben war, rasch verdrängen. Außerdem wollte sie mit dem Duschen fertig sein, ehe die Haushaltshilfe, die zweimal in der Woche kam, eintraf.

Sie hatte noch fünf Minuten. Sie fönte sich die Haare zu Ende und checkte dann ihre E-Mails, bis Fan, die Haushaltshilfe, klopfte. Laura konnte kein Wort Vietnamesisch, aber sie war ziemlich sicher, dass Fan der Name war, den die Frau angab, um nicht zu hören, wie ihr richtiger Name verstümmelt wiedergegeben wurde. Sie verständigten sich überwiegend mimisch, einschließlich vielen Nickens und Lächelns.

Laura war froh, Backbleche gekauft zu haben, und so schob sie eines mit gesplitterten Mandeln unter den Grill und stellte den Küchenwecker.

»Lady – bitte?«

Sie wandte sich zu Fan um, die ihr ein Kleid hinhielt, das noch in der Plastikhülle der Reinigung steckte.

»Für Reinigung?«

Laura schüttelte den Kopf. »Nein, das glaube ich nicht.«

»Okay – ich danken Ihnen.« Fan huschte wieder davon.

Laura dachte, dass Helen wohl überlegt haben musste, was sie an dem Abend ins Theater anziehen wollte und das Kleid draußen hängen gelassen hatte. Sie sah nach den Mandeln, und dann fiel ihr ein, dass sie selbst noch keinen Gedanken auf ihre Abendgarderobe verschwendet hatte. Sie ging zwar nicht gerade zu einer Verabredung, aber sie würde in aller Öffentlichkeit mit einer wunderschönen Frau zusammen gesehen werden. Sie wollte Helen nicht blamieren, und ihren geliebten Blazer von Dolce & Gabanna hatte sie schon zu oft getragen. Vielleicht sollte sie ihren Nachmittag im Kaufhaus Bloomingdale's verbringen.

21

»Es kommt nicht oft vor, dass ich mir ein Stück ansehe«, sagte Helen in der Pause zu Laura. »Das ist eine phänomenale Inszenierung.«

»Ja, nicht wahr? Ich hatte so viel Gutes darüber gehört, dass ich schon befürchtet habe, es könne nur eine Enttäuschung werden, aber es ist wundervoll. Die Story ist so vielschichtig, dreht sich um Themen wie Freundschaft und Verwandlung und Verfolgung, aber dennoch weist das Stück weit darüber hinaus. So wie sich ein *Coq au vin* auch nicht auf Wein oder Huhn reduzieren lässt.«

Helen lachte. »Wie passend. Sie sollten Theaterkritikerin werden, die alles in kulinarischen Analogien beschreibt. Ich glaube, das würden viel mehr Leute verstehen.«

Laura wies auf die Traube von Menschen an den Verkaufstresen. »Ich glaube, ich kaufe mir ein T-Shirt. Ich bin gleich wieder da.«

Helen sah zu, wie Laura sich ihren Weg bahnte und fragte sich, ob der figurbetonende schwarze Blazer neu war. Die klaren Linien mit den dezent changierenden Pailletten an Revers und Ärmelaufschlägen machten sich hervorragend zu den amethystblauen Designerhosen, die Lauras wohlgeformte Hüften betonten.

Julie unterbrach ihre Gedankenverlorenheit. »Ich möchte auch eines«, sagte sie und folgte Laura. Julie hatte es viel Spaß gemacht, sich für den Theaterbesuch herauszuputzen. Sie hatte sich sehr auf ihr Make-up konzentriert und trug ein kleines Schwarzes und Pumps mit Blockabsätzen, in denen sie sich beim Laufen nicht zu unsicher fühlte.

Helen blieb allein mit ihrem Sohn in Anzug und Krawatte zurück. Sie lächelte ihn an. Sie war sich bewusst, dass sie gesehen wurde und dass mehrere Handys gezückt und auf sie gerichtet waren. »Ist es okay, mit deiner berühmten Mom auszugehen?«

»Bisschen nervig, aber schon okay.«

»Du siehst sehr Cary-Grant-mäßig aus.« Sie strich über sein Jackett.

»Wer?«

»Stell dich nicht dumm.«

»Ich würde lieber tanzen können wie Fred Astaire.«

»Lern weiterhin kochen, dann wirst du das können.« Er sah sie verwundert an. »Wenn Laura kocht, ist das fast so, als würde sie tanzen«, erklärte sie.

Er sah immer noch irritiert drein, aber weitere abstruse Erklärungen blieben ihr erspart, als ein Produzent zu ihnen trat, mit dem sie einmal zusammengearbeitet hatte, als die Zwillinge ungefähr ein Jahr alt gewesen waren. Sie stellte Justin vor, und stimmte zu, ja, er sei sehr groß, und ja, die Zeit schien nur so zu verfliegen. Justin war höflich und ungezwungen. Eine Theaterkritikerin kam hinzu, erkundigte sich nach einigen Insider-Details in Sachen *Die tolle Tante,* und Helen ließ den Namen ihres frisch auserwählten Bühnenbildners fallen, was die Frau glücklich von dannen ziehen ließ. Cass würde zufrieden sein.

Sie hatten bereits wieder ihre Plätze eingenommen, als Helen einfiel, ihr Handy zu checken, das natürlich stumm gestellt war. Cass hatte eine SMS geschickt. Es ging um eine Benefizveranstaltung von *Feed-Kids* – einer Einrichtung, die Essenslieferungen an Familien mit schwerkranken Kindern sponserte –, die im *Tom Kat* stattfand. Helen gefiel das Projekt, aber die Vorstellung, später noch zu einer Soiree zu gehen, war ein wenig ermüdend.

»Wie fändet ihr es, nachher noch kurz zu einer Party zu gehen?«

»Wenn es nicht zu spät wird«, sagte Julie. »Ich weiß, wir haben morgen keine Schule, aber ich bleibe nicht so gern so lange auf wie ihr alle.«

Justin fragte: »Gibt's dort was zu essen?«

»Ich kann mit Julie und Justin heimfahren und Sie gehen hin«, sagte Laura.

»Unterstehen Sie sich. Entweder gehen wir alle oder niemand geht. Wer ist dabei? Ja, es wird was zu essen geben, und nein, wir werden nicht länger als eine Stunde bleiben.«

»Dann ist es wohl ein gesellschaftliches Muss«, meinte Justin.

Die Abstimmung endete einstimmig. Helen simste Cass die frohe Botschaft und steckte das Handy dann wieder ein.

»Cass wird auch dort sein«, sagte sie zu Laura und achtete genau auf deren Reaktion, aber Laura nickte bloß.

Die Lichter verloschen, und Helen schnupperte in der Dunkelheit. Laura trug ein neues Parfum. Wenn Gold duften würde, dann so. Sie neigte den Kopf ein wenig und erhaschte den Duft von neuem. Sie fühlte sich leicht benommen, aber dann hob sich der Vorhang, und sie ließ sich wieder von der Aufführung gefangennehmen.

Das *Tom Kat* entpuppte sich als exklusiver Club in der Nähe von Broadway Ecke Forty-Second Street mit A-Promis und einem Türsteher, der ihnen den Weg freikämpfte. Helen nannte ihren Namen, und sie wurden eingelassen. Laura war froh, dass sie in eine neue Garderobe investiert hatte. Ihr Outfit war zwar immer noch von der Stange, stammte aber von Michael Kors und Vera Wang aus der exklusiven Designer-Boutique im hinteren Teil der fünften Etage. Zumindest würde sie Helen nicht blamieren.

Zu ihrer Erleichterung gingen sie an der Hauptbar vorbei und direkt die Treppe hinauf, wo sie von einer Hostess begrüßt wurden, die Helen offensichtlich kannte. Sie stellte Justin und Julie vor und winkte dann Laura heran: »Und das ist meine Freundin Laura Izmani, Chefköchin.«

Erst da merkte Laura, dass sie froh war, nicht als die Hauswirtschafterin der Baynors vorgestellt zu werden. Sie wollte nicht über diese Tätigkeit definiert werden. So, sagte ihre skeptische innere Stimme, und was genau gedenkst du dagegen zu unternehmen? Mit jedem Monat, den du als Hauswirtschafterin arbeitest, wirst du mehr und mehr dazu.

Laura ignorierte die leise Stimme und war froh, dem Großteil der Presse zu entrinnen, indem sie gemeinsam mit Helen tiefer in den Raum hineinging. Zu Justins Glück kamen sie damit auch näher an das Buffet. Laura vernahm Julies besorgten Seufzer und gesellte sich zu ihr an den Tisch.

»Ich hätte Appetit auf frisches Obst – Ananas und Mango – lecker.« Laura kostete rasch von dem angebotenen Käse und wies dann auf den Parmigiano-Reggiano und den Camembert-Laib. Beide wurden nie mit Farbstoffen hergestellt. Das Brot sah aus, als wäre es echtes französisches Baguette, aber die Bedienung wusste nicht, woher es stammte, und der Caterer war nicht zugegen. Julie gab sich mit ihrer begrenzten Auswahl zufrieden und war hocherfreut, als Laura mit einem großen eisgekühlten

Glas 7-up zurückkehrte – dem einzigen Softdrink, den Julie vertrug. Justin hatte sich unterdessen einen Teller mit Canapés und gefüllten Jalapeños vollgeladen sowie mit weiteren Dingen, die ihm, wie er sagte, vollkommen unbekannt waren.

Er beäugte Julies Teller und sagte: »Ich glaube, es wäre eigentlich sehr einfach, Essen zuzubereiten, das du essen kannst und das allen anderen auch schmeckt. Es tut mir leid, dass du so wenig Auswahl hast. Das wird ziemlich ätzend, wenn wir öfter auf Partys gehen.«

»Tja, ist aber vermutlich besser für mich. Manchmal kann ich an nichts anderes als an Donuts mit Zuckerguss denken. Ich bin froh, dass Laura das Essen für Moms Party zubereitet.«

»Und ich verspreche dir, dass du da zulangen kannst, Mädchen. Oh, da drüben am Tisch ist Cass – dort in der Mitte.«

Da die Kids ein wenig verloren wirkten – schließlich kannten sie niemanden und waren ja auch noch sehr jung – und Helen sich wie der Profi, der sie war, durch den Raum arbeitete, nahm Laura die Zwillinge mit hinüber zu Cass und dem großen blassen Mann, mit dem sie sich unterhielt.

Alle stellten sich vor, und Luftküsse wurden ausgetauscht. Georg entpuppte sich als Kostümdesigner, der Cass leidenschaftlich in den Ohren lag, Helen sein Portfolio zu zeigen. Als er hörte, dass Helen anwesend war, machte er einen raschen Abgang.

»Ich schätze, ich hätte sie retten können«, sagte Cass. »Aber sie ist jetzt eine große Nummer als Produzentin. Überlassen wir ihr den Spaß, sich mit den Georgs der Welt zu befassen.«

»Er wird sich beeilen müssen. Helen möchte in einer Dreiviertelstunde gehen – spätestens.«

»Ich wollte mir gern etwas von der Bar holen, aber es war ein wirklich langer Tag, und ich mochte diesen gemütlichen Platz hier nicht aufgeben. Werden Sie hierbleiben, bis ich wiederkomme? Kann ich Ihnen etwas mitbringen?«

»Nein, danke.«

Cass nickte. Während sie aufstand, erstarrte sie. »Oh, verdammt, ich hatte keine Ahnung, dass der hier sein würde.«

Laura folgte ihrem Blick.

»Wer ist das?«, fragte Julie.

»Mr. Big Banker, der ein bisschen zu penetrant versucht hat, sich mit deiner Mutter zu verabreden.«

Helen wirkte fast wie ein Reh im Scheinwerferlicht eines Autos. In Laura sträubte sich alles. Der Kerl stand viel zu dicht bei Helen.

»Ich könnte so tun, als wäre ich acht und müsste unbedingt mit meiner Mommy reden.« Julie hob eine Augenbraue und war ihrer Mutter in dem Moment wie aus dem Gesicht geschnitten.

»Deine Mutter hat jahrelange Erfahrung im Umgang mit solchen Typen. Gib ihr die Chance, allein mit ihm fertigzuwerden. Ich bin gleich wieder zurück.«

Cass durchquerte den Raum, hielt kurz inne, berührte Helen am Arm und schob sich dann zwischen Helen und dem Banker hindurch, um ihren Weg ans Buffet fortzusetzen. Helen sah nicht aus, als müsse sie dringend gerettet werden, aber Laura würde sie auf alle Fälle im Augen behalten.

»Wer hätte gedacht, dass Manhattan so klein ist? Für New Yorker Verhältnisse laufen wir uns geradezu ständig über den Weg.« Helen hoffte, dass ihr Lächeln halbwegs erfreut aussah. Nicht mehr, nicht weniger.

»Ich hatte ja keine Ahnung, dass Sie hier sein würden, Helen, aber welch angenehme Überraschung.« Eugene lächelte sie wohlwollend an, rückte ihr jedoch mit seiner einschüchternden Körpersprache so auf die Pelle, dass Helen es kaum ertrug. Sie konnte sich nicht vorstellen, dass er seine männlichen Bekannten derart bedrängte. »Als die Meldung von Ihrer neuen Produktion und Ihrer Partnerschaft mit Trevor Huntley die Runde machte, war mir natürlich klar, warum Sie auf der Kreuzfahrt so viel Zeit mit ihm verbringen mussten. Welch eine kluge geschäftliche Entscheidung Sie getroffen haben.«

Aha, er hatte also beschlossen, dass sie ihn Trevors wegen hatte linksliegen lassen. Egal, dachte Helen. »Wir haben uns auf der Kreuzfahrt kennengelernt, und als sich diese Gelegenheit zur Zusammenarbeit ergab, war es gut, dass wir die Fähigkeiten des jeweils anderen bereits einschätzen konnten.«

»Sinnvoll genutzte Zeit.« Sein Ton war ölig, und Helen begriff, dass er schon mindestens einen Drink zu viel intus hatte. In dem Augenblick trat ein süßer Rotschopf, nicht älter als fünfundzwanzig, hinzu und klammerte sich an seinen Arm. Er warf ihr einen Blick zu und sagte in einer »Hier führen Erwachsene ein Gespräch«-Stimme: »Geh noch ein paar Minuten spielen.«

Sie zog einen Schmollmund und verzog sich.

Helen räusperte sich und schickte sich an, ebenfalls zu gehen, als Cass auftauchte, sich wieder zwischen ihnen beiden hindurchzwängte und auf die Bar zusteuerte.

»Ich bin froh, dass ich mich geirrt habe – es war lachhaft zu denken, dass Sie und diese Frau was miteinander hätten. Ein attraktives Pärchen, zugegeben, aber Sie sind schließlich eine echte Frau – durch und durch.«

Helen gefiel die Wendung nicht, die das Gespräch nahm. »Was genau verstehen Sie unter einer richtigen Frau?«

Er lachte. »Vielleicht ist es wie mit der Kunst – ich weiß es in dem Moment, in dem ich sie sehe.«

Helen war sich ziemlich sicher, dass er meinte, sein Schwanz wisse, wenn er eine Frau sah. Sie sagte sich, dass sie besser ginge, aber ein Teil von ihr weigerte sich. »Also im Grunde sagen Sie, ich kann keine Lesbe sein, weil Sie sich zu mir hingezogen fühlen?«

Die vielen Galas und Veranstaltungen von LGBT-Organisationen, die sie als heterosexuelle Verbündete besucht hatte, hatten sie all die Zeichen gelehrt, aber sie hörte die Worte inzwischen mit anderen Ohren, und was sie hörte, entfachte ihren Zorn noch einmal auf ganz andere Weise. In ihren Zorn mischte sich Furcht – irrational, aber dennoch real. Er konnte ihre Welt nicht zerstören und ihr auch nicht die Kinder wegnehmen. Er konnte ihr nichts anhaben, aber das zu wissen, hieß noch nicht, das innerlich auch zu spüren.

Er schenkte ihr ein unerträglich nachsichtiges Lächeln. »Außerdem gehören Sie nicht zu der Freakshow.« Sein Blick wanderte links an Helen vorbei.

Sie folgte seinem Blick und sah nur Cass, die mit dem Barkeeper plauderte. »Ich weiß nicht, wovon Sie reden.«

»Der Mann, der versucht, eine Frau zu sein. Der sich so bemüht, normal auszusehen, dass er wie ein Freak daherkommt. Die superhohen High Heals, die übertriebenen Nägel, die absurd langen Wimpern. Das ist nicht das, was eine Frau attraktiv macht.«

Dass er versuchte, ihr ein Kompliment für ihre Weiblichkeit zu machen, ging in einem Nebel des Zorns unter, denn er sprach von Cass. Ihre Stimme wurde lauter, als sie fragte: »Gehen Sie davon aus, dass sie keine Frau ist, weil Sie sie nicht flachlegen wollen? Und das macht sie zum Freak?«

Er hob die Stimme, als könne Helen ihn unmöglich verstanden haben, weil sie immer noch anderer Ansicht war als er. »Ich will sagen, dass das keine richtige Frau ist.«

Sie verstärkte ihre Stimme und bemerkte, wie es um sie herum stiller wurde, weil die Leute mithören wollten. »Das, was Sie gerade gesagt haben, ist nicht nur widerwärtig homophob und transphob – es zeigt auch, dass Sie Frauen nicht mögen.«

»Sind Sie deshalb so reserviert gewesen? Weil Sie dachten, ich wäre schwul und wollte Sie, um mich zu tarnen?«

»Du lieber Himmel – nimmt das gar kein Ende?« Helen war es mittlerweile egal, ob er ihre nackte Abscheu unverhohlen zu sehen bekam. Vielleicht hatte der Alkohol seine dünne Schicht

Höflichkeit fortgespült, doch wie auch immer – nun sah sie sein hässliches wahres Selbst. »Männer sind nicht schwul, weil sie Frauen nicht mögen. Frauen sind nicht lesbisch, weil sie Männer nicht mögen. Sie hingegen mögen Frauen nicht, außer um mit ihnen zu schlafen, was bedeutet, dass Sie sie benutzen wie Spielzeuge, bis Sie sie leid sind.«

Seine Augen wurden schmal, und er hob die Stimme. »Sie behaupten, ich mag Frauen nicht, weil ich mich nicht zu dieser ausgemergelten künstlich ausstaffierten Drag Queen hingezogen fühle?«

Sie sah zu Cass hinüber, die kreidebleich war vor Zorn. Es war vollkommen still im Raum, auch wenn der Boden unter ihren Füßen von der Musik im unteren Stockwerk bebte. Helen wusste, dass ihre Kinder sie bislang nur auf der Bühne derartig erbost erlebt hatten, schauspielernd, aber die Wut, die sie verspürte, musste raus.

Sie richtete sich hoch auf und trat einen Schritt zurück, als ob er unangenehm röche. »Zu Ihrer Information: Diese Frau ist eine Krebsüberlebende. Als ihre Ärzte ihre Gebärmutter entfernt haben, waren sie sicher, dass sie es mit einer Frau zu tun hatten, und sie ist immer noch mehr Frau, als Sie jemals in den Genuss kommen werden zu erleben. Wenn Sie die Alternative sind, dann werden alle Frauen lesbisch.«

Sie verlagerte ihr Gewicht und hob die Stimme. »Und ich kenne eine ganze Anzahl schwuler Männer, die bessere Männer sind, als Sie je sein werden, weil sie Frauen *mögen.* Sie mögen Menschen. Sie wissen, wie man liebt. Die einzige Liebe, die Sie je kennen werden, ist die, die Sie mit Ihrem Geld kaufen können.«

Sie holte Luft. Sie wusste nicht, was sie als Nächstes sagen sollte, aber nun stolzierte Cass zu ihr hinüber; das Weinglas in ihrer einen Hand zitterte leicht, mit der anderen riss sie den weiten Ausschnitt ihres Cocktailkleides nach unten. »Und *das hier* sind meine hundertprozentig echt ausstaffierten Brüste. Und *das hier* ist mein Drink in Ihrer Visage.«

Cass hatte gut gezielt, und Eugene spuckte und fluchte, das Gesicht nass von Wein. Entsetztes Schweigen herrschte, aber dann begannen mehrere Männer zu lachen und riefen: »Brava!«

Cass bedeckte ihre Blöße wieder und verneigte sich. Der arme Vertreter der Wohltätigkeitsorganisation war vor Schreck erstarrt, aber die junge Frau, die sich zuvor an Eugenes Arm geklammert hatte, eilte entsetzt herbei.

»Oh, tut mir leid um Ihren Anzug.« Helen kam sich vor wie eine Mischung aus Moxie und Mame. »Aber zum Glück ist ja Ihre Tochter da und kann sich um Sie kümmern.«

An Cass gewandt sagte sie: »Ich glaube, wir sollten gehen.«

»In der Tat – unsere Aufgabe hier ist erledigt.«

Helen hielt nur noch kurz inne, um dem sprachlosen Vertreter der Wohltätigkeitsorganisation einen großen Scheck in Aussicht zu stellen; dann fegte sie die Treppe hinunter und verließ den Club.

Draußen auf der Straße sagte Justin: »Ich dachte, solche Partys wären stinklangweilig. Ich wusste nicht, dass es dort nackte Titten zu sehen geben würde.«

»Gewöhnlich gibt's da keine nackten Titten zu sehen, auch wenn ich immer darauf hoffe«, erwiderte Cass. Sie schien nicht im Mindesten verlegen zu sein. »Heute Abend war es jedoch an der Zeit, nackte Titten zu zeigen.«

Laura legte Cass den Arm um die Schultern. »Das war Spitze! Sie auch Helen«, fügte sie mit einem Blick nach hinten hinzu. »Was für ein Arschloch! Sie waren wie eine Links-Rechts-Kombination.«

»Ist es zu fassen, dass dieser Kerl CEO der First Union Bank ist?«

»Das ist nicht Ihr Ernst! Das ist ja schrecklich. Schlimm genug, dass er so dumme, hasserfüllte Dinge denkt, aber wie schlau kann er sein, wenn er sie auch noch laut ausspricht?« Laura ließ Cass los, nachdem sie sie noch einmal an sich gedrückt hatte.

»Da war Alkohol mit im Spiel«, sagte Helen. »Lasst euch das eine Lektion sein, liebe Kinder. Stimmungsverändernde Substanzen führen oft zu Dummheiten.«

»Und nackten Titten.«

Cass schlug nach Justin.

»Ich fand es cool«, meinte Julie. »Mit dir alles in Ordnung, Mom?«

»Ja«, antwortete Helen. »Ich habe gerade eine Hitzewallung. Vielleicht weil mich die Wut gepackt hatte.« Sie schlug ihre Jacke zurück und fächelte sich kühle Abendluft zu.

Laura blieb stehen. »Hey, das Lokal kenne ich. Sie machen Desserts, auch vegane, die fast immer frei von Farbstoffen sind. Da gibt's eine Crème brûlée mit Seidentofu, die ich himmlisch fand.«

»Heißt das, die kann Julie essen?« Justin wandte sich sogleich der Tür zu. »Ich tue alles, um meine Schwester zu unterstützen.«

»Du meinst, um deinen Magen zu unterstützen.« Julie sah dennoch erfreut aus.

Helen trocknete sich mit einer Serviette die Stirn, während sie am Tresen ihre Bestellungen aufgaben. Justin erwies sich als sehr geschickt darin, in dem vollen Café Stühle aufzutreiben, so dass sie sich zu fünft um einen Tisch setzen konnten. Helen war sich bewusst, dass die Leute ihren Namen flüsterten, aber alle wahrten Distanz – vielleicht weil sie sahen, dass Helen mit ihrer Familie unterwegs war. Laura hatte wirklich ein Juwel von Lokal entdeckt. Die meisten Desserts waren wie zu erwarten, aber es gab tatsächlich mehrere, die frei von Farb- und Konservierungsstoffen waren, einschließlich einer üppigen *Mousse au chocolat,* die Julies Augen aufleuchten ließ.

Helen war froh, dass ihr Ausbruch die Kids allem Anschein nach nicht verschreckt hatte, aber ihr Adrenalinspiegel ebbte nur langsam ab, ebenso wie das unterschwellige mulmige Gefühl. Nachdem Cass' Wein auf Eugene gelandet war, hatte sie einen Moment lang befürchtet, er würde sie beide beschuldigen, Lesben zu sein. Es wäre die Wahrheit gewesen, und sie würde es nie bestreiten. Niemals. Aber sie wollte nicht, dass die Kinder oder Laura es auf diese Weise erfuhren. Niemand sollte es auf diese Weise erfahren.

Die Desserts kamen und wurden mit verzückten Lauten begrüßt.

»Leute«, sagte Helen, nachdem sie einen Bissen von dem reichhaltigen roten samtzarten Kuchen gekostet hatte. »Ich muss euch zu dem, was da eben passiert ist, etwas erzählen. Die ganze Sache fing damit an, dass er sich mit mir verabreden wollte. Er ist auf dem Kreuzfahrtschiff aufgetaucht, und ich habe ihn in dem Glauben gelassen, dass ich mich für jemand anderen interessierte – für die Frau, die mich engagiert hatte. Es hat funktioniert – er hat mich in Ruhe gelassen. Meistens.«

Julie warf Cass einen Blick zu, und Helen hatte nicht die leiseste Ahnung, was er bedeutete. »Hatte sie was dagegen? Die andere Frau? Als Arschloch-Abwehrwaffe benutzt zu werden?«

Cass kicherte, und Justin lachte laut.

»Nein, keineswegs. Der Witz ist, dass ich festgestellt habe, dass es gar nicht vorgeschoben war. Es war kein Vorwand. Je mehr Zeit ich mit der Frau verbracht habe, desto richtiger schien es mir. Ihr wisst, dass ich lange, lange Zeit keine Beziehung hatte, und das lag vor allem daran, dass ich einfach keine Zeit dazu hatte.« Sie brachte es nicht fertig, Laura anzusehen.

Justin legte seine Gabel hin. »Was versuchst du uns zu sagen, Mom?«

»Ich glaube, es lag außerdem daran, dass ich nicht die richtige Art von Gegenüber gesehen habe.«

Laura verschüttete ihr Wasser. »Oh, Mist!« Sie eilte zum Tresen, um weitere Servietten zu holen.

Julie sah Justin mit diesem Zwillingsblick an, der Helen immer schon irritiert hatte. Dann sagte Julie: »Du sollst glücklich sein, Mom. Es ist nur ein bisschen komisch ... Ich meine ... Was ist mit unserem Vater?«

Laura kehrte zurück und wischte wie verrückt auf dem Tisch herum. Cass half ihr, die durchnässten Servietten zu einem Häufchen zusammenzuschieben.

»Eines möchte ich ganz klarstellen – ich habe euren Vater geliebt. Das weiß ich mit Gewissheit. Ich war sehr glücklich mit ihm, und wenn er weitergelebt hätte, hätte ich vielleicht nie gemerkt, dass ich an Frauen interessiert bin. Er war ein ganz besonderer, wirklich einmaliger Mann. Ich habe mich in meinem ganzen Leben nie zu einem anderen Mann hingezogen gefühlt.«

»Also, Mom, ohne meine jugendliche Empfindsamkeit noch weiter mit Enthüllungen aus deinem Sexleben zu gefährden –«

Helen streckte Justin die Zunge raus.

»Wird diese Frau, die du kennengelernt hast, demnächst zum Abendessen kommen oder so?«

»Nein. Es hat nicht funktioniert. Es war nichts auf Dauer.«

Julie schnaubte und stieß ihren Bruder mit der Schulter an. »Unsere Mom hatte einen One-Night-Stand.«

»Ich weiß. Krass!«

Helen sah Cass an. »Ich habe mich wochenlang vor diesem Gespräch gefürchtet, und statt dass sie sich traumatisiert fühlen, weil ihre Mutter lesbisch ist, machen sie mir die Hölle heiß, weil ich eine flüchtige Affäre hatte?«

Die Zwillinge kriegten sich nicht mehr ein vor Lachen.

»Eines ist amtlich«, sagte Laura. »Sie haben zu viel Zucker genascht.« Sie warf Helen einen Blick zu. Ihre Augen funkelten.

Cass murmelte: »Und eine Frau an Bord eines Kreuzfahrtschiffes hat einen Tischgrill gewonnen.«

Laura verschluckte sich und prustete in ihre Serviette, als

sie begriff, dass Cass auf den Preis für das »Umdrehen« einer Hetera anspielte.

Julie erholte sich genug, um zu fragen: »Wie war sie – diese Frau?«

»Sie war sehr klug und ziemlich attraktiv. Cass ist ihr einmal begegnet.«

Cass nickte. »Ich bin froh, dass du es ihnen erzählt hast, Helen. Ich hätte es heute Abend fast diesem Idioten an den Kopf geworfen – dass seine penetrante Anmache dich lesbisch gemacht hat. Das hätte er geglaubt, denn es übersteigt sein Vorstellungsvermögen, dass er dir vollkommen gleichgültig sein könnte.«

»Also wie attraktiv war sie?«, fragte Julie nach. »An meiner Schule ist eine lesbische Lehrerin, und sie ist sehr hübsch, aber ich weiß nicht, ob sie Moms Typ wäre.«

»Du liebe Güte!« Helen konzentrierte sich auf ihren roten Kuchen, der köstlich war und höchst befriedigend – ein echter Genuss. Tief in ihrem Inneren jedoch erklang ein stetes Trommeln der Freude, und sie merkte, wie sie ihre Gabel mit einem Lächeln bedachte.

»Eine sehr attraktive Frau«, sagte Cass. »Sie war die Art Frau, die Weiß tragen kann, Stäbchen benutzt, um Sushi, getunkt in Sojasauce, zu essen, und sich nicht im Mindesten bekleckert.«

»Klingt selbstsicher und elegant.« Lauras Gesicht war ungewöhnlich ausdruckslos.

»Das war sie«, erwiderte Helen. »Und eine sehr beschäftigte, sehr erfolgreiche Karrierefrau. Wir haben einvernehmlich beschlossen, uns nicht mehr zu sehen.«

»Ich bekomme also keine zweite Mommy?«

»Iss dein Dessert auf, junger Mann. Wer erlaubt diesen Kindern, so vorwitzig zu sein?« Helen warf Laura einen gespielt anklagenden Blick zu.

»Hey, schauen Sie mich nicht so an. Sie waren schon so, als ich dazukam.«

Cass sagte etwas, das Helen entging, aber Laura wieder zum Prusten brachte. Innerlich fühlte sie sich, als ob Rotkehlchen in ihr sängen oder Feen tanzten, und was immer es sein mochte, es fühlte sich großartig an. Vielleicht war sie bloß ein großer Angsthase und hatte sich nicht erlaubt, etwas für Frauen zu empfinden, ehe sie sich nicht sicher damit fühlte. Zum Teufel, heutzutage konnte sie in New York sogar eine Frau heiraten, wenn sie wollte. Wenn ihr die Richtige begegnete.

Sie sah Laura an. Sie konnte nicht anders. Ihr Magen zog sich zusammen, und plötzlich hatte sie Antworten auf Fragen, die sie gar nicht gestellt hatte. Sie war so was von begriffsstutzig.

Cass stieß sie an. »Was ist? Du siehst so komisch aus.«

»Wieso?«

»Keine Ahnung. Als hättest du gerade eine Erleuchtung gehabt.«

»Ich dachte bloß an unsere Kostüme«, log sie.

22

Helens Party war für den Sonntagabend angesetzt, der für die meisten Gäste kein Abend vor einem Arbeitstag war, weil die Broadway-Theater am Montag geschlossen waren. Laura hatte in Sachen Vorbereitungen einen Gang hochgeschaltet und sich von Freitag an in einer professionellen Küche eingemietet. Der Kühlschrank in Helens Wohnung konnte unmöglich alles fassen. Außerdem hatte sie eine Servierkraft angeheuert, die ihre Arbeit am Sonntagnachmittag um zwei beginnen würde, und Justin und Julie hatten ihre Hilfe beim Transport der Speisen und beim Aufbau des Buffets zugesagt. Helen und Cass kümmerten sich um die Blumen, das auszuleihende Geschirr und das Streichquartett, sobald es eintraf. Auf der Gästeliste standen nur dreißig Personen, aber diese bildeten das Who's Who der Meinungsmachenden am Broadway, und Helen scheute keine Kosten und achtete auf jedes Detail.

Die Kids hatten sich – einigermaßen erleichtert – bereiterklärt, sich den Abend über rar zu machen, auch wenn Justin gemeint hatte, er werde bleiben, falls es wieder nackte Titten zu sehen gäbe. Laura schmunzelte bei der Erinnerung an den großartigen Moment, als der rote Bogen von Cass' Wein im Licht funkelte, bevor er auf Gesicht und Hemd des Blödmanns geklatscht war. Sie konzentrierte sich auf diesen Augenblick, denn wenn sie an Helens Geständnis gedacht hätte, wäre ihr wieder ein Schauer über den Rücken gelaufen.

Es war eine Sache, hoffnungslos in eine heterosexuelle Frau verliebt zu sein. In eine lesbische Frau verliebt zu sein war etwas vollkommen anderes. Wenn es keine Chance gab, dass deine Liebe erwidert wurde, warst du fein raus. Helen jedoch könnte, wie es schien, Lauras Liebe erwidern, würde es aber nicht tun – es sei denn, Laura brachte den Mut auf, Klartext zu reden und ihre Karten auf den Tisch zu legen.

Sie wusste nicht, was sie tun sollte. Nichts, solange sie für Helen arbeitete, das war klar.

Also kochte sie.

Für die Bewirtung der Gäste am Sonntagabend würde sie den ganzen Freitag mit der Zubereitung von leckeren Tartes und Desserts verbringen sowie weitere Gerichte vorbereiten: Zwiebeln, Lauch und Schalotten sautieren, Knoblauch anbraten, Paprika rösten und häuten und so weiter. Es würde ein langer Tag werden, aber sie hatte reichlich Arbeitsfläche und einen Riesenkühlschrank zur Aufbewahrung, also konnte sie schnell und effektiv arbeiten. Sie hatte Justin etwas Leckeres zu essen versprochen, wenn er ihr an diesem Abend half, aber es würde sich herausstellen, ob er auftauchte oder eine SMS schicken würde, dass er mit seinen neuen Skateboard-Kumpeln unterwegs wäre, solange es noch hell war. Von Julie erwartete sie eine SMS, dass sie bei einem außerschulischen Clubtreffen und später, dass sie wohlbehalten zu Hause eingetroffen sei.

Laura machte nur kurz Pause, um rasch etwas zu Mittag zu essen, dann holte sie die letzten Tortelettes aus dem Ofen und stellte sie zu den anderen auf ein großes Abkühlgitter. Später würde sie den ganzen Wagen mit Frischhaltefolie umhüllen und in den Kühlschrank schieben. Der Arbeitsraum wurde wärmer, als weitere Köchinnen und Köche eintrafen, den von ihnen gemieteten Arbeitsplatz einnahmen und ihre Grills und Öfen anheizten. Laura geriet ins Schwitzen und war froh, als sie in der Tasche ihrer Küchenschürze ein Schweißband fand. Es war schon geraume Zeit her, seit sie in richtiger Küchenhitze gestanden hatte – und sie hatte es vermisst.

Um kurz nach zwei klingelte ihr Telefon, und laut Anruferkennung war es die Schule der Zwillinge. Eine forsche, aber ruhige Stimme wollte Helen sprechen.

»Ich bin Mrs. Baynors Hauswirtschafterin. Sie können mit mir sprechen. Ich stehe auf Ihrer Liste.«

»Julie hat ein gesundheitliches Problem, und wir sind der Ansicht, dass Mrs. Baynor informiert werden sollte.«

Der Raum verschwamm vor ihren Augen, und das Telefon drohte ihr aus der plötzlich glitschigen Hand zu gleiten. »Was heißt das? Ich informiere Mrs. Baynor auf der Stelle. Sagen Sie mir, was passiert ist.«

»Sie hat einen schweren Hautausschlag, und wir fürchten, dass es Masern –«

»Sie hat eine Lebensmittelallergie. Hat sie Antihistaminika bekommen?« Laura klemmte sich das Telefon zwischen Ohr und Schulter und wusch sich rasch die Hände. »Lassen Sie mich mit ihr sprechen.«

»Ihr geht es ziemlich schlecht – tut mir leid. Die Schulschwester meint, wir müssten den Notarzt rufen. Sie bekommt allmählich Probleme mit dem Atmen.«

Laura fluchte. Ihr Herz pochte wie wild. »Wo wird man sie hinbringen?«

»Wir müssen mit Mrs. Baynor sprechen.«

»Sagen Sie mir, wo sie sie hinbringen. Bis ich Julies Mutter erreiche, treffe ich die medizinischen Entscheidungen. Es gibt niemand anderen. Also bitte sagen Sie es mir.«

»Lenox Hill.«

Laura beendete das Gespräch. Keine Zeit für höfliche Floskeln. Jeder Taxifahrer in New York wusste, wo das Lenox Hill Hospital war. Sie warf Handtücher über alles, was offen herumstand, sah zu, dass alle Herdplatten und Öfen ausgeschaltet waren und riss sich die Schürze ab. Sie roch nach Schweiß und Zwiebeln. Das alte Kapuzenshirt, das sie überstreifte, half auch nicht viel.

»Eines meiner Kinder muss in die Notaufnahme«, sagte sie zu der Frau an der nächsten Arbeitsfläche.

»Ich bin bis Mitternacht hier, Schätzchen. Hab 'ne Hochzeit morgen. Ich behalte Ihre Sachen im Auge.« Laura nahm sich kaum Zeit, die Frau anzusehen und hätte später nicht sagen können, ob sie groß, Hobbit, schwarz oder lila gewesen war.

Sie warf sich vor ein Taxi, um es anzuhalten. Sobald sie drin saß, versuchte sie Helen anzurufen, erreichte aber nur ihren AB. Sie war an diesem Tag bei den anderen Produzenten in New Jersey, die eine lange Telefonkonferenz mit Trevor führen wollten. Laura wählte die nächste Nummer.

»Cass, wir haben einen Notfall. Es geht um Julie. Ich bin auf dem Weg nach Lenox Hill. Ich kann Helen nicht erreichen. Haben Sie die Telefonnummer von Patrick oder Casey oder deren Büro? Dort ist sie nämlich.«

»Finde ich raus. Was soll ich ihr ausrichten?«

»Die Schule glaubt, es handele sich um Masern. Ich glaube, es ist eine allergische Reaktion. Sie hat Atemprobleme – mehr wollten sie mir nicht sagen.«

»Kümmern Sie sich um Julie. Ich treibe Helen auf.«

Der Taxifahrer war ein mitfühlender Pakistani, der seine Streckenwahl ausführlich begründete. »Ich weiß, dass es auf diesem Weg schneller geht. Freitags kommt man auf dem FDR nicht voran.«

»Danke«, sagte Laura mehrmals und dachte vollkommen zusammenhanglos, dass die Menschen überall auf der Welt gleich waren – nämlich zumeist freundlich. Sie hoffte, dass ihre Zutaten und ihre Messer noch da waren, wenn sie in die Küche zurückkehrte, aber das waren nur Gegenstände. Sie konnten ersetzt werden.

Laura war in schrecklicher Angst und zugleich weit weg. In ihrem Kopf malte sie sich alle möglichen Schwierigkeiten aus. Was wäre, wenn man im Krankenhaus nur einen Blick auf die zerzauste schwarze Frau warf, die behauptete, für eine bewusstlose weiße Teenagerin zuständig zu sein, und sich weigerte, ihre Entscheidungsbefugnis anzuerkennen? Sie würden doch sicher alles Notwendige tun, um Julie das Leben zu retten? Hatte jemand von der Schule sie begleitet? Ihre Kopie der Vollmacht, die Helen ihr ausgestellt hatte, war zu Hause. Sie hatte ihre Brieftasche mit ihrem Ausweis dabei und roch nach Großküche. Julie musste vollkommen verängstigt sein.

Was mochte es gewesen sein? Hatte der Hersteller der Marmelade auf ihrem Erdnussbuttersandwich womöglich nicht alle Zutaten aufgelistet? Sollte sie ihre Marmelade in Zukunft selbst kochen? Die Bio-Käsebällchen waren Julie in der Vergangenheit gut bekommen, aber vielleicht hatte der Hersteller das Rezept geändert, ohne die Zutatenliste auf den neuesten Stand zu bringen? So was passierte häufig, und aus dem Grund war Laura abgepackten Snacks gegenüber misstrauisch, aber Julie liebte sie, und sie gehörten zu den wenigen Dingen, die ihr das Gefühl gaben, normal zu sein, wenn sie ihr Mittagessen auspackte.

Kein Anruf von Cass. »Wie weit ist es noch?«

»Übernächste Ecke. Ich fahre Sie bis zur Notaufnahme, dann müssen Sie nicht so weit laufen. Mein Junge war letztes Jahr hier.«

»Vielen Dank. Ich weiß das sehr zu schätzen.«

»Ich hoffe, Ihrer Tochter geht es bald wieder gut.« Er wies auf das Foto seiner Kinder, das am Armaturenbrett hing. »Gott ist gut.«

Sie verstand, dass er freundlich sein wollte und klärte das Missverständnis nicht auf. Julie war nicht ihre Tochter und würde es auch nie sein, aber sie hatte sie ins Herz geschlossen und liebte sie wegen ihrer Beharrlichkeit und ihrer Ernsthaftigkeit.

Ihr Handy zirpte. Justin. »Laura, was ist los? Es heißt, Julie wäre mit dem Notarztwagen weggebracht worden?« Er klang sehr besorgt.

»Es tut mir leid. Ich habe verzweifelt versucht, eure Mom zu erreichen und bin selbst ziemlich erschrocken.« Sie versuchte um seinetwillen, sich zu beruhigen, und erzählte ihm, was sie wusste. »Kannst du dir ein Taxi von der Schule hierher nehmen? Ich glaube, für dich ist es nicht allzu weit.«

»Ja, das kann ich – warte mal, mein Freund Tim sagt, ich kann bei ihnen mitfahren.«

»Gut. Ich glaube nicht, dass es was Ernstes ist, aber –«

»Wenn sie Blut braucht oder einen Lungenflügel oder so – bin da.« Er beendete das Gespräch.

Sie hätte sich in den Hintern treten können, weil sie nicht daran gedacht hatte, ihn anzurufen. Ein schöner Elternersatz war sie. Und immer noch kein Rückruf von Cass.

Der Fahrer brachte sie wie von Zauberhand auf verschlungenen Wegen direkt zum Eingang der Notaufnahme. Am Tresen fragte sie nach Julie Browning und behauptete dreist, ihre Tante zu sein. Sie hatte nicht die Absicht, ihnen einen Vorwand zu liefern, sie in irgendeinem abgelegenen Wartebereich hocken zu lassen. Die Lüge führte sie zu einer Pflegerin, die sie mit durch die Doppeltür nahm.

Laura mochte Krankenhäuser nicht. Ein, zwei Mal war sie mit tiefen Schnittwunden genäht worden, aber die eigentliche Ursache ihrer Abneigung hing mit ihrem Handgelenk zusammen, das sie sich als Kind böse verstaucht hatte. Damals hatten sie in Miami gelebt, und ihre Mutter hatte sie in die Notaufnahme gebracht. Sie erinnerte sich an den stechenden Geruch in ihrer Nase und daran, dass jemand vor Schmerzen geschrien hatte, und das hatte ihr Angst eingejagt. Der Arzt, der ihr Handgelenk verband, hatte ihr das Gefühl gegeben, sie verschwende seine Zeit. Er hatte irgendwas zu ihrer Mutter gesagt, auf das diese mit einer unterwürfigen Stimme, die Laura noch nie zuvor von ihr gehört hatte, erwiderte, dass sie natürlich krankenversichert wäre. Natürlich sei ihre Tochter Amerikanerin.

Sie schüttelte die Vergangenheit ab – es war schwer, ihr schwirrte der Kopf – und versuchte, der Pflegerin zuzuhören. Die Frau war rund und nicht größer als Laura und hatte ein nettes Lächeln. »Ich sage dem Arzt, dass Sie hier sind.«

Sie führte Laura in einen langen trostlosen Raum zu einem der acht Betten, die mit identischen Vorhängen abgetrennt waren, überprüfte das Krankenblatt und blickte hinter den Vorhang. Sie wich zurück und sah Laura zweifelnd an. »Sie sind eine Verwandte?«

»Ich habe eine Vollmacht, bis ihre Mutter eintrifft.«

»Laura?« Julies Stimme klang dünn. »Bist du das, Laura?«

Die Krankenpflegerin beschloss, die augenscheinliche Situation zu akzeptieren, und ließ Laura in das schmale Kabäuschen eintreten.

Julies Haut war wie durchscheinendes Papier – zumindest dort, wo sie nicht von entzündeten roten Pusteln bedeckt war.

»Ach, Mädchen!« Ohne zu zögern strich Laura Julie das verfilzte Haar aus dem Gesicht. »Schätzchen, wie fühlst du dich?«

»Schrecklich. Mich juckt's überall, und mir hämmert der Kopf.«

Lauras Handy begann zu klingeln. *Nights On Broadway*. Dem Himmel sei Dank. »Deine Mom. Endlich.«

»Wie geht's ihr?« Helens Stimme war laserscharf, und Laura musste den Hörer ein Stück von ihrem Ohr abhalten.

»Ich bin jetzt bei ihr. Ja, sie wird sich erholen. Sehr unangenehm – schlimmer Juckreiz.«

»Was zum Teufel haben Sie ihr zu essen gegeben?« Helens Stimme entfernte sich. »Nein, fahren Sie mich zum Bahnhof. Im Lincoln Tunnel stecken wir stundenlang fest.«

»Helen, sind Sie noch da?«

»Wie konnte das passieren?«

»Ich weiß es nicht.«

»Ich bin da, so schnell ich – verdammt noch mal! Zum Bahnhof, hab ich gesagt, verdammt noch mal! Drehen Sie um!«

Die Verbindung war gekappt. Laura holte tief Luft. »Deine Mom ist außer sich«, sagte sie zu Julie, ehe sie merkte, dass das Mädchen eingedöst war.

Ein Arzt zog den Vorhang zurück, und Laura trat hinaus, um mit ihm zu sprechen. »Warum schläft sie?«

Der Arzt, ein Latino, war als Assistenzarzt ausgewiesen und sah aus, als sei er noch keine dreißig. »Und wer sind Sie?«

Laura hielt ihre Stimme forsch und professionell. »Ich bin Laura Izmani, eine Angestellte von Mrs. Baynor. Sie ist auf dem Weg hierher, aber ich habe eine Vollmacht, falls vorher etwas entschieden werden muss.«

Er nickte. »Es ist nichts Lebensgefährliches, aber kann es sein, dass dies die heftigste Reaktion ist, die sie je gehabt hat?«

»Meines Wissens ja.«

»Dann sollten Sie mit ihr so schnell wie möglich einen Spezialisten aufsuchen. Die nächste Reaktion könnte noch schwerer und sehr gefährlich werden.«

»Das werden wir, das versichere ich Ihnen.«

»Gut.« Er überflog das Krankenblatt. »Die Steroide, die wir wegen ihrer Atemnot verabreicht haben, haben sie ruhelos gemacht, deswegen haben wir ihr ein ziemlich starkes Beruhigungsmittel gegeben, das auch gegen die Kopfschmerzen wirkt. Deshalb ist sie so müde. Außerdem hat Ihre Ankunft ihr vermutlich vermittelt, dass sie sich jetzt entspannen kann.«

»Wenn ihre Mutter eintrifft, werde ich sie an Sie verweisen«, erwiderte Laura. Er nickte und ging, während gleichzeitig Justin erschien. Er war beinahe so bleich wie Julie.

»Ihr geht es schon wieder besser. Sie schläft – wirf einen Blick hinein, wenn du willst«, sagte Laura.

Er wurde ein bisschen ruhiger, nachdem er Julie gesehen hatte, aber Laura gefiel seine Blässe nicht. »Suchen wir uns einen Platz, wo wir uns hinsetzen und auf deine Mom warten können. Sie macht sich große Sorgen.«

»Kann ich mir denken.«

Im nächstgelegenen Wartebereich gab es einen Getränkeautomanten, und nach einem Root Beer wurde Justin wieder ein bisschen munterer. Zum Glück wurde er von einer Verwaltungsangestellten der Schule erkannt, die sich Laura vorstellte und bevor sie ging, darum bat, informiert zu werden, falls sich Julies Zustand verschlechtern sollte.

Die meiste Zeit saßen sie schweigend da, und Laura sagte sich, dass es kein Wunder war, wenn Helen zunächst einmal glaubte, es sei Lauras Schuld. Laura war in Gedanken auf der Suche nach dem Übeltäter schon jede einzelne Zutat durchgegangen, die sie in den letzten beiden Tagen verwendet hatte, aber ihr war nichts eingefallen. Und von den Lebensmitteln, die für die Party eingekauft worden waren, hatte Julie noch gar nichts gegessen, also konnte Laura dort auch nichts entgangen sein.

Helen hatte jedes Recht, sich aufzuregen.

Laura hatte früher schon mit aufgebrachten Chefs oder Gästen zu tun gehabt. Das hier war nichts anderes.

Sie sagte sich, dass Helen aus rein praktischen Gründen nur Justin auf dem Laufenden hielt, was ihr Eintreffen anbelangte, und dass Justin ihr die aktuelle Entwicklung simste, so karg die Informationen auch waren. Ihr eigenes Handy blieb stumm.

Justin und sie schauten abwechselnd nach Julie, die weiterhin schlief. Allergische Reaktionen waren kräftezehrend, und für sie war es vermutlich am besten, wenn sie den Juckreiz so weit wie möglich verschlief.

Als Helen schließlich eintraf, glaubte Laura sich gewappnet, aber statt eine ruhige, professionelle Distanz einzunehmen, wünschte sie sich nichts mehr als in den Arm genommen zu werden, und ihre Arme hätten sich am liebsten um Helen geschlungen.

»Hier entlang«, brachte sie mühsam hervor. »Sie schläft schon die ganze Zeit.«

Helen öffnete den Vorhang, und auch wenn es die meisten Menschen nicht merken würden, sah Laura, dass ihre Lippen und Wangen leicht an Farbe verloren hatten. Sie trug die Maske zuversichtlicher Mütterlichkeit zur Schau. Ihre Kleine würde es gut überstehen. Es war nichts Ernstes. Doch innerlich war Helen panisch vor Angst.

Julie schlief immer noch, und Helen senkte ihre Stimme zu einem Flüstern: »Wodurch wurde das ausgelöst? Was ist Ihnen entgangen?«

»Ich weiß es nicht. Ich bin in Gedanken alles wieder und wieder durchgegangen, aber mir fällt nichts ein.«

»Sie müssen es herausfinden!« Helens Flüstern war wie ein Peitschenknall. »Das darf nicht wieder passieren.«

»Ich tue mein Bestes –«

»Ich erwarte mehr als das. Dafür bezahle ich Sie.«

Weinen wird in dieser Situation nicht helfen, sagte Laura sich streng. »Ich fühle mich schrecklich deswegen.«

»Nicht so schrecklich, wie Julie sich fühlt.«

»Mom.«

Julies Stimme ließ Helen herumfahren. »Liebling, wie fühlst du dich?«

»Es ist nicht Lauras Schuld. Schrei sie nicht an.«

»Ich habe sie nicht angeschrien.«

»Doch, das hast du.«

»Das spielt keine Rolle«, sagte Laura.

»Ich habe ein Donut gegessen. Mit rosa Zuckerguss. Nach dem Mittagessen. Mir ging es jetzt schon so lange gut, dass ich dachte, es würde mir nicht schaden.« Julie wischte eine Träne fort, dann setzte sie sich auf und streckte die Arme aus.

Helen beugte sich zu ihr hinab und schloss sie fest in die Arme.

Zwischen ihren Schluchzern stieß Julie hervor: »Ich dachte, es wäre nicht schlimm. Ich würde nur ein bisschen Juckreiz kriegen. Auf dem Weg zum Englischunterricht habe ich mein Mittagessen ausgekotzt. Es war echt peinlich. Und an viel mehr erinnere ich mich nicht. Es war doch bloß ein kleiner Donut. Mom, es tut mir so leid. Es tut mir leid ...«

Helen wiegte sie. »Ach, Süße, du weißt doch, dass du das nicht machen darfst. Bitte tu das nie wieder. Du hättest sterben können. Was hätte alles passieren können, wenn du allein gewesen wärst?«

»Was soll ich ohne Laura bloß machen?« Julie schluchzte wieder. »Ich kann nicht aufs College gehen.«

»Klar kannst du das«, meinte Justin. »Ich sage es dir ja nur ungern, aber alle möglichen Menschen lernen, für sich selbst zu kochen.«

»Ach, halt den Mund!« Julie putzte sich die Nase. »Wie wär's, wenn ich mit dir zusammenwohne und du für mich kochst?«

»Nur wenn du mich dafür bezahlst.« Er schnitt ihr eine Grimasse, und Laura fand, dass er allmählich fast schon wieder der alte war. Wenn es Julie gut genug ging, sich mit ihm zu kabbeln, dann war seine Welt wieder in Ordnung.

»Wir werden uns was einfallen lassen«, sagte Helen. »Dein Bruder hat recht. Es ist nicht fair, aber du wirst lernen, damit klarzukommen. Du bist klug und unabhängig und wirst es schaffen. Du wirst Donuts finden, die du essen kannst, selbst wenn sie keinen rosa Zuckerguss haben.«

»Mich juckt es überall. Selbst mein Gaumen juckt.«

»Das ist echt Mist.« Justin sah Laura an. »Können wir nicht mit Granatapfelsaft rosa Zuckerguss machen?«

»Das würde bläulichen Zuckerguss ergeben. Mit Roter Bete kriegen wir ein kräftiges Rot hin.« Laura fiel nichts Besseres ein, um vor allen anderen zu verbergen, dass sie jeden Moment anfangen würde zu weinen. Sie ging zum Stationszimmer und bat darum, dass der Arzt, der für Julie zuständig war, noch einmal kam und mit Julies Mutter sprach. Dann suchte sie die Toilette auf und weinte in einer der Kabinen vor sich hin, bis sie sich wieder gefasst hatte.

Als sie an Julies Bett zurückkehrte, schlief das Mädchen wieder. Helen sprach mit Cass, die das Gespräch kurz unterbrach, um Laura rasch in den Arm zu nehmen. »Sie müssen sich auch schreckliche Sorgen gemacht haben.«

Warum hatte sie sich nicht in Cass verliebt? Trotz ihrer neurotisch-narzisstischen Art war sie sehr oft sehr freundlich und amüsant. »Das habe ich. Ich hatte die dumme Marmelade auf ihrem Sandwich in Verdacht.«

Helen legte ihr die Hand auf die Schulter. »Laura, es tut mir so leid. Ich war außer mir vor Sorge, aber das rechtfertigt nicht, dass ich Ihnen die Schuld gegeben habe. Selbst wenn es etwas gewesen wäre, das Ihnen durch die Lappen gegangen ist, weiß ich doch, dass es nie daran liegt, dass Sie unaufmerksam sind.«

»Schon gut. Ich habe mir auch Vorwürfe gemacht.«

Cass verdrehte die Augen. Dann sagte sie an Helen gewandt: »Hast du mal wieder voll die Oberzicke gegeben?«

»Ich glaube nicht, dass ich *voll* die Oberzicke war.«

Eine Krankenpflegerin warf ihnen einen warnenden Blick zu, und sie verzogen sich in den Wartebereich.

»Du warst schon ziemlich fies, Mom.«

»Du hältst den Mund oder ich lass mir etwas einfallen, wofür ich dich bestrafen kann.«

»Siehst du?« Justin schaute Cass an.

»Ich muss in die Küche zurück«, sagte Laura. »Ich habe alles stehen und liegen lassen und zähle auf die Freundlichkeit von Fremden, dass meine Zutaten und meine Messer noch da sind.«

»Können wir mitkommen? Für eine Weile zumindest?«, schlug Helen überraschenderweise vor. »Ich muss was mit meinem Händen machen oder ich flippe völlig aus. Julie wird jetzt die Nacht durchschlafen, sagen sie. Anscheinend mussten sie sie –« Sie räusperte sich. »Einmal musste sie im Notarztwagen künstlich beatmet werden. Deshalb wollen sie sie über Nacht hierbehalten. Der Ausschlag ist allerdings schon besser geworden.«

Laura nickte und verspürte kurz das gleiche Aufwallen von Furcht, das sie in Helen Augen sah. »Ich kann euch alle an die Arbeit kriegen, kein Problem.«

»Gibt's da auch was zu essen? Wenn ich Abendbrot kriege, bin ich dabei.« Justin sah hoffnungsvoll drein.

»Wir haben Riesenmengen von Lebensmitteln dort. Wahnsinnszeug.«

»Kochen? Ihr geht jetzt alle kochen?« Cass zog den Gürtel ihres Trenchcoats enger. »Ich muss los. Wir sehen uns Sonntag gegen vier oder so – aber ruft an, wenn hier irgendwas sein sollte, okay?«

»Okay. Danke noch mal, Cass.«

»Du bist meine Lieblingsklientin«, sagte Cass über die Schulter zurück.

Laura sah Helen im Taxi nur ein einziges Mal an. Im relativen Dunkel des Wagens hatte sie das Gefühl, als müsse sie sich nicht mehr ganz so zusammenreißen, und Helen ging es offenbar ähnlich. Die Sorge, die Helen ins Gesicht geschrieben stand, machte Laura das Herz schwer. Helens voreilige Beschuldigung hatte sie verletzt, aber sie hatte ihr bereits verziehen. Auf der Toilette ein paar Tränen zu vergießen hatte geholfen, einen Teil der Anspannung abzubauen.

Helen hingegen zeigte Anzeichen eines drohenden Zusammenbruchs. Laura hatte sie mit vom Schlaf zerzaustem Haar und Hitzewallungen gesehen oder wie sie sich beim Essen die Finger ableckte und mit Zahnpastarest im Mundwinkel – allzumenschliche Augenblicke, in denen Helen Baynor nicht der Star war, sondern die Frau, die Lauras Gedanken Tag und Nacht beherrschte. Aber sie hatte Helen noch nie mit diesem wie gefroren wirkenden Lächeln auf den Lippen gesehen und nie diese kurzatmige, verzerrte Stimme gehört. Sie hatte den Verdacht, dass Helen nur Justins wegen noch nicht zusammengeklappt war.

Laura bezahlte den Taxifahrer, während Helen mühsam aus dem Wagen stieg. Justin schlenderte beschwingt in Lauras Küchenabschnitt, während sie der Frau von nebenan überschwänglich fürs Aufpassen dankte. Sie holte ein Stück Cotswold-Käse heraus und machte Justin auf der Stelle glücklich damit. Noch während er kaute, wies sie ihn an, die Bleche mit den Tartes in Folie einzuwickeln, ehe die Böden noch trockener wurden. Auch Helen knabberte an einem Stück Käse. Ihr leicht benommener Gesichtsausdruck bewog Laura, ihr lieber kein scharfes Messer anzuvertrauen. Auch sie selbst würde noch ein Weilchen warten, ehe sie eines zur Hand nahm.

»Ich habe Mandeln.« Sie kramte in einer der vielen Kisten. »Oh, sie sind roh. Moment – das haben wir gleich.« Sie gab ein paar Handvoll in eine Schüssel, gab Flüssigrauch, Rosmarin und Salz hinzu, verteilte sie dann auf einem Backblech und schob sie unter den Grill. Sie stellte die Küchenuhr. »In vier Minuten heiße Nüsse.«

Justin gackerte los. »Das hat *sie* gesagt!«

»Blödsinn!«, protestierte Laura. Sie fühlte sich albern und erleichtert. Vermutlich sollte sie auch etwas essen. Sie wusste nicht wie, aber plötzlich hatte sie eine Hand voller Mehl, das auf Justin niederging.

»Das glaube ich nicht!« Er klopfte sich das Mehl von Wangen und Schultern. Dann lachte er wir ein Irrer und zahlte es ihr heim.

Laura hustete Mehl aus. Justin war noch großzügiger gewesen als sie. Sie hörte Helen rufen: »Justin! Wage es ja nicht!«

Laura bekam gerade noch rechtzeitig ein Auge auf, um zu sehen, wie das Mehl die Konturen von Helens Händen auf ihrem Gesicht hinterließ und ihr Haar bestäubte. Justin kriegte sich gar nicht mehr ein vor Lachen und wies auf sie beide.

Helen marschierte zu dem Mehlbehälter und bewarf ihn zweimal. Dann warf sie eine Handvoll in Richtung Laura. Laura wich aus, und das meiste landete in ihrem Ohr. Sie schoss zurück, und Helen prustete: »Ich habe Mehl in meinem BH!«

Alle drei ließen sich auf die Matten sinken. Laura kriegte vor lauter Lachen keine Luft – Helen hatte eine Cruella-de-Vil-Mähne – halb dunkel, halb weiß –, und Justin war von oben bis unten mehlbestäubt. Laura fuhr sich mit der Hand durchs Haar. Mehl auf Schweiß – sie kam sich vor, als hätte sie Soße auf dem Kopf.

»Wo geht es hier zur Toilette?« Helen kam auf die Füße.

»Ich zeige es Ihnen. Mein Gott, ich sehe schlimm aus.«

»Du hast damit angefangen«, sagte Justin. »Können wir Pizza bestellen?«

»Vielleicht«, sagte Helen ausweichend.

»Vielleicht heißt ja, stimmt's?«

»Naseweis«, murmelte Helen, als sie den schmalen Gang am rückwärtigen Ende des Gebäudes erreichten. »Was soll ich mit den beiden bloß machen?«

Laura versuchte gleichmütig zu klingen. »Keine Ahnung, wo sie das herhaben.«

Plötzlich schnappte Helen nach Luft und brach in Tränen aus. Obwohl sie halbwegs damit gerechnet hatte, kam der Zusammenbruch nun so unvermittelt, dass er Laura kalt erwischte. Sie konnte nichts weiter tun, als Helen ihre Schulter anzubieten. Helen klammerte sich an Laura wie an eine Rettungsleine, und Laura hielt sie an sich gedrückt, strich ihr über den Rücken und murmelte: »Still, still …«

Helen versuchte etwas zu sagen, bekam aber kein Wort heraus. Schließlich brachte sie hervor: »Warum sagen Sie, ich soll ruhig sein?«

»Ich sage nicht – oh. Still bedeutet, alles wird gut, es ist alles in Ordnung. Meine Mutter hat das immer gesagt, wenn ich mir das Knie aufgeschlagen oder mir blaue Flecken geholt hatte.« Ihre Tante hatte es gesagt, als sie gekommen war, um Laura zu sagen, dass ihre Mutter ertrunken war.

»Ich komme mir so blöd vor«, sagte Helen. Sie löste sich von Laura und lehnte sich gegen die schmuddelige Wand bei den Toiletten. »Es tut mir leid. Es tut mir wirklich leid, was ich gesagt habe.«

»Sie hatten Angst um Ihre Tochter. Ich werde es verschmerzen.« Großartig – sie war Helen so nah wie nie zuvor und sie roch nach Zwiebeln und war mit feuchtem Mehl bedeckt.

Helen wischte sich mit den Händen übers Gesicht. »Ich sehe schrecklich aus.«

»Das tun wir beide.«

»Und Cass meinte, Sie seien so erwachsen.«

»Das war gelogen.«

Helen wischte sich mit feuchten Händen über den mehlbestäubten Nacken, so dass er ganz schmierig wurde. »Und ich bin selbstsüchtig. Ich habe meine Kinder gezwungen, hierherzuziehen, weil ich Angst habe, alt zu werden, und dann lässt meine Tochter ihren Frust raus und wird krank. Es war mir egal, wie sehr der Umzug das Leben der beiden auf den Kopf stellen würde –«

»Hören Sie auf!«, sagte Laura. »Natürlich war es Ihnen nicht egal!«

»Es hat mich nicht daran gehindert, ihr Leben zu ruinieren.«

»Seien Sie nicht melodramatisch.« Die Worte waren raus, ehe sie sich's versah.

Helen war offensichtlich beleidigt. »Wie bitte?«

»Sie vergessen, wie es für die Kids gewesen wäre, wenn Sie sich diese Gelegenheit hätten entgehen lassen. Wenn Sie nach Woodside heimgekommen wären und sich wer weiß wie lange Ihre Wunden geleckt hätten.«

»Sie würden ihr glückliches Leben weiterleben.«

»Mit einer unglücklichen Mutter, die nicht gewusst hätte, welche Rolle sie als Nächstes spielen würde.«

»Ich hätte die glückliche Mutter spielen können.«

»Ich bin sicher, dass Sie das könnten, aber Ihre Kinder kennen Sie viel zu gut. Ich will ja nur sagen, egal wie Sie sich entschieden hätten – das Leben der beiden hätte sich auf jeden Fall verändert und vielleicht so oder so nicht zum Besseren. Sie können nicht wissen, welche Entscheidung die bessere gewesen wäre. Das weiß man nie. Ich schätze, das ist das Schicksal aller Eltern.«

Laura fuhr sich mit den Händen durch das Haar. Sie waren immer noch weiß. »Meine Mutter hat viele, viele Opfer für mich gebracht, Helen. Als sie feststellte, dass sie schwanger war, hat sie es dem Vater erzählt. Er hat versucht, sie ausweisen zu lassen, indem er der Einwanderungsbehörde erzählt hat, sie sei eine Prostituierte. Sie hat sich versteckt, bis ich geboren war, damit ich auf jeden Fall die amerikanische Staatsbürgerschaft hatte, auch wenn mein Vater sich weigerte, mich anzuerkennen. Als ich acht war, ist meine Mutter mit mir nach Jamaika zurückgekehrt.

Lange Zeit glaubte ich, sie sei aus Miami fortgelaufen, aber tatsächlich hat sie ihren Stolz heruntergeschluckt und mich mit nach Jamaika genommen, damit ich unsere Familie um mich hatte, denn sie fand, sie war als Mutter nicht gut genug. Ich war zu viel allein, und irgendjemand hat das dem Jugendamt zugetragen. Meine Mutter konnte nicht wissen, dass ihre Familie sie wie eine Aussätzige behandeln würde. Sie haben sie verabscheut, weil meine Mutter sie verlassen hatte. Sie haben sie nach Strich und Faden ausgenutzt, während sie ihr gleichzeitig vorwarfen, auf dem hohen Ross zu sitzen.«

Laura hatte diesen Vorwurf oft gehört, wenn es um ihr kleines Haus ging, die blitzsauberen Zimmer, das gesunde Essen und ihre Mutter selbst. *Miss Hält-sich-für-was-Besseres.* »Damals habe ich nicht begriffen, dass sie diese Demütigung in Kauf genommen hat in der Hoffnung, mir etwas Wichtiges mitzugeben. Ich muss damit leben, dass sie in Jamaika absolut unglücklich war. Am Boden zerstört. Und ich gäbe alles dafür, sie noch einmal in dieser Situation zu sehen und sie die Entscheidung treffen zu lassen, bei der sie hätte stark bleiben können.«

Laura hielt abrupt inne. Die Erinnerung daran, was sie in den Papieren entdeckt hatte, die man ihr nach dem Tod ihres Vaters geschickt hatte, überwältigte sie. Sie hatte gedacht, ihre Mutter sei schwach gewesen, weil sie nach Jamaika heimgerannt war. Sie hatte den Umzug gehasst, die Art und Weise, wie die anderen Kinder sie behandelt hatten. Als sie die Papiere durchging, erinnerte sie sich bloß noch daran, was für ein ungezogenes Gör sie gewesen und wie schwer sie es ihrer Mutter gemacht hatte. Sie hatte geheult und gejammert und gesagt, sie habe sie nicht mehr lieb.

Helen legte ihr die Hand auf den Arm. »Alles in Ordnung, Laura?«

Irgendwie schaffte sie es, sich nicht in Helens Arme fallen zu lassen. Sie wollte im Arm gehalten werden, nur eine Minute, wollte, dass jemand zu ihr sagte: »Still, still!« und ihr den Rücken tätschelte.

Es gelang ihr zu lächeln. »Bin nur müde. Und ich wünschte, meine Mom hätte ein bisschen länger gelebt. Ich glaube, dann wäre vieles anders für mich gekommen. Und ich hätte ihr vieles zurückgeben können.«

»Sie wären eine wunderbare Tochter gewesen.« Helen wies auf die Toilette. »Wollen Sie zuerst gehen?«

»Besser wär's. Ich möchte Justin lieber nicht zu lange mit all dem Essen allein lassen.«

Beim ihrem Anblick im Spiegel lachte sie laut auf. Es gelang ihr, den Kopf halbwegs unter den Wasserhahn zu stecken. Das war schon besser. Sie musterte sich gründlich. Es war ein langer, anstrengender Tag gewesen. Sie war gefühlsmäßig völlig erschöpft. Sie spürte noch immer Helens Körper an ihrem – eine Erinnerung, die so köstlich wie quälend war.

23

Jedes Mal, wenn sie mit Laura allein war, wollte Helen ihr noch einmal sagen, wie leid es ihr tat, wie sie sich im Krankenhaus verhalten hatte. Es schien jedoch keine Gelegenheit zu geben, denn Laura war vollauf mit den Partyvorbereitungen beschäftigt. Wie hatte sie, Helen, auch nur einen Augenblick lang denken können, Laura sei nachlässig gewesen – so wie die inkompetente Mary? Selbst wenn Laura bei Julies Essen irgendetwas übersehen hätte, so hätte Helen doch wissen können, dass Laura sich selbst schon die schwersten Vorwürfe machte. Helen hätte sie nicht auch noch herunterputzen müssen. Und dann, als wäre sie nicht scheußlich gemein zu ihr gewesen, hatte Laura sie in die Arme genommen und getröstet, als sie schließlich zusammengeklappt und in Tränen ausgebrochen war. In dem Moment, als

Laura die Arme um sie schlang, hatte Helen sich vollkommen geborgen gefühlt.

Den ganzen Samstagmorgen über war nicht zu übersehen, dass Laura irgendetwas bedrückte. Sie sah matt aus und war nicht ihr übliches fröhliches, leicht sardonisches Selbst. Als Helen mit der unglücklichen, noch immer unter Juckreiz leidenden Julie heimgekommen war, hatte Laura auf der Stelle einen Teller heiße Suppe und Toast serviert, um den Nachgeschmack des Krankenhausessens zu vertreiben. Julie hatte eingestanden, dort überhaupt nichts gegessen zu haben, und die Suppe im Nu weggeputzt. Laura hatte dennoch nicht wirklich erleichtert gewirkt. Helen hätte sich selbst in den Hintern treten können – Laura war vom ersten Tag an weit mehr als eine Angestellte gewesen, allein schon wegen ihrer Achtsamkeit.

Es war vermutlich keine gute Idee, wenn sie sich den ganzen Tag über Sorgen um Julie machte und dann zur Abwechslung um Laura. Helen schaffte es, sich zusammenzureißen, als Laura ging, um in der Mietküche weiterzuarbeiten, und sie selbst sich um die Annahme der Lieferung des Leihgeschirrs, einiger Tische und Stühle sowie des Barzubehörs kümmern musste. Die Floristin ein paar Häuser weiter lieferte eine Riesenmenge Zedernzweige und Efeuranken, Stechpalmenbeeren und Christrosen, mit denen die Tische und der Eingang dekoriert werden sollten. Außerdem sprach sie mit dem Leiter des Streichquartetts, der vorbeikam, um den Platz in Augenschein zu nehmen, den sie für ihren Auftritt einnehmen würden. Da Laura mit den Essensvorbereitungen vollkommen ausgelastet war, übernahm Helen auch die Instruktion des Barkeepers.

Alles in allem, dachte Helen, waren Partys enorm lästig. Es war schlimmer, als einen Auftritt zu improvisieren, ohne den Text zu kennen. Der positive Aspekt war, dass sie inzwischen Anrufe von Menschen auf ihrer Gästeliste bekam, die noch eine Freundin oder einen Freund mitbringen wollten. Cass hatte die

Buschtrommel so geschickt gerührt, dass ihre »kleine Party« als das Highlight der Weihnachtszeit am Broadway galt und alle zu den glücklich Auserwählten zählen wollten. Laura hatte Helen versichert, dass das Essen notfalls für sechzig Personen reichen würde.

Der Tag schritt voran. Justin rief von der Mietküche aus an, um zu fragen, ob er nach seinem Kücheneinsatz zu einem Freund fahren könne. Er versprach, rechtzeitig nach Hause zu kommen, um auch am nächsten Tag einsatzbereit zu sein. Helen bereitete einen Salat für Julie und sich zu und schlief mitten in *Elf*, Julies Lieblingsweihnachtsfilm, prompt ein.

Ein Schlüssel im Schloss der Eingangstür weckte sie. Der DVD-Player hatte sich am Ende des Films ausgeschaltet. Überrascht stellte sie fest, dass es nach zehn Uhr war. Laura mühte sich mit einer großen unhandlichen Kiste ab. Nach einem raschen Blick auf Julie, die aussah, als könnte sie die ganze Nacht auf der Couch schlafen, ging Helen zu Laura hinüber, um ihr zu helfen.

»Ich dachte, ich könnte ebenso gut heute Abend schon einen Teil meiner Gerätschaften mit nach Hause nehmen. Keine unnützen Wege.« Sie rückte die Kiste unbeholfen zurecht. »Hier riecht es wundervoll. Ich liebe den Duft von Zedern und Rosen.«

Helen eilte voraus und hielt Laura die Schwingtür zur Küche auf; dann schaffte sie Platz auf dem Küchentisch, damit Laura die Kiste absetzen konnte.

»Ich habe ein paar Kostproben mitgebracht. Ist Julie noch auf?«

»Sie schläft tief und fest auf der Couch. Ich vermute, der Film hatte auf sie dieselbe Wirkung wie auf mich.«

»Wie geht es ihr?«

»Die Pusteln in ihrem Gesicht sind fast ganz verschwunden. Sie hat aber noch einen ziemlich großen Ausschlag am Hals und auf dem Bauch.«

»Ich hoffe, der verschwindet auch bald. Hier.«

Helen war es inzwischen gewohnt, Kostproben von Laura zu bekommen und zögerte nicht, sich ein Stück von einer kleinen Tarte in den Mund schieben zu lassen. Ein intensiver pikanter Geschmack entfaltete sich auf ihrer Zunge. Pilze mit schwarzem Pfeffer und Ingwer? »Das ist köstlich! Was ist da noch drin?«

Laura lächelte. »Jetzt sehen Sie aus wie Ihr Sohn.«

Helen war froh, dass Laura munterer wirkte als am Morgen. Sie tat beleidigt. »Soll das heißen, ich bin genauso verfressen wie er?«

»Das habe ich nicht gesagt. Das haben Sie gesagt.«

Helen warf ihr einen gespielt finsteren Blick zu. Dann kostete sie freudig ein häppchengroßes Bällchen gefüllt mit Ziegenweichkäse und mit einer Feige in Balsamico verziert. Überrascht registrierte sie darüber hinaus einen Hauch Cranberry. Sie leckte sich die Lippen. »Damit könnten Sie bei einer Kochshow groß rauskommen.«

»Ach ja? Darüber muss ich mal nachdenken.« Laura war damit beschäftigt, ihre Messer und sonstigen Gerätschaften wegzuräumen.

»Es tut mir wirklich leid wegen gestern«, sagte Helen. Es hatte keinen Sinn, um den heißen Brei herumzureden. »Ich bin zu weit gegangen.«

»Schon gut, Helen.«

»Ich habe Ihre Gefühle verletzt.«

»Ja. Aber ich hab's verwunden. Und Sie waren in großer Sorge, von daher sehe ich es Ihnen nach.«

»Sie waren auch besorgt. Sie wären auch eine gute Mutter gewesen, wissen Sie.«

»Ich hatte nie den leisesten Wunsch, ehrlich gesagt.« Laura stellte die letzte Rührschüssel in den Schrank. Dann lehnte sie sich gegen den Küchentresen und ließ die Schultern sinken. »Da gab's schon allein eine natürliche Einschränkung – kein leichter Zugang zu der männlichen Zutat.«

»Ja, klar, das erschwert die Empfängnis beträchtlich. Selbst mit dieser Zutat hat es bei Justin senior und mir ein paar Jahre gedauert.«

»Wenn ich gewusst hätte, dass Kinder sich so entpuppen können wie Ihre, dann hätte ich es vielleicht doch in Erwägung gezogen. Sie sind großartig.« Laura blickte mit halbgeschlossenen Augen vor sich hin. »Okay, das gestern war keine Glanzstunde für Julie. Sie war frustriert und hat einen hohen Preis für etwas so Nichtiges wie rosa Zuckerguss gezahlt. Ich kann sie verstehen. Es war eine ganze Weile gutgegangen, und dann kommt man auf den Gedanken, es einfach mal auszuprobieren. Um zu sehen, ob das, was einem nicht gutgetan hat, einem immer noch nicht guttut.«

Helen holte sich ein Glas Wasser, um sich zu beschäftigen. Sie lehnte sich neben Laura an den Küchentresen und musterte deren Profil. Sie wusste eine Menge ziemlich wichtiger Dinge über diese Frau, hatte aber das Gefühl, es gäbe noch sehr viel mehr zu erfahren. Es könnte Jahre dauern, und soviel Zeit hatte sie nicht. Sie musste Laura Ende Januar gehen lassen. Laura hatte jeden Grund zu gehen, ohne sich auch nur einmal umzudrehen.

Sie ist ehrlich und engagiert und leidenschaftlich, dachte Helen. Und als sie an die Mehlschlacht am Abend zuvor dachte, fügte sie der Auflistung noch »verspielt« hinzu. Intelligent, liebe Güte, ja – Laura hatte den Kopf voller Informationen über Essen und die Geschichte regionaler Küchen in vielen Kulturen, und sie konnte über das Kochen sowohl als Wissenschaft wie als Kunst reden. Sie schien jedes Stück zu kennen, das Helen zufällig erwähnte, und war weitaus belesener und neugieriger auf die Welt als Helen. Helen kannte nichts als Theater und noch einmal Theater – ziemlich langweilig.

Ich weiß, dass sie liebenswürdig ist, sagte Helen sich. Liebenswürdig und fürsorglich. Und unversehens fügte sie hinzu: *Aber ich weiß nicht, wie sie am liebsten geküsst wird.*

Der Gedanke war ihr wie aus dem Nichts gekommen, doch sie wusste, dass er schon seit Tagen, nein, seit Wochen lauerte. Hatte sie deshalb gezögert, mit Julie und Justin über ihr neuentdecktes Lesbischsein zu reden, weil sie dann auch mit Laura darüber hätte sprechen müssen? Sie wollte nicht, dass Laura dachte, sie erzähle es ihr nur, um neue romantische Möglichkeiten anzudeuten – das Coming-out als Anmachstrategie. Welch ein Klischee: mit einer Hausangestellten zu schlafen! Sie würde sich nicht wie eine gelangweilte Society-Tussi, ein Konzernboss oder ein Politiker verhalten, die ihre Angestellten sexuell ausbeuteten.

Helen sollte besser weiterhin schweigen und zu Bett gehen, statt die Frau anzuschauen wie einen unwiderstehlichen Eisbecher.

Wenn sie Angst gehabt hätte, hätte sie bestimmt einen Grund gefunden, die Küche zu verlassen. Sie hätte eine weitere Kostprobe genommen – hätte irgendwas getan, um das lange Schweigen zu brechen. Karolina zu begehren hatte sie völlig aus der Bahn geworfen. Es hatte sich riskant und gefährlich angefühlt, auch wenn sie es willkommen geheißen hatte. Wenn sie Lauras markantes Profil betrachtete und sie mit all ihren Eigenschaften in ihrem Herzen erwog, machte es ihr keine Angst, dass sie sie auf eine Weise begehrte wie nie jemanden zuvor. Laura mochte sie zurückweisen, war vielleicht nicht interessiert, wollte vielleicht einfach ihr Leben leben und fortgehen. Es würde schmerzen, aber Helen hatte keine Angst vor dem Schmerz. Sie hatte nur Angst davor, von Reue zerfressen zu werden, weil sie nicht auf ihr Herz gehört hatte. Nach all den Jahren hatte sie die Chance auf das große Los, da wollte sie kein Feigling sein.

Helens Blick folgte den Konturen von Lauras Lippen, dann dem Haaransatz hinter ihrem Ohr. Karolina war pures Feuerwerk gewesen, funkensprühend und explosiv. Dieses Feuer aber war tief und brannte stetig. Ihr Herz sang, und seine Stimme öffnete Orte, die dunkel und leer gewesen waren. Helen spürte schmerzlich, wie sehr sie Laura berühren wollte, sie erkunden wollte, herausfinden wollte, was ihr Genuss bereitete. Der Ausdruck auf Lauras Gesicht, als sie sich angeschickt hatte, die blonde Frau in dem Auto zu küssen – diesen Ausdruck wollte Helen wieder sehen, und zwar wenn Laura sie ansah. So wollte sie von Laura begehrt werden. Sie wollte sich in das Herz dieser Frau mit den vielen Facetten hineinstehlen und für sie so notwendig sein wie die Luft zum Atmen.

Helen wusste nicht, wie sie anfangen sollte oder ob sie ein solches Geschenk überhaupt verdient hatte. Was hatte sie im Gegenzug anzubieten?

Plötzlich wandte Laura den Kopf. Ihr Blick glitt über Helens Gesicht. Helen merkte, dass es zu spät war, ihre Gedanken verbergen zu wollen, falls sie ihr am Gesicht abzulesen waren. Sie beugte sich zu Laura vor, konnte sich nicht zurückhalten.

Plötzlich begann der Fernseher zu plärren, und sie fuhren auseinander. Laura stolperte zur gegenüberliegenden Arbeitsfläche hinüber. Helen schnappte nach Luft, als würde das ihren Kopf wieder funktionstüchtig machen.

Der Fernseher verstummte so schnell wieder, wie er losgeplärrt hatte. Julie war wach, dachte Helen.

»Alles in Ordnung«, sagte Laura. »Wir sehen uns morgen früh. Alles in Ordnung.«

Helen hatte keine Ahnung, was in Ordnung war. Sie sah zu, wie Laura sich beim Verlassen der Küche den Mantel auszog. Sie hörte sie sagen: »Hey, du bist wach. Ich bin erledigt. Ich habe ein paar Snacks mitgebracht – allesamt okay für dich. Ich brauche eine Dusche und Schlaf.«

Als Helen schließlich das Wohnzimmer betrat, war die Tür von Lauras Zimmer geschlossen.

Julie schaute sie neugierig an. Dann sagte sie fragend: »Snacks?«

»Klar. Bedien dich. Ich glaube, ich lege mich auch hin. Morgen wird ein langer Tag. Vergiss nicht, deine Medikamente zu nehmen, ja?«

»Mach ich.« Julie stellte den Fernseher aus und stand auf.

In ihrem Zimmer lehnte Helen sich an die geschlossene Tür. Sie hörte, wie in Lauras Bad die Dusche lief. Sie wollte zu ihr gehen. Wollte die Nacht in ihren Armen verbringen. Aber das hier war kein Kreuzfahrtschiff, keine Reise fern von all den Lieben in ihrem Leben, auf der sie sich ihrer Leidenschaft hingeben konnte. Das hier war ihr Leben. Und das Leben ihrer Kinder. Und Lauras Leben. Was hatte sie ihr zu bieten? Ein glamouröses Leben in New York – genau das, was Laura nicht zu wollen schien.

Es wäre so einfach gewesen, Laura zu küssen. So einfach wie lächeln.

Moxie Taylor nannte sie einen Dummkopf.

An Schlaf war nicht zu denken.

Laura konnte nur schlafen, weil sie völlig erschöpft war. Ihr Körper war gespannt wie eine Violinsaite. Als sie nach einigen Stunden aufwachte, wurde sie von der Erinnerung an den Duft von Helens Haar und das sanfte Wunder ihres Lächelns in der Küche am Abend zuvor überwältigt. Laura glaubte nicht, dass sie sich irrte – der Blick war eine Einladung gewesen. Das könnte alles höchst romantisch sein, dachte sie, wären da nicht sogleich höchst erotische Gedanken gefolgt: nämlich Helen nackt auszuziehen, sie auf den Küchentresen zu heben und sie zu verschmausen, sie zu berühren, sie zu fragen, was sie mochte … Sie hätte genau das vielleicht getan, wenn sie beide allein gewesen wären.

Jetzt mussten sie erst einmal die Party hinter sich bringen. Es lag noch viel zu viel Arbeit vor ihr, als dass sie es sich hätte leisten können, sich auszumalen, was Helens Augen ihr vielleicht hatten sagen wollen. Sie war so berauscht und erregt, dass sie Helens Blicke nicht mehr wirklich deuten konnte. Vielleicht hatte sie nur noch einen Bissen von der Tarte haben wollen. Helen war wohl kaum an wildem hemmungslosem Treiben auf dem Küchentresen interessiert.

Kaltes Wasser auf ihrem Gesicht half ihr, sich zu konzentrieren. Für alles andere war jetzt keine Zeit. Sie musste das Essen aus der Mietküche herholen und letzte Hand an die warmen Hors d'oevres anlegen. Sie musste den Weihnachtspunsch mit Alkohol aufgießen und abschmecken. Ein halbes Dutzend Wagyu-Steaks mussten scharf angebraten und für *amuse-bouche* in Scheiben geschnitten werden. Gelbflossen-Thun für Ceviche in Limettensaft und Garam Masala war vorzubereiten. Dutzende von Tartes mussten noch mit einer von drei Käsemischungen gefüllt werden, und die letzte große Aufgabe: Ananas, Pflaumen, Orangen, Trauben und was immer sie sonst noch an Früchten hatte auftreiben können, mussten vorbereitet werden, um sich als lukullische Köstlichkeiten aus dem Füllhorn der großen Eisskulptur zu ergießen, die am späten Nachmittag geliefert werden sollte.

Laura beschloss, dass es klug wäre, ihre Dusche so lange wie möglich aufzuschieben. Sie würde ohnehin in Null Komma nichts wieder völlig aufgelöst aussehen. Ein schlichtes T-Shirt und Jeans genügten, denn in der Küche würde es sehr, sehr heiß werden. Vom Kochen, rief sie sich zur Ordnung. Heiß vom Kochen, nicht von den schwelenden Blicken und dem glühenden Verlangen, das sie innerlich erfüllte.

Helens Stimme klang aus dem Wohnzimmer herüber, als Laura aus ihrem Zimmer trat. »Hilf mir, diesen Tisch da rüberzuschaffen, dann können wir die Miettische hier an diesem Ende aufstellen. Die Leute sollen Platz haben, um ihre Teller und Gläser abzustellen, aber sie sollen sich nicht setzen. Sobald Menschen sitzen, rühren sie sich nicht mehr vom Fleck. Wir wollen, dass sie in Kontakt miteinander kommen.«

Julie stand über den großen tropfenförmigen Kaffeetisch gebeugt, der den Mittelpunkt des Zimmers bildete. »Oh, gut, wir kriegen Unterstützung«, sagte sie, als Laura eintrat. »Das Ding hier wiegt eine Tonne.«

Zusammen gelang es den drei Frauen, den Tisch zu verrücken. Laura sagte, den Blick knapp links an Helens Ohr vorbeigerichtet: »Sieht aus, als hätten Sie die Lage hier unter Kontrolle. Ich verschwinde in die Küche.«

Es klingelte an der Tür, und sie ergriff die Flucht.

Eine halbe Stunde später gesellte sich ein gutgelaunter Justin zu ihr. Er hatte schnell den Trick raus, wie die Tartes zu füllen waren. Er besaß nicht die Präzision, die später für die Baisers und die Verzierungen nötig war, aber die Grundfüllung ging ihm flott von der Hand, und er war fast so schnell damit fertig, wie Laura es gewesen wäre. Als Nächstes ließ sie ihn den Rohmilchkäse für zwei Platten aufschneiden. Kleine Fladenbrot-Cracker waren bereits gebacken, um als rustikale Unterlagen für das Obst zu dienen. Anschließend ließ sie ihn die Mischung aus Cashews, Pekannüssen, Mandeln und Kastanien würzen und rösten.

Die Zeit verflog alarmierend schnell. Es klingelte fortwährend an der Tür – Lieferungen trafen ein, Menschen erschienen, darunter Helens Stylistin und die Floristin und der Getränkeservice. Irgendwann tauchte Helen in der Küche auf, aber sie sprach nur kurz mit Justin und verschwand wieder. Um zwei legte Laura widerstrebend ihr Messer zur Seite und bat den Doorman, ihr ein Taxi zu rufen. Zeit, das Essen herzuholen. Als sie in der Mietküche eintraf, war die für den Nachmittag und den Abend angeheuerte Hilfskraft zum Glück schon eingetroffen. Rex nahm seinen Job ernst und erwies sich als tatkräftig und gewissenhaft. Der gemietete Lieferwagen erschien ebenfalls pünktlich – ein weiteres Wunder. Sie luden die Rollwagen und Kisten ein und kehrten zur Wohnung zurück, wo der Doorman und Justin halfen, alles wohlbehalten in die Eingangshalle zu schaffen.

Um fünf Uhr kam die Eisskulptur. Um halb sechs schaffte es Laura, schnell noch zu duschen, ehe sie in ihre weiße Kochuniform schlüpfte. Um sechs traf die Servicekraft ein, traditionell in Schwarz gekleidet, und prägte sich die Reihenfolge der Getränke und die Beschreibungen der Speisen ein. Um halb sieben erschienen die Mitglieder des Streichquartetts sowie der Barkeeper. Es war fast alles bereit – bis auf die tausend Dinge, die in letzter Minute noch erledigt sein wollten.

Laura legte letzte Hand an den Tisch mit dem Obst und der Eisskulptur, als Julie anfing zu klagen.

»Ich komme mir so nutzlos vor«, sagte sie. »Kann ich denn gar nichts tun?«

»Ich könnte gleich Hilfe gebrauchen, wenn ich die Tische mit den Blumen und Zweigen dekoriere. Im Moment fehlen noch die Schildchen für die einzelnen Speisen. Du hast eine schöne Handschrift – könntest du die schreiben?«

»Klar!« Julies Gesicht hellte sich auf. »Du meinst, welcher Käse welcher ist und so?«

»Ja, und die Namen der Gerichte. Ich zeig's dir.«

In der Küche gab sie Julie die kleinen Keramiktäfelchen und die dazugehörigen Ständer, zusammen mit abwaschbaren Stiften. »Justin weiß, was was ist, also frag ihn einfach, wenn ich beschäftigt bin, ja?«

»Kein Problem. Gibt's irgendwas, das ich nicht essen kann?«

»Du kannst absolut alles essen und alles trinken. Aber lass die Finger vom Punsch.« Sie hob die Stimme. »Das gilt auch für dich, Justin!«

»Ach, Mann, ich hatte mich schon auf ein richtiges Besäufnis gefreut.«

»Vergiss es!«, sagte Helen, die in der Tür erschienen war.

Laura war hingerissen und konnte sich kaum von Helens Anblick losreißen. Ihr Haar war zu einer eleganten Hochfrisur gesteckt und mit winzigen weißen Schneeflöckchen verziert. An ihren Ohren und ihrer Kehle funkelten Diamanten. Sie trug ein weihnachtliches Gewand aus rotem Samt, weiß abgesetzt, und sah aus wie aus dem Film *Weiße Weihnachten*.

»Ist alles vorbereitet?«, fragte Helen. »Ich bin dermaßen nervös. Der Barkeeper ist da – Mario. Cass ist spät dran – dabei ist sie diejenige, die solche Veranstaltungen liebt.«

»Ich bin da!«, rief Cass aus dem Wohnzimmer. »Alles wird gut. Trink etwas!«

»Doppelmoral!«, riefen Justin und Julie unisono.

»Kommt mir nicht damit«, sagte Helen und verschwand.

Um halb acht, dreißig Minuten nach dem offiziellen Beginn, begann die Türklingel in einem fort zu läuten. Um neun war der große Raum mit mindestens fünfundsechzig Menschen gedrängt voll, und sie wichen wie geplant in den Eingangsbereich und das Esszimmer aus. Laura hielt die Küchentür geschlossen, aber dennoch kam immer mal jemand auf der Suche nach weiterem Essen herein oder um einfach nur dem Partylärm zu entfliehen. Die Servierkraft war gut; sie drehte geschäftig ihre Runden, um verwaiste Gläser und Teller einzusammeln und verständigte sich mit den Gästen, wenn sie ein heißes Gericht auftrug. Die Auslage um die Eisskulptur herum wurde von dem aufmerksamen Rex ergänzt, während Laura ein Auge auf den Desserttisch hatte. Der Barkeeper schien seinen Bereich im Griff zu haben. Das Streichquartett klang wundervoll, dachte sie, auch wenn sie sich nie viel aus Mozart gemacht hatte.

Cass versprühte ihren Charme unter den Gästen, von denen Laura einige sogar kannte – großzügige Menschen aus der Theaterwelt, die von verschiedenen Wohltätigkeitsorganisationen für ihr soziales Engagement geehrt worden waren. Auch einige Schauspielerinnen und Schauspieler erkannte sie, aber die meisten Gesichter sagten ihr gar nichts. Irgendwann hörte sie Helen *Let It Snow* singen, aber sie hatte keine Zeit, innezuhalten und zuzuhören.

Justin hatte sich nicht wie abgesprochen in sein Zimmer zurückgezogen. Stattdessen hatte er geduscht und war dann, wie die Servierkraft, ganz in Schwarz gekleidet zurückgekehrt und hatte es übernommen, die Hors d'oeuvres aufzuwärmen, so dass Laura freigestellt war und sich um die Präsentation kümmern konnte. Julie plauderte mit den Gästen über das Essen und bediente sich großzügig. Es gab mehr als genug, und es war schön zu sehen, wie sie ohne zu zögern zulangte.

Um kurz nach elf kam Helen zu Laura in die Küche. »Was meinen Sie – können wir den Kaffee noch eine Stunde verschieben? Haben wir genug zu essen?« Helen sah zu den Arbeitsflächen hinüber, auf denen noch immer Hors d'oeuvres standen.

Der große Raum war noch immer gedrängt voll – niemand hätte das an einem Sonntagabend für möglich gehalten. Theaterleute, dachte Laura, lebten nach ihrer eigenen Uhr. »Wir haben reichlich. Doch wenn Sie zu lange warten, dann kommen die Leute in Partylaune und setzen sich hier fest, statt loszuziehen und sich für den Rest des Abends woanders zu amüsieren.«

Rex kehrte in die Küche zurück, um ein weiteres Tablett mit aufgeschnittenem Obst zu holen. »Die Auslage unter der Eisskulptur muss ergänzt werden.«

»Übernehmen Sie das. Lassen Sie mich wissen, wenn wir beim letzten Tablett angekommen sind.«

Er war kaum aus der Küche verschwunden, als die Servierkraft hereinkam, ein leeres Tablett abstellte und schwungvoll ein volles ergriff, um es den Gästen anzubieten.

»Es ist toll, Hilfe zu haben. Die beiden sind super«, sagte Laura zu Helen.

Da sie wieder allein waren, riskierte sie es, Helen zu betrachten. Der rote Samt, der weiße Kunstpelzbesatz an ihrem Dekolleté, das Haar, in dem die süßen kleinen Schneeflocken funkelten – Helen wirkte immer noch taufrisch. Sie selbst sah mit Sicherheit ein bisschen verwelkt aus.

»Ich glaube, Sie haben recht«, erwiderte Helen. »Ich möchte eine gute Gastgeberin sein – also warten wir mit dem Kaffee bis kurz nach Mitternacht. Dann hören wir mit der Musik auf, nüchtern sie aus und komplimentieren sie hinaus.«

Laura nickte und wollte sich schon abwenden, doch Helen legte ihr leicht die Hand auf den Arm. »Danke. Ohne Sie hätte ich das nicht geschafft. Wir sind ein gutes Team.«

Zum ersten Mal an diesem Tag erlaubte Laura sich, Helens Blick zu erwidern. Der tiefe ruhige Glanz in deren Augen brachte sie beinahe aus der Fassung.

Sie war im Begriff zu sagen, »gern geschehen«, als Helen sie unvermittelt an sich zog und entschlossen küsste.

Laura war so überrascht, dass sie erstickt aufkeuchte.

Helen ließ sie ebenso unvermittelt wieder los. »Es tut mir leid. Ich weiß nicht, was –«

»Ist schon okay –«

»Es ist – ich meine, es ist nicht –«

Laura küsste Helen ebenso entschlossen zurück.

Helen trat einen Schritt zurück und hob die Hand an ihre Kehle. »Sind wir – war das –«

»Jetzt sind wir quitt«, sagte Laura. Etwas anderes fiel ihr nicht ein.

Rex kam in die Küche, gefolgt von Justin. Helen schoss zur Tür.

Sie schmeckt nach rotem Lippenstift und Pfefferminz, dachte Laura, und ihr Haar duftet nach Rose und Aprikose. Sie hatte keinen Schimmer, warum Helen sie plötzlich geküsst hatte, aber es tat ihr kein bisschen leid, sie zurückgeküsst zu haben. Im Gegenteil – ein kleiner Kobold in ihr führte einen Freudentanz auf.

Um fünf nach zwölf begann die Servierkraft Kaffee zu reichen, während das Streichquartett ein Weihnachtsmedley beendete und seine Instrumente zusammenpackte. Es war das allen wohlerzogenen Menschen bekannte universelle Signal, dass die Party sich dem Ende näherte – Zeit, sich zu verabschieden.

Laura schwelgte in der Erinnerung an die knappe Sekunde, als Helen ihre Lippen auf ihre gedrückt hatte, während sie die warmen Gerichte abtrug, den Käse und die Cracker auf kleineren Platten arrangierte und anschließend die verbleibenden Desserts. Sie stellte kleine goldene Schachteln für die Gäste bereit, die zwei oder drei der kleinen Leckerbissen mit nach Hause nehmen wollten. Kaum hatte sie einem Gast die winzige Zange und eine Schachtel gereicht, zeigten weitere Gäste Interesse. Julie verschloss die Schachteln freudig mit einem Gummiband, an dem ein von Helen beschrifteter Geschenkanhänger befestigt war: »Danke, dass Sie diesen vorweihnachtlichen Abend mit mir verbracht haben – Helen.« Cass war genial.

Um halb eins waren drei Viertel der Gäste gegangen und der Rest verabschiedete sich. Laura schätzte, dass fünf Minuten später alle fort sein würden. Sie schickte die Servierkraft, den Barkeeper und Rex mit einem herzlichen Dank und großzügigem Trinkgeld nach Hause. Aus Cass' strahlendem Lächeln schloss sie, dass der Abend ein Erfolg gewesen war.

Laura kehrte in die Küche zurück, um das Leihgeschirr und -besteck zu spülen, damit es verpackt und wieder abgeholt werden konnte, und wieder schmeckte sie Helens Kuss auf ihren Lippen und fragte sich, was er bedeuten mochte. Sie glaubte, sie wäre allein, aber dann lenkte ein langgezogenes Schniefen ihre Aufmerksamkeit auf einen Mann, der am anderen Ende der Kücheninsel saß.

Laura kannte den Mann nicht – gepflegt, weiß, an die Fünfzig, gab sich aber mit Beatnik-Look und schwarz gefärbtem Zopf alle Mühe, wie fünfunddreißig auszusehen. Seine coole Erscheinung wurde von den Überresten eines weißen Pulvers unter seinen Nasenlöchern konterkariert. Auf dem wunderschönen schwarzen Marmor ihres besten Ausrollbretts waren die weißen Spuren einer geschnupften Line und eine noch unberührte Line Kokain zu sehen.

Tief in ihrem Inneren erhob sich die Frage, ob sie etwas abhaben könnte. Es war klein wie eine Nadel, spitz wie eine Nadel. Sie musste das Monster betäuben, musste ihm entrinnen. Ihr Geist schrie: *Lauf!*, aber ihre Füße rührten sich nicht.

Er sah sie an, seine Augen glasig von dem kurzzeitigen Kick. Ihr Magen zog sich vor Verlangen zusammen. Diese Euphorie war unvergleichlich, doch sie konnte sich vorstellen, dass es sich ebenso gut anfühlen mochte, befriedigt in Helens Armen zu liegen. Und das war ein weit gesünderes Verlangen. Das sich wahrscheinlich nie erfüllen wird, flüsterte das Monster. Kokain war eine Verheißung – es garantierte phantastische Highs, die nie enden mussten.

Laura traf ihre Entscheidung – nicht für Helen, sondern für das, was sie tun musste, wollte sie die Chance, jemals mit Helen zusammenzusein, nicht ruinieren. Und die Chance, den Rest ihres Lebens so zu verbringen, wie sie es wollte.

Sie ergriff ihr Kochmesser mit der zwanzig Zentimeter langen Klinge und wandte sich dem Mann zu.

Die Glasigkeit schwand aus seinen Augen. Die Euphorie ließ bereits nach. Doch der Euphorie folgte ein Moment der Verletzlichkeit, und dann kam eine lange Phase zuversichtlicher Energie. Sie musste ihn loswerden, solange er noch benommen war. Er schnüffelte und hustete leicht und spornte sie damit zum Handeln an.

Sie stach das Messer heftig in den kleinen runden Käse, der sich in seinem Blickfeld befand, und verschaffte sich damit seine Aufmerksamkeit. Er sah zu, wie sie die großen kernlosen roten Trauben durchging und schließlich eine behutsam von der Rebe löste.

»Diese schöne Marmoroberfläche, die Sie da benutzen, ist mein Ausrollbrett.« Sie zog das Messer aus dem Käse und legte die Traube mitten auf seine zweite, noch unberührte Line.

Er war immer noch zu weggetreten, um zu protestieren, und sie rollte die Traube über das weiße Pulver, bis sie ganz gepudert war. Das Kokain war auch an ihren Fingern. Sie hätte es kosten können, wenn sie gewollt hätte – es ist ganz leicht, zischte das Monster.

»Ein Messer ist ein feines Werkzeug. Man kann eine Kuh damit zerstückeln. Je schärfer das Messer, desto leichter ist das. Oder man kann eine Traube so zerteilen, dass sie für zwanzig Leute reicht.«

Der erste Schnitt erfolgte langsam. Dann steigerte sie ihre Geschwindigkeit, bis das *klack-klack* des Stahls auf dem Marmor ihr in den Ohren widerhallte. »Das geht in wenigen Sekunden.«

Sie tippte die Traube mit der Messerspitze an, und sie zerfiel in die Scheiben, die sie geschnitten hatte. Geschickt fuhr sie mit dem Messer darüber und fächerte sie auf, so dass sie schließlich die ganze Line bedeckten und das weiße Pulver mit ihrem purpurroten Blut tränkten.

»Hey – was soll das?«

Sie beugte sich zu ihm vor, zu seinem Gesicht, und kam der kleinen Tüte, die noch ungeöffnet auf dem Tresen lag, gefährlich nah. Sie konnte den Stoff nun sogar riechen, obwohl der Saft der Traube zum Glück stärker duftete. »Hören Sie mir zu!«

»Was haben Sie für ein Problem?«

»Wenn Sie meine Küche noch einmal mit ihrem Scheißzeug besudeln, dann schneide ich Sie in so kleine Stücke, dass man nie wird nachweisen können, dass Sie es sind. Haben Sie mich verstanden?«

»Ich habe verstanden, dass Sie völlig durchgeknallt sind!« Er wich zurück und sah bestürzt auf die ruinierte Line.

Sie schnappte sich eine Pflaume. »Ich fange mit Ihren Eiern an.«

Die Pflaumenscheiben verströmten ihren Saft über das Brett. Sie deponierte sie geschwind auf der Tüte mit dem Rest seines Stoffes. Mindestens dreißig Gramm, wenn nicht mehr. Mit

Leichtigkeit schnitt ihr Messer durch die Pflaume und das Tütchen bis auf das Marmorbrett. *Tack, tack, tack* – bis Tütchen, Pflaume und Kokain gründlich vermischt waren.

»Wenn ich damit fertig bin, sehen sie aus wie das hier.«

»Miststück! Das war mein letzter Stoff!«

»Dann müssen Sie jetzt wohl gehen.«

Sie war so wütend und voller Furcht vor dem, was an ihren Händen klebte, dass sie beim Klang von Justins Stimme erschrocken zusammenfuhr.

»Was zum Teufel ist das für ein Zeug?«

»Kokain«, sagte sie wie benommen. Sie brachte es nicht fertig, ihn anzublicken. Sie war sicher, dass ihr Verlangen ihr anzusehen war. »Ich entsorge es gerade.«

Justin schob sich zwischen die Kücheninsel und den Mann. »Verschwinden Sie!«

Der Mann trat einen Schritt vor, bis er fast Brust an Brust mit Justin war. »Wer zum Teufel bist du, dass du dich erfrechst, mir zu sagen, was ich zu tun habe?«

»Er ist mein Sohn.« Helen stand in der Tür. »Gehen Sie oder ich rufe die Polizei.«

»Wegen einem bisschen Schnee?«

»Seien Sie froh«, sagte Cass, die sich an Helen vorbei in die Küche zwängte, »dass Ihr Produzent bereits gegangen ist.«

»Das soll wohl ein Scherz sein.« Laura merkte, dass der Kick jetzt seine volle Wirkung entfaltete – nichts konnte den Kerl aufhalten. »Er würde sich mir anschließen.«

»Nicht in Helen Baynors Küche – ganz bestimmt nicht. Nicht in Gegenwart ihrer Kinder.«

Laura gab sich einen Ruck. Sie nahm das schwere Brett und trug es zur Spüle. Heißes Wasser. Putzmittel. Bleiche für ihre Hände, und der aufsteigende Geruch des scharfen Chlors vertrieb alle anderen Gerüche aus ihrer Nase. Sie atmete bewusst tief ein, bis ihre Nasenlöcher anfingen zu brennen.

»Was ist mit den dreihundert Mäusen, die gerade im Abfluss verschwinden? Dieses Miststück hat meinen ganzen Vorrat ruiniert.«

»Wenn Sie sie noch einmal Miststück nennen –«

»Justin!«, sagte Laura scharf. »Er ist ein Junkie. Mit dem kannst du nicht diskutieren. Du kannst nicht gewinnen. Er ist nicht Herr seiner selbst. Der Stoff hat ihn voll in den Klauen.«

»Hey, Mann.« Ein weiterer Mann, den Laura nicht kannte, schob sich in die Küche. Er fasste seinen mutmaßlichen Freund bei den Schultern. »Es ist Zeit zu gehen. Auf nach SoHo. In den kleinen Club mit den großen Drinks. Komm!«

»Sie hat meinen Kokainvorrat ruiniert!«

Hatte sie auch so gewinselt, wenn sie voll drauf war? Hatte sie auch so erbärmlich ausgesehen? Laura schrubbte sich die Hände mit dem scharfen Putzmittel. Sie hoffte, dass das Kribbeln an ihren Fingerkuppen und auf ihren Handflächen von dem Chlor herrührte, nicht vom Kokain.

Der zweite Mann warf Helen einen entschuldigenden Blick zu und versuchte seinen Freund fortzuziehen. »Nun komm! Lass uns gehen.«

Kein Körnchen davon war in ihrer Nase verschwunden. Sie hatte das Monster bezwungen, aber sie würde zusammenbrechen, wenn sie das Zeug nicht von den Händen kriegte. Wieder schüttete sie sich Putzmittel auf die Hände und schrubbte sie mit dem Scheuerschwamm.

Jemand sagte ihren Namen, dicht an ihrem Ohr. Es war Helen.

Helen ergriff Lauras Hände unter dem heißen Wasser und hielt sie fest. »Laura, hör auf!«

»Nicht meine Hände berühren – ich habe es an den Händen«, sagte sie. »Ich habe nichts genommen, das schwöre ich.«

»Das denkt auch niemand. Laura, meine Liebe, hör auf.«

»Ich kann nicht. Ich muss es loswerden.«

»Du blutest schon. Hör auf!« Helen hielt ihre Hände fest, als Laura versuchte, sie loszureißen.

»Ich kann nicht aufhören.« Ihre Kehle war vor Angst wie zugeschnürt. Ihr Blickfeld verengte sich auf Punktgröße. Wie aus weiter Ferne bekam sie mit, dass sie eine Panikattacke hatte. »Ich kann es immer noch hören.«

Cass war diejenige, die sie packte und schüttelte, nur ein einziges Mal. Mit fester Stimme sagte sie: »Du bist nicht allein. Wir sind bei dir.«

Helen drehte den Wasserhahn zu, und Cass wickelte ihre Hände in ein sauberes Handtuch. Laura rang nach Luft. Sie spürte Arme, die sie umfassten, und hörte schließlich auch Helen murmeln: *»Schhh, schhh …«*

Vor langer Zeit vernommene Worte kreisten in ihrem Kopf, und schließlich brach sie in zorniges, verängstigtes Schluchzen aus. *Clean zu sein ist etwas, das du um deiner selbst willen anstrebst. Clean zu bleiben ist allein deine Aufgabe. Clean zu bleiben ist eine Entscheidung.*

Als sie schließlich den Kopf von Helens Schulter hob, war die Party endgültig vorbei. Nur Justin und Julie, Cass und Helen waren da. Sie sahen besorgt aus.

Ihr Versuch zu lächeln musste fehlgeschlagen sein, denn niemand erwiderte ihr Lächeln.

Helen sah sie mitfühlend an. »Was war denn bloß los?«

»Jetzt nicht«, wandte Cass ein. »Sie gehört ins Bett. Sie braucht Schlaf. Wir sind alle erschöpft. Morgen ist Zeit genug zum Reden.«

Befremdet sah Helen zu, wie Cass Laura mit sich zog.

Wie aus weiter Ferne vernahm Laura das Gemurmel von Stimmen, das dumpfe Klappern von Geschirr und Türen, die geschlossen wurden. Sie wurde in T-Shirt und Slip ins Bett gepackt und zugedeckt. Ihre Hände waren heiß. Die Laken waren kühl. Jemand löschte das Licht.

24

Helen fuhr aus dem Schlaf hoch. Sie warf einen Blick auf die Uhr und stöhnte – es war noch nicht einmal sieben, aber die Kinder mussten zur Schule.

Ihr Kopf war schwer wie Blei. Sie hatte das Gefühl, höchstens eine Stunde geschlafen zu haben. Sie hoffte, dass es Julie und Justin besser ging. Laura schlief vermutlich noch – Helen hoffte es zumindest. Was immer sie am Vorabend so aufgebracht hatte, es hatte sie sehr mitgenommen.

Beide Kinder hatten verschlafen. Sie schickte Julie unter die Dusche und lockte Justin mit den in der Mikrowelle aufgewärmten Hors d'oeuvres in die Küche. Draußen heulte der Wind, aber in der Küche fiel strahlender Sonnenschein auf den Frühstückstisch. Helen suchte Mützen und Mäntel zusammen – sie rechnete mit Widerstand, denn in Kalifornien war es eine Frage des Stolzes, ohne solche Kleidungsstücke auszukommen – und trug alles zur Tür. Anschließend tauschte sie ihren Morgenmantel gegen bequeme Trainingshosen und einen Kapuzenpulli – es war zu früh, sich richtig anzuziehen – Hauptsache, es war warm.

Die Zwillinge waren nun beide in der Küche. Helen war im Begriff, die Tür zu öffnen und einzutreten, als sie hörte, dass sie über sie sprachen.

»Ich habe immer gedacht, Cass wäre in Mom verliebt.« Das war Justin. »Und ich habe mich gefragt, ob sie ein Paar sind, als ich kapiert hatte, dass es so was gibt. Aber ich glaube nicht, dass je was passiert ist.«

»Mich wundert es überhaupt nicht, dass Mom lesbisch ist«, sagte Julie. »Hast du dich je gefragt, was mit Mom und Laura ist?«

»Nein. Und ich find's auch ein bisschen unangenehm, mir über Moms Liebesleben Gedanken zu machen. Ich will keine Details hören – es sei denn, wir kriegen mehr von diesen Häppchen.«

»Ich möchte, dass unsere Mutter glücklich ist, aber du denkst bloß an deinen Magen.«

Helen hatte kein wirklich schlechtes Gewissen, weil sie gelauscht hatte. Sie betrat die Küche. »Habt ihr beide gut gefrühstückt?«

»Ja, Mom«, erklang es im Duett, und so wie es klang, war klar, dass die Frage dumm gewesen war. Julie hatte noch weitere Reste von der Party aufgewärmt – die köstlichen Ziegenkäseteilchen mit den Feigen. Ein viel besseres Frühstück als ein getoastetes PopTart, fand Helen.

Beide Kids schlüpften widerspruchslos in ihre Mäntel, setzten ihre Mützen auf, und Helen begleitete sie hinunter in die Lobby, um mit ihnen auf den Wagen zu warten, der sie zur Schule bringen würde. Als er nicht rechtzeitig auftauchte, nahmen sie ein Taxi. Helen würde anrufen und sich beschweren müssen. Zuverlässiger Service war unabdingbar.

Helen eilte in den Fahrstuhl zurück, in dem es eine Spur wärmer war. Sie würde Laura bitten, etwas richtig Wärmendes zum Abendessen zu machen. Sie war froh, dass sie allein im Fahrstuhl war, als sie sich selbst zurechtwies: »Du bist genau wie Justin – du denkst mit dem Magen. Liebst du eigentlich wirklich die Frau – oder liebst du, was sie kocht?«

Der Schauer, der ihr über den Rücken lief, und die Hitze zwischen ihren Schenkeln gaben ihr die Antwort. Es war das gleiche Gefühl, das sie am Abend zuvor in der Küche überkommen hatte, als sie Lauras schönes, ausdrucksstarkes Gesicht betrachtete. Noch nie zuvor in ihrem Leben hatte sie gemeint sterben zu müssen, wenn sie jemanden nicht küssen konnte, aber genau so hatte sie sich am Vorabend gefühlt. Wie eine Heranwachsende ohne Selbstkontrolle hatte sie die Frau geküsst – ohne jede Vorwarnung. Was musste Laura denken?

Laura hatte den Kuss erwidert. Es hatte etwas Spielerisches gehabt, fast als wüsste Laura, dass das der einzige Weg war, um

Helen zum Schweigen zu bringen, damit sie mit ihrer Arbeit fortfahren konnte.

Welche Rolle spielte Cass? Sie war am Vorabend so behutsam mit Laura umgegangen. Wenn Laura in Cass verliebt war, würde es schwer für Helen werden – sehr schwer. Sie würde sich für die beiden freuen und sich gleichzeitig hundeelend fühlen.

Was hatte Laura derart aus der Fassung gebracht? Es sah ihr so gar nicht ähnlich – sie war vollkommen durchgedreht. Sie war erschöpft, und das war deine Schuld, schalt Helen sich. Sie hoffte, Laura nicht wieder an den Rand der Erschöpfung treiben zu müssen, um einen weiteren Kuss zu ergattern. Während die Kinder in der Schule waren, hatten sie Zeit zum Reden. Ja, reden war wichtig. Sie wollte nichts als ... reden.

Als sie die Wohnung betrat, lag Kaffeeduft in der Luft. Laura saß in ihrem dunkelgrünen Frotteebademantel am Frühstückstisch und trank in kleinen Schlucken aus einer großen Henkeltasse. Die Sonne umspielte sie und verlieh ihrer Haut einen satten dunklen Goldton.

»Es duftet köstlich«, sagte Helen leise.

»Ich hatte gehofft, dass du da bist. Ich kann kaum glauben, dass ich so lange geschlafen habe.«

»Es ist noch nicht mal halb acht. Ich kann kaum glauben, dass ich schon auf bin. Außerdem hast du jedes Recht dazu. Du bist vollkommen erschöpft.«

Schweigen senkte sich herab, wie Helen gefürchtet hatte. Sie wusste nicht, wie sie anfangen sollte.

Laura trank einen weiteren Schluck Kaffee. Dann sagte sie: »Ich bin gestern Abend ausgetickt.«

Helen hätte lieber übers Küssen geredet, war aber einverstanden, dass Laura das Thema vorgab. »Cass hat recht. Was immer es ist, du musst nicht allein damit fertigwerden.«

»Doch, muss ich. Das kann mir niemand abnehmen.«

»Das sagt ja auch niemand.« Helen setzte sich Laura gegenüber an den Tisch. Der Sonnenschein stand in herrlichem Kontrast zu der in der Küche herrschenden Kühle. »Seid ihr ineinander verliebt – Cass und du?« Helen bereute ihre Frage auf der Stelle. Wie konnte sie so selbstbezogen sein?

Laura sah sie mit hochgezogenen Augenbrauen an. »Wie um alles in der Welt kommst du darauf?«

»Du und sie – wie sie dich gestern Abend ins Bett gebracht hat ...«

»Das war Cass? Oh. Ich mag Cass. Sehr sogar. Und ich glaube, sie mag mich auch. Aber das ist alles.« Mit gerunzelter Stirn blickte Laura auf ihren Kaffee hinunter. »Nur weil wir beide lesbisch sind und uns mögen, heißt das nicht automatisch, dass wir uns ineinander verlieben.«

»Das weiß ich.«

»Ich bin nicht in Cass verliebt.«

»Gut.« Sie hatte nicht vorgehabt, das zu sagen, überhaupt nicht. Für diesen Teil des Gesprächs hätte sie gern ein Script gehabt.

»Warum ist das gut?«

»Weil ... Weil ihr nicht füreinander bestimmt seid. Deshalb. Und zwar weil ... Deshalb ist es gut. Und überhaupt.« Du redest dummes Zeug, dachte sie. Sie kam sich vor wie dreizehn. »Also, erzähl mir von gestern Abend. Von ...« Ihr Blick wanderte zu Lauras Händen. Sie waren wirklich übel zugerichtet.

»Ich hatte Angst, dass ich über meine Hände Kokain aufgenommen habe, als ich damit in Kontakt gekommen bin. Dass ich seinen Vorrat zerstört habe, tut mir nicht leid. Ich hoffe, er macht dir keinen Ärger.«

Was war in Laura gefahren, dass sie sich so zugerichtet hatte? »Neiman ist ein Arschloch. Ich weiß nicht, wer ihn mitgebracht hat – auf der Gästeliste stand er jedenfalls nicht.«

Lauras Augen hatten sich verdunkelt. Tränen schimmerten in ihnen auf. »Ich darf einfach keinen Stoff in meiner Nähe haben,

Helen. Im Grunde meines Herzens weiß ich, dass ich das Zeug nie wieder anrühren werde. Alkoholiker können es ertragen, andere Leute trinken zu sehen – viele jedenfalls. Aber ich ertrage es nicht, Kokain in Reichweite zu wissen. Selbstzweifel nagen an meiner Zuversicht. Tag für Tag die Konfrontation mit der Tatsache, dass die Versuchung um die Ecke lauert – das ist demoralisierend. Das möchte ich in meinem Leben nicht haben.«

Puzzleteile des vergangenen Abends setzten sich mit früheren Worten von Laura zusammen und ergaben schließlich ein vollständiges Bild von der Wahrheit. Du Idiotin, dachte sie, du bist vollkommen von deinen Gefühlen eingenommen, während Laura versucht, dir etwas zu erzählen – etwas von enormer Bedeutung. Helen spürte, wie ihr Herz erschauderte, dann wurde sie von einer tiefen Stille ergriffen. Die Sonne verdunkelte sich. Worte formten sich vor ihrem geistigen Auge, als hätte ihr Verstand eine Schreibmaschine: *Sie ist drogensüchtig.*

Ihre erste Reaktion folgte aus dem Bauch heraus. Neiman, der Idiot, und Laura hatten nichts gemein. Doch, hatten sie. Etwas Übles. Sie wusste nicht, wohin sie ihren Blick richten oder was sie mit ihren Händen anfangen sollte. Kein Skript, nichts, woran sie sich halten konnte. Dass Laura keine Drogen nahm, änderte nichts an der Tatsache, dass sie abhängig war. Laura sagte zwar, dass sie nie wieder Drogen nehmen würde, aber am Abend zuvor war sie völlig außer sich gewesen – ganz anders als die Laura, die Helen, jetzt wusste sie es, liebte.

Sie hatte bei so vielen jungen Talenten miterlebt, wie sie in den Strudel von Drogen, Alkohol und wilden Partys geraten waren, angezogen von der Atmosphäre wie von der Luft zum Atmen. Viele verloren ihre Rollen und landeten auf der Straße. Sie war Zeugin gewesen, als die geschluchzten Entschuldigungen folgten, die Zerknirschung, die Übernahme der Verantwortung während der Abstinenz, dann das Elend des Rückfalls.

»Was ...« Sie räusperte sich. »Was hast du genommen?«

Lauras Gesicht war starr. Sie hielt den Blick auf ihre Hände gesenkt. »Kokain. Es war immer Kokain. Und Kokain wird es immer sein. Es gibt alle möglichen Drogensüchtigen in der Familie meiner Mutter in Jamaika. Irgendwie liegt es mir im Blut. Das Verlangen nach Drogen.«

»Ist es akut da?«

»Fast nie.«

»*Fast* nie?«

Laura schnaubte. »Das genau ist das Problem. *Fast* nie. Das ist der Grad meiner Abhängigkeit. Der Unterschied zwischen *fast nie* und *nie.*«

»Damit hatte ich nicht gerechnet.« Helen blinzelte ihre Tränen fort.

Lauras Lippen waren fast grau. Sie hob eine zitternde Hand an den Kopf. »Ich wollte es dir immer sagen, aber ich habe nie den richtigen Zeitpunkt gefunden. Die letzte Frau, der ich es erzählt habe, hat mich auf der Stelle rausgeworfen.«

Die blonde Kalifornierin? Cass hatte erzählt, dass es nicht gut ausgegangen war. War das der Grund gewesen? Was für eine Idiotin, dachte Helen. Obwohl ihr der Kopf schwirrte, war sie überzeugt, dass alle, die Laura nicht zu Ende anhörten, die nicht versuchten, sie zu verstehen, Idioten waren. »Warum hast du damit angefangen? Ich meine, wann und warum?«

»Das erste Mal, weil ich jung und dumm war. Ich dachte, ich wäre schlauer als meine süchtige nichtsnutzige Verwandtschaft. Ich besaß den Verstand meiner Mutter, und ich arbeitete und war dabei, etwas aus mir zu machen. Ich glaubte, ich würde nicht süchtig werden. Das zweite Mal war noch dümmer, und ich war sogar gewarnt worden. Wir werden alle gewarnt, dass während der Abstinenz irgendwann der Tag kommt, an dem wir glauben, kuriert zu sein. Es ist wie mit Julie und der pinkfarbenen Glasur. Sie hat den Donut gegessen in der Hoffung, kuriert zu sein. Also nimmt man wieder Drogen, um zu beweisen, dass man nicht länger süchtig ist. Ich bin nicht ...« Sie zuckte die Achseln. »Ich funktioniere nicht, wenn ich Drogen genommen habe. Manche können das. Ich habe zwei Onkel, bei denen ich nie sagen konnte, ob sie was genommen hatten oder nicht. Sie werfen Drogen ein und führen ihr Leben wie immer, ohne große Beeinträchtigungen. Ich nicht. Ich werde richtig manisch, und hinterher bin ich völlig ausgepowert. Es ist mir gelungen, einen Sponsor zu finden. Ich habe einen Neuanfang gemacht. Ich war immer noch im AA-System – was anderes gab es damals nicht für Drogenabhängige. Es schien mir nicht so schwer zu sein, da rauszukommen, und ich habe es geschafft.«

Laura schwieg so lange, dass Helen schließlich nachfragte. »Ist da noch was?«

Laura nickte, und eine Träne rollte ihr über die Wange und funkelte wie ein Diamant in dem unpassenden Sonnenlicht.

»Ist dir irgendwas Schlimmes passiert? Hat dich irgendetwas in den Abgrund gestoßen?« Wenn ich weiß, was es ist, kann ich sie beschützen, dachte Helen.

»Nein, so war es nicht.« Laura holte tief Luft. »Ich meine, ja. Ich bin in den Abgrund gestürzt, aber ich bin gesprungen. Und das tut jetzt noch weh. Vor allem die Ohnmacht, schätze ich. Das ... Ich war zu jung, um zu begreifen, was sie alles für mich getan hat.«

»Deine Mutter?«

»Sie ist gestorben, als ich noch ein Teenager war.«

»Ich weiß«, sagte Helen leise. »Das hast du mir neulich erzählt.«

»Und vor acht oder neun Jahren ist mein Vater gestorben.« Laura lächelte gezwungen. »Kurz darauf bin ich rückfällig geworden. Und nun bin ich seit dreitausendzweiundvierzig Tagen drogenfrei.«

»Aber du hast ihn doch kaum gekannt. Warum hat sein Tod dich dazu gebracht ...«

Laura hob hilflos die Hände, ihr Gesicht eine Mischung aus Schmerz und Scham. »Ich weiß, dass er ein Mistkerl war, so wie er mich behandelt hat, als ich nach dem Tod meiner Mutter nach Amerika zurückgeschickt wurde. Aber ich hatte keine Ahnung, was für ein Scheißkerl er wirklich war. Meine jamaikanische Verwandtschaft hatte gehofft, er würde mich zu ihnen zurückschicken, mit genügend Geld für meinen Unterhalt. Doch stattdessen hat er beschlossen, mich vor seiner und vor meiner Familie zu verstecken. Ich war froh, nicht nach Jamaika zurückzumüssen. Ich hatte keinen Kontakt mehr zu ihm und wollte das auch nicht. Ich habe ihn nie mehr um etwas gebeten, sobald ich für mich selbst sorgen konnte – und das war, nachdem ich mit der Highschool fertig war. Ich habe nichts von ihm – außer seiner DNA.«

Laura schloss einen Moment die Augen, dann blickte sie wieder auf ihre Hände hinunter. »Ein paar Wochen nach seinem Tod bekam ich einen Brief von einem Anwalt mit einem Scheck über den Pflichtteil an der Erbschaft, so dass ich nicht behaupten konnte, übergangen worden zu sein. Ich habe das Geld einer Mädchenschule überwiesen. Doch danach bekam ich noch ein Päckchen von einem anderen Anwalt. Da inzwischen beide Parteien verstorben waren und der Prozess nicht – ach, ich erinnere mich nicht mehr an den juristischen Begriff. Jedenfalls hatte meine Mutter all die Jahre über versucht, ihn auf Unterhalt für mich zu verklagen. Aber weil meine Mutter keine US-Bürgerin war, hatte sie jede Menge Scherereien deswegen und außerdem nicht genug Geld für einen Anwalt. Letzten Endes ist sie jedoch gescheitert, weil sie mich aus dem Zuständigkeitsbereich des Gerichts nach Jamaika gebracht hat. Doch in ihren Dokumenten befand sich eine eidesstattliche Erklärung darüber, wie …«

Ihre Stimme versagte, und Helen ging zur Spüle hinüber, um Laura ein Glas Wasser zu holen. Laura nahm es mit einem gemurmelten Dankeschön entgegen. Ihre Fingerspitzen berührten sich. Das Verlangen, sie in die Arme zu schließen, war so mächtig, dass Helen erschauderte. Obwohl sie sich auf Lauras Erzählung konzentrierte, erklang in ihrem Kopf ein Mantra: *Beschütze dich, beschütze die Kinder, beschütze dich* ... Für sie mochte es zu spät sein, aber sie musste Julie und Justin schützen. Sie wusste, dass Laura niemals willentlich einem der Zwillinge schaden würde. Das war das Problem mit Abhängigen – sobald sie wieder Drogen nahmen, konnten sie allen um sich herum Schaden zufügen, ohne es zu wollen. Es zerriss ihr fast das Herz, daran zu denken, dass sie ihre Kinder vielleicht ausgerechnet vor dem Menschen schützen musste, dem sie alle mittlerweile rückhaltlos vertrauten.

Laura sprach weiter, mit einer von altem, bitterem Schmerz belegten Stimme. »Er hat sie gezwungen. Für ihn war sie nur irgendeine ungebildete Frau aus der Karibik, fast wie eine Sklavin, die einzig zu seinem Vergnügen existierte. Sie war mit einem so knappen Stipendium in die USA gekommen, das sie neben dem Studium arbeiten musste. Er hat gedroht, sie zu feuern und bei der Einwanderungsbehörde als Prostituierte anzuzeigen, so wie er es zuvor schon mit anderen Frauen, die für ihn arbeiteten, gemacht hatte. Sie hat kapituliert. Sie war ein Mathe-Ass, und ihr Traum war, Lehrerin zu werden. Das war kein allzu vermessener Traum, nicht wahr? Das war doch nicht zuviel verlangt.«

»Nein, das war keinesfalls zuviel verlangt«, sagte Helen sanft.

»Als sie ihm erzählt hat, dass sie schwanger war, hat er der Einwanderungsbehörde erzählt, sie sei eine Prostituierte. Er hat versucht, sie noch während der Schwangerschaft abschieben zu lassen. Sie hat bis an die Grenze ihrer Kraft dafür gekämpft, hierzubleiben – zumindest so lange, bis ich in diesem Land geboren war. Mein Leben war ein vollkommen anderes, in jeder Hinsicht, weil ich amerikanische Staatsbürgerin bin. Das habe ich ihr zu verdanken, wohingegen mein Vater – unter Einsatz sämtlicher Mittel – versucht hat, das zu verhindern. Und wir sind noch acht Jahre lang hiergeblieben, weil sie die ganze Zeit gearbeitet hat und nicht abgeschoben werden konnte, weil ich die amerikanische Staatsbürgerschaft habe. Sie hat als Zimmermädchen gearbeitet, Tag für Tag, nachts, am Wochenende. Kaum dass ich in die Schule ging, wusste ich den Weg vom Bus nach Hause, ich hatte einen Hausschlüssel, ich wusste, wie ich mir etwas zu essen mache. Eine Nachbarin hat nach mir gesehen. Ich habe gelernt, allein zu sein. Aber irgendjemand hat es dem Jugendamt gemeldet – so steht es in ihren Unterlagen. Also beschloss meine Mutter zurückzugehen, um zu verhindern, dass man mich meinem Vater übergab, der mich nicht wollte. Sie hat ihm nicht vertraut. Aber ich wusste von all dem nichts. Ich wusste nur, dass sie beschlossen hatte, mich mit meiner Verwandtschaft zusammenzubringen, die mich verabscheute. Ich vermisste Amerika. Ich war gemein zu ihr – und ein rotziges Gör. Selbstsüchtig und gemein. Und dann ist sie gestorben.«

Tränen rollten Laura über die Wange, aber sie schien es nicht zu bemerken. »Ich war so wütend auf sie, weil sie mit mir nach Jamaika gegangen war. Sie ist am Strand ertrunken. Ich hatte sie für schwach gehalten, dabei wollte sie doch nur, dass sie und ich es besser hatten – und sie hatte ja schließlich nicht darum gebeten, mich zu bekommen. Sie ist ja nicht schwanger geworden, weil sie herumgevögelt hat. Dieses Schwein hat sie –«

Laura atmete tief und bebend ein. »Ich habe nicht nachgesehen, wo ein Meeting ist, ich habe nicht versucht, einen Sponsor anzurufen, aber genau das hätte ich tun sollen. Ich hatte mir kein unterstützendes Netzwerk aufgebaut, für den Fall, dass ich in Not gerate, weil ich arrogant war und mich für stärker hielt, als ich war. Nein, stattdessen bin ich in eine Bar gegangen. Dort dealte jemand – in Bars dealt immer jemand. Ich habe mich betrunken, und dann habe ich was gekauft, was das klassische idiotische Verhaltensmuster von Kokainabhängigen ist. Jung und dumm ist eine Sache. Aber über dreißig zu sein und zweimal aufgehört zu haben und dann wieder anzufangen – das ist ganz was anderes. Ich hätte nicht gedacht, dass ich so dumm sein könnte. Aber das war ich. Und ich kann nicht leugnen, dass es wieder so kommen könnte, trotz allerbester Absichten. Wie kann ich mir selbst je wieder trauen?«

Ihr Mund verzog sich vor Bitterkeit und Selbsthass – ein Anblick, der Helen schockierte. Wie konnte Laura sich hassen, wo sie doch eine so starke, kompetente Frau war?

»Ich wusste es besser und habe dennoch aus freien Stücken jene Bar betreten.«

Helen atmete aus; sie hatte die Luft angehalten. »Und das wird nie wieder passieren?«

»Das will ich auf keinen Fall. Ich werde mit aller Kraft dagegen ankämpfen. Aber ich muss mit meiner eigenen Dummheit leben – mir selbst kann ich nicht entkommen.« Laura schwieg einen Augenblick, dann fuhr sie fort: »Eine Sache, die Süchtige vielleicht dazu bewegen kann, die Finger vom Stoff zu lassen, ist die Gewissheit, dass sie beim nächsten Mal draufgehen werden. Ich konnte vier Tage lang nicht riechen, und es hat zwei Monate gedauert, bis ich Saures wieder wirklich riechen und schmecken konnte. Ich dachte, ich würde nie wieder als Köchin arbeiten können. Und Kochen war das einzige, was ich mir immer gewünscht habe. Ich habe viele Stunden heulend bei AA-Meetings verbracht. Ich hätte fast meinen Job verloren, aber ich habe einfach so getan, als wäre nichts, und gebetet.« Ihre Worte überschlugen sich beinahe. »Mein Vater hat versucht, meine Mutter zu zerstören, und sieh nur, was ich aus den Opfern, die sie gebracht hat, gemacht habe. Mein Leben weggeworfen, wo sie mir doch alles gegeben hatte. Ich hielt es für eine gerechte Strafe, meinen Geruchssinn verloren zu haben, aber er kam zurück. Das habe ich buchstäblich der Gnade Gottes zu verdanken, von der ich mehr erfahren habe, als mir eigentlich zustand. Ich will nie wieder rückfällig werden, Helen. Ich weiß nicht, wie ich dich davon überzeugen kann, wenn ich mir doch selbst kaum genug vertraue, um das zu glauben. Aber nie wieder. Das Monster stirbt nicht, aber ich werde nicht zulassen, dass es mich vernichtet.«

Laura waren die Worte ausgegangen. Sie sank vornüber und legte den Kopf auf ihre Arme.

Helen trank automatisch ihren Kaffee, ohne ihn zu schmecken. Sie hätte am liebsten gesagt, dass sie an Laura glaubte und ihr vertraute, aber konnte sie einfach so über etwas hinwegsehen, das Lauras Leben bestimmte? »Ich möchte sichergehen, dass ich dich richtig verstehe.« Zum Teufel, wieso kam sie ihr jetzt auf der Psychoschiene? »Wenn du nie wieder etwas nehmen wirst, dann verstehe ich nicht, was dich gestern Abend so aufgebracht hat.«

Laura hob den Kopf. Ihre Augen waren leer, wie ein Nachthimmel ohne Sterne. »Nur weil ich nie aufhören werde, das Monster zu bekämpfen, heißt das nicht, dass ich keine Angst vor ihm habe. Ich *habe* Angst vor ihm. Ich weiß, wie stark es ist. Zu leugnen, dass es die Kraft hat, mich umzubringen, verleiht ihm umso mehr Macht. Ich möchte mich nie wieder der Gefahr aussetzen. Manchmal …« Ihr versagte die Stimme. »Manchmal ist davonlaufen die einzige Möglichkeit, nicht unterzugehen.«

Helens Herz hämmerte so heftig bis in ihre Kehle hinauf, dass sie nicht sprechen konnte. Zum ersten Mal in ihrem Leben hatte sie das Gefühl, es gäbe etwas Wichtigeres als den Moment, wenn der Vorhang sich hob. Ohne Laura, ohne Lauras Gegenwart in ihrem Leben, gingen auf allen Bühnen die Lichter aus. Wie war es dazu gekommen? Noch etwas, das sie nie für möglich gehalten hätte.

Sie langte über den Tisch und legte ihre Hände auf Lauras. »Ich weiß nicht, wie ich das alles in Worte fassen soll. Vermutlich brauche ich manchmal einfach ein Skript …« Laura lächelte sie schwach an. »Ich verstehe, was für ein Kampf das ist; ich weiß, es ist nicht einfach, und ich habe keine Ahnung, was dieser Kampf mit dir macht. Aber ich weiß, dass du das schaffst – so wie du es bisher geschafft hast. Doch du musst das nicht allein durchfechten. Es ist wie bei einer Operation – die musst du allein durchstehen, aber hinterher darfst du dich mit heißer Suppe und Liebe versorgen lassen.«

Helen bemühte sich um eine feste Stimme, denn das Wichtigste, was sie sagen wollte, stand noch aus. »Ich glaube nicht, dass ich damit fertig werde, wenn du mich verlässt. Ich –«

Die Wohnungstür wurde zugeknallt. Das kam so unerwartet, dass Helen zusammenfuhr. Laura rieb sich die Augen und zog ihren Bademantel enger um sich.

»Ich habe mich schon gewundert, wo die beiden sind.«

Justin und Julie erschienen in der Küchentür. Sie sahen verwegen aus mit schiefen Mützen, die Mäntel noch zugeköpft, die Rucksäcke in den Händen.

Vor Helens geistigem Auge tauchten sofort Terroranschläge und Pandemien auf. »Was ist los? Was ist passiert?«

»Mom!« Julie biss die Zähne zusammen.

»Es sind Winterferien!« Justin schnaubte.

Julie fügte hinzu: »Wir haben keine Schule.«

Laura brach in beinahe hysterisches Lachen aus.

»O mein Gott!« Helen schlug die Hände vors Gesicht. »Das habe ich völlig vergessen.«

»Das ist nicht witzig«, sagte Justin. »Ich hätte ausschlafen können.«

Laura kriegte sich halbwegs wieder ein. »Macht nichts. Da wir nun alle auf sind, können wir gleich mit dem Aufräumen anfangen.«

»Keine Chance«, sagte Julie. »Ich habe keine Lust, den ersten Tag der Winterferien bis zu den Ellbogen in Abwaschwasser zu stecken.«

Wieder brach Laura in Lachen aus.

»Es tut mir so leid«, sagte Helen. Sie war froh, Laura lachen zu sehen. Sie liebte den Klang ihres Lachens.

Laura beruhigte sich ein wenig. »Genau deswegen sitzen wir heute nicht im Flieger nach Hause, erinnert ihr euch? Wir fliegen erst morgen.«

Jetzt fiel es Helen wieder ein. Sie hätte den Tag doch besser mit Kaffee anfangen sollen. Wenigstens konnte sie zu ihrer Entschuldigung anführen, dass die Tafel mit dem Wochenplan hinter den aufgestapelten Kisten für das Leihgeschirr verborgen war. Klar war außerdem, dass sie und Laura jetzt nicht weiterreden konnten, auch wenn sie das Gefühl hatte, ihr Herz läge mitten auf dem Tisch – bereit, jederzeit in Stücke geschnitten zu werden, wenn Laura fand, dass sie gehen müsse, um die Gefahr, rückfällig zu werden, zu verringern. Laura war am Abend zuvor so von Angst erfüllt gewesen – würde sie davonlaufen? Konnte Helen sie nicht doch davon überzeugen, dass sie bei ihr in Sicherheit war? Sie wünschte sich verzweifelt, Laura zum Bleiben bewegen zu können.

»Okay. Ich habe ordnungsgemäß registriert, dass manche Leute keine Lust auf Hausarbeit haben. Ich auch nicht. Und Laura hat ebenfalls einen freien Tag verdient.«

Laura schüttelte den Kopf. »Wenn wir alle zusammen zwanzig Minuten ranklotzen, dann haben wir das Leihgeschirr abholbereit. Sie kommen um zehn. Ich weiß nicht, wer gestern Abend das Essen weggeräumt hat, aber das war die meiste Arbeit.«

»Cass und ich haben das gemacht«, sagte Helen. »Vielleicht nicht gerade besonders sorgfältig.«

»Das meiste davon werden wir heute Abend essen«, sagte Laura. »Es gibt noch einen ganzen Teller von diesem Gelbflossen-Thun, und ich werde nicht zusehen, wie der verdirbt. Von dem Geld, was der gekostet hat, hätten wir eine kleine Pazifikinsel kaufen können.«

Helen sah ihre schmollenden Kinder an. Sie hatten alles Recht der Welt, sauer auf sie zu sein. Doch ihr schlechtes Gewissen hatte Grenzen. »Von euch hat auch niemand daran gedacht.«

Julie schwang sich zur Sprecherin auf. »Das liegt daran, dass wir unsere Wecker ausgestellt hatten, und dann kam jemand und hat unsere Körper geweckt, während unsere Gehirne noch geschlafen haben.«

Helen musste lachen. »Das bringt euch ... Sightseeing ein. Ich finde, wir sollten was aussuchen, was wir noch nicht kennen und einfach losziehen. Die Freiheitsstatue? Die Aussichtsplattform vom Rockefeller? Das MoMA vielleicht? Und dann suchen wir uns was Leckeres zu essen.«

»Hast du keine Termine?« Justin schaute zweifelnd drein, doch bei der Aussicht auf etwas Leckeres zu essen wurde er hoffnungsfroh.

Helen warf Laura einen Blick zu. »Helen, die Mom, sieht zu, dass Helen, die Diva, von ihren heutigen Verpflichtungen entbunden wird. Ich hole das nach, bevor ich wie geplant am Freitag heimkomme. Abgemacht?«

Die Kids schlurften in ihre Zimmer. Laura stand an der Spüle, die Hände in die Hüften gestemmt, als wolle sie sich noch im Bademantel in die Schlacht stürzen.

Helen krempelte die Ärmel hoch und sagte leise: »Wir reden später weiter, ja?«

»Ich brauche Zeit zum Nachdenken«, sagte Laura.

»Aber du kommst heute mit auf unseren Ausflug?«

Laura nickte nur und griff nach dem ersten Stapel Teller.

25

Der altmodische Aufzug, in dem ein Fahrstuhlführer saß, der die Etagen ausrief, besaß genügend Zugkraft, um Lauras Magen sacken zu lassen. Es war zwar keine Achterbahn, aber ihr Herz schlug ähnlich wild in ihrer Brust. Vielleicht lag es aber auch gar nicht an der Fahrt, sondern daran, dass Helen in der vollen Kabine an sie gepresst wurde und an dem Wissen, dass Helen sie fürs Erste nicht aus ihrem Leben ausschloss. Während ihres Gesprächs war sie düster und zurückhaltend gewesen und hatte ihre Verwirrung und Unsicherheit nicht verbergen können. Aber sie war nicht ärgerlich oder anklagend gewesen.

Laura hatte den Kuss noch in lebhafter Erinnerung. Doch der Kuss war vorher gewesen – bevor Helen die ganze Wahrheit erfahren hatte. Schon möglich, dass Helen nicht mehr aufgebracht war, aber das hieß noch lange nicht, dass sie an weiteren Küssen interessiert war. Laura konnte keine Pläne schmieden, wenn sie nur eine vage Aussicht auf … mehr hatte.

Ihr eigener Schrecken vom vergangenen Abend verblasste allmählich, aber sie konnte ihn nicht als Ausrutscher abtun. Jedes Mal, wenn sie an ihre geschundenen Hände kam, wurde sie an ihre blinde Panik erinnert. Sie musste zu einer Entscheidung gelangen – unabhängig von ihren Gefühlen für Helen –, ob es sicher genug war zu bleiben. Nun, auf jeden Fall bis nach den Ferien. Am nächsten Tag würde sie mit den Zwillingen nach Kalifornien zurückkehren. Suzys Wutausbruch war eine Art Test gewesen, und Laura war es gelungen, das Monster in Schach zu halten. Aber konnte sie nach dieser bösen Episode nach New York zurückkehren? Konnte sie nach New York zurückkehren, falls Helen fand, dass der Kuss ein Fehler gewesen war?

Es gab Hoffnung, rief Laura sich in Erinnerung, denn am vergangenen Abend hatte sie gewonnen. Das Monster hatte sie überrascht, und es war sehr, sehr schwer gewesen. Aber sie hatte gewonnen. Und es gab Hoffnung, weil Helen so dicht bei ihr stand und es schien, als habe sie nichts dagegen einzuwenden.

Sie strich über die Marmorwand des Fahrstuhls, in die der Umriss des Gebäudes eingemeißelt war. »Ich liebe Art déco.«

»Lineare Symmetrie ist ein typisches Merkmal für den Art-déco-Stil«, sagte der Fahrstuhlführer prompt. »Das Empire State Building ist in den zwanziger Jahren entworfen worden, als die klaren Linien des Art déco die dekorativ geschwungenen Linien und die florale Ornamentik des Jugendstils ablösten. Das Gebäude wurde 1931 eröffnet.«

Sie hatten schon das fünfzigste Stockwerk passiert. Laura gefiel das Aufblinken der Stockwerksanzeige. Und über das Gebäude zu sprechen schob ein, zwei andere Themen in den Hintergrund. »Ich habe fast zehn Jahre in Manhattan gelebt und bin nie hier raufgefahren. Und dabei steht das Gebäude mitten im Zentrum.«

»Ich weiß nicht, warum Julie und Justin nicht mitwollten«, sagte Helen. Sie sah entzückend aus mit ihrem Bucket Hat, den sie mit einem Tuch festgebunden hatte. »Nun, bei Justin ist es eigentlich klar – er wollte unten Eis essen und war froh, uns loszuwerden. Doch Julie wollte eigentlich mit hochkommen und Fotos machen, dachte ich.«

»Wenn wir wieder nach unten kommen, hat sie in dem Laden, in dem wir sie zurückgelassen haben, bestimmt mehrere T-Shirts gefunden, die sie unbedingt haben muss. Außerdem hat sie ja schon viele Fotos von der Aussichtsplattform des Rockefeller Center gemacht.«

Als der Aufzug abbremste, verkündete der Fahrstuhlführer: »Wir erreichen jetzt die Hauptaussichtsplattform. Bitte steigen Sie auf der rechten Seite aus. Hier oben weht immer ein frischer Wind, und heute ist er ziemlich stark. Bitte denken Sie daran, Ihre Hüte und Schals festzuhalten.«

Laura war froh, gewarnt zu sein, und zog ihr Beanie herunter.

Kaum öffneten sich die Fahrstuhltüren auf der sechsundachtzigsten Etage, fuhr der Wind herein. Banner in den Farben von New York State – himmelblau und gold – flatterten über ihren Köpfen. Sie war froh, eine dicke Jacke und Handschuhe zu tragen, aber all die Jahre, die sie in warmen Klimazonen verbracht hatte, hatten sie verwöhnt, und sie würde es hier oben nicht lange aushalten.

Laura zog Helen nach links und wies mit dem Finger: »Da drüben ist das Rockefeller Center, wo wir gerade waren. Ich frage mich, ob wir von hier aus die Freiheitsstatue sehen können …«

Ein Sicherheitszaun mit rautenförmigen Streben umgab die Plattform, die sich um das ganze Gebäude zog. In allen Himmelsrichtungen erstreckte sich die Stadt mit ihren Flüssen unter ihnen. Das Geländer des hohen Zauns war mit künstlichem Efeu und winzigen weißen Lichtern weihnachtlich geschmückt, und alle paar Meter standen große Teleskope, die auf verschiedene Sehenswürdigkeiten ausgerichtet waren.

Der Himmel war wolkenlos, und die Sonne schien so hell, dass Laura wünschte, sie hätte ihre Sonnenbrille dabei. In allen Richtungen erstreckten sich Dächer mit Gärten und Weihnachtsschmuck. Beide Flüsse schlängelten sich dunkelblau glitzernd durch die Stadt, und in der Ferne war tatsächlich die Freiheitsstatue auszumachen – ein dunkler Umriss gegen das graue Hafenwasser.

Laura hakte Helen unter und trat mit ihr nah an den Rand. Es war schlicht und einfach der schönste Tag ihres Lebens.

Helen beugte sich dicht zu ihr, um zu verhindern, dass der Wind ihre Worte wegriss. »Ich dachte, wir könnten unser Gespräch fortführen, aber es ist einfach zu kalt und zu windig, oder?«

Laura hob ihre Lippen dicht an Helens entzückendes Ohr: »Ich möchte gern weiterreden.« Sie wandte sich um, so dass sie beide den anderen Besucherinnen und Besuchern den Rücken kehrten.

Plötzlich sackte Helen neben ihr zusammen. »Du liebe Güte!«

»Was ist los?« Laura fasste sie besorgt bei der Schulter.

»Wir haben hier oben minus zehn Grad und ich habe Hitzewallungen. Ich komme mir vor wie frisch aus dem Ofen mitten in Alaska.«

»Oje.«

Helen zog ihre Handschuhe aus, nahm ihren Hut ab und knöpfte ihren Mantel auf. »Zumindest gibt's Air-Conditioning.« Sie fächelte sich Luft zu, und das flammende Rot ihrer Wangen begann zu verblassen. »New York ist eine wunderschöne Stadt, aber für immer möchte ich hier nicht leben. Ich habe jetzt schon Heimweh. Es ist nicht so, als ... Gestern Abend – das war nicht mein ganzes Leben. Es war nur ein Aspekt davon.«

»Ich weiß. Aber dein Leben ändert sich gerade.«

»Ja, aber das ändert nichts an der Tatsache, dass ich niemals Drogen in meinem Haus dulden würde. Das war abscheulich. Und wo ich jetzt deine ganze Geschichte kenne, würde ich nie zulassen, dass du in Versuchung geführt wirst. Du bist nicht allein damit.« Sie hörte auf, sich zuzufächeln, und berührte Lauras Gesicht. »Ich möchte für dich da sein.«

»Ich will kein Mitleid.«

»Mitleid ist nicht das, was ich empfinde.«

Laura schluckte. Dann sagte sie, bevor sie es sich anders überlegen konnte: »Bitte – bitte küss mich.«

Helen streifte Lauras Mund mit ihren Lippen, und Laura ignorierte die leise Stimme, die ihr sagte, dass vielleicht keine von ihnen klar denken konnte. Helen küsste Laura ein zweites Mal, leicht nur, aber direkt auf den Mund, dann noch einmal. Laura schlang die Arme um Helen und zog sie an sich. Ihre Lippen öffneten sich füreinander, und eine Welle brennenden Verlangens schlug über Laura zusammen. Sie zog ihre Handschuhe aus, um Helens wunderschönes Haar zu berühren und ihren Kopf zu halten.

Als sie sich schließlich voneinander lösten, schien die Zeit ihren Lauf wieder aufzunehmen. Helens halb geschlossene Lider verrieten ein Verlangen, das Lauras Bauch und Schenkel vor Anspannung zittern ließ.

»Das wollte ich schon eine ganze Weile tun«, gab Helen zu.

»Ich wollte das schon seit Jahren tun«, antwortete Laura.

»Was soll das heißen – seit Jahren?«

Zeit, reinen Tisch zu machen. »Ich habe einige deiner Stücke gesehen – von *Romeo und Julia* über *Engel im Feuer* bis zu *Tequila Sunset.* Und ich habe mich gefragt, wie es wohl ist, Helen Baynor, die Königin des Broadways, zu küssen.«

Helen sah verletzt drein und wich zurück. »Und wie war es?«

»Ich weiß nicht«, erwiderte Laura. Sie strich mit den Lippen über Helens Wange und flüsterte ihr ins Ohr: »Es hat sich herausgestellt, dass sie nicht da war. Es hat sich herausgestellt, dass sie nicht die echte Helen war. Ich möchte Helen küssen. Einfach nur Helen.«

Helens wunderschöne Augen waren mehr blau als grau – vielleicht weil sie den Himmel in sich trugen, dachte Laura. Helen beugte sich wieder zu Lauras Lippen vor. Die Zeit begann zu rasen, ließ ihr Blut rauschen, Nerven zuckten und sprühten Funken, und jetzt vernahm sie das Pochen ihres Herzens, das in ihrer Brust tanzte. Die Welt drehte sich einzig um sie.

»Du machst mich ganz schwindelig«, flüsterte Helen, als ihre Lippen sich voneinander gelöst hatten.

Ihre kalten Nasen und eisigen Gesichter waren vergessen, als Laura Helens heiße Lippen küsste. Wenn überhaupt, dann blies der Wind ihre Ängste fort, und an einem gloriosen Tag wie diesem schien es das einzig Vernünftige zu sein, die Frau, die sie liebte, zu küssen. Laura spürte, wie Helen zu lachen begann, und ließ sie los. Sie hoffte, dass sie ebenso sexy und freudig erregt aussah wie Helen. »Ich finde, das klingt gut.«

»Solange du mich festhältst.«

»Kann mich niemand dran hindern.« Laura drückte ihre Wange kurz an Helens, dann wich sie zurück, um sie anzusehen. »Und jetzt erzähl mir den wahren Grund, warum es gut ist, dass Cass und ich nicht ineinander verliebt sind.«

Helens Lider flatterten. »Muss ich?«

»Ich verrate dir meinen Grund, wenn du mir deinen verrätst.«

Helen schob das Kinn vor und sah ein bisschen aus wie Julie. »Okay. Gut. Ich glaube, *ich* bin in dich verliebt. So. Jetzt ist es raus.«

»Gott sei Dank. Das ist auch mein Grund – ich glaube, ich bin in *dich* verliebt.« Lachend zog sie Helen wieder an sich. Sie hatte das Gefühl, als seien Sonne und Wind durch sie hindurchgefahren und hätten sie rein und in sich ruhend zurückgelassen. Schon jetzt gehörte ein großer Teil von ihr allein Helen. Das Monster war in diesem Augenblick nirgends zu sehen. Die Liebe einer wunderbaren Frau, ihr fester Wille und ein geschäftiges, sinnerfülltes Leben würden sie tragen. Das war wahrer Reichtum – mehr als sie sich je hätte träumen lassen.

»Sag das noch mal«, flüsterte Helen ihr ins Ohr. »Sag das noch mal.«

»Ich liebe dich.«

»Bist du sicher? So toll bin ich nun auch wieder nicht. Ich bin eitel und egoistisch. Ich verbringe den halben Tag damit, mir Sorgen um meine Falten und meinen Hintern zu machen. Ehrlich.«

Laura lachte. »Helen, ich mache mir gern mit dir zusammen Sorgen um deine Falten und deinen Hintern. Ich werde deinen Hintern jeden Tag gründlich prüfen – jede Stunde, wenn du willst.«

Helen schob sie mit scheuem Lächeln von sich. »Will ich.«

Sie grinsten sich idiotisch an.

»Okay«, sagte Laura dann. »Und nun?«

»Ich würde Julie und Justin am liebsten zwanzig Dollar geben und sie ins Kino schicken«, sagte Helen.

»Die Idee gefällt mir«, sagte Laura und versuchte, ernst zu bleiben. »Aber zwei Stunden sind nicht genug.« Sie drängte sich wieder an Helen, um sie erneut und inniger zu küssen. »Ich möchte mir allein schon zwei Stunden Zeit lassen, dich auszuziehen. Und die ganze Nacht damit zubringen herauszufinden, was dir gefällt.«

»Lieber Himmel!« Helen klammerte sich an sie, hochrot im Gesicht. »Vielleicht ist es die Höhe. Ich kann keinen klaren Gedanken fassen.«

»Und ich dachte, es läge an mir. Aber wir sind auch sehr hoch oben.« Sie spähte über die Seite, aber die sich verjüngende Form des Gebäudes verhinderte, dass sie die Straße direkt unter ihnen sah. Sie richtete sich wieder auf, und Helen hielt sich an ihr fest. »Was ist los?«

Helen umklammerte mit einer Hand das Geländer. Ihr war jede Farbe aus dem Gesicht gewichen, und auf ihrer Stirn standen trotz des kalten Windes Schweißperlen. Sie hatte die Augen fest zusammengekniffen.

Wie hatte Laura das vergessen können? »Helen, Liebling, es ist alles in Ordnung. Ich bin hier. Du wirst nicht fallen. Du bist in Sicherheit. Ich bin da. Halt dich an mir fest.«

Sie hörte Helen »Geht schon wieder« flüstern, aber das war eine faustdicke Lüge. Ihre Lippen waren blau und zusammengepresst.

Laura versuchte, Helens verzweifelten Griff vom Geländer zu lösen und ihren Arm um sich zu legen. »Erzähl mir von Mame Dennis. Wirst du die Rolle in diesem Episodenstück übernehmen? Wie heißt es noch mal?«

»*Midsummer Madness*«, stieß Helen mit zusammengepressten Zähnen hervor.

»Und wirst du die Glöckchen als Armbänder tragen?«

»Ja.« Helen schien tief Luft zu holen, aber ihre Augen blieben geschlossen. »Ich habe keine Höhenangst.«

»Doch, hast du. Du hast im Laufe der Jahre bloß besser gelernt, sie zu verbergen. Es ist in Ordnung. Wir stehen auf einem Stahlrahmenboden in einem Stahlrahmengebäude, das in den letzten achtzig Jahren alles überstanden hat, was über die Stadt gekommen ist.«

Mit einem unterdrückten Schluchzer stieß Helen hervor: »Ich kann spüren, wie es sich bewegt.«

»Das liegt am Wind. Wie war es, die Julia zu spielen?«

»Das ist ewig her.« Helens Klammergriff um das Geländer hatte sich nicht gelockert.

»Ich mache mir allmählich Sorgen, dass du an dem Geländer festfrierst. Komm, Liebling, lass uns zu der Wand hinübergehen, weg hier vom Rand. Alles wird gut.«

»Ich komme mir so blöd vor. Ich hatte es einfach vergessen. Wie kann man vergessen, dass man nicht runtergucken darf?«

»Ich hatte auch vergessen, dass du Höhenangst hast. Es ist lange her, seit du es ausgetestet hast.«

»Zumindest sitze ich nicht in einer Achterbahn. Habe ich dir je davon erzählt?«

Laura lachte – Helen erinnerte sich daran. Es kam ihr so absurd vor, dass das ihr letztes Geheimnis war – die letzte Sache, die sie noch nicht erzählt hatte. Sie mochte sie nicht länger für sich behalten. »Das musstest du nicht.«

Helens Augen öffneten sich blitzartig. »Du bist die berühmte Gastronomin!«

Helen schien nicht zu bemerken, dass Laura ihren Klammergriff behutsam gelöst hatte und sie vom Rande der Aussichtsplattform fortführte. »Ich bin nicht berühmt. Und ich habe nie ein Restaurant besessen. Aber ich bin eine erstklassige Köchin geworden. Und du bist reich geworden und eine berühmte Schauspielerin.«

»Und du hast für meine reichen und berühmten Freunde gekocht. Es ist alles wahr geworden.«

»Mehr als je erträumt.« Sie erreichten die Wand, und Laura wies Helen an, sich auf einer zwar eiskalten, aber sehr soliden Metallbank niederzulassen.

»In meinen Gedanken bist du seit Jahren meine berühmte Gastronomin. Sei kein Dummkopf, hast du damals zu mir gesagt, und ich bin dem Ruf meines Herzens gefolgt. Warum hast du mich nie darauf angesprochen?«

Laura fand es großartig, wie Helen ›meine berühmte Gastronomin‹ gesagt hatte. »Es verging kein Tag in meinem Leben, an dem ich nicht daran gedacht habe, dass du an mich geglaubt hast.«

Die Farbe war in Helens Gesicht zurückgekehrt. »Du hast meine Frage nicht beantwortet.«

»Ich wollte den Job auf der Grundlage dessen, was ich heute bin.« Ihre Ohren brannten in dem eisigen Wind.

Helen blinzelte. Dann sah sie Laura mit festem Blick an. »Du wolltest nicht, dass ich mich an deine Drogensucht erinnere.«

Laura nickte. »Ich wollte den Job. Ich habe meine Kontakte angezapft und dein Name fiel. Ich habe das als Wink des Schicksals genommen und wollte es nicht vermasseln.«

Helen sah sie einfach nur an. »Ich komme mir so blöd vor. Alles, woran ich mich erinnert habe, war, dass diese Frau mich vor dem Ausflippen bewahrt hat, als wir steckenblieben, und mir gesagt hat, ich solle kein Dummkopf sein. Ich habe ihren Namen vergessen. Ich habe vergessen, wie sie aussah. Ich erinnerte mich nur an ihre Hände. Ich wusste nur noch, wie ihre Hand meine gehalten hat.«

Sie verschlangen ihre Finger miteinander. Laura verspürte einen elektrischen Schlag, als sei die Verbindung endlich vollständig hergestellt.

»Ich möchte nicht mehr deine Hauswirtschafterin sein«, sagte sie. »Ich muss kündigen.«

»Ich weiß«, erwiderte Helen. Sie umschloss Lauras Finger

fester und zog sie an sich. »Ich werde jemand anderen finden.«

»Nicht nötig. Für Geld mache ich es nicht. Ich werde es aus Liebe machen. Wir werden eine Möglichkeit finden, wie ich den Kontakt zur Kochszene nicht verliere. Wir können nicht in die Zukunft schauen – lass uns einfach Tag für Tag angehen, Produktion für Produktion, Jahr für Jahr.«

»Ich kann in die Zukunft sehen«, sagte Helen. »Und darin sehe ich dich.«

Laura legte ihre Stirn an Helens. »Und in meiner sehe ich dich.«

»Schschhh. Du bringst mich zum Lachen.«

Helen kam sich vor wie bei einem Streich auf einer Pyjamaparty, als sie Laura in ihr Schlafzimmer führte. »Glaubst du, die Zwillinge haben dich gehört?«

»Vielleicht. Ich glaube, denen ist das egal.«

»Eines muss ich dir gestehen«, sagte Helen. Lauras Hände waren schon auf ihren Hüften, heiß und stark spürte sie sie durch die Seide ihres Negligés. »Ich bin – ähm – äh – hm – ich kann sehr – hm – ich bin nicht sehr leise. Das wusste ich gar nicht, ehe … du weißt schon.«

»Gut«, erwiderte Laura. »Ich freue mich schon darauf, jede einzelne Möglichkeit zu erkunden, dich nicht sehr leise klingen zu lassen.«

»Aber nicht heute Abend. Ich möchte nicht, dass Julie und Justin uns hören. Das macht mich ein bisschen nervös.«

Laura drehte den Schlüssel im Schloss von Helens Tür um. Ihre tiefen dunklen Augen funkelten im gedämpften Licht der Nachttischlampe. Sie hat so wunderschöne Haut, dachte Helen. Sie konnte es kaum erwarten, mit der Zunge über Lauras Schlüsselbein zu fahren.

Mit leicht durchtriebenem Lächeln meinte Laura: »Ich denke, du wirst einen Weg finden müssen, heute Nacht leise zu sein.«

Helens Herz schlug so schnell, dass ihr leicht schwindelig wurde. Selbst ihre Kopfhaut prickelte. »Das gilt auch für dich«, antwortete sie.

»Das hoffe ich.« Das leicht sardonische Lächeln war ihr vertraut, und Helen entspannte sich ein wenig. Sie löste den lockeren Knoten von Lauras Morgenmantel. Darunter trug sie ein enganliegendes goldenes Top mit passendem Höschen. Ihre vollen Brüste mit den aufgerichteten Knospen verschlugen Helen den Atem.

»Ich möchte dich berühren«, murmelte Laura. Sie ließ ihren Morgenmantel von den Schultern gleiten und zog Helen in ihre Arme. Ihre Hände glitten nach hinten zu Helens Pobacken. »Zeit für den ersten Hinterntest?«

Helen prustete vor Lachen. »Bitte sag das nie, wenn andere dabei sind!«

Laura kicherte an ihrem Ohr. »Ich werde nur so aussehen, als ob ich daran denke, und zusehen, wie du rot wirst.«

Helen machte sich los und zog Laura mit sich zum Bett. Ihr Lachen verklang.

Als Helen auf ihr Bett sank, ging Laura auf die Knie. Ihr heißer Atem durch die Seide entfachte Helens Verlangen. Sie trug nichts unter ihrem Negligé. Wozu auch. Sie umfasste Lauras Kopf, fast willenlos vor Lust. Lauras Hände streichelten ihre Waden. Helen zog ihr Negligé hektisch beiseite – warum war ihr so lange entgangen, wie sehr sie sich danach sehnte, den Mund einer Frau auf sich zu spüren? Sich so vollkommen, so geliebt, so geschätzt zu wissen? So genommen, so verschlungen?

Sie richtete sich ein Stück weit auf, so dass sie auf der Bettkante saß. Laura hielt einen Moment inne, damit sie still blieb, dann nahm ihre Zunge ihr Lecken und Kreisen und Necken wieder auf, mal sanft, mal fest. Auch Lauras Finger erkundeten sie, glitten hierhin, kreisten dortherum, eine köstliche Qual. Helen presste die Hände auf den Mund, um ihr Stöhnen zu dämpfen, als Laura in sie eindrang. Sie hätte am liebsten geschrien. Laura stieß sie weiter aufs Bett. Ihre Finger fühlten sich so gut an. Helen zog Laura mit einem hungrigen Laut auf sich.

»Ja«, flüsterte Laura. »Ja. Halt dich an mir fest.«

Sie liebte die Form von Lauras Kopf, ihr wundervolles schwarzes Haar – sie hatte nicht geahnt, dass es sich so sexy und sinnlich auf ihrer nackten Haut anfühlen würde. Sie spürte Lauras Brustknospen an ihren eigenen Brüsten, und die Berührung machte sie durstig. Sie küssten sich leidenschaftlich, und als sie sich selbst auf Lauras Lippen schmeckte, überlief sie ein lustvoller Schauer.

»Ja, so«, sagte Laura. Sie senkte den Kopf, um mit der Zunge Helens Brustspitze zu umspielen, die sich unter der feuchten seidigen Berührung aufrichtete.

Helen biss die Zähne zusammen, um nicht aufzuschreien. Bitte, bitte, bitte, hätte sie am liebsten gebettelt.

Obwohl sie keinen Ton sagte, schien Laura sie doch zu hören. Sie stieß härter zu, biss in Helens Brustknospe und ließ nicht los, als Helen sich in höchster Ekstase aufbäumte.

Ihr eigener rauer Atem klang ihr in den Ohren wider, und das war alles, was Helen einen Moment lang vernahm. Sie merkte, wie Laura sich von hinten an sie schmiegte und die Arme um sie schlang. Die zarten Küsse auf ihrem Nacken waren keineswegs besänftigend – nicht wenn eine Hand sachte ihre Brüste streichelte.

Es war so einfach, sich in Lauras Armen zu entspannen. Sie hielt die wandernden Finger fest.

»Wirklich?« Lauras Stimme klang träge. »Du willst, dass ich aufhöre?« Eine Fingerspitze fuhr so wissend unter der Brustknospe entlang, dass Helen sich vollkommen nackt fühlte.

»Himmel, nein! Ich dachte bloß …« Lauras Hand strich über ihre Rippen, über ihre Hüfte und glitt zwischen ihre Schenkel. »Ich weiß nicht, was ich dachte. Hör nicht auf!«

Ihre Nerven waren jetzt nicht mehr ganz so aufgereizt – diesmal spürte sie mehr, spürte alles intensiver. Der Druck von Lauras Fingern ließ sie erschaudern, und als sie leise aufkeuchte, machte Laura genau an der Stelle weiter, bis Helen sich in ihren Armen wand und keuchend nach Luft rang. Sie riss sich beinahe von Laura los, als ein zweiter Höhepunkt sie durchzuckte.

Es kostete sie all ihre restliche Energie, sich schließlich umzudrehen und Laura zu küssen. Ihre Arme waren schwer wie Blei. Ihre Lider wollten sich nur noch schließen. Sie tat, als wolle sie sich beschweren, aber es gelang ihr kein bisschen. »Sieh nur, was du angerichtet hast!«

»Das tue ich. Und mir gefällt, was ich sehe.«

»Also wirklich – du solltest versuchen, nicht ganz so perfekt zu sein. Du verwöhnst mich total. Und das ist das Letzte, was eine Diva wie ich noch braucht.«

»Wenn du glaubst, du wärst von mir schon verwöhnt worden, dann mach dich auf eine paar angenehme Überraschungen gefasst. Ich liebe es, dich zu verwöhnen – auf jede nur erdenkliche Weise.« Laura küsste sie auf die Nasenspitze. »Du bist hinreißend, wenn du schläfrig bist.«

»Ich bin nicht schläfrig.«

»Du bist eine heiße Lügnerin.« Sie warf Helen einen Luftkuss zu.

»Du bist einfach super sexy. Andere Lesben sind unfassbar dumm, und ich bin total froh darüber, weil du single warst und ich dich bekommen habe.«

»Ich bin nicht perfekt«, widersprach Laura. »Wirklich nicht. Ist allgemein bekannt.«

»Für mich bist du perfekt.« Helen wusste, dass sie noch weitersprach, und sie hörte Laura lachen, aber es wurde immer dunkler im Zimmer und ihr war so wohlig-warm …

Laura hatte nicht geahnt, wie wunderbar es war, in Helens Armen aufzuwachen. Sobald Helen eingeschlafen war, hatte sie die Bettdecke über sie beide gezogen und still gelacht, weil sie es nicht mal richtig bis ins Bett geschafft hatten. Sie prüfte ihr Herz und fand nichts als Glückseligkeit. Dann stellte sich noch ein weiteres Gefühl ein, und ihr Glück mischte sich mit freudigem Begehren. Helen zupfte sachte an ihrem Hemdchen.

»Oh, du bist wach.« Die Nachttischlampe brannte noch, und in dem sanften Lichtschein sah Helen zerzaust und betörend schön aus. »Wenn nicht, auch egal. Dein Körper ist wach.«

»Lüsternes Weib.«

»Wann immer ich kann. Ich muss viele Jahre wettmachen.«

Lauras Kichern verwandelte sich in ein Zischen, als erst Helens Lippen, dann ihre Zunge eine Brustknospe umspielte. Feuriges Verlangen vertrieb jeden Rest Schläfrigkeit. Als ihr Helens Unerfahrenheit in den Sinn kam, murmelte sie: »Ich liebe das!«

Helen lächelte. Sie richtete sich auf und küsste Laura zärtlich. »Ich auch.«

Helens Brüste an ihren zu spüren war so köstlich, dass Laura nach ihnen greifen wollte, aber Helen schob ihre Hände fort.

»Nichts da!«, sagte sie. »Sonst liege ich gleich wieder auf dem Rücken.«

»Und das soll meine Hände von dir abhalten?«

Helen schob ihr Knie entschlossen zwischen Lauras Schenkel. »Deine Hände sind voller Magie, also behalt sie bei dir.«

»In Ordnung.« Mit einem durchtriebenen Blick ließ sie eine Hand zielsicher über ihren Bauch gleiten. »Aber es wäre mir lieber, wenn deine Hände das täten.«

Helen hob eine Augenbraue, aber als sie nicht eingriff, fuhr Laura mit ihrem Bluff fort. Sie wusste, wie feucht sie war, und natürlich wusste sie, wie sie sich selbst berühren musste, aber sie wünschte, sie hätte diesen Weg nicht eingeschlagen – sie wollte, dass Helen sie erkundete.

»Mach weiter«, murmelte Helen. Sie setzte sich kurz auf, um ihr Negligé abzustreifen, dann kitzelte ihr Haar an Lauras Bauch, als sie sich zwischen deren Beinen niederließ. Und dann glitt Helens Zunge über die Stellen, über die auch Lauras Finger strichen. Laura stöhnte laut auf, versuchte es dann jedoch zu unterdrücken. Sie öffnete die Schenkel, hob die Hüften, und dann war auch Helen in ihr. Schließlich schob Helen Lauras Hand beiseite und legte ihren Mund auf Lauras geschwollene Lippen und stieß mit ihren Fingern tiefer in sie hinein.

Laura versuchte nicht länger, den Atem anzuhalten. Es ging nicht. Ihre Finger krallten sich in das Bettlaken. Ihr Höhepunkt ließ sie erbeben, aber sie war stolz, den Schrei, der in ihr aufstieg, nicht herauszulassen.

Stattdessen war es Helen, die »Ja!« schrie.

Noch immer zitternd, zog Laura Helen zu sich herauf; in ihr Lachen mischten sich kleine befriedigte Seufzer. Es war in Ordnung, Ekstase zu empfinden – es gab keinen Preis zu zahlen. Es gab keine Strafe. Der kleine Knoten in ihr, der sich immer bemerkbar machte, wenn sich etwas zu gut anfühlte, löste sich endlich. »Schhhh. Komm her. Halt mich.«

Helen nahm sie in die Arme. »Das war Wahnsinn!«

»Wem sagst du das. Können wir unter die Bettdecke kriechen?«

»Das ist himmlisch«, murmelte Helen an Lauras Schulter, als sie sich eingekuschelt hatten. »Bett. Du. Morgen früh besorge ich mir ein Ticket für deinen Flug. Wenn Trevor Huntley seinen Part an der Produktion großteils vom sonnigen Mexiko aus erledigen kann, kann ich einen Teil meiner Aufgaben auch von Kalifornien aus erledigen. Ich lasse nicht zu, dass du so weit weg bist.«

»Sagen wir es den Kids?« Laura gähnte. »Morgen früh?«

»Mh-mh. Mach ihnen Pfannkuchen. Damit sind sie leicht zu bestechen.«

Laura seufzte. »Ich möchte schlafen, damit ich aufwachen und feststellen kann, dass das hier kein Traum war.«

Helen küsste ihre Schulter. Laura nahm Helens Hand. Sie würde sie nie wieder loslassen.

Epilog

»Die Kamera liebt diesen Jungen«, flüsterte der Assistent der Regisseurin zu. »Wenn wir auf die drei gehen, sollte die Kamera auf seinem Gesicht verweilen.«

Helen musste zustimmen. Auf dem Bildschirm sah Justin absolut hinreißend aus, und das fand sie nicht allein deshalb, weil sie seine überaus stolze Mutter war. Gewöhnlich waren Familienangehörige bei den Filmaufnahmen für Kochwettbewerbsshows nicht zugelassen, aber Helen kannte die Produzentin, und nachdem Cass und sie unterschrieben hatten, dass sie den Ausgang des Wettbewerbs nicht vor der Ausstrahlung der Kochshow verraten würden, waren zwei Stühle für sie frei.

Es spielte keine Rolle. Helen kannte das Resultat von *Aufgeschnitten: Familienfehden* bereits. Zwanzig Minuten, um aus einem Stück Obst, ein wenig Fisch, Weizenmehl und Kaffeebohnen eine Vorspeise zuzubereiten – ein Kinderspiel für ihre beiden Stars. Sie sah zu, wie Lauras Hände das Mehl kneteten und wusste, dass die nach Kaffee duftende Pasta perfekt sein würde. In den vergangenen vier Jahren war nur einmal ein Blech Kürbiskuchen nicht perfekt gelungen, und daran war großteils Helen selbst schuld. Laura war abgelenkt gewesen und hatte nicht gehört, wie die Küchenuhr zwei Minuten vorwarnte, dann wirklich klingelte und schließlich fünf Minuten später noch mal geklingelt hatte.

Es hatte Stunden gedauert, bis der Geruch des verbrannten Kürbiskuchens aus der Wohnung verschwunden und der Rauchmelder neu programmiert gewesen war. Doch das war es wert gewesen, hatte Laura gesagt.

Alle Teilnehmerinnen und Teilnehmer des Wettbewerbs waren einander und der Jury vor Beginn der Filmaufnahmen vorgestellt worden. Während sie sich an ihren Arbeitsplätzen eingerichtet hatten, war der Gastgeber zu Helen gekommen und hatte sie um ein Autogramm gebeten. Er hatte gemeint, ohne Autogramm dürfe er seinem Lebensgefährten nicht heimkommen – sie hätten *Die tolle Tante* schon fünf Mal gesehen. Helen war das Stück noch lange nicht leid und würde es vielleicht auch nie leid werden. Auch das Publikum zeigte noch keine Ermüdungserscheinungen. Die Karten waren stets in wenigen Stunden ausverkauft, und ihre Entscheidung, alle drei Monate zwei Wochen Pause zu machen, war leicht durchzusetzen gewesen. Niemand der Beteiligten musste finanziell darunter leiden. Wenn Mary Martin jahrzehntelang *Peter Pan* spielen konnte, dann gab es keinen Grund, warum sie und Mame Dennis sich je trennen sollten.

Endlich hatte sie Paris und Warschau und Tahiti gesehen und außerdem luxuriöse Wochen daheim in Kalifornien verbracht – das alles mit der Frau, die sie liebte. Jener Frau gleich dort drüben, dachte Helen, während sie zusah, wie der Gastgeber schließlich dorthin schritt, wo Laura und Justin emsig arbeiteten.

»Frau Izmani, Sie sind als Küchenchefin überall auf der Welt gewesen, und *Es geht ums Essen* ist eines der gefragtesten Catering-Unternehmen in New York«, begrüßte der Gastgeber sie liebenswürdig. »Bitte erzählen Sie uns, was Sie heute hier vorhaben.«

»Ich habe die Aromen von Jamaika immer geliebt, und ich glaube, es gibt eine Gewürzkombination, die fast alles gut schmecken lässt.« Laura lächelte und schenkte ihm ihre volle Aufmerksamkeit, ohne die Kamera, die nur wenige Meter entfernt war, auch nur im Geringsten zu beachten. Ihre Hände kneteten unterdessen weiter den Pastateig.

»Erzählen Sie uns von Ihrem Assistenten.«

»Justin Browning ist der Sohn meiner Frau, und nach dem College möchte er eine Kochschule besuchen. Ich bin überzeugt, dass er entscheidend dazu beitragen wird, dass wir heute gewinnen.«

Der Gastgeber – wie immer mit schwarzgerahmter Brille und schmalem Schlips – trat um Lauras Arbeitsplatz herum und hielt Justin das Mikrofon hin. »Hast du bestimmte Interessen oder einen besonderen Ansatz im Hinblick auf deine kulinarische Zukunft?«

Mit einem beiläufigen Lächeln und einem halbverhangenen Blick – beides ließ die Regisseurin neben Helen erneut aufseufzen –, antwortete Justin: »Meine Schwester reagiert allergisch auf Konservierungs- und Farbstoffe. Ich möchte Gerichte zubereiten, die sie gefahrlos essen kann und die so gut schmecken, dass sie allgemein geschätzt werden. Von Chef Izmani lerne ich schon seit Jahren, wie einfach es ist, ohne Zusatzstoffe zu kochen, und dass alles besser schmeckt, wenn es aus frischen Zutaten besteht.«

»Bewundernswert, junger Mann. Ich hoffe, deine Schwester weiß das auch zu schätzen.«

Cass unterdrückte ein Schnauben.

Die Kameras fuhren zu den letzten Kandidaten hinüber, und Laura und Justin debattierten über etwas. Justin schoss in die Vorratskammer und kam mit einem Armvoll weiterer Zutaten und einem Mixer zurück. In der kurzen Zeit, die er fort war, hatte Laura die Frucht geschält, was immer das auch sein mochte. Helen hatte noch nie von Buddhas Hand, einer Zitronatszitrone, gehört.

Sie sah, wie Laura in ihre Richtung blickte, wagte aber nicht, ihre Aufmerksamkeit auf sich zu ziehen. Ihrer Meinung nach liebte die Kamera Laura ebenfalls.

Als die zwanzig Minuten vorüber waren, wurden die Kameras ausgestellt und die Gerichte schleunigst zum Tisch der Jury gebracht, um sogleich Nahaufnahmen von ihnen zu machen. Eine Maskenbildnerin kümmerte sich um die Wettbewerbsteilnehmenden und überpuderte alle glänzenden Stellen auf den Gesichtern.

»Bin gleich wieder da«, flüsterte Helen Cass zu.

»Ich wusste, dass du es nicht die ganze Zeit über aushalten würdest.« Cass wandte sich mit einem gewinnenden Lächeln an die Regisseurin, die ziemlich attraktiv war.

Helen suchte sich ihren Weg über Kabel und um Kameraleute mit Handkameras herum und trat zu Laura und Justin. »Ihr macht euch großartig!«

Laura grinste sie an. »Ich bin völlig erledigt. Das hier ist viel anstrengender, als es im Fernsehen aussieht.« Sie stieß Justin mit dem Ellbogen in die Rippen. »Ich hoffe, du weißt das zu schätzen.«

»Tu ich.« Er rieb sich in gespieltem Schmerz die Seite.

»Bist du nur hergekommen, um uns das zu sagen?« Laura warf Helen einen prüfenden Blick zu.

Sie durchschaut mich völlig, dachte Helen. »Klar.«

»Nein, du willst bloß, dass ich deinen Hintern begutachte, wenn du wieder gehst.«

Justin stöhnte entnervt auf. »Ihr seid echt abartig! Nichts als Sex, Sex, Sex im Kopf.«

Es wurde still, und alle drehten sich nach ihnen um. Helen gab sich unschuldig, als sie zu Cass zurückging, die immer noch mit der Regisseurin flirtete. Solange Laura sich immer noch nach ihr umschaute, machte sie sich keine allzu großen Sorgen um ihren Hintern, um Falten oder graue Haare. Sie hatte keine Angst mehr vor der Zukunft.

Sie hörte Laura sagen: »Ich glotze nicht. Ich gucke konzentriert. Mach dir keine Gedanken.«

Als Helen sich setzte, bedachte Cass sie mit einem langen Seitenblick. »Er hat recht. Ihr seid schlimm. Du solltest Insulin verteilen.«

»Ich kann nichts dafür. So wenig wie du und wie heißt sie noch gleich?« Sie wies mit dem Kopf auf die Regisseurin.

»Ich habe ihre Nummer. Sie heißt Kim. Ist sie nicht entzückend?«

»Ist sie.«

Cass schlug ihr aufs Bein. »Julie wird sich ärgern, dass sie das hier verpasst.«

»Sie hat Abschlussprüfungen am Smith College. Justin kehrt dieses Wochenende ebenfalls noch ins College zurück.«

Helen schaute auf den Bildschirm, der auf Lauras Arbeitsplatz gerichtet war. Sie und Justin warteten auf ihren Aufruf nach nebenan, wo sie das Punkteresultat der Jury für die erste Runde erfahren würden.

Während Helen zuschaute, wandte Laura den Kopf und blickte direkt in die Kamera.

Sie zwinkerte und schickte Helen einen Luftkuss.

Cass seufzte schwer.

Helen schickte den Kuss zurück. Cass und die Kids und selbst die Jury und die Kritikerinnen und Kritiker – sollten sie doch sagen, was sie wollten. Das hier war die schönste Zeit ihres Lebens, und sie würde jede einzelne Minute genießen – mit offenen Augen und Hand in Hand mit Laura.

Die amerikanische Originalausgabe erschien unter dem Titel *Roller Coaster*
bei Bella Books, Inc., P.O. Box 10543, Tallahassee, Florida 32302

Kallmaker, Karin: *Und auf einmal ist es Liebe* / Roman
Aus dem amerikanischen Englisch von Andrea Krug
ISBN 978-3-930041-95-4
1. Auflage 2015,
Satz und Gestaltung: Grafikbüro Schadenberg, Berlin
Umschlagfoto: © Trevillion Images
Druck: CPI – Clausen & Bosse, Leck

ISBN 978-3-930041-58-9

ISBN 978-3-930041-63-3